执手看江山。下

暗 香 著

目 录

第十三章　鲜花着锦时，烈火烹油日 1

第十四章　巧计除敌手，火中取栗忙 24

第十五章　连环计中计，夜晚心愿成 47

第十六章　巧计得帝心，宫闱起波澜 70

第十七章　尚宫暗出手，雪舞疑帝心 94

第十八章　生辰藏玄机，美人巧争宠 118

第十九章　夜晚识破计，一舞冠群芳 140

第二十章　风云迭涌时，花落碾成泥 162

第二十一章　莫与花争发，相思寸寸灰 185

第二十二章　汉王心不轨，夜晚献良计 208

第二十三章　杀机迫眉至，夜晚斗芳菲 231

番外篇　我若盛开，清风自来 248

第十三章
鲜花着锦时，
烈火烹油日

事发突然，猝不及防，杜鹃慌张之下偏头躲避，那茶盏险险地贴着鬓边擦过，她甚至还能感到那茶盏壁上的温度。茶盏虽然没有砸中她，但是盏中的茶水却是泼了她一脸，幸好里面的茶水已退却了热度，但是却终是颇为狼狈。

杜鹃一屁股跌坐在地上，惊吓过后只觉得一阵阵腿软，一时竟是瘫坐在那里。

众人均被这一幕吓坏了，各宫妃嫔脸色煞白，眼神在夜晚的身上不停地打量，谁能想到她会突然间动起了手。

慕元澈一脸乌黑，唇角冷硬，眼神如钢刀一般盯着夜晚。

严喜却是哀号一声，他说什么来着，说什么来着，就知道今天的事情绝对不会善终，看看吧，看看吧，这性子跟吃了火药一样。这下可怎么办好？

花荫下一片寂静，只有微风扫过花枝的声音在耳边回响。

夜晚冷哼一声，似乎并不觉得自己做错了，看着杜鹃的神情夹着讥讽，掷过茶盏之后，接着说道："杜贵人真是好大的威风，进了柔福宫，还未见其人便先讥讽于我，而后处处刁难，如今居然又当着圣上的面诋毁中伤我。我跟皇上之间怎么说话是我们之间的事情，莫非皇上跟杜贵人两人说话时，也要时时看着别人的脸色不成？皇上在前朝是英明威武的九五之尊，但是进了后宫，君臣之外还有夫妻之情。难道跟自己的夫君说话，也要瞻前顾后，表里不一吗？我是做不到的，我在皇上面前素来就是这个样子，皇上若怪罪还要等到今日吗？"夜晚说完再也不看杜鹃，只是看着慕元澈，面对面，四目相对，夜晚轻叹一声，压低了声音说道："若是至亲至近的两人都

要生疏至此，这人生还有什么意思？嫔妾不为自己辩驳，这里这么多双眼睛看着，这么多双耳朵听着，若是皇上真的认为嫔妾有罪，一道旨意下来，嫔妾绝无二话。如今有些乏了，嫔妾先告退了，自会在芙蓉轩候旨。"

夜晚抬脚就走，竟是一丁点的机会都不给慕元澈，连一句话都不听他说，就这样走了。

杜鹃这个时候才缓过神来，跪在地上看着慕元澈，哽咽哭泣道："皇上，你是亲眼看到了，雪选侍当着您的面都敢这样地动手，不当着您的面更是无法无天了，请皇上为嫔妾做主。雪选侍如此侮辱摔打于嫔妾，嫔妾以后还有何颜面立于人前。"

慕元澈凝神看着夜晚的背影渐行渐远，脑海中还回想着她方才的话。

原来在她的心里，是将自己当成夫君对待的，明明应该立刻将夜晚治罪以儆效尤，让众人引以为戒，但是想着这句话，心头便有些微软，心里深处有种极其复杂的感觉慢慢地翻腾着，搅动着，让他冲天的火气一下子便消弭于无形。

夜晚离开了，慕元澈索性坐了下来，面上依旧是一片阴沉，嘴里说道："陌研、玉墨你们两个还杵在这里做什么？"

陌研一愣，忙拉了拉玉墨，躬身行礼："是，奴婢这就退下。"说着就朝着夜晚的方向追了过去。

夜晚回到了芙蓉轩便直接回了西暖阁，对着守门的小宫女说道："谁也不许放进来。"

小宫女看着夜晚的神色吓得浑身一颤，忙应道："奴婢晓得了。"

夜晚摔帘子进了屋，只留下小宫女瑟瑟发抖。紧接着陌研跟玉墨就回来了，正要进屋，那小宫女忙上前一步说道："两位姐姐止步，小主有话留下，这会儿谁也不愿意见呢。"

陌研听到这话忙低声问道："小主还有别的话吗？"

"没有了，陌研姐姐，方才小主的脸色真是吓人，吓得我的腿都软了。"那小宫女低声问道。

"你去御膳房走一趟，要些小主爱吃的饭菜预备晚膳。"陌研笑着拍了拍小宫女的肩膀低声吩咐。

"是，奴婢这就去，姐姐还有别的吩咐吗？"那小宫女看着陌研的神色倒也不那么害怕了，若是真的出了事情，陌研姐姐这会儿就不会这样镇定了。

"没了，你去忙吧。"陌研笑道。

那小宫女脚步轻快地离开了，玉墨看着陌研："现在怎么办？"

"等呗。"

"等到什么时候？"

"皇上来的时候。"

"你怎么知道皇上会来？"

"我能掐会算啊。"

"去，我可是你表姐，连我也要瞒着吗？"

两姐妹低声说话，夜晚隔着窗子隐隐约约地听进了耳朵中。此时她的小衣都湿透了，方才真是险到极致，若是慕元澈真的叫住她，当场治罪，可真是什么都完了。这回的事情虽然是一个小小的试探，但是却极其危险，夜晚也没有想到最后居然成功了。

现在回头想想，真是脚都软了，若不是强撑着一口气，她真走不回来了。

夜晚靠着软枕斜倚在榻上，回想着今儿的事情，真是太过于危险。夜晚没有想到慕元澈来得这样的及时，也没想到杜鹃会这样的大胆，还真以为仗着几分恩宠就能把别人踩在脚下。

慕元澈这样的人做什么事情都会再三思量，就看这回进宫的女子，多是朝中重臣之女。慕元澈的心思怕是不在女人身上，而在这些女子背后的家世。

不然的话，这些女子也不会初进宫便都已经侍过寝了。慕元澈不是一个因为女色便昏了头的昏君，既然这样做必然有他的深意，这里面最有意思的便是阮明玉跟傅芷兰了。

傅家是京都四大世家之一，郦傅司容，傅家不仅是世家，还出了一位天子帝师。阮家却是凭着科举考上来的清流一路，此次进宫敕封，阮明玉份位最高便压了傅芷兰一头，傅芷兰也不是个简单的，连续两日侍寝争回了颜面。这几日从宫人们的口中也听说了一些事情，朝廷上傅家跟阮家也是针锋相对互不相让。谁说前朝跟后宫毫无关系，那都是假话。

夜晚却有些吃不准慕元澈究竟是什么意思，不过阮明玉跟傅芷兰却超乎夜晚的想象，这两人都是稳重得很，步步谨慎，便是今日杜鹃这样咄咄逼人，也不见两人落井下石，可见谨慎到何种地步。

慕元澈这样做的背后，究竟是想动阮家还是傅家？

夜晚还没想明白，就听到外面传来说话声，竟是慕元澈来了，嘴角勾起了一个小小的微笑，看来她这一关是彻底地过了。

"……小主回来后就一个人关在屋子里，便是奴婢也不敢进去。也不知道小主怎么样了，平白地受这样的窝囊气，本来身子便不好，指不定气成什么样了。"玉墨的嗓音夹着微微的哽咽，正在替夜晚喊冤。

夜晚倒没想到玉墨还能这样替自己说话，心头便是一暖，想到这里装要装到底，所以伸手将发髻弄得越发地散乱些，背对着门口和衣躺下，才刚做完这一切，便

第十三章　鲜花着锦时，烈火烹油日

听到了推门的声音。

屋子里是恬淡的百合花的香气，缥缥缈缈地在鼻端萦绕，层层叠叠几重软烟罗纱帐垂落在地上，遮挡住了内室风光，影影绰绰的看不清楚。

慕元澈随手关了房门，亲自掀起了帐子这才走了进来。一进来便看见夜晚和衣侧身卧在榻上，背对着自己，那身形颇为瘦弱。慕元澈缓缓地走了过去，在夜晚的身边坐下，重重叹息一声。

夜晚心头一跳，手指紧紧地握着，手心里汗淋淋，她轻咬着唇，就是不让自己回身看慕元澈一眼。

慕元澈看着夜晚根本就不搭理自己，心里真是有种说不出来的奇异感觉。打从他有记忆开始，好像还真的没有女子敢这样跟他置气的。若是有的话也只有雪娃娃有过那么一两次，想到这里慕元澈便又想到了一件事情，那便是雪娃娃自从嫁给了自己，便好像真的没怎么跟自己怄过气。

直到后来，慕元澈无意中从云汐的口中才得知，雪娃娃并不是没有脾气，也并非不想跟自己如同寻常夫妻一样吵吵闹闹。只是因为那个时候自己是个不得宠的皇子，在朝中备受排挤，而雪娃娃却是第一世家掌上珍宝，她不想让自己觉得她是拿着家世凌驾于自己之上，两人一吵架便容易伤感情，更容易起疑心。

她都能这般体贴自己，慕元澈心里不是没有触动的。瞧着眼前跟自己闹别扭的夜晚，他忽然想到，如果换做是雪娃娃，自己会不会恼怒？好像是……不会的。

夜晚身上有太多地方跟雪娃娃相似，此时又想起了些往事，慕元澈的神色比初进门时越发地缓和了些。

"你倒是走得利落，扔下一个烂摊子给我收拾，整个后宫里也就你这般大胆。"慕元澈看着夜晚终于还是先开了口，总是有些舍不得，舍不得这样神似雪娃娃的女子伤心，就仿佛是他的雪娃娃在伤心一般。

听到慕元澈用的是我，而不是朕，夜晚这口气算是彻底地放下了。抿抿唇却依旧没有说话，只是微微地动了动身子往里挪了挪。

慕元澈瞧着夜晚的小动作，失笑一声："行了，你也别气了，我比你还委屈呢。"

"你有什么可委屈的？"夜晚闷声说了一句。

听着夜晚气鼓鼓的声调，慕元澈瞧着她道："我为什么不委屈？是谁自己闯了祸，伤了人，拍拍屁股就走了，这样的烂摊子也就是你敢留给朕，若是换做旁人……"

"若是换做旁人您早就砍了她的脑袋是不是？"夜晚翻身坐了起来，双眸对上慕元澈的眸子，忽然觉得悲从心来，想到郦香雪是皇后，是郦家女，不得不宽容大度，不得不笑着将自己的夫君送到别的女人床上。

旁人只知道郦家女的尊贵，皇后的荣耀，可是谁知道这背后的心酸跟委屈？

想起今儿个被人羞辱，夜晚那积压的委屈便一下子跑了出来，脱口就说出了这么一句，仿佛觉得还不解恨似的，又接着说道："那我招谁惹谁了？果然是'闲赋家中坐祸从天上来'，若论委屈谁能及得上我？没头没脑的便被人讥讽打压，难道还要我忍气吞声不成？我可没有那么大的气量，我就是一个心眼小的小女子。以前在家中是没有办法，难道现在……现在还要我继续过以前那样的日子？处处看人脸色，处处对人卑躬屈膝，以前我是夜家的小庶女，可是现在再怎么样位份再低也是天子宫嫔了，怎地还是跟以前一样？这样的日子真是过够了，以后你的女人哪个不长眼的再这样欺负我，我便是豁出命去也跟她同归于尽！"

"夜晚，你的胆子真是越来越大了，这样的话都敢当着朕的面说？"慕元澈气得一口气差点没喘上来，这后宫里的女子便是争宠，哪一个不是将手段用在暗处，在自己面前维持最好的形象，夜晚倒好，就跟个泼妇似的，这样的话是能说的吗？

"我又没告诉皇上，我是跟慕元澈说的。"夜晚冷哼一声。

猛然听到这句，慕元澈呼吸一滞有种别样的滋味袭上心头，面色微怔，良久才道："这有什么不同？"

"哼，自然是不同的，只是我为什么要告诉皇帝陛下？"夜晚横扫一眼慕元澈，半垂了头，沉默一下，才说道，"今天的事情，我知道我自己冲动了些，我也知道我让你为难了。可是我不明白，我又没有招惹她们，她们凭什么要来作践我？我一直安安分分地待在芙蓉轩，顶多在柔福宫里走一走。我知道这段日子是新人进宫的时候，皇上肯定会很忙，宫里的女人那么多，个个如花玉颜，个个需要皇上去看望。我知道自己因为被留在宫里会被人嫉恨，因此能不出去就不出去，能不惹事就不惹事，即便这样人家还是找上门来。人能忍神也不能忍了，一时没憋住便冒了火。"

"很多事情，并不是能够随心所欲的，便是朕拥有天下，可是更多的时候也是被这天下掣肘。"慕元澈沉吟良久才说出这样一句话，像他这样的男人，生来谨慎，从不会对别人坦露心迹，可是听着看着夜晚这样的难过，竟也忍不住拿自己做例子地安抚了一句。

夜晚知道，郦香雪更知道。

可是知道又如何？郦香雪正因为知道如此她才处处委屈自己，成全他的江山，可是到头来葬送的却是自己的性命。心里嗤笑一声，嘴上却说道："皇上居然也会有身不由己的时候？"

许是夜晚的声音太惊讶，让慕元澈觉得好笑，伸手拢了拢夜晚额前散乱的发丝，柔声说道："自然有，怎会没有？朕富有四海，有万里江山，但是这江山需要大

第十三章　鲜花着锦时，烈火烹油日

5

臣去帮朕管理。但是臣子一旦权柄高了，也不是一件好的事情。这些事情你不懂也不需要去懂，你只要做你自己就好了。"慕元澈觉得自己有些迷了心智，居然跟夜晚说这些。

"我本来就是我，男人跟女人本就是不同的。男主外，女主内。皇上要做的是威加四海，万民臣服。我只是需要片瓦遮头，安度余生便好。"夜晚浅笑，偏头对着慕元澈没心没肺地一笑。

看着这样的夜晚，慕元澈说不上是有些失落还是庆幸，若是雪娃娃一定不会这样回答，可是夜晚却会这样回答。因为夜晚跟雪娃娃本就是完全不同的人，夜晚的性子其实很好理解，人不犯我我不犯人，有的吃有的喝有的玩，安安稳稳地过日子便是最开心的事情了。想到这里，竟然也有些羡慕夜晚了，自己其实也想做一个简简单单开心过日子的人。

"现在开心了？"慕元澈扬声吩咐陌研摆饭，而后转头看着夜晚问道。

"谈不上开心不开心，人活着总会有这样那样的糟心事儿，若是一件件地去较真，那我可真是不要活了。"夜晚说着拍拍肚子，"可还真有些饿了，净顾着跟别人吵架了，居然忘记了自己根本连饭都没吃。"

严喜带着陌研跟玉墨亲自摆了御膳上来，心里七上八下的，看到夜晚一脸的笑这才微微地放了心。这边刚放了心，拿着银针试了毒，正要给皇帝陛下布菜呢，就听到夜晚开口问道："那个杜贵人怎么处置的？"

这个事情必须要问清楚，夜晚琢磨着自己亲自问总比事后偷偷摸摸问的好。有什么不满的意见，还能当场提出来。

严喜手一抖，差点将汤匙给扔了出去。

夜晚便笑着说道："严总管这是怎么了？难不成你也跟我一样没用午饭，饿得手都发抖了？"

"小主说笑了，奴才只是一时没拿稳。"严喜忙说道，这姑奶奶可别盯上自己，要不真是麻烦了。谁知道这祖宗下一句话会说出什么惊天动地的来，自己一下子就给交待了。

夜晚接过严喜手中的汤匙，挥挥手说道："你们歇着去吧，当了一天差怪累的，这里不需要你们伺候了。"

夜晚用饭的时候不喜欢人在旁边严喜是知道的，当下便看了看慕元澈，毕竟慕元澈才是他的正主呢。只见慕元澈轻轻地点点头，这才弯腰退了下去，走到门口就听到皇上对二姑娘说道："你想我怎么惩罚她？"

夜晚早就料到慕元澈会反问一句，当下便说道："按照我的性子，自然是要以牙还牙的才好。不过……我也知道，正如你说的这里是什么地方，杜家在朝中也是举足轻重……我自然不好真的对她做什么，不过，可也不能就这样放过她，不然日后人人都要对我冷嘲热讽，便是气也气死了。"

"真是难为你居然还能想到我的难处。"慕元澈真是意外，难得啊。

严喜也是一怔，觉得耳朵出毛病了，二姑娘不二的时候也蛮可爱的，居然会为皇帝陛下着想了。

"我当然不愿去想，不过你都当着我的面诉苦了，不就是希望我能这样做？"夜晚低头说道。

慕元澈真是气笑了："我还不至于如此昏庸无能，靠着这个处理事情。"

"是吗？那你是如何处置杜贵人的？"夜晚笑眯眯地问道。

"禁足一月，罚俸半年。"

夜晚心里想到禁足一月这个惩罚也算是说得过去了，毕竟才进宫也算受宠的小主，就因为讥讽了自己两句就被禁足，夜晚觉得这个结果可以接受。她原来是想着，只怕以慕元澈的性子顶多斥责两句也就算了，没想到居然会禁足，算是个意外之喜吧。毕竟杜鹃也真没做什么十恶不赦的事情，只是在错的时间遇上错的人，便注定了要倒霉。

"被禁足了啊？会不会严重了些啊？"夜晚故意装作大度地问道，眼睛一眨一眨的真是无辜啊。

"想要笑就笑出来，朕真是没有这样破例过。"这事要是搁在以前，也就是斥责两句也就算了，毕竟不是大事，女人家的口角算是什么事儿啊？说出去都会被人耻笑，但是他还是将杜鹃给禁足了。

"我才不笑呢，有什么可笑的。是杜贵人自己性子张扬，说话口无遮拦，是该静静心才是，皇上做得极好。"夜晚强忍着笑，一板一眼地说道。

慕元澈也笑，一顿饭算是吃得和和美美的，用过饭慕元澈依旧没有留宿，大步离开了。

夜晚送走了这对主仆，这才招呼陌研跟玉墨进来，收拾妥当后，玉墨给夜晚奉上茶，这才低声说道："小主，现在外面都传遍了，杜贵人被禁足的事情也被传得沸沸扬扬。"

"传就传吧，这不过是早早晚晚的事情，防得了一时防不了一世。"夜晚摘下头上的珠花随口说道，一头乌黑的墨发落下来，随意地披在身后。

"那奴婢们该怎么做？"玉墨问道，一时间拿不准夜晚会有什么反应。

"该怎么做就怎么做，以前怎样以后还怎样。"

"这要是外面的人问起来……"玉墨有些惴惴。

"人是皇上处罚的，跟咱们有什么关系，要怪只能怪杜贵人说话太毒了些。"

　　玉墨便懂了，没想到主子会把这件事情完全推到皇上的身上去，心里一时间还真有些不舒服。正在腹诽，又听到夜晚说道："皇上是天子，是后宫里所有女人的天，他做的事情别人便是不满也不会说什么，但是我不同，你明白的。"

　　玉墨便点点头："小主放心，奴婢知道该怎么做了。"

　　夜晚笑了笑："知道你是个有心的，咱们能做主仆也是缘分。别的我不敢承诺与你，但是有句话你记住了，有我一日便有你们姐妹一日。"

　　"奴婢多谢主子。"玉墨眼眶微润，能把奴才放在眼里的主子不多。

　　"你也去休息吧，累了一天了，我这里不需要人了。"夜晚笑着让玉墨退下，自己则上了床，盯着床帐子默默发呆。心里也有些矛盾，原本想着出了这样的事情，也许慕元澈就不会走了，谁知道他依旧没有留宿。夜晚并不是希望自己跟慕元澈发生些什么，只是想要在这宫里站稳脚，她真的需要一个孩子。

　　明光殿中灯火辉煌，慕元澈批着折子，便有小太监端着盘子进来了。

　　严喜一看，心里一凛，琢磨着该怎么上前回话才是，今儿个瞧这个架势……弓着腰上前几步，在书桌旁低声说道："皇上，敬事房端牌子的来了。"

　　严喜说完就往旁边站了站，那端着盘子的小太监立刻上前来，举过头顶奉了过来。

　　一水的绿头牌在盘子里码得整整齐齐，最前的几位都是最近比较受宠的。慕元澈伸手出去，到了半路又缩了回来，挥挥手说道："退下吧，朕今日不翻牌子。"

　　"是，奴才告退。"小太监忙退了下去。

　　严喜一愣，杵在那里当木头桩子，请忽略我吧，尊贵的皇帝陛下。

　　上天并没有眷顾严大总管，就听到皇上问道："朕记得新进宫的几乎都走了一圈了吧？"

　　"回皇上的话，位份高的基本上都侍寝过了，只有几个位份低的还没有。"严喜板着脸一脸严肃地说道，跟个太监说侍寝的事情其实真的挺糟心的。

　　"嗯，既然如此这几日便都不翻牌子了。"慕元澈淡淡地说道，眼睛又落在了折子上，专注起来。

　　严喜吞一声口水，应了一声，犹豫一番，还是开了口："皇上，今儿个宜和宫来人传话了，说是玉娇公主想您了。"严喜说完瞅了瞅皇帝的脸色，这才又说道，"宜和宫您已经月余未去了，那边也递了几次话过来。"

　　慕元澈手里的笔顿了顿，轻叹一声："是好长时间未去了，最近比较忙。"

　　严喜心里撇撇嘴，您都忙着陪二姑娘赏花看月亮，喝茶闲斗嘴呢。心里这般想，嘴上却说道："皇上日理万机，哪里能什么都顾虑得周周全全的。那您今晚？"

　　慕元澈瞪了严喜一眼，本想要顺嘴应下，忽然想起夜晚每次提及夏吟月都会有

8

很大的哀怨，也不晓得什么心理作祟，居然说道："明儿个中午朕去用膳。"

严喜心里一惊，这宜和宫可是从没有遇到过这般的冷落，皇上从未有月余未翻牌子的时候。看来二姑娘几番在宫中遇险，皇上心里对甘夫人还是很不满的。

"是，奴才这就去通传一声。"

严喜走后，慕元澈凝视着手中的笔尖，眉头轻轻地皱了下，现在他居然会下意识地先去想夜晚的心思……这不是一个好事情！心神一凛，他是一个帝王，怎么能为儿女私情所左右。

后宫位份最高者乃是夏吟月，她又统率六宫事宜，因此新晋妃嫔连带着宫中有资历的嫔妃，每日都要去宜和宫请安。夜晚自从进宫后，便是一直调养身体，从未去宜和宫。

但是总是这样躲着也不是办法，自从上回杜鹃的事情发生过后，夜晚便知道躲是躲不过去的，与其躲避倒不如迎战。

所以第二日醒来，便对着玉墨跟陌研说道："甘夫人的宜和宫每日什么时辰问安？"

玉墨随口说道："甘夫人很是宽和，每日辰时二刻见人。"

夜晚一愣，嘴角露出一个讥讽的笑容，许是有意试探玉墨和陌研，便开口说道："宽和？听说先皇后以前也是这个时辰接见诸位嫔妃的。"

陌研别看平日不怎么爱说话，但是心思转得极快，此时听到这话心里便是咯噔一声，小心翼翼地回道："先皇后跟皇上十载夫妻，情深义重，甘夫人如何敢僭越？"

玉墨撇撇嘴，说道："咱们姐妹进宫晚，无福见过先皇后。倒是听宫里的许多老人说先皇后的好处，甘夫人自诩贤良，行事处处仿着先皇后，也是个聪慧之举呢。"

玉墨的话也有些意思，夜晚自然听得出来里面的深意，聪慧之举？倒真是聪慧至极，至少旁人挑不出任何的错处来。先皇后体贴后宫诸人，将时辰定在了辰时二刻，先皇后死后，若是夏吟月将时辰提前了，便不免给人一种刻薄小家子气的感觉。若是将时辰延后……那岂不是比先皇后还要贤良，可真是僭越行止了，更会惹人非议，这样倒是刚刚好。

夏吟月素来是个聪慧的，在这样的事情上从不会留下什么把柄给众人，果然是如此。

夜晚心里冷哼一声，面上的笑容不改，看着陌研问道："甘夫人在宫里的名声似是很好，跟我所见到时略有不同。"

陌研一愣，一时捉摸不清楚夜晚的意思，便思量一番，十分谨慎地说道："回

小主的话，甘夫人跟先皇后情同姐妹，虽然说……虽说先皇后被废黜跟甘夫人小产有关，但是先皇后自缢之后，甘夫人在其灵前跪了整整三日，悲泣之声举宫知晓，没有人不赞其贤德的。"

这点夜晚还真不知道，好个不要脸的，在郦香雪活着的时候那样利用她也就算了，没想到死后还要这般惺惺作态利用她博得好名声。最重要的，慕元澈只怕是因此对夏吟月更会看重两分。

夜晚心里气急，面上却是隐隐稳住，缓缓地说道："本宫在宫外就见过甘夫人，可是却没看到你们说的贤德，进宫后几番遇险，甘夫人统治六宫，连个秀女的安危都照顾不到，可见其治理后宫还是欠些。"

陌研跟玉墨心里皆是一震，小主当着她们的面说出这样的话，不外乎是对她们表达立场了。两人对视一眼，她们本来是御前的人，自然是听从皇上的吩咐，但是现在被皇上赐给了小主，便是小主的人了。这后宫的女人为了争宠自然是手段频出，小主是逼着她们在皇上跟她之间做一个抉择。

就比如方才这些话，若是经过她们的嘴传进了皇上的耳朵里……这后果可真是严重得多了。

玉墨这样粗神经，也听出了这话里的意思，一时间只觉得手脚冰凉，手头的动作都缓了下来。

夜晚也不着急，自己拿起一柄象牙雕花嵌了宝石的梳子慢慢地梳着。这样攸关性命的大事，她们谨慎思考才是正当的，若是一下子便应了她，她反倒疑心了。

玉墨抬眼看向陌研，陌研抿着唇，两姐妹对视一眼，眼神交汇，虽然才初夏，却愣是出了一身的汗。陌研慢慢地垂了头，上前一步接过夜晚手中的梳子为其梳发，口中缓缓地说道："宫中之人皆道甘夫人盛宠，奴婢却是有不同的看法。"

"哦？此话怎么讲？"夜晚兴致勃勃地通过铜镜看着陌研，面上带着最是恰当的浅笑，就仿佛春天里的明媚阳光。

"甘夫人在原先的老人中自然是盛宠的，但是如今随着一批娇美如花的新人进宫，谁能知道会不会再出一位恩宠无比的宠妃？圣心难测，小主虽并未侍寝，但是皇上对您可是比其他的小主都要上心，荣宠至极，他日侍寝之后，若是再能生下一位皇子，与甘夫人也不是没有一较之力。"陌研柔声说着，说到这里微微顿了一顿，又添了一句，"而且奴婢瞧着皇上对先皇后并不是传言中的那般薄情，虽然皇上是因为甘夫人小产才一怒之下废黜后位，但是先皇后自缢之后，听说……听说皇上很是自责，有段时间连甘夫人都受了冷落。"

夜晚静静聆听，这些事情自从郦香雪死后便是不知道的，心里波浪涟漪，犹如狂风中艰难前行的小舟，但面上却是风平浪静带着浅笑："这也说明不了什么，不过，我却是知道甘夫人并不喜欢我，在宫外时便是处处针对，如今进了宫我便要越发地小心了。"

玉墨听到这话，便接口说道："小主不用担心，甘夫人素有贤名，绝对不会公然对小主做什么，余下的只要小心防范便是了。"

陌研和玉墨听着夜晚的话里意思，便是甘夫人处处针对与她，虽然她们未曾亲眼得见，但是既然小主这样说，便是一定有这样的事情。不然的话，这么多的人进宫，为何偏偏小主几次三番地遇险？

人心险恶，她们在宫中几年，也是已经明白的。

虽然不知道小主说的是真是假，但是既然她们是小主跟前的人，小主荣她们荣，小主损她们也讨不了好去。所幸是一条船上的，便只有同舟共济一条路了。这宫里两面三刀的，从来都没有好下场，这个道理还是懂得的。

"我初进宫，很多事情还要靠你们两个提点，有你们在我总能安心一些，咱们主仆同心总能是安安稳稳地活下去的。"夜晚幽叹一声，面带寂寥。

安安稳稳地活下去……这几个字却是让陌研跟玉墨很是触动，因为她们也是想着安安稳稳地活下去，直到出宫。许是因为愿望相同，两人的微笑便真诚了许多。他们虽然是御前的宫女，别人瞧着光鲜，无不知道她们能走到今天也是踩过了是是非非腥风血雨的。

"小主今日是要拜见甘夫人去吗？"玉墨为夜晚簪好赤金嵌红珊瑚做成的钗环，笑着问道。

"进宫这么许久了，之前身子不好，如今好多了自然是该多走动了。"夜晚道，对着镜子将自己的容颜细细地瞧一遍，心里暗叹一声，虽然这副面孔也算得上是美丽，但是这后宫里个个都是美人，在美人堆里便不醒目了。若是自己能有郦香雪的容颜，只怕比现在还有优势，更能让夏吟月忧思难枕，日夜不宁了，只可惜……

世上的事情从没有十全十美的，这个道理夜晚懂得。你若是将自己的希望跟未来放在一个男人身上，那才是最傻的事情，虽然样貌不是最出众的，但是夜晚也一定不会让夏吟月好过的。

"小主知礼，皇上知道也定会开心的。"陌研笑了笑。

玉墨捧过衣衫来让夜晚挑选，因为小主喜欢蓝色，因此衣衫中多是蓝色居多，各种各样的蓝色，甚是美丽。

夜晚细细地打量一番，眼睛一亮捡起一件宝蓝色为底外罩两重轻纱的曳地长裙："就这件吧。"

"小主真是好眼光，这件衣裳是尚衣局尚宫陆溪风陆大人孝敬上来的。"玉墨伸手替夜晚更衣，脸上的笑容止也止不住，嘴里还说道，"是皇上瞧着小主喜欢蓝色

第十三章　鲜花着锦时，烈火烹油日

的衣衫，便亲自吩咐尚衣局裁衣为您制作新装，哪个敢不尽心？"

"是啊，皇上对小主真是上心，别看这衣裳没什么出奇之处，但是这两层云纱是极为名贵的七彩云纱，在阳光下被日光一照，五彩缤纷才叫好看呢。这七彩云纱一年也不过可得十余匹，小主这一身衣裳便要用去两匹之多，这圣宠可真是少见呢。"陌研也开心，便多说了几句。

夜晚如何不认得这七彩云纱，因为郦香雪喜欢，每年贡上来的都悉数送进了长秋宫。这样的宝物寻常人家哪里能得见，也万万想不到，慕元澈居然把七彩云纱给了自己做衣裳，心头有种难言的感觉。

这东西原本是只属于郦香雪的，便是夏吟月最得宠的时候都没有得到过一匹赏赐。而夜晚……居然得到了。她的心里忽然有些失落，又有些开心，这样的情绪真是磨人。

玉墨跟陌研都是欢喜的，这七彩云纱可真是难得，玉墨只当夜晚是欢喜得傻了，又道："也亏得尚衣局还是陆尚宫在，别人的手艺可没这样好，听说以前陆尚宫都是为先皇后亲自裁衣缝制的，没想到小主倒是比位份高的先有了这个殊荣。"

听着玉墨提起这个，夜晚脑子里便出现了陆溪风的容颜，嘴角的笑容温暖了些。溪风还在尚衣局，还好好地活着，这就好，这就好，现在不能着急，她们总能相见的。

夜晚压下心里的沸腾，换上了这华丽的衣衫，这才扶着陌研的手往外走，回头对着玉墨说道："你拿着我匣子里的那件亲手绣的荷包给陆尚宫送去，就说我谢谢她的好手艺，衣服我很喜欢。"

"是，奴婢亲自过去走一遭，陆尚宫一定会很高兴的。"玉墨道，能让尚宫大人亲手缝制，真是难见的殊荣。

夜晚点点头，这才往外走去。夜晚没有轿辇可坐，只能徒步而去。从柔福宫到宜和宫只需要一盏茶的时间，的确是挺近的。只是在途中的时候会经过长秋宫的东墙边，仰望着长秋宫的宫墙，红墙依旧，彩瓦仍在，只是里面的人却已经是不在了。

陌研看着夜晚的眼神凝望着长秋宫，便低声说道："小主进了宫之后便从未出来走走，怕是不知道这里是什么地方，这里便是先皇后居住的长秋宫。"

"哦，这里就是长秋宫啊，没想到皇后娘娘去世这么多年了，这里居然还未衰败荒芜，我瞧着墙壁彩瓦都像是被人好生打整的。"夜晚似是随意地问道。

陌研扶着夜晚继续往前走，声音低了许多："小主只记着，不管在什么时候，都不要对先皇后有不敬就好。这里皇上每天都会派人好生地守着，便是先皇后生前跟前伺候的人，都在长秋宫里，没有被遣散。"

夜晚装作恍然大悟地点点头："幸好你跟我说说，没想到皇上对皇后倒是长情。"

"长情？"陌研低声重复了一遍，只是终究没再说什么。

"小主怕是还不知道宫里都有哪些嫔妃，奴婢跟您说一下，免得等会儿见了面不知道谁是谁出了岔子。"

陌研瞧着夜晚点点头，便开始一一叙说起来。夜晚只怕是比陌研还要熟悉这宫里的人，只是这个时候却是什么都不能说，当做自己什么都不知道，一一听着，不时地点点头。

走过了长秋宫长长的朱墙，拐过弯去，不想迎头碰上了一群人缓缓走来。

当先一人，一身豆青襦衫长裙，弯月髻上简简单单地簪着一支金钗，眉目含愁，脚步轻缓，行走间如弱柳扶风，很是娇弱。纵然是多年未见，夜晚还是认出了她，便是当初在锦鲤池自己曾经想到的丁昭仪。只是没想到多年不见，她倒是越发的清瘦了，心里便有了些怜惜之情。

当年丁昭仪痛失孩子，以至于一个天真烂漫的佳人，不过一夜之间便如同一个行尸走肉的木偶。现在看来，这么多年过去了，似乎还未走出来。当初她最喜欢娇艳的颜色，如今却已就是如此清淡的装束，让人一见便不免心疼。

陌研瞧着夜晚不停看着丁昭仪，以为她不知道是哪一位，忙低声在夜晚身边说道："这位就是锁烟楼的丁昭仪，小主莫要与她多言，丁昭仪性子有些古怪，听说是当年小产的缘故。"

夜晚听着陌研的话，淡淡地点点头，不过既然是迎面对上，夜晚当然不能装作未看见。上前几步，盈盈施礼："嫔妾芙蓉轩夜氏见过昭仪娘娘，娘娘金安。"

丁昭仪抬眼看着眼前的女子，首先注意的不是夜晚的容貌，而是被夜晚的衫群吸引，突然冒了一句："皇后娘娘……"

夜晚心口一震，当初郦香雪曾经多多抚慰丁昭仪，倒是没想到这么一件衣衫就让她想起了郦香雪。为了避免大家难堪，夜晚装作没有听清楚，道："娘娘说什么？"

丁昭仪猛地回过神来，眼睛这才落在夜晚的面上，眼中闪过一丝失落，淡淡地说道："没什么，原来你就是新进宫的雪选侍，果然是美貌佳人。"

"娘娘就爱拿嫔妾开玩笑，嫔妾蒲柳之姿哪里能比得上娘娘天资芳华。"夜晚浅浅一笑，眼睛就落在了丁昭仪身后的一名女子身上，这女子粉衣银钗，淡然却别有一种芳华，就像是临水的水仙，傲然挺立。

"这位是？"夜晚瞧着眼生，不是宫里的老人，就应该是今岁新进宫的秀女。

那女子不慌不忙地往前一步，朝着夜晚盈盈施礼，姿态万千又落落大方，不见慌张仓促，倒是个稳得住的。就听到她开口说道："嫔妾绛云阁海氏见过雪姐姐，

听说姐姐前些日子受了伤,妹妹不敢冒昧前往,今日见姐姐出来走动,可见是大好了。"

夜晚心里想了想终于想起来了,只是这个也是个家世不强,又不是特别貌惊天人的,这进了宫也没听说侍寝晋封,不过看着也是个伶俐的。

夜晚忙上前扶起她,她要团结一切可以团结的力量,所以对待任何一个不知是敌是友的人,都会格外的柔和:"妹妹快请起,都是一家人,不许这样客套。以后妹妹闲来无事可去找我说说话,免得我一个人孤单寂寞的。"

海乐悠微微一愣,传言雪选侍骄纵跋扈,行事犀利,待人极为严苛,方才姿态放得甚低就是不希望自己惹恼了这位皇上的新宠,哪里想到夜晚对她这般的和睦,还真有些受宠若惊,忙说道:"姐姐若不嫌嫔妾,嫔妾自然愿意为姐姐解闷。"

夜晚笑了笑,看着丁昭仪说道:"昭仪姐姐有福气,有这样的妹妹陪着,想来日子也悠闲得很。"

丁昭仪看了夜晚一眼,淡淡地说道:"我素来喜清净。"

海乐悠有些不安,丁昭仪待人极冷淡,她拜访几次被拒绝后,便不敢轻易去了。此时听到夜晚这样的话,心里便有些惴惴不安,生怕惹恼了丁昭仪,面上就带了一丝紧张。

夜晚看进眼里,便携着她的手说道:"没想到我跟娘娘倒也有共同之语,素日我也喜欢清净的,但是自从玉墨那个爱说话的丫头到我身边,我才发现有人陪着说话也是欢愉的事情。嫔妾一见娘娘便觉得十分亲切,日后还请娘娘不要嫌弃嫔妾啰唆常去打扰,所幸锁烟楼跟芙蓉轩这样的近。"

丁昭仪一愣,大约是没见过夜晚这样顺杆爬的,自己不是说了喜欢清净吗?怎么还能有人这样了,不过她的性子素来不会给人当面难堪,也就没再说什么,领头往前走去。

"娘娘也是去宜和宫吗?"

"是。"

"嫔妾正要去,倒是跟娘娘一路,不如一起,也热闹些。"

"……随便。"

丁昭仪这么多年清冷惯了,猛不丁地身边多了夜晚这么个叽叽喳喳的,一时间还真是不能适应。海乐悠跟夜晚的性子倒是有些相投,两人你一句我一句的,倒是很快便到了宜和宫的宫门口。

守宫的宫人一看到三人联袂而来,便是吃了一惊,忙有人进去禀报,另一人便笑着迎了上来:"奴婢参见昭仪娘娘,雪小主,海小主。"

"起吧,甘夫人可起身了?"

"夫人已经起了，三位主子请进。"那宫人领着三人往里走。

宜和宫还是跟以前一样，只不过比以前更见华贵，草木花卉更精致了些。果然一人独大就是不一样的，夜晚心里嗤笑一声，但是面上却是不动声色，自然也没有忽略到那宫人看到自己身上的衣衫时的惊讶之情。

七彩云纱，当年的旧宫人哪一个没见过的？

宜和宫的主殿里已经是热闹非常，诸多的嫔妃团团围坐，见到三人进来立时便鸦雀无声。

"嫔妾见过夫人。"丁昭仪乃是九嫔之首，宫里位份高的主子不多，所以她对着夏吟月不过是微微俯身。

海乐悠不敢放肆，蹲身行了大礼，面色紧张。夜晚只是微微地欠了欠身，比丁昭仪的也差不多许。

丁昭仪位份高这样做无可厚非，但是夜晚不过是从七品的选侍，这样却是不敬了些。

甘夫人神色不变，深深地看了夜晚一眼，眼神落在夜晚身上的衣衫时陡然一僵，但是很快地恢复过来，似乎是恍然未见她的失礼，满脸带笑，柔声说道："丁妹妹何须多礼，快些入座，你身子素来不好，今儿个可是爽快些这才出来走动？雪妹妹也无须多礼，自进了宫便抱恙在身，如今可是大好了？若是哪里不舒服可不要忍着，便传了太医去诊治，便是年轻也不可大意。海妹妹也起来，总是这样乖巧，真是令人喜欢。"

甘夫人的八面玲珑，竟是一个也没落下，个个对着都是柔声细语，关怀备至。夜晚看着她，竟是比之郦香雪当初还要谦和几分，这人啊装着装着，只怕是真的太入戏，难以自拔了。

丁昭仪淡淡地点点头，坐在了惠妃的下首，对着惠妃轻轻颔首："惠妃姐姐好。"

"今儿个倒是没想到能见到丁妹妹，你身子弱些，想来已经入夏，春咳可是无妨了吧？"惠妃关切地问道，眼眸中倒是情真意切。

丁昭仪难得地笑了笑："多谢姐姐挂怀，年年都如此，不过是熬日子罢了，好与不好有何区别。"

惠妃神色便是一暗，叹息一声："这话若是先皇后听到指不定多伤心呢，你可不能这样消沉。"

丁昭仪的神色一僵，半垂了头："再也没有比先皇后更宽厚的人了……"余声默默，不复可闻。

两人交谈声调甚低，别人并未听去。

第十三章　鲜花着锦时，烈火烹油日

15

夜晚的座位几乎已经到了门口的位置，朝着惠妃颔首一笑，轻身拜了拜。

惠妃一见便忍不住地一笑，难得地站起身来，缓步走到夜晚的身前。眼神同样落在夜晚的衫裙上，神色也有些游离，伸手牵起她的手，笑着说道："本宫还想着今儿个去看看你，但是没想到你自己倒是跑出来了。来，我跟你介绍一下这宫里的人，免得你他日遇上了却不知道谁是谁，莽撞出了错，可没人饶你。"

惠妃的举动让夏吟月的神色有些难看，双手紧紧地攥着宝座的扶手，面上保持着微笑，不发一言。

"丁昭仪你是知道了，这宫里除了甘夫人与本宫便是她位份最高了。你们倒是有缘，能一起前来。这位是清韵阁的赵容华，别看她总板着脸，是个好相处的。"惠妃笑道。

"嫔妾见过容华姐姐。"夜晚微微俯身行礼，赵容华她如何不知道，惠妃有一点说得不准，这个可不是个好相与的，跟夏吟月是一个鼻孔出气，当初郦香雪厚待与她，若不是她口口声声在慕元澈的跟前作证，说是郦香雪谋害了夏吟月的孩子，慕元澈也不会轻易就相信了，这是个披着羊皮的狼。

再见仇敌，夜晚笑得最是安然。

"早就听闻雪妹妹大名，只是一直无缘得见，今儿个一见果然是个冰雪玉人。莫说皇上喜欢，便是我瞧着都喜欢得不得了。"赵容华眉眼弯弯，笑得温柔爽快，只是无人知道这样的笑容下有一颗怎么样的心。

便是惠妃也被蒙蔽了不是吗？

夜晚并未应答，只是浅浅一笑，似是默认了。

惠妃又拉着夜晚往前走了一步："这位是镜月轩的孙婉仪，平素最是温柔贤惠的。"

"见过婉仪姐姐。"夜晚行礼。

"雪妹妹切莫多礼，都是姐妹。妹妹无事可来镜月轩常走动，咱们说说话。"孙婉仪的笑容都带着些小心翼翼，便对着夜晚这样的新人也并不见倨傲。

"婉仪姐姐不嫌嫔妾唠叨，自然是要多多打扰的。"夜晚笑，对于孙婉仪她倒是没有过多的恶意，印象中她的家世并不强劲，在一众嫔妃中也不显眼，慕元澈对其也不是很上心，因此对谁都是小心翼翼的，没想到对着新人也这般的小心。

惠妃介绍完了宫里的旧人，指着新进宫的众人，笑道："这些你可不陌生了，我就不费唇舌了，快去坐吧。"

夜晚回到自己的位置坐下，走过徐灿几个人的身边时轻轻地点点头，这边刚坐下，便听到赵容华说道："不知道是不是嫔妾眼拙，怎么看着雪妹妹今儿个的衣衫倒是有些眼熟。"

16

赵容华这话一出，大家的眼神便都落在了夜晚的身上，夜晚坦然一笑，随口说道："有什么稀奇吗？妹妹并不晓得有什么稀奇之处，只知道是尚衣局新送来的，瞧着好看便穿上了。"

赵容华的神色一僵，看着夜晚这副随意的模样，淡淡一笑，似是不经意地问道："尚衣局的人竟没有人给妹妹解说一番？"

"不过一件衣裳而已，这个有什么可解释的吗？"夜晚故作不解地垂头看了看自己身上的衣衫，抬起头一片天真地说道，"嫔妾只是知道是尚宫局做的，不晓得还有什么来历，听容华姐姐这样说，好像这衣服还有不凡的来历？不过一件衣裳而已。"

"雪妹妹进宫晚，自然是不晓得这料子的不同。你身上的这件衣衫用的是七彩云纱做成，这云纱在室内瞧着并不出奇，但是立于阳光下便是七彩缤纷煞是好看，衬着里面的宝蓝色底衣更是璀璨如霞。"说到这里赵容华微微一顿，瞧着一众新人还有些不解的神情，接着又道，"这七彩云纱一年不过出十几匹，比之蜀锦还要珍贵，百余妇人一月不过是织出尺许。皇上果然是最疼爱妹妹，这一件衣衫竟是数百妇人几月的辛苦劳作呢。妹妹怕是不知道，这七彩云纱……以前只有先皇后才能穿得，你是这宫中第二个有此殊荣的人。"

赵容华的声音一落地，这殿宇中无数的眼神落在夜晚的身上，明明暗暗，让人如坐针毡。

夜晚便知道赵容华不是省油的灯，这一开口便将自己置于烈火之上，果然是个厉害的。

"听容华姐姐这样一说，真是令人茅塞顿开，果然是极好的东西。这尚宫局的人真是该打，这样贵重的衣衫也不说说来历，我竟以为是寻常的物件。"夜晚笑。

"雪选侍连这样的东西都以为是寻常物件，咱们可是见都没见过，真是令人羡慕。若是这云纱裁成舞衣，阳光下随风起舞不知道是怎么样的美丽。"

夜晚抬头看向明溪月，昨儿个也未见明溪月这样针对自己，没想到今儿个倒是因为一件衣裳，竟然拈酸吃醋起来，可见人心真是易变。

"明小媛若是喜欢不如求皇上赏赐一匹，若是寻常物件我便是让给明小媛也无碍，只是方才容华姐姐说这是只有孝元皇后穿过的，我便不敢自作主张了。不过要是再见皇上的话，我会替明小媛问一声。"

"这事儿就不劳烦雪选侍了，我可不愿意像杜贵人一样，不明不白地就被禁了足。"明溪月冷着一张脸，夜晚这个狐媚子，居然用这样可怜的语气跟自己说话，谁需要她怜悯了，可恶！

夜晚听到这话，脸色微微一冷，张口便说道："昨儿个明小媛同样在场，杜贵

17

人说了什么，做了什么，你是亲眼瞧见的，今儿个居然说什么不明不白，难道……小媛是在置喙皇上处置不公吗？"

明溪月听到这话，心中一凉，不由得咬紧了唇。她只顾着一时痛快，居然忘记了最后处置的是皇上，她这样说到底有些不妥。没想到自己一时没注意居然上了夜晚的当，当即愤愤地看向夜晚："雪选侍真是好伶俐的心思，我不过随口一说，倒是难为你能想到别处去。"

夜晚也不惧："随口一说？小媛这随口一说可真了不得，不知道的听了去，还真以为我是多么嚣张跋扈的，一两句话就能让杜贵人禁了足。若是明小媛真的想不明白或者是真的忘记了昨天的事情，这里还有阮婉仪姐姐、慧嫔姐姐能作证呢，你说是不是？"

明溪月没想到夜晚这样难缠，气得胸口直颤。

"好了好了，昨天的事情本宫听说了些，杜贵人言语冒失的确该罚，只是雪选侍也该有容人之量，都是自家姐妹，要和睦相处才是。"夏吟月看着二人训诫道，身为六宫之首，说这样的话便是理所当然，而且夏吟月说得不偏不倚，的确是一个主持公道的模样。

忍到这个份上，便是夜晚也佩服其几分。

"是，嫔妾一时妄言，多谢娘娘教导。"明溪月对着夏吟月躬身行礼，端庄有礼，似乎刚才针锋相对的并不是她。

这翻脸真是比翻书还快，果然个个都不是简单的人。

夜晚却并未表态，依旧坐在那里，众人的眼神在她的身上几番流连，夏吟月的脸色便有些难看，道："今儿个乏了，大家都回吧，改日设宴请诸位姐妹一同聚聚。"

"谢娘娘。"众人应声，只有惠妃跟丁昭仪稳坐不动，可见二人地位。毕竟夏吟月不是中宫皇后，不过是代掌六宫之权，惠妃跟丁昭仪位份比她低不了多少，同样资历深厚，这样也是应该。

夜晚走出宜和宫，陌研这才呼了一口气："主子也太胆大了些，吓死奴婢了。"

"有什么可怕的，陌研，你在宫中多年，难道还不明白一个道理，不是东风压倒西风，便是西风压倒东风。明溪月处处针对与我，我若是一味地忍让，这宫里谁还能看得起我？不过是无奈罢了。"夜晚叹一声，谁又愿意呢。

陌研垂声道："小主说的是，只是您根基还不稳……"

"我晓得，懂得分寸，你且放心就是。"夜晚笑。

"夜姐姐，等等我。"

罗知薇的声音从后面传来，夜晚便顿住了脚，转身看去，跟罗知薇一同走来的还有徐灿跟夜晨。

"罗妹妹。"夜晚喊了一声，又看向夜晨唤了一声姐姐，朝着徐灿笑了笑："徐姐姐。"

夜晨走到夜晚跟前，不悦地说道："你方才也太冒失了些，若是万一惹得甘夫人不悦……"

"那又如何？我并未做错。"夜晚截断了夜晨的话，她并没有忽略在大殿里时夜晨落在自己身上那复杂的目光里有着什么，不要说她们姐妹本来就感情不好，如今站在一块不过是因为利益驱使罢了。

"夜姐姐的裙子果然漂亮，难怪叫七彩云纱，在阳光下真是闪得让人睁不开眼睛，恍若在仙境呢。"罗知薇赞道，声音不大不小，正好引得路过的几位妃嫔扭头注目。

那七彩云纱果然是好东西，方才在大殿里无阳光，因此赵容华即便是说了那样的话，众人也没有深刻的印象，此时夜晚立在阳光下，阳光照头洒落下来，微风轻吹，裙裾飞扬宛若在群芳中觅食飞舞的彩蝶身上硕大的翅膀，上下翻飞，果然是七彩斑斓耀眼生辉竟是让人移不开眼睛。如此奢华耀眼的美丽，竟是映衬得夜晚在美人群中不甚出色的脸庞也多了几分出尘之姿，恍若九天瑶池仙子，令人心旌意摇。

夜晚的眼睛夹着淡笑扫过罗知薇的脸庞，罗知薇面色微红似是害羞地垂了眸。夜晚收回目光，这才笑道："若是真的在仙境就好了，哪里还有这许多的烦恼。"

夜晚抬脚慢走，不去管各式各样的目光从每一个角落里射来，步伐悠闲，神态从容，那股子淡然的姿态倒真是令人惊讶。

"若是你还有许多烦恼，我们这凡夫俗子可如何是好？"徐灿抿嘴一笑，侧头看着夜晚说道，"夜妹妹最近还是格外小心些，俗话说'鲜花着锦，烈火烹油'未必就是好事。在这宫里还是小心谨慎些好，你说呢？"

"多谢徐姐姐的提点，今儿个的事情我实在是不知道，没人告诉我这衣裳的料子这么贵重，我以为只是寻常的，不想倒是惹了这么个大祸。"夜晚轻叹一声。

"不身临其境怕是也不知道自己究竟会怎么做，说什么也不过是假想而已。"夜晨垂眸说道，这话是实话，倒没有作假。人没有逼到一种程度，是不会知道自己会做出什么事情来的。

"姐姐这话倒真是不错。"夜晚淡笑，她们两姐妹之间太多的恩怨是非，若说能一下子消弭殆尽尽释前嫌是不可能的，但是夜晚心里总希望至少她们不要撕破脸皮，哪怕是维持着表面的友好也好。

夜晨对着夜晚也是浅浅一笑，两人心照不宣。

罗知薇看着她们,羡慕地说道:"真羡慕你们姐妹在宫里能互相扶持,我要是有一个姐姐或者妹妹就好了。"

"你这话说的,难道咱们现在不是姐妹吗?"徐灿轻声笑道,眼睛却是望向了夜晚。

夜晚也点点头:"咱们未进宫前便是姐妹,难道进宫后还要生分了不成?那可真是被人笑话了。"

"正是,宫中步步艰难,独木难成林,我们都要好好的才好。"夜晨心有感叹,这话说得倒也有几分真心。

四人相视一笑,夜晚知道至少眼前她们是一个联盟的,但是以后……谁知道呢。郦香雪跟夏吟月十年的姐妹情,最后不也是一朝而散了?天下只有永远的利益,没有永远的姐妹。

到了岔路口,夜晚便要跟她们分开,以长秋宫为界,长秋宫西面的宫殿被统称为西宫,东面的宫殿统称为东宫。宫中嫔妃大多住在西宫,西宫宫殿较多,而东宫只有鸾鸣宫、柔福宫跟华阳宫三座宫殿。鸾鸣宫主殿并无人,鸾鸣宫的配殿锁烟楼住着丁昭仪,另一座配殿住着海乐悠。本来丁昭仪身为九嫔之首早就应该搬到鸾鸣宫主殿居住,但是她性子执拗,执意不愿意搬,因此鸾鸣宫的主殿倒不好另行分配人住着,因此一直空着。

柔福宫不要说了,只有夜晚一个,而且跟鸾鸣宫之间还隔着一个偌大的御花园。而华阳宫更是一主殿两配殿都空着,所以东宫的人实在是少得可怜。夜晚居住的地方更是得天独厚,几乎是无人打扰,无人烦心的地方,不像西宫人挤人的,难怪这么多人都嫉妒夜晚呢。

因为是东西两宫的分界点,这会儿路过的嫔妃也较多,夜晚跟夜晨三人正欲分别,却远远地瞧见慕元澈踱步而来。柔和的阳光下,一身明黄九龙纹袍服越发衬托得慕元澈身姿挺拔,玉树临风,龙行虎步,赫赫威风。

众人忙跪地行礼,齐声高呼:"皇上万岁。"

慕元澈走近前来,没想到这会儿遇到这么多人,眼睛便落在队伍中间的夜晚身上。那七彩的裙裾让他不由得眯起了眼睛,那熠熠生辉的光芒几乎掩盖住了在场所有人的光芒。

"诸位爱妃平身。"慕元澈缓声说道。

"谢皇上。"大家都有些惊喜,谁能想到会在这个时候遇见皇上,这样的机会可真是难得,都努力展现自己最柔美的一面,希望能在慕元澈的心里留下一点的痕迹。

站在最前面的正是明溪月,此时正盈盈望着慕元澈,娇声说道:"嫔妾没想到

20

会在这里偶遇皇上，皇上莫要只想着政务也要好好地保重龙体才是。"

慕元澈的眼神从夜晚的身上收回，落在了明溪月的身上，明溪月今儿个一身紫色长袍逶迤在地，裙摆上勾着金线绣着大朵的芍药，妖娆美丽，越发衬得腰如杨柳枝，身子婀娜多姿。

"爱妃这是从哪里来？"慕元澈随口问道，眼角一瞥又落在了夜晚的身上，真是奇怪，这里这么多的女人，姿色各异，妖娆美丽，清雅高贵应有尽有，但是他的心思似乎总是制止不住地看向夜晚。

偏偏夜晚并不像别的女子总是含羞带怯地凝视着他，只是半垂着头立在众人中间，若不是那七彩云纱太耀眼，只怕他都不会发现她在这里。这样的安静，令他有些不悦。

"回皇上的话，嫔妾给甘夫人请安这才刚回。"一边的阮明玉浅浅一笑应道，阮明玉本就是诸女中颜色最美的，此时一身玉色暗纹长袍越发衬托得她高贵不凡。浅浅一笑，令诸女黯然失色。

夜晚冷眼旁观，听着看着这一个个的女子用尽办法想要引得慕元澈的注意，夜晚本以为自己会不在意，只是此刻亲眼瞧见，这才知道有些感情还是忘不掉，它会生生地刻进你的骨血里，融进你的生命里，时时刻刻发芽生长。

夜晚，你要清醒，清醒！

慕元澈点点头，很是赞赏地点点头："诸位爱妃举止有度，知晓尊卑，朕很是欣慰。"

知晓尊卑？夜晚心里嗤笑一声，只是默不作声，依旧站在那里。众人面前，夜晚不想做出什么失仪的事情来，所以她宁愿不说话。

"甘夫人操劳六宫事宜恪尽职责，又为皇上诞下玉娇公主，值得嫔妾们尊敬。"明溪月柔声笑道，眼睛一眨一眨地望着慕元澈，"皇上可是要去宜和宫？嫔妾倒是耽搁了皇上的时间了。"

慕元澈打算去宜和宫的，这是昨儿个就说好的。只是看着夜晚半垂的额头有些发白的脸颊，本来顺嘴说出的话，竟是硬生生地给咽了回去。大步走到夜晚跟前，顿住脚瞧着她。

众人一愣，一时间大家竟是没想到，皇上在这么多美人环绕下，依旧能看得到姿色不甚出众的夜晚。大家的神色便有些微妙的变化，所有人的注意力都转移到了夜晚的身上，竟有些惴惴。明溪月的笑容差点挂不住了，手里的帕子几乎被扯碎了去。

"你怎地会在这里？不是身子还不大好？"

夜晚也没想到慕元澈居然就这样当着这么多人的面，这样关切地询问自己。眼神落在那一双明黄的靴子上，努力让自己保持镇定，开口平缓地说道："嫔妾进宫这

么久，身子抱恙一直未给甘夫人请安，心中甚觉不安。今儿个觉得好了些，便出来了。"

慕元澈拧起了眉头，细细打量着夜晚的神色，思量这话中的真假。

"哦？朕竟不知道爱妃也能这样知礼了。"慕元澈的声音夹杂些笑声，看着夜晚的眼神便有些想要笑，让他相信夜晚知礼，他宁愿相信母猪会上树还比较可靠些。

"皇上这话好没道理，难道嫔妾竟是个不知礼数的蛮人不成？"夜晚柳眉倒竖，怒不可遏，欺人太甚了，她什么时候在外人面前无礼了？"嫔妾可不像有些人，送个衣服也不讲明，害得嫔妾差点丢了脸，让别人以为嫔妾是因宠生娇目中无人呢！"

严喜翻翻白眼，他就知道二姑娘知礼什么的都是浮云啊。

不过这事儿……好像真怨不得二姑娘……

慕元澈被反咬一口，不由得失声一笑："怎么还是朕的错了？"

"皇上定然没错，都是嫔妾的错。"夜晚冷然说道，"嫔妾身子有些不舒服，这便先告退了，请皇上恩准。"

周围的人昨日去过芙蓉轩的自然是见识过夜晚脾气的，一时也不觉得有什么奇怪，毕竟昨天比这个还要发作得厉害。但是这么多人，总有没去过的，瞧着夜晚这样跟皇上说话不由得唬了一跳。

这其中便有远处刚刚走近的惠妃和丁昭仪，两人走得慢了些，这才踱步而来，不承想正听到夜晚这样一句话，丁昭仪只是蹙蹙眉头，她不管后宫之事久矣。惠妃抬头看着夜晚，眼神微凝，迎着阳光，她清清楚楚地看到皇上的面上并无不悦。

惊异，袭上心头。

这般的放肆，皇上竟能忍下了，这个夜晚比自己想象中的怕是要厉害多了。

慕元澈看着夜晚："朕若不准呢？"

越发娇惯得没个样子，当着这许多嫔妃的面，也敢这样使小性儿。

果然是惯不得。

夜晚瞬间有一恍神儿，竟是有些惊讶慕元澈居然会这样说话。明明晃晃的阳光下，慕元澈那俊逸的眉眼微微上挑，嘴角浅浅地勾着，似笑非笑地看着夜晚。那样的眼神似是比阳光还要温暖，还要耀眼，一时间竟是迷了人的眼睛。

"皇上竟是要耍赖吗？好没道理。嫔妾未做错事情，为何不许？"夜晚的口气不由得软了下来，眉眼间的犀利竟似也被这阳光融化开了，嘴角微微地上扬起来，眉梢都带着暖意。

慕元澈凝视着夜晚，忽而又有些疑惑，看着夜晚的微笑淡淡的，却像极了另一个人。许是这风光正好，初夏时节，鸟声啾啾，花草萋萋，竟也让人的心跟着跳动起来。

慕元澈伸手执起夜晚的手，哈哈一笑，进而说道："耍赖的事情朕可未做过，倒是你还欠朕一根簪子，你还说你未做错事情吗？"

提起那孔雀簪，夜晚真是哭笑不得，脱口道："分明是你抢夺在先，何时又成我的不对了？严总管你来评评理，是不是这么回事？"

哎哟喂，你们打情骂俏的，为何躺着中枪的却是我啊？没天理，没天理，太没天理了。

严喜不得不上前，苦着一张脸，极尽谄媚地笑道："依奴才看皇上跟小主都没错，有错的是那店家只做得一根簪子，又做得太好，入了皇上跟小主的贵眼。"

夜晚瞪了严喜一眼，老狐狸！

慕元澈却是笑了，笑吟吟地凝视着夜晚气嘟嘟的俏脸，原来她这般生气的时候，让人瞧着也有一番愉悦之情，竟不能心生厌恶。慕元澈最讨厌女子哭哭啼啼，纠缠不清，夜晚的性子倒是极对他的胃口。

这两人径自说笑斗嘴，却是让周围的人看傻了眼。她们何曾见过皇帝这样跟自己的嫔妃说笑斗嘴，她们没有这样的胆子，没想到夜晚居然这样大胆。而且听着他们话里的意思，似是在宫外的事情，众人的心思不由得转了几转，早就听闻皇上跟夜晚在宫外早已经相识，只是没想到居然还有这样美好的争执，如今瞧着他们回想，竟也能感受到那蜜一样的香甜一般。

"父皇！"

一个娇娇糯糯的童音远远地传了过来，一听到这声音，夜晚的身子不由得微震。身子不由自主地转了过去，就看到一身华服桂冠的夏吟月牵着玉娇公主缓缓走来。

当初郦香雪过世的时候，玉娇公主才刚学会走路，而现在一转眼竟也这般大了。小娃娃生得很漂亮，一身粉色的夏衣越发衬得她粉雕玉琢，活泼可爱。

玉娇公主挣脱夏吟月的手，小跑着朝着慕元澈奔了过来，吓得一帮奶娘宫女追了过来。

慕元澈瞧见玉娇，脸上的笑容更浓了些，蹲下身子将玉娇抱在怀里："跑这么快，不怕摔跤吗？"

"父皇坏，很久没来看玉娇了，父皇不喜欢玉娇了吗？"

第十三章　鲜花着锦时，烈火烹油日

23

第十四章
巧计除敌手，
火中取栗忙

小小的孩子最是单纯，哪有这后宫里的女人这么多心机。在她们幼小的心灵里，只有好与坏的简单分别，只有对父爱的渴望与期盼。夜晚纵然是恨毒了夏吟月，但是看着玉娇却是讨厌不起来。稚子无辜，何必迁怒。

夜晚知道今天慕元澈是要到宜和宫用膳，方才还想既然偶然遇上了，顺手把人给勾走，给夏吟月添堵。但是此时瞧着小小的女娃十分依恋地圈着慕元澈的脖颈，那双大大的眼睛里满是欢喜跟期盼，本来要拽住慕元澈的手无力地垂了下来。

她，始终也有她的不忍心。

夜晚凝视着玉娇的眸子，半晌移开眼睛，却不想正对上夏吟月一双黑漆漆的眸子，带着浅浅的笑，朝着她微微颔首。

夜晚也颔首示礼，嘴角的笑容几乎都要撑不住。

"怎么会，父皇很忙，今天不是来看玉娇了吗？"慕元澈的声音夹着微微的愧疚，轻声哄道。

夜晚的心忽然有些酸涩，如果……当初郦香雪没有被害死，她的孩子能顺顺利利地生下来，此时也应该能在他父皇的膝下承欢撒娇。世间总有不如意，哪能事事顺人心。慕元澈最终去了宜和宫用膳，怀里抱着玉娇公主，另一只手牵着夏吟月，远远地凝望着他们一家三口的背影，夜晚默默仁立风中，良久无语。

"雪选侍在看什么？哦，是羡慕甘夫人有玉娇公主相伴吗？并不是人人都有福气诞下皇嗣的。"赵容华缓步走到夜晚的身边开口说道，一时间吸引了众人的注意力,齐齐朝着她们看来。

夜晚此时心情糟糕,心里隐隐有怒火,听到赵容华的话,怒火上涌。但是她越生气,面上笑得越甜美。眉梢眼间全是浓浓的笑意,嘴角高高地扬着,声音温柔如春风,开口答道:"自是羡慕的,有女承欢,天伦之乐,令人向往。不过嫔妾刚进宫,年纪又轻,一点也不着急。倒是容华姐姐进宫多年并无所出,怕是要多多地精心照顾自己的身体才是。容华姐姐真是说的没错,不是人人都有福气诞下皇嗣。"

赵容华本来是要讥讽夜晚进宫这么久还未承宠,却不想反被夜晚讥讽一番。面色赤青,夹着愤怒:"雪选侍果然是一张利嘴,常听旁人讲起,今日一见果见传闻不假。"

"容华姐姐过奖了,妹妹不敢当。天也不早了,妹妹也该回了。"夜晚无心再与赵容华纠缠,就算赵容华现在看自己再不顺眼,也断然不会当这么多人的面对自己做什么授人以柄。

"妹妹慢走,你身子不好,可要走稳当了。"

听着赵容华的讥讽,夜晚回头,一笑。"这宫里地方大,人又多,我刚入宫还不熟悉,有了容华姐姐的提点,自然是要步步当心。"

赵容华气急,只能强压下,转身离开。

自那日后,宜和宫又变得热闹起来,慕元澈一连几日留宿,更加让新进宫的宫嫔看到了甘夫人的盛宠。夜晚一连几日告病并不曾出门,所有的访客全都拒之门外,徐灿跟罗知薇联袂而来,倒是夜晨并未一起跟着,夜晚知道那天的话终究是撕破了脸皮。

夜晚并不想这样做,只是再也不愿意这样防着自己的亲姐姐会什么时候对自己下黑手,日日虚与委蛇着实累得慌。

让了两人坐下,夜晚病恹恹地斜倚着姜黄色缠枝花的靠枕,玉墨奉上茶来,立在一旁伺候着,为夜晚轻轻地打扇驱蚊。

"听说你又病了,我们便过来看看,可好些了?"徐灿关切地问道,看着夜晚的神色倒不像是作假,像是真的病了。

"好多了,我这副身子多灾多难的,十日里总有三四日不舒坦,算不得稀奇了。如今太医院的韩太医照看着,倒也好过了些,只是每日都要喝些苦药,最是恼人。"夜晚笑道。

"夜姐姐竟是怕吃药吗?倒是跟我一样呢。"罗知薇睁大眼睛笑着说道,"只是药再苦也是要吃的,这样身子才能好起来,我们又能在一起玩了。"

"我也想快些好起来,整日的缠绵病榻闷也闷死人了。"夜晚叹道,看了看天色,瞧着徐灿跟罗知薇说道,"你们是从宜和宫直接过来的?"

"是，本来昨日就想来看你，只是赵容华派人请了去看戏，不好不去，所以今儿个才来，妹妹莫要见怪才是。"徐灿解释一番。

"赵容华倒是有闲情，居然摆了戏。不知道都是请了哪些去？"夜晚似是无意地问道，赵容华是夏吟月的走狗，夜晚自然不敢大意。她能设宴请人听戏，必是夏吟月允了的，就是不知道她们在打什么主意。

"新进宫的几乎都请了个遍，便是尤婕妤都给了面子去了，惠妃娘娘只说身子不爽利并未到场，但是派人送了上好的茶点过去。甘夫人开场的时候略坐了坐便离开了。丁昭仪素来不理这些因此并未去，倒是绛云阁的海采女去了。"罗知薇嘴快叽里咕噜地全都吐了出来。

夜晚听着一一记在心里，面上却是丝毫不显，说道："位份低的哪里敢拒绝不去，赵容华仗着甘夫人的腰杆倒是狐假虎威得很。"

"她没给姐姐送帖子吗？"罗知薇惊讶地问道。

"送了，只是我身子不好，哪里能出去受风。"夜晚透过窗子看着外面开得正艳的花朵微微出神，这宫里的事情本就是如此，甘夫人得势，赵容华自然是水涨船高。

徐灿此时抬起头来，忧心忡忡地说道："咱们新进宫的这么多人，竟然无一人能分得甘夫人的宠，可见往昔听闻甘夫人宠冠后宫可不是虚言。这样长此以往，还有什么出头之日。原以为妹妹跟皇上情分深厚，谁知道这几日竟是也没来探望。"说到这里徐灿压低了声音说道，"听说宜和宫那位日日拿着公主做引子，皇上疼爱公主……新进宫的很多嫔妃都投了甘夫人，日日奉承，好不得意。长此以往，只怕一人独大，再难有出头之日了。"言毕叹息一声，忧色重重。

罗知薇也拉着夜晚的袖子说道："姐姐不出门，不晓得外面传得多难听，说姐姐借病邀宠，谁知媚眼抛给瞎子看，皇上竟不理会。气死我了，奈何我地位低微，无法与人争辩，只是为姐姐不值。"

夜晚听着这二人的话，一搭一唱说得极好，不外乎是希望自己出手与夏吟月争宠。两强相争，她们渔翁得利，倒是打得极好的算盘，难怪今日夜晨并未来，想来是这二人也并未请夜晨一起前来才是。又或者是邀请了，夜晨婉拒了。以徐灿的精明，自然是会看得出她们姐妹之间的生分。

夜晚垂头凝思，夏吟月在慕元澈心中的分量岂是随意能撼动的，若是这样，郦香雪也就不会死了。这些人不明白，也不懂得，夏吟月能这么多年专宠，自然是有她的好处，想要击垮她可不是一朝一夕的事。

夜晚并不傻，这几日有病不出，不过是因为已经猜到这个结果。只看着那一日慕元澈对着玉娇公主的愧疚，也能想到宜和宫会有几日的专宠。慕元澈登基这么多年，只有一个女儿，自然是宝贝得很。

与一个孩子争风头，才是傻子的行为，这不是上赶着让慕元澈厌恶？

这样的赔本买卖夜晚自然是不愿意做的，想来徐灿这般的聪慧自然是能想明白这一点，这才想要撺掇自己出头，只可惜她打错了算盘。

"你气什么，她们只管说她们的，我自是我。"夜晚道，"我身子不好，要安神静气地养着，实在是没有工夫争风吃醋。若是没有了性命，一切不是空谈？再者说了，皇上对我也不是你们看到的那般看重，不然的话也不会这么几日都不理会我了。旧爱新欢，左右逢源，谁还能记起一个病秧子，罗妹妹实在是太高看我了。"

罗知薇听到夜晚说这话便红了眼眶："姐姐怎可如此灰心，皇上对姐姐岂会无情？独居柔福宫，赐穿七彩云纱，这样的荣宠可是别人都没有的，姐姐万万不可妄自菲薄。"

"是啊，你现在好好地养身子，等你身子好了，再来说这些事情不迟。"徐灿转开了话题，说起了宫中的一些琐碎小事，但是夜晚的心思却是不在此处。她们看着夜晚的精神萎靡，略坐了坐也就告辞了。

陌研端了鸡丝燕窝粥上来，放在夜晚身前的炕桌上。玉墨拿了软枕给夜晚垫在身后，忧心说道："小主的精神一日短似一日，要不换个太医瞧瞧，韩太医的医术只怕是及不上院正大人的。"

陌研打量着夜晚的气色，心里也是着急不已："玉墨姐姐说得极是，听说院正杨大人医术高明，不如小主就请了他来。"

"我一个从七品的末流嫔妃，哪里能请得动院正大人，不用劳烦。韩太医的药也还使得，我这两日精神不是好多了？"夜晚露出一个微笑，燕窝粥喝了一半便推开去，道，"我躺一会儿，等会儿韩太医到了再叫醒我。"

"是。"两人齐声应道，收拾了东西这才抬脚走了出来。

玉墨看着陌研，低声说道："表妹，小主不许我们往明光殿报信，可是小主的身子一日不如一日，还是要跟严总管说一声好，请严总管请了院正大人给小主看看才是。"

陌研点点头："是不能这样下去了，每日睡的时间越来越长，再这样下去可不好。你走一遭，我在这里守着，免得等会儿韩太医到了无人招呼。"

"行，我先去了。"玉墨说完就走了，陌研将手里的托盘递给旁边的小宫女收下去，自己则望着内室默默出神。

韩普林到的时候，夜晚刚睡下，陌研便道："请韩大人稍等，奴婢这就去唤醒小主。"

韩普林看着陌研忙道："不急，我正有几句话要问姑娘，不知道姑娘可方

第十四章　巧计除敌手，火中取栗忙

27

便?"

"不知道大人要问什么，若是奴婢知道的，自然会知无不言。"陌研请了韩普林坐下，这才开口说道。

"我只是想问一下小主这几日睡得还是那样沉？饮食方面可有什么不妥？睡醒的时候精神如何？"韩普林道。

"小主这几日睡的时辰越来越长，饮食也是越来越少，便是醒了精神也不怎么好。韩大人，小主这是怎么了？好端端地竟会这样贪睡起来，令人心里着实不安。"陌研十分紧张地问道，看着韩普林的眼神便有些质疑。

韩普林似是未曾看到，沉吟一番说道："我给小主扶脉，并未发现脉象有何不妥，只是十分奇怪小主为何如此贪睡，这很有些不正常。不如陌研姑娘这几日尽力地陪着小主四处走走，白日尽量不让她睡，然后我再看看是哪里出了问题。"

"韩大人这样说，便是药材没问题。小主的身体也没有别的病症，唯有贪睡。可是大人怀疑什么？"陌研又问道。

"现在还不好说，一切有劳陌研姑娘了。"韩普林郑重地说道。

陌研神色一凛，也不敢轻忽，忙道："陌研记住了，这几日定会好好地陪着小主走动，那药还喝吗？"

"我把药方稍微地改了一下，药还是要喝的。小主身子本就有旧疾，不敢大意了。"韩普林神色凝重地嘱托道。

陌研就点点头，这时便听到夜晚的声音传来，忙说道："小主醒了，我这就去看看，请大人稍等。"

韩普林点点头，看着陌研掀起帘子进了内室，一个人坐在外面慢慢等待。

很快陌研就出来了，笑着说道："小主请韩大人进去。"

"是。"韩普林提着医箱走了进去，就见夜晚已经梳妆完毕，端坐在那里，便福身行礼，"微臣韩普林给小主请安。"

"韩大人快请起，我这身子这么不中用，劳累韩大人日夜奔波。"夜晚笑道。

"这是微臣的本分，不敢言辛苦。微臣给小主扶脉，不知道小主今儿个觉得身子如何，可有哪里不舒服？"韩普林站起身来，一边询问，一边躬身给夜晚扶脉。

"倒也不觉得有什么难过，就是觉得精神差一些，老想睡。"夜晚无奈地说道，侧头对着陌研说道："给大人沏茶来。"

"是。"

陌研应声转身去了，屋子里只剩下夜晚跟韩普林二人，夜晚低声问道："事情办得如何？"

"小主请放心，一切妥当。只是……微臣有些担心，会不会太冒险了些？"韩普林眉头紧皱，十分不同意夜晚这样的举动。

"富贵险中求，大人不要忘了这句话。你若想做人上人，总是要付出些代价的。"夜晚无奈地说道。

"小主说的是，倒是微臣妇人之仁了。"

"大人不是妇人之仁，只是心存仁心而已。"夜晚淡笑一声，抬头看着韩普林，一字一字地说道，"当初在夜府，我就曾跟大人说过，我夜晚绝不是庸碌之辈，大人想要的，我是一定能给你的。但是前提是，大人一定要跟我同心同力演好这场戏才是。"

"小主蕙质兰心，聪明绝顶，微臣拜服。只是……小主也要顾惜自己的身子，这样每日用药，天长日久的恐会伤身，还是早些停了的好。而且，用量过多，对以后生育也会有妨碍。"韩普林低声劝道。

夜晚轻轻抚着肚子，闭目叹息一声："多谢大人提点，只是别人要害到我头上，我也是没法子，只能用这种方法反击回去。既然大人觉得时机已到，便停了那药吧。"

韩普林终于松了口气："小主能想通最好，幸好微臣药量控制得极好，只是今儿个这药一停，最多不能超过三天，小主一定要动手，不然这药效可就散了。"

夜晚点点头，听着外面有脚步声靠近，没有再说话。

陌研端了茶进来，笑着奉给韩普林，韩普林忙谢过了，又说了一番话交代给陌研这才提着医箱离开了。

韩普林走后，夜晚又有些想要睡，陌研想起韩普林的话，便尽力逗着夜晚说话，还劝着她到院子里走一走。奈何夜晚眼皮沉重，不肯出去，竟是和衣就在榻上躺下了。

陌研心里着急，忙拿了薄毯过来给夜晚盖上，正要出门寻玉墨，一掀帘子便听到有脚步声靠近，以为是玉墨脱口便说道："你怎么才回来，小主又睡了，这可怎么是好，一天十二个时辰要睡上七八个时辰之久，这样下去怕是真的要出事，让你跟严总管说了没有？"

陌研打起了帘子，这才发现帘子外面站着的竟是皇上，忙扑通跪了下去："奴婢无状，冲撞了皇上，请皇上恕罪。"

"你且起来，你方才所说是怎么回事？你们小主怎么了？"慕元澈问着就大步地走了进来，一进来便看见夜晚穿着家常的宽衣，盖着薄毯，在榻上睡得正香。

陌研忙抹了一把泪，低声说道："回皇上的话，自那日给甘夫人请安回来后，小主便有些精神不好，请了韩大人来诊脉，说是小主受了风，小主内腑受过重伤，因此身子比旁人弱多。长时间站在外面，夏风湿热因此身子便受不住了。这五六日了

29

一直吃着药，可是小主每日睡的时辰越发的长了，韩大人也不晓得哪里出了问题，琢磨着要换换方子试试。"

"怎么不派人跟朕说一声？"慕元澈凝眉怒道。

陌研心中一颤，忙跪了下去："不是奴婢不说，是小主说皇上日夜忧心国事，国务繁忙，怎么还能用这些小事烦扰您，因此不许奴婢们通报，只是悄悄地请了韩大人来，不曾想这病竟是越发的厉害了。今儿个睡了四个多时辰，才清醒了半个多时辰竟然又睡着了，奴婢实在是担心得紧。"

"若不是玉墨跟严喜说，朕竟还不知道出了这样的事情。你家小主不让说你们便不说了？你们好歹是御前出来的，该做什么不该做什么也不知道了，要你们何用？"

"奴婢知罪，奴婢知罪，请皇上责罚。"陌研跪地请罪，眼中一片泛红。

"若你们小主好好的也就罢了，若是真的有什么，你们就跟着一起去吧。"慕元澈怒斥道，坐在榻边看着夜晚昏睡的模样，心里一片焦躁，"让杨成来请脉！韩普林治不好你们小主的病，便不知道换一位太医？这样的事情都不会做了？"

陌研甚是委屈，哽咽道："并不是奴婢没去请，而是杨大人一直是给皇上、甘夫人诊脉的，哪里肯屈尊降贵给一个小小的选侍扶脉，奴婢让玉墨去请，都没请来，杨大人说玉娇公主这两日受了风寒他走不开，就是不肯来，奴婢也没办法。这事儿小主都不知道，若是知道了说不定会怎么伤心呢。"

慕元澈紧抿着唇，眼神落在夜晚的身上久久不语。玉娇贪玩受风得了风寒，因此杨成一直在宜和宫看顾着，这件事情他也是知道的，只是没想到这个时候夜晚居然也生了病。

"传朕的旨意，让杨成速来芙蓉轩。"

"是，奴婢遵命。"陌研转身就去了，竟在门口差点跟玉墨撞在一起，玉墨一把将陌研拉到一旁，低声问道："你这是怎么了？"

"你去哪里了，怎么才回来，皇上在里面呢。"陌研拉拉表姐的袖子急道。

"我先去明光殿寻了严总管说了事情的原委，便去请杨院正了。"玉墨低声说道。

"杨院正可愿意来？"陌研咬牙问道。

听到这话玉墨差点红了眼眶，恨恨地道："杨院正说要为玉娇公主看着药，挪不开身。我竟不知道，堂堂一个院正大人，居然要亲自看着药炉子的。这分明就是托词不来芙蓉轩，简直就是可恶。"

陌研冷笑一声，拉着玉墨就往里走，附身在她耳边低声数语。看来她们姐妹离了明光殿，别人还真当她们不中用了。

30

慕元澈听着玉墨的哭诉，神色越来越黑："你说的可都是真的？"

"奴婢句句是真，若是有一字虚言，甘愿接受惩罚。"玉墨重重地叩了一个头，额头上瞬间一片青红，只见她抹一把泪又说道，"皇上，小主自从病后，除了韩大人愿意前来，太医院的诸位太医没有一位肯来的。小主病势渐沉，奴婢们实在是没有办法了，前去宜和宫几次求见，都被门口的奴才挡了回来，说是皇上陪着公主不得闲。小主又不许奴婢们去明光殿……可是小主再这样下去，就怕一睡不醒了，奴婢也只有豁出去求了严总管。皇上终于来了，小主也就有救了，求皇上为小主做主。皇上几日不踏足芙蓉轩，那些拜高踩低的处处克扣芙蓉轩的用度，便是小主每日用来养身的血燕也被换成了成色不佳的白燕，即便这样每次去取也是好一番言语才能拿到，小主身子本就弱，这样每日苦熬着……奴婢们瞧着也心疼……"

"朕竟不知道宫人之人心竟坏到这种地步，着实可恶！"慕元澈大怒。

此时被这声音一惊，夜晚茫茫然醒来，揉揉眼睛，瞧着眼前的慕元澈问道："你怎么在这里？谁惹你生气了？"

慕元澈看着夜晚比前日越加瘦削的脸庞，面带愧色，握住夜晚的手，柔声说道："你病了怎么也不肯跟我说一声？"

夜晚闻言神色微僵，然后才道："那日我瞧见玉娇公主很是眷恋你，听说这几日你都陪着公主玩耍，我不想让你为我的事情烦心。反正我这身子总是这样不好，没什么大惊小怪的。只是如今入夏了，越发地贪睡了，睡得这般沉竟不知道你来了。"

听着夜晚的话，慕元澈心里滋味难辨，瞧着夜晚坐起身来拢了拢鬓边的碎发，神色很是憔悴。她自己只是以为入夏天热这才贪睡，丝毫不知道竟是自己的身子出了问题。当下也没说破，不让夜晚忧心，便跟着笑道："你跟我倒是生疏了。"

夜晚闻言，放在鬓边的手微微一顿，垂眸，良久才道："我们何曾亲近过？"

慕元澈听到这话倒是一怔，是啊，他们之间朋友不像朋友，夫妻不像夫妻，情人又不像情人……夜晚这样一说，他倒真不知道他们之间算什么了。

慕元澈沉默，夜晚也不说话，眉眼间带着倦意，看着跪在地上的玉墨，皱眉说道："你犯了什么错，要这样跪着，可是惹怒了皇上？"

"是奴婢没用，想要请杨院正给小主诊脉也请不来。"玉墨垂头哽咽，本就觉得委屈，夜晚这样一问，倒是越发委屈得眼泪成串地往下掉了。

夜晚黛眉轻皱，微怒："早就跟你说过有韩大人照看我的身子，怎么还去劳烦院正大人。院正大人每日这么繁忙，还要顾着玉娇公主的身子，以后不要去了，你自己下去领板子吧，想想错在哪里了。"

玉墨听到夜晚这话，低泣道："玉娇公主金尊玉贵哪个敢不尽心，可是小主缠绵病榻已有多日，杨院正就真的连挪开身一时半刻的时间也没有？难不成熬药都是院

第十四章　巧计除敌手，火中取栗忙

正的职责？奴婢就是气不过他们这般的拜高踩低，奴婢只是心疼小主。奴婢愿意受罚，只要小主能好起来。"

夜晚侧过头，眼眶湿湿的，拿着帕子悄悄地将眼角的泪珠拭去。

慕元澈倒是看不下去了，看着夜晚说道："玉墨并未做错，便不要罚她了，是朕疏忽了。"

朕……慕元澈用了这个字，可见方才夜晚那句话真是让他为难了，夜晚现在也摸不清楚慕元澈对她到底是什么心思，一时间只觉得疲惫至极，日日地与人钩心斗角，却连眼前这个男人的心思都摸不清楚，算计来算计去，又有什么用。

竟有些心灰意冷的感觉，夜晚看着慕元澈："皇上请回吧，嫔妾并无大碍。"

慕元澈凝眉："朕让杨成来给你诊脉，你好生地养着。"

"韩太医医术甚高，是我自己身子不中用，换了哪一个太医都是一样的。玉娇公主染了风寒，身边也离不得太医，皇上要这样做又将嫔妾置于何地？我难道还要跟公主抢一个太医吗？"夜晚气急便忍不住咳嗽几声，面色泛红，喘着气，看着慕元澈竟是丝毫不肯让步的样子。

慕元澈一直知道夜晚的性子执拗，只是这一刻瞧着她这般的执拗，竟有些心疼的感觉。

"玉娇的身子已无大碍，你不用担心，好生养着吧。"慕元澈留下这句便大步离开了。

杨成便风尘仆仆地赶来了，额头上一层细密的汗珠，可见是路赶得紧。

"微臣太医院院正杨成见过雪小主，给小主请安。"杨成跪地行礼，神态谦卑中还带着一丝紧张。

"杨大人有礼了，快请起。"夜晚忙道，"都是皇上太紧张了，不过是一点小毛病，哪里就能让院正大人如此急急忙忙地赶来。"

"微臣不敢，这是微臣的职责。前番实在不是微臣不愿来，而是玉娇公主的病情实在不敢轻心，还请小主恕罪。"杨成恭敬地说道。

"杨大人不用放在心上，公主千金之体自然是要格外当心。"夜晚浅笑。

杨成看着夜晚神态谦和，说话温柔，实在是跟传闻中的那人一点都不一样。心里着实松了口气，忙上前一步说道："微臣给小主请脉。"

夜晚闻言便伸出手腕来，杨成伸手搭上腕间。夜晚并不说话，只是静静地等着，偌大的屋子里针落可闻。

杨成的眉头微微地皱了起来，神情似有些不解之处，收回手，看着夜晚询问了一些问题，夜晚一一答了，便听到杨成说道："微臣现在也不敢妄言，之前一直是韩太医负责小主的脉案，等到微臣跟韩太医商议过后，再给小主开个方子。"说到这里杨成微微一顿，看着夜晚又问道，"不知道韩太医给小主开的方子可还在，能否让微臣一观？"

"自是可以，杨大人是太医院的院正，医术最是高明，有什么不可以的。"夜晚笑道，转头看着玉墨说道："将韩太医开的方子拿来给杨太医一观。"

"是。"玉墨忙躬身回答，转身开了多宝阁下方的抽屉，将一张纸拿了出来，上前走了两步递给了杨成。

杨成伸手接了过去，细细地查看韩普林开的方子，越看眉头拧得越紧，但是很快地又舒展开了，将方子递给了玉墨，对着夜晚说道："小主先用着这方子也好，韩太医的方子开得并未出错，只是有几位药的用量微臣回去后再跟他商议下。既然小主的病情并未缓和，将其中几味药的药量调整一下许是就会有效果了。"

"如此有劳杨大人了。"

"微臣不敢当，这就告退了。"

"陌研，送杨大人。"

陌研亲自将杨成送了出去，夜晚从玉墨手中拿过那张方子，嘴角勾起一个冷冷的微笑。这方子并未出错？真是好一个院正大人。

"将方子收好了，日后许是会用到。"

"是，奴婢知道了。"玉墨并未多想，以为还跟往日一样，将方子又放了回去，这才看着夜晚说道，"小主，天色还早，不如出去走走吧，这样躺着也会乏的，走动走动还能活动筋骨，晚上也能多吃一些，身子也能好得快一些。"

夜晚点点头，扶着玉墨的手往外走，走到门口就遇上了回来的陌研，只听陌研回道："小主，惠妃娘娘跟前的冰琴求见。"

"惠妃？"夜晚抬头看着正走进来的冰琴，淡淡地笑着凝视着对方。

冰琴进来便躬身行礼："奴婢见过小主，给小主请安。"

"起来吧，是惠妃娘娘有什么吩咐，倒是让你亲自跑一趟？"夜晚迈下台阶看着冰琴说道，神态柔和，眉眼疏朗。

冰琴笑着说道："回小主的话，我们娘娘明儿个设宴在弄玉小筑听戏解闷，想请小主一起过去热闹热闹，不知道小主可有时间？"说到这里冰琴顿了一顿，笑着又说道，"那弄玉小筑就在太液湖边上，听戏赏景两不误呢。"

"本来不想去，最近身子总是懒懒的。听你这样一说倒是有些心动了，你去回惠妃娘娘明儿个嫔妾一准去凑个热闹。"夜晚笑道。

"是，我们娘娘知道了定会很开心，奴婢就告退了。"

"玉墨，你去送冰琴。"

"是。"玉墨应道，转身看着冰琴说道："冰琴姐姐请吧。"

第十四章　巧计除敌手，火中取栗忙

33

看着两人往外走去，夜晚扶着陌研的手顺着青石甬路慢慢地踱步往前走。日头偏西，仰头一看便能看到火红的晚霞布满了半边天，灿烂如锦绣，绚丽多姿。

"陌研，你说惠妃娘娘好端端的怎么会请人听戏？前两天赵容华可是刚请人听过的。"夜晚现在逐渐倚重陌研跟玉墨，开口问道。

陌研沉思一番，这才说道："回小主的话，奴婢一时间也猜不透。"

夜晚便抬头看着陌研，她知道陌研比玉墨可稳重多了，因此故意让玉墨去送冰琴，好询问陌研的意思。没想到陌研竟回她这样一句，难道陌研竟是要明哲保身吗？

陌研对上夜晚打量她的眼神，也不慌张，神态沉着，微微一笑，又接着说道，"小主跟惠妃娘娘也是接触过的，便是奴婢不说，小主也知道惠妃娘娘是个谨慎的性子，请人听戏这样的事情便是一年里也未必有两三回。这回赵容华前脚请了众人听戏，惠妃娘娘紧接着也请大家听戏。奴婢想着这里面肯定不简单……想来怕是跟宜和宫有关。"

陌研最后一句话声音很轻，若不是夜晚凝神去听，只怕是要错过了。

"原来你也是这般想的，竟是跟我想到一处去了。"夜晚看着陌研的神情多了几分赞赏，很是满意陌研如今的态度。

"小主可有什么打算？"陌研低声问道。

"你说惠妃特意派了冰琴来请我，是为何？"

"若是派了别人来，怕小主推脱不去。"

"是啊，冰琴是惠妃娘娘跟前的大宫女，你说惠妃为何一定要我去？"

陌研皱眉，缓缓地说道："惠妃娘娘在宫里的名声也是极好的，跟甘夫人倒是不相上下。惠妃娘娘究竟为什么这样做，奴婢真是一时看不透。"

夜晚却是笑了，看着陌研的双眸，一字一句地说道："你不知道我却知道，因为惠妃想要跟甘夫人抗衡，如今甘夫人一人独宠，占了半边天。惠妃那边难免失势，为了跟甘夫人平分秋色，我这个众人眼中皇上的心头肉，自然是一个极好的利用对象。"

陌研一愣，便有些着急地说道："小主既能猜到这一点，为何还要答应？岂不是太危险了，不如奴婢想个办法推辞了去。"

"不用，螳螂捕蝉，黄雀在后。她能利用我，我却自有我的张良计。"夜晚握着陌研的手很是用力，眉眼间带着一层厉色。俯身在陌研身边低声数语，唬得陌研差点一屁股坐在地上。

"小主，这要是万一弄不好，您会没命的，奴婢……不敢……"

"陌研，想要在这宫里出人头地，不被人欺负，你说我可还有别的路能走？"夜晚冷笑一声，夏吟月利用玉娇公主稳住了慕元澈，下一步只怕就会对自己出手。

34

只看杨成奉她之命不为自己诊病，且看出了那张方子有问题也瞒着不报便能瞧出端倪了。

现如今，夜晚只会先下手为强，夏吟月，这一局，孰胜孰负呢？

天刚黑的时候，韩普林提着医箱到了，玉墨将人迎了进去，又悄悄地退出来守在门外。

"我给他看了你写的那张方子，果然不出你所料，他瞧了问题却没有说出来。"

"杨成狡猾多疑，又生性谨慎。知道微臣是专为小主扶脉的，既然我开的方子有些不妥当，他也不会当场直说的。"韩普林收拾好医箱低声回道。

"那你看他会怎么做？"

"微臣觉得杨成定会将此事说给甘夫人听。"

"如果他真是甘夫人的走狗，为了讨主子欢心，想要立功，自然会将这件事情说给她听。"夜晚冷哼一声，抬眼看向韩普林，就见他的眸子里夹着阴暗不明的火苗一簇簇地在燃烧。

韩普林跟杨成素有嫌隙，虽不至于你死我活，却也是势同水火。韩普林想要振兴韩家就一定要将杨成给打压下去，不然的话杨成一日压在他的头上，他便永无出头之日。

正因为这样，夜晚才会顺利跟韩普林联手。不过也亏得韩普林有这样的胆子，居然敢跟自己一个从七品的末流选侍联手，雪中送炭到底是比锦上添花容易被人感恩。

"只要杨成出手，小主只管放心，一切包在微臣的身上。"韩普林神色郑重地说道，毕竟是攸关性命，夜晚能将她的性命托付给自己，韩普林也觉得肩上的担子极重。

"韩大人医术高明，我有什么可担心的，一切按照咱们的计划行事。"夜晚一锤定音，舍不得孩子套不住狼。自己要想跟夏吟月真的有一拼之力，必须要先在后宫立住脚。自己现在地位尴尬，慕元澈心思不明，他既然无法自己做出抉择，她就逼着他做出抉择。

"是，微臣告退，明儿个微臣已经跟同僚换了班，会一整天都在太医院值班，小主只管安心就是。"

夜晚点点头，看着他说道："成败在此一举，韩大人要想出人头地，自然是会谨慎对待的。"

韩普林浅浅一笑，即便是早就知道夜晚不是一个简单的寻常女子，但是依旧被夜晚的计划给镇住了。敢拿自己的性命做赌注，在这后宫闯出一片天来，就凭这份胆

第十四章　巧计除敌手，火中取栗忙

量跟智谋，他也觉得自己不会跟错人，日后韩家一定会重新兴旺起来。

送走了韩普林，夜晚用过晚膳早早地睡下了，今晚是陌研值夜，夜晚听到她轻手轻脚熄灭灯烛的声音，缓缓地闭上眸子。

也不知道过了多久，隐隐约约听到外面有说话的声音，夜晚睡意渐退，正要开口问一声，却听到慕元澈的声音传来，不由得就将到口的话咽了回去。侧耳倾听，只听到他的声音徐徐传来："……睡得可还安稳？心情可好？"

陌研的声音也压低了传来："回皇上的话，小主就是睡得太安稳才令人担心，皇上走后小主一整日都闷闷的。"

"好好照顾她。"

"奴婢遵旨，奴婢还有句话说，请皇上恩准。"

"你说。"

"回皇上的话，奴婢跟表姐年岁都不大，很多事情也想不周全，要是有位管事姑姑能时时提点，奴婢们也不会遇到什么事情便会失了分寸。"

"这是你自己的想法？"

"是，这些日子眼看着小主精神不好，胃口也不好，奴婢想尽了法子也没什么起色。一直听说丁昭仪性子冷淡，对什么事情都冷淡得很，对人也冷淡，但是却唯独对她跟前的管事姑姑舒姑姑和颜悦色，奴婢打听后才知道昔年丁昭仪身子不好的时候，便是这位舒姑姑好言相劝，处处照顾周到，又能说些典故逗人开心。奴婢没读过多少书，嘴也笨，也没见过多少世面，想着若是芙蓉轩也能有像舒姑姑这样的人陪着小主，想来小主心情好了，身体也就好了。"

"舒姑姑……"慕元澈的声音带着些迷茫之音，就好像是穿透重重雾霭而来，那是皇后怜惜丁昭仪失了孩子，特意给她寻来的人，"照顾好你的主子。"

慕元澈的声音渐渐远去，夜晚静静地躺在那里，隔着帐子似乎还能听到慕元澈的叹息声在耳边环绕。眼角湿润，满脸讥讽，这样一个薄情寡义，明明下旨将郦香雪赐死，又生怕惹得郦家不满，进而对外宣扬她是自缢身亡的男人，居然还能语带惆怅……

第二日夜晚打扮齐整便出了门，要从芙蓉轩到弄玉小筑，几乎是跨越了大半个皇宫，路途极远。夜晚没有软轿可坐，只能步行而去，没想到一出门倒是遇上了丁昭仪，瞧着丁昭仪的打扮，看来也是到弄玉小筑赴宴的。

"嫔妾见过昭仪娘娘。"夜晚行礼。

"雪选侍这是也要去赴惠妃娘娘的宴会？"丁昭仪纤纤素手打起了轿帘，探出头来看着夜晚，声音清冷如朝露。

夜晚倒是有些意外丁昭仪会跟自己聊天，便笑了笑："正是，娘娘这是也要过去吗？"

丁昭仪头饰素淡，打扮也清清爽爽的，听到夜晚的话点点头，微微犹豫，便道："从这里到弄玉小筑路途遥远，雪选侍大病初愈，不如坐我的轿辇一起过去？"

夜晚很是意外，抬眼看着丁昭仪，苍白的面色上浮上一层笑："嫔妾怎么好打扰娘娘？"

"无妨，上来吧。"丁昭仪说道，挥挥手让抬辇的太监落下轿辇。

夜晚只得笑道："如此嫔妾多谢娘娘抬爱。"说着就扶着陌研的手上了轿辇。

大力太监稳稳地抬起了轿辇，平稳地往前行走。夜晚打量着这轿辇，装饰并不多，四角垂着海棠色的杭绸缠枝花香囊，藕色的轻纱悬于身旁，隐隐有暗香浮动，令人心旷神怡。

"嫔妾自进宫这是第二次出了柔福宫的大门，没想到这两次都能遇上娘娘，真是嫔妾的福分。"夜晚打破沉默，开口笑道。丁昭仪素来话少，若是她不开口，只怕一直到弄玉小筑都要这样寂静无声的。

听到这话，丁昭仪的神色也柔和了些："本宫也有些意外，我这些日子也甚少出来，倒是也没想到两次都遇上了雪选侍。听闻你身子不大好，如今可是好多了？"

"多谢娘娘挂怀，还是老样子，整日的只觉得困顿，爱睡得不行。"

丁昭仪眉头轻蹙："倒没听说过什么病症是爱睡的。"

"太医说是身子乏力，这才少了些精神，好生养着也就是了，不是什么大病。"

"哪个太医给你瞧的？"丁昭仪皱眉问道，侧过头打量着夜晚的神色，眉心隐隐地皱成一团，想要说什么又咽了回去，眉眼间又恢复一片清冷。

"起先是韩太医，后来皇上又派了院正大人瞧了瞧。"

丁昭仪默默地点点头，又不言语了，转头直盯着御花园中的花花草草，似乎忘记了轿辇中还有一个夜晚。

夜晚并没有忽略了丁昭仪方才欲言又止的神情，但是两人没什么交情，自然不好交浅言深。不过夜晚能肯定，丁昭仪方才打量自己，心里一定是想到了什么，只是她究竟想到了什么，居然闭口不言？

这样一路沉默到弄玉小筑，两人下了轿辇，夜晚却又听到丁昭仪说道："等会儿你跟我一起坐，宴席过后也好一起回去。"

夜晚还真是有些受宠若惊，难得见到清冷的丁昭仪居然会这样对待一个人。

"嫔妾怎好还要麻烦娘娘？"

"顺路而已。"

夜晚无奈一笑："如此自然是恭敬不如从命了。"

听到这话，丁昭仪难得地笑了笑："走吧。"

弄玉小筑建造得十分精美，是两层小楼，檐角飞扬，雕刻精美，门前的柱子上刻着一圈圈的纹饰，望之颜色艳丽，华美不凡。

还未靠近，便听到里面有欢声笑语传来，而且楼前的空地上也已经搭起了戏台子，正有宫人来回忙碌着。

"昭仪妹妹来了。"惠妃亲自迎了出来，紫罗兰的曳地凤尾裙金线织就，银线勾勒，华服锦冠尽显高贵雍容之姿。多年高位造就的威仪，令人望之生畏。

夜晚心里叹一声，惠妃跟以前终究也不一样了。惠妃以前性子敦厚，从不张扬于人前，如今瞧着她华服锦冠，威仪尽露，真是有几分宠妃的模样。

三年未见，果然是一切都不同了。

"惠妃姐姐。"丁昭仪点头行礼。

"嫔妾见过惠妃娘娘，娘娘金安。"夜晚行礼，低位嫔妃见到高位自然是要行大礼。夜晚的身子还未弯下去，一双雪白柔荑便扶住了自己："雪妹妹身子抱恙，不用行此大礼，快快起来。"

"多谢娘娘怜恤。"夜晚浅浅一笑，眉眼间带着些许的疲惫。

惠妃携着二人的手进去，此时殿中已经三三两两地坐满了人，见到几人进来，尽数站了起来，毕竟除了甘夫人、惠妃，便是丁昭仪的位份最高。

"见过昭仪娘娘。"众人齐声应道。

丁昭仪依旧神色淡淡的："诸位妹妹不用多礼，都起来吧。"

"谢昭仪娘娘。"

夜晨、徐灿还有罗知薇也已到了，正坐在不远处朝着她点头而笑。夜晚也点点头示意，不过却是没有走过去，而是随着丁昭仪前行，在丁昭仪的座位旁坐下。

惠妃一愣，眼神在丁昭仪跟夜晚之间扫了一圈，便浅浅一笑："昭仪妹妹性子清冷，难得雪妹妹能入得你的眼，日后有人说话倒也不怕寂寞了。"

丁昭仪闻言只是随意地说道："雪选侍大病初愈，走这般远怕是吃不消，本宫恰巧碰上便带她一程。"

"是，昭仪娘娘心怀慈善，是嫔妾的福气。"夜晚笑道。

"昭仪妹妹素来是个心善的，你们同住东宫，自然是要互相照应才是。"惠妃望着二人说道，眼神在夜晚的身上扫视一圈这才转了开去。

夜晚只是一笑，眼睛随意地在大殿中扫了扫，还没有看到赵容华跟甘夫人，孙婉仪倒是早早地到了，正跟身边同住碧霄宫的杜鹃说话。今儿个杜鹃解了禁足，倒是正好赶上这么一场宴会，只见她打扮得甚是用心，眉梢扫过夜晚，带着凌厉之势。

夜晚也不以为意，滑过眼睛看向别处。

因为是来听戏的，所以宴会的排座并不拘束，散落于大殿中各处，大家随意而坐，身前放着小几，摆着茶水糕点瓜果，身下是柔软的垫子，倒也轻松随意，可见惠妃是花了心思的。

陌研立在夜晚身后服侍，夜晚的左边坐着的是丁昭仪，右边却是傅芷兰。

四目相对，傅芷兰面带微笑首先开口，柔声问道："听闻雪妹妹身子不适，如今可是好些了？因你在病中，怕扰你清净故而未去探望，还请妹妹不要见怪才是。"

"慧嫔姐姐言重了，妹妹岂敢。身在病中着实有些精神不济，姐姐如此体谅，妹妹也安心不少。"夜晚神态谦恭，面色柔和，眼神亦是清澈澄净如一汪碧水。

傅芷兰面色优雅，听着夜晚的话便是微微一笑："以前在闺中时，就曾听闻妹妹蕙质兰心，貌婉心娴，心向往之，如今同为宫中姐妹能时时得见，倒是了了芷兰的心愿。"

"慧嫔姐姐说笑了，嫔妾不敢当。嫔妾早就心仪姐姐才貌双冠，淑女才情，娴静端庄，能得到姐姐垂青倒是嫔妾的荣幸。若姐姐不嫌妹妹愚钝就好。"夜晚不知道傅芷兰打的什么主意，为何对自己如此友善，总之是见招拆招，你谦我让，一派姐妹情深的模样。

傅芷兰瞧着夜晚的神态，听着她的言语，跟她以前的行为大相径庭，黑眸浅笑，涟漪丛丛。

"慧嫔跟雪选侍倒是相谈甚欢，将咱们都抛到一边去了，一会儿定要罚酒三杯才是。"

夜晚抬头看向对面的阮明玉，一时间真是觉得满堂生辉，光彩耀人。阮明玉本就生得极美，此时精心装扮，玉簪螺髻，白巾翠袖，珠围翠绕间明眸长黛，傲视众人。

"阮婉仪姐姐就爱打趣人，雪妹妹有恙在身平日难见一面，今日好不容易得见只是悄悄地说了几句话而已。我与婉仪姐姐日日相见，还怕没机会说话么？"傅芷兰嗔道，她虽然不如阮明玉艳光四射，却亦有别样芳华，此时眼带薄嗔真真是风情无限。

这两人明争暗斗，却偏偏捎带上了自己，夜晚面带浅笑，心中却是不以为然。虽然不明白这二人为何要对自己这样心存善意故意拉拢，但是也知道事情没那么简单，当即只是微垂着头听着二人你来我往机锋不断。

丁昭仪瞧着夜晚宠辱不惊，处之泰然，不由地点点头，看着她说道："你倒是沉得住气。"

夜晚侧头对上丁昭仪，调皮地眨眨眼睛，压低声音说道："嫔妾人微言轻，若

第十四章 巧计除敌手，火中取栗忙

不这样还能如何？不过是没法子罢了。"

听着夜晚的话，丁昭仪无奈地摇摇头，似乎对夜晚的性子也有些无可奈何，良久才说道："难怪听人说，皇上对你也没有办法，如今本宫可算是领教了。"

夜晚咻咻而笑："娘娘便是明白也晚了。"

丁昭仪一愣，随即明白过来，看着夜晚无奈地摇摇头，不过一向清冷的眼眸中倒是多了几分笑意。

"昭仪姐姐跟雪选侍说什么呢，笑得这样开心。说出来让大家也听听，也乐乐。"刚进门的赵容华看着丁昭仪跟夜晚扬声说道。

众人的眼神便集中过来，丁昭仪在这样的场合素来话少，听到赵容华的话也只是一笑并未回答。

丁昭仪位份高自然是无碍，夜晚却不好不回答，对上赵容华的眸子，夜晚缓缓地说道："容华姐姐来的可真巧，方才昭仪娘娘正跟嫔妾说，等会儿让嫔妾坐着娘娘的轿辇一起回去。昭仪娘娘心存良善，知道嫔妾大病未愈，多加怜惜，嫔妾感恩不尽呢。"

赵容华自然是知道夜晚没有说实话，也不揭穿，随口说道："雪选侍倒是跟昭仪姐姐相谈甚欢，很少见昭仪姐姐这样亲近一个人的，也是你的福气。"

"容华姐姐说的是，福气不是人人都有的，自然是要好好珍惜。"

听着夜晚话里有话，赵容华看她一眼不再搭理她，反而对着惠妃说道："嫔妾见过惠妃娘娘，甘夫人让嫔妾跟娘娘告罪，玉娇公主风寒刚有些好，一时走不开，只怕是要晚会儿才来，请娘娘开席点戏不必等了。"

"玉娇公主可是好些了？小孩子身体弱是要好好地照看着。"惠妃笑着说道，让赵容华坐下，这才对着众人说道："既然这样，咱们就开席了，今儿个请的戏班是京都中最火的一个，听说戏唱得不错。大家看看有喜欢的戏没有，点来听听，也热闹热闹。"

夜晚接过宫女递过来的戏折子，伸手打了开来。上面的曲目都是些再熟悉不过的，这些年竟也没有些新意，一时颇感无趣，慢慢地往下看去，在看到一出戏名的时候不由得身体一颤，两道柳眉轻轻地拧了起来。

夜晚装作若无其事地将戏折子合上，看着宫女们身姿轻盈地来回穿梭上菜摆汤，面前的几上不多时便是摆得满满当当，香气扑鼻，真是令人食欲大增。

"昭仪妹妹可有喜欢的戏？本宫记得你最爱看三折梅，不如先点这一出？"惠妃问着丁昭仪，这里丁昭仪是除了她之外位份最高的，虽然不得宠，却也不能马虎了。

"咦？这是一出什么戏，看着倒是新鲜竟是没听过呢。"杜鹃看着戏折子上的一出新戏好奇地问道，笑着看着惠妃，"惠妃娘娘跟昭仪娘娘就当是心疼嫔妾，不如先听这出新戏，我是个爱听戏的，看到新戏就想听上一听。"

丁昭仪看也没看杜鹃，只是对着惠妃说道："这出戏听了多少年了，也听絮了，换个也好。"

惠妃便笑了笑，"是啊，咱们姐妹真的是没少听三折梅，既然如此换个新鲜的也好。本宫便是听说有了新戏，这戏班唱得也好，这才传进宫来，特意请了妹妹来。"

"哦？不知道是个什么戏，居然能让惠妃姐姐喜欢。"丁昭仪问道。

杜鹃这时笑着回道："昭仪娘娘，这出戏叫做黄粱梦，看名字就怪有趣的。"

"那就这出吧。"丁昭仪随意地说道。

"既然这样，便吩咐下去，唱这出黄粱梦。"惠妃将戏折子递给冰琴说道。

"是，奴婢这就去说。"冰琴行礼退下。

夜晚细细品着黄粱梦三个字，惠妃会无缘无故地将这么一出戏弄到戏折子上？这世上的事情绝对没有偶然，就是不知道惠妃究竟要做什么，夜晚如今也只能静观其变而已。

锣鼓声响，弄玉小筑四周的纱帐全都被系了起来，如此一来便能将外面戏台子瞧得是一清二楚，远处还能看到太液湖碧波荡漾的美景，当真是极好的地方。

殿内众人随意而坐，三两结伙或听戏或低谈，惠妃端坐在上首，凝神听着戏文。

夜晚不着痕迹地打探大殿内的情况，此时便听到耳边传来戏台上的唱腔，凄凄婉婉，音调柔美，似有无限苦楚："黄粱一梦，一梦黄粱，多少悲欢泪流下，多少姐妹情俱空，我待你真心一片情切切，你却是忘恩负义动杀机……"

听到这里夜晚心中微动，眼梢悄悄地滑过惠妃，只见她端坐如初，面带微笑。只是夜晚心里却有一种十分古怪的感觉，这戏的唱词……戏台上的女子神情悲凄，呜呜咽咽诉说着梦中情景，唱腔优美，神情动人，一时间竟让大殿里所有的人不由得凝神听了去。

"……昔日与你初相逢，怜你身世可怜被人欺，心不忍，不忍看你腹中无食挨饿受苦，不忍你衣不蔽体遭受寒霜……"

夜晚只觉得心头一阵重创，差点要坐不安稳，这戏词里说的可不正是郦香雪初见夏吟月的情形？惠妃是不是知道了什么……一时心里竟也有些忐忑起来，什么叫做你却是忘恩负义动杀机……

黄粱梦……

好一出黄粱梦，惠妃这是醉翁之意不在酒啊。

夜晚双手紧握，努力做出平静状，不经意地侧头，正看到赵容华微微有些僵硬的脸颊。

惠妃想来一定是查到了些什么，不然的话绝对不会安排这样一出戏，只可惜夏吟月不来，真想看一看她的脸色是何种模样。

戏台上唱得热闹，下面的人也讨论得欢快，夜晚只听到阮明玉对着傅芷兰说道："哎呀，亏得正室娘子还把这个贵妾当做姐妹，她怎么能暗地里这样毒辣，居然想要取而代之。"

"人心不足蛇吞象，这贵妾心机颇深，想要做正室娘子，自然得把碍事的人除去才好。只是可惜了正室娘子那一片仁心善意，竟然看不穿这女子的手段。"

"姐妹情深，一直以为是个好的，谁能想到会这样的卑鄙无耻。"一旁的明溪月也跟着插了一嘴，"可见这世上真是什么都是假的，没有一双慧眼，最终也只能为他人作嫁衣。"

"妹妹说得极是，只是这慧眼啊可真不是人人都有的，若是人人都有哪里还有这样的是非。"杜鹃抿嘴而笑。

明溪月似笑非笑地看着杜鹃，开口说道："杜贵人这话真是不错，人啊不仅要生一双慧眼，还要有一张好嘴才是，免得不知道哪天就说错了话关了禁足，妹妹说是不是？"

杜鹃面色一变，冷哼一声不再说话。

夜晚正看戏看得入神，徐灿跟罗知薇悄悄地走了过来，在夜晚的旁边坐下，罗知薇笑着喊了一声："夜姐姐。"

夜晚将面前的果子盘递给罗知薇，笑着说道："正要叫你过来，这有你爱吃的红果，没想到你倒是个腿快自个儿先来了。"

"正是看到姐姐面前的红果这才厚着脸皮来的。"罗知薇抿嘴而笑，伸手拈起一块切开的果子放进口中。

"自己不好意思过来，非要拉着我，其实脸皮也不是那么厚。"徐灿在一旁跟着笑道。

"徐姐姐最近可还好？"夜晚转过头柔声问道，"瞧着你竟是消瘦了些，难道有人欺负你了？"

夜晚是看着徐灿真的瘦了些，不复初进宫的丰腴，下巴都尖了起来。

徐灿闻言面色微微地有些僵硬，轻轻地摇摇头："没什么，只是近日没什么胃口，饭量小了些而已。"

"天气渐热，徐姐姐也要当心自己身子，不好用膳可不行的。我最近胃口也不怎么好，幸好有御膳房专门供上的开胃糖渍梅子，酸酸的，饭前吃两颗倒是能多用些饭食。回头我就让玉墨给你送去，姐姐可要记得吃。"夜晚关切地说道。

徐灿听到夜晚这样的话神色一默，随即就笑道："到底是皇上心尖上的人，什么好东西都先记挂着给你送上，如此我可要跟着沾些光了。"

夜晚看着徐灿情真意切地说道："哪里是什么好东西，不过是酸梅子罢了，就是御膳房的手艺还使得，吃着倒是比寻常的味道纯正。姐姐宫里未必就没有，只是我借花献佛罢了。"

"我也要，我也爱吃酸梅子，夜姐姐偏心。"罗知薇嘟着嘴十分不满地说道。

"自然有你的，还能忘了你？"夜晚跟徐灿都笑了，一时间倒也真是和乐融融。

戏台上此时换了一出戏，热热闹闹，铿铿锵锵地唱了起来。此时惠妃指挥着宫女们为大家摆上宴席，朝着大家笑道："今儿个有道菜，便是从太液湖里新捞出来的清蒸鱼，新鲜得很呢，大家都尝尝。"

清蒸鱼……夜晚的眼睛就落在眼前的鱼上，果然是极新鲜的，眼睛不由得一闪。没想到夏吟月手脚倒快，自己是吃不得鱼的，看来杨成已经把药方的事情说给夏吟月听了，只是……夜晚却不知道惠妃是真不知情还是假不知情，是顺水推舟还是被人利用。

这一重重的还真是令人看不清楚。

陌研拿着象牙做成的箸看着那道鱼狠狠心这才夹了一块，将鱼刺挑干净，放进夜晚的碟子里。

"小主，可以用了。"陌研低声说道，声音微微地带着些颤音。

夜晚倒是面不改色，伸手夹了一块轻轻地放在口中，慢慢地嚼着。面上带着浅浅的笑，一如往常。

惠妃准备的宴席自然是十分的精美，菜色也是道道精致，果然是不同寻常。

夜晚嚼得很慢，看着大殿中的人基本上没什么人注意自己，大部分的精力倒是被戏曲吸引去了。夜晚眼角扫了一下陌研，陌研心里明白，微微地点点头，悄悄地退了出去。

夜晚不一会儿的工夫，便觉得身上微痒，强自忍耐着，一动不动，她正在等，眼看着时辰要到了。

夜晚死死地扣着手心，不让自己去抓痒处，呼吸也隐隐地有些急促，待要快忍耐不住的时候，便听到外面有吵闹的声音传来，似乎是有什么落入水中的声音，紧接着大殿里众人都有些好奇地往外面看，不晓得出了什么事情。

夜晚心里轻轻地松了口气，很快陌研就回来了，神色如常地站在她身边。

夜晚低声问道："都办妥了？"

第十四章 巧计除敌手，火中取栗忙

陌研抿抿唇俯下身子在夜晚身边，然后才说道："奴婢什么都没做呢，赵容华身边的伏荣不知何故跟丁昭仪身边侯公公吵了起来，一言不合竟将人推下了水，倒是省了奴婢的手脚，真是奇怪的，侯公公跟着丁昭仪多年，做事最是沉稳，怎么会跟人吵嘴？"

夜晚惊讶地问道："怎么说？"

"奴婢到的时候，赵容华身边的伏荣跟丁昭仪身边的侯公公不知道何缘故争吵了两句，然后便看到伏荣将侯公公推下了湖。奴婢去得晚了些，实在是不知道为了什么，见出了事情，奴婢怕人起疑心便先回来了。"

陌研的话音刚落，丁昭仪听到身边的紫丹汇报完毕，就猛地站起身来，怒道："本宫素来不爱惹是非，赵容华何故如此欺人？"

出了这样的事情，众人哪里还能坐得住，惠妃的宴会便被打断，只见她神色颇有些难看地说道："都跟着本宫出去看看，到底是出了何事，本宫竟不知道如今的奴才如此没有规矩，竟然会在光天化日之下做出将人推下水的事情，真是目无纲纪，无法无天了。"

惠妃一怒，众人皆不敢言，夜晚强忍着痒意也跟着众人走了出去，只是夜晚有意无意地靠近了赵容华的身后。

陌研扶着夜晚，心里十分的担心，轻轻撩起夜晚的一寸衣袖，便看到手腕上已经微微地冒了些红点，越发地担心起来。

"小主，不如先回芙蓉轩吧。"

看着陌研担忧的神情，夜晚轻轻地摇摇头，步履坚定地往外走去。

夜晚走出去的时候，侯愚山已经被救了上来，浑身是水地正跪在那里诉说事情的经过，旁边的伏荣也跪在地上直喊冤，两人一时争执不下，各言各有理。

夜晚听了一会儿，便笑着说道："有理没理的不知道，我只看到落水的是侯愚山，难道侯愚山竟会舍命诬陷人去？这太液湖湖水极深，一不留神是真的会要命的。不过几句口角，便欲要人性命，这心啊可真够狠的。"

"雪选侍说得有道理，伏荣，你竟还不认罪吗？"惠妃怒道，她的宴会上出了此等事情，自然是面上无光。

丁昭仪看着赵容华："平素里只知道赵容华口角伶俐，能言善辩，却不知道身边的奴才也有这样的本事。赵容华，你是不是要给本宫一个交代，本宫的奴才好端端的被你的宫人推入水中，若是说不出个道理来，休怪本宫降罪。"

赵容华脸色黑白相间煞是精彩，看着丁昭仪说道："昭仪姐姐切莫生气，伏荣素来是个稳重的，绝对不会做出这种事情，要是他真的有害人之心，难道会在大庭广众之下下手，岂不是太愚蠢了些。还请昭仪姐姐明察，切莫冤枉了好人，放过了坏人，免得亲者痛仇者快。"

丁昭仪却道："侯愚山说得明明白白，不过是言语上有些争执，便被伏荣推下了水，难道赵容华没听清楚吗？"

赵容华毫不相让："昭仪姐姐也听到了，伏荣说得明明白白，当时周围人多，这走廊上地方又狭窄，不晓得是谁推了他一把，他未站稳这才撞了侯愚山。"

听着赵容华辩解之言，夜晚自然是站在丁昭仪这边，便是轻声一笑，接着赵容华的话茬说道："人心隔肚皮，谁知道呢。伏荣说是别人撞了他，侯愚山还说是伏荣撞了他，怎么容华姐姐相信伏荣之言却不相信侯愚山之言，岂不是有偏听偏信之嫌？要妹妹说，这件事情容华姐姐总得避嫌不是，交给惠妃娘娘处置才好，免得被人说嘴。这宫里人多嘴杂的，要是损了容华姐姐的名声可就不好了，姐姐说呢？"

赵容华怒极，怎么会想到夜晚一个小小的选侍居然敢这样顶嘴，当即斥道："雪选侍，你目无尊卑，扰乱宫规，你可知罪？"

"我胆子小得很，容华姐姐可不要吓唬人。姐姐有什么证据证明嫔妾目无尊卑？嫔妾怎么扰乱宫规了？嫔妾不过是说实话，赵容华莫不是心虚，被嫔妾猜中心事，这才恼羞成怒？"夜晚道。

四目相对，竟是谁也不肯让步分毫。赵容华是夏吟月的人，几次为难夜晚，夜晚又岂会再次相让。

赵容华听到这里怒极之后反而冷静下来，打量夜晚一眼，忽而嗤笑道："听说雪选侍抱恙休养，今儿个看来倒真是精神饱满得很。若是真的身体不好，就该好好地回你的芙蓉轩养着。"

"多谢容华姐姐挂念，嫔妾的身子在杨太医的精心调养下已是好多了，所以今儿个才能参加惠妃娘娘的宴会。只是没想到戏台上热闹连天，这戏台下也是毫不逊色。"

听着夜晚字字句句针对自己，赵容华真是气急了，早就知道夜晚难缠，只是没想到居然会难缠到这种地步，面色便一黑："今儿个的事情跟雪选侍可没什么关系，雪选侍未免管得也太宽了些。"说着伸手推了一把夜晚，便想越过去细细问问伏荣究竟是怎么回事。

赵容华这一推的力道可真不小，夜晚不由得被推得后退了几步，猝不及防之下一下子撞到了身后的徐灿，徐灿正倚着栏杆旁听，哪里会想到会突然出现这样的事情，一丁点的防备也没有，被夜晚这么一撞，竟是翻过栏杆掉进了太液湖中。

夜晚大急，千算万算也算不到赵容华突然出手，竟然是一下子连累了徐灿。夜晚想也不想地便伸手去拉坠在半空中的徐灿，只是徐灿下沉的力道太猛，夜晚身子本就瘦弱，被这股力量一带，整个人也收不住地跟着跌了出去。

陌研吓坏了，忙喊着救人，大家都知道夜晚是不会水的，惠妃的脸色都变了，

第十四章　巧计除敌手，火中取栗忙

忙指挥着大家救人。

一时间长廊乱成一团，陌研不会水不敢往下跳，随手扯住身边走过的一个女子，哭着喊道："快救救我家小主，快救救小主，她不会水，会淹死的……"

徐灿会些水性却也不甚精通，在水里自顾不暇哪里还能顾得上夜晚，夜晚根本就没想过也没想到今儿个会落水，这一坠入水中就猛灌了一大口的凉水，整个人浮浮沉沉的只觉得头昏脑涨，手不停地扑腾着，手无意中抓住了什么，便再也不肯松开。

"小主，松开手，不然的话咱们都要死在这里了，奴婢带着您上岸。"

这声音好熟悉，夜晚朦朦胧胧的，下意识地脱口喊道："云……汐……救我……"

水中的女子浑身一僵，死死地拖住夜晚的身子，这时候会凫水的太监也游了过来，帮着把人拖上了岸。那边徐灿也被拉了上去，身上裹着宫女送来的披风，一双眼睛盯着赵容华，竟不肯移开半分。

"小主，松开手，已经上岸了，无事了。"

"小主，小主你醒醒，你快醒醒……"陌研吓坏了，伸手扶着夜晚不停地呼喊，奈何夜晚的眼睛闭得紧紧的，一只手死死地抓着那女子的衣衫丝毫也不肯松开。

陌研心里害怕极了，小主本就在自己身体上做了手脚，谁想到苍天不长眼，居然还让小主落了水，这可如何是好。一边哭着请惠妃传韩普林来，一边用披风将夜晚裹得紧紧的，转头看着那跳水救人的女子说道："云汐姑姑，小主不松手，就劳烦您跟着走一趟吧，陌研求您了。"

原来这女子竟是郦香雪生前身边的大宫女云汐，云汐浑身是水幸好此时天气已热妨碍不大，又看着陌研哭得可怜，夜晚的手死死地抓着她的衣衫，无奈之下只得点头答应。

陌研忙谢过了，跟云汐一起将夜晚肚中的水压了出来，又将人放在软轿上，抬回了芙蓉轩。

守门的玉墨瞧着这样的阵仗真是吓坏了，怎么好端端地出门，竟是这样回来的，也不敢多问，忙把人从软轿上抬下来放在榻上。又跟陌研、云汐一起将夜晚身上的湿衣裳给换了下来，等到折腾完韩普林也到了。

陌研忙应了上去，把事情低声地说了一遍，韩普林大惊，正要说什么，惠妃等人也到了，只得将话咽了下去，高声对着刚进门的惠妃说道："请娘娘传院正大人，雪小主的身体是我跟院正大人一起调理的，微臣不才，瞧着小主的神色并不好，一人不敢专断。"

惠妃自然应了："速去太医院传院正大人速速前来，另外再派人去明光殿通知皇上。"

第十五章
连环计中计，
夜晚心愿成

惠妃言毕，旁边有人应了立刻就去办了，玉墨为难地看着夜晚死死抓着的云汐的衣衫一角，将拿来的自己衣服给云汐披在身上："姑姑莫嫌弃，这是奴婢的衣裳，你先挡挡寒。"

云汐点点头："做奴才的哪有这样娇贵的，雪小主的身子要紧。"

"多谢姑姑体谅。"玉墨微带着哽咽，看着韩普林给夜晚把脉，对着云汐哽咽道，"姑姑，这是出了什么事情，小主怎么会落水的？小主不会凫水，素来是离着水池子远远的，怎么就落水了。"

玉墨的话未说完，就听到韩普林惊呼一声："怎么会这样？"

屋子里满满当当的全是人，本来还有些嘈杂之音，此时听到韩普林这一声惊呼一下子安静下来，所有人的眼神全都落在了他的身上。

惠妃被吓了一跳，赵容华的眼皮子也是一闪，心口有些不祥的预感，是因为她夜晚才掉进水的，如果夜晚要是有个三长两短……她都不敢去想会有什么后果，一着急哪里还顾得尊卑上下，在惠妃之前脱口问道："韩太医，出什么事情了？雪选侍她……她如何了？"

韩普林火速开了一个方子递给陌研："速去太医院抓药，回来后立刻将药熬上，三碗水熬一碗药，要快，不然怕是来不及了。"

听到韩普林这话，陌研的脚差点站不稳，问也不敢问了，撒腿就跑。

赵容华听到这话脸一下子苍白无力，看着韩普林问道："什么叫做来不及了？"

惠妃也跟着问道："韩太医这是怎么回事，你倒是说清楚些？"

罗知薇扶着徐灿，徐灿的脸色惨白中透着青，站都要站不稳了，惠妃忙令人将徐灿扶到厢房歇息，又让人熬驱寒的汤药给徐灿服下。

韩普林看着惠妃行礼道："回娘娘的话，雪小主只是落水并无大碍，要命的是小主落水之前吃了与小主的汤药不合之物，导致病情恶化，身上遍布红斑，又落水受寒……微臣实在是……所以只能请院正大人前来主持大局。"

惠妃眉眼锋锐无比："你把话说清楚，吃了与汤药不合之物是什么意思？"

赵容华听到这话眼前一亮，也跟着追问："韩太医，你倒是把话说清楚，雪选侍生命垂危并不是因为落水，而是因为吃了不该吃的东西是不是？"只要夜晚不是因为落水而丧命，跟她可没什么关系了，赵容华此时才微微地松了口气。

虽然这些日子皇上对夜晚没有多看重，但是鉴于夜晚每次出事总要有人倒霉，她可不想做这个倒霉蛋。不过既然是在惠妃的宴席上吃了不该吃的东西……

惠妃岂能听不出赵容华的言中之意，冷哼一声，道："赵容华，韩太医说得很清楚，落水受寒才导致病情恶化。"

韩普林听着二人话中机锋不断，静静地立在一旁，玉墨低低的哭泣声不时地传来，云汐默不作声只是皱眉看着躺在床上的夜晚，脑海中还想着在水中夜晚喊的那句话。

雪小主是怎么知道自己的名字的？自己好像从没有在她面前出现过，而且自从这些新人进宫后，她们长秋宫的人为了不惹麻烦更是谨言慎行。

云汐的神思有些散乱，一时间真是想不明白，不晓得为什么看着夜晚的面孔，心口总是有股子憋闷令她喘不上气来。就好像……就好像……云汐缓缓地摇摇头，皇后娘娘早已经过世了，她怎么能从一个陌生的声音里，感受到皇后娘娘的气息，她一定是神经错乱了，绝对不可能的，绝对不可能的。

"皇上驾到！甘夫人到！"

众人忙跪下迎接圣驾："嫔妾参见皇上，吾皇万岁万万岁。"

慕元澈大步地走了进来，面色阴冷，竟是看也不看跪了一地的诸人，直接看着韩普林问道："雪选侍的身子怎么样？"

夏吟月立在慕元澈的身边，一身锦冠华服，低声说道："皇上，这么多人还跪着呢，先让大家起来吧。有话慢慢问，有韩太医在，雪妹妹不会有事的。"

慕元澈点点头："都起来吧。"

"谢皇上。"众人齐声应道，这才站起身来肃立一旁。

夏吟月欲扶着慕元澈坐到正座之上，慕元澈却是径自走到床边看着躺在床上的夜晚拧起眉头，眼角扫过一个人影，不由得望去看到竟是云汐："你怎会在这里？怎么弄成这副模样？"嘴里问着，眼睛却落在了夜晚死死拽着云汐衣角的手上。

惠妃听到慕元澈的话，便走了出来，细细地把刚才的事情说了一遍。

云汐默默不语，眼睛一直在夜晚的身上游移不定。赵容华几次插嘴都没有机会，倒是韩普林把自己方才的话又说了一遍，慕元澈听完顿时大怒："你说什么？"

"微臣没有一字虚言，等到院正大人到来一诊便知。"韩普林忙跪在地上叩头说道。

"杨成怎么还不到？竟比朕到得还要晚！"慕元澈怒极。

"皇上请息怒，芙蓉轩距离太医院甚远，这一来一回的也需要时间啊。雪妹妹福大命大，一定会逢凶化吉，不如先听一听韩太医怎么说。"夏吟月柔声劝道，转头看着韩普林问道："韩太医，雪选侍的身子素来是你调理，不管需要什么药材，务必要保住雪选侍的性命，若是雪选侍有什么三长两短，你也跟着去吧。"

韩普林闻言立刻回道："回甘夫人的话，微臣不才，后期雪小主的身体状况是院正大人跟微臣一起照看的，院正大人医术高超，在下远不可及。如今出现这种情况，微臣实在是束手无策，唯有寄希望于院正大人。若是甘夫人怪罪微臣，微臣无话可说，我已经尽力了。今天这种情况实在是出乎微臣的意料之外，微臣怎么也不会想到小主会吃到跟汤药相克的食物，因而导致病情迅速恶化，又被人推入水中受寒，两下里这样一凑，微臣无能，请皇上恕罪。"

严喜立在慕元澈身后，瞧着榻上昏迷不醒毫无血色的夜晚，心里摇摇头，这个二姑娘真是命苦。也不过是几天不见，怎么一见竟是要生离死别的，真是没见过比她还要歹命的。可怜的，当初真是不该进宫来，想到这里严喜的眼睛看向了慕元澈，这几日皇上几次压抑着自己不到芙蓉轩来，虽然他不知道皇上是为了什么这样做，但是也知道皇上其实并不是对芙蓉轩不管不顾，只是……一不看着就出了事儿，这什么命啊。

慕元澈的眼神凝视着夜晚，只见她的面上也已经开始道道红斑，眉心紧锁："朕命你倾尽全力救治，这面上出现的可就是你说的红斑？"说着就要去查看夜晚的手臂上是否有，却见夜晚的手死死地拽着云汐的衣衫，伸手去掰，谁知道夜晚这一把力气拽得极狠，竟是掰不开来。

云汐一看，便低声说道："皇上，奴婢想着可能是因为是奴婢将小主救上来的，因此小主这才死死地拽着奴婢的衣角，寻求安全的感觉而已。"

寻求安全的感觉而已……云汐的话让慕元澈一愣，久久不语。

旁边的韩普林已经取出银针，一一摆好，垂声说道："皇上，情势危急，汤药只怕还要等会儿才熬好，不如微臣先给小主施针，微臣没有妙手回春的本事，只能尽

第十五章　连环计中计，夜晚心愿成

49

人事听天命了。"

韩普林这回是真的吓坏了，夜晚的病情完全超乎他的意料，因为计划里根本就没有落水这个安排。食物跟汤药相克导致红斑生出，已经是极危险的事情，但是韩普林已经提前准备好药材，只要好好地做一番戏并没有太大的危险。只是身上起了这样的红斑，不要说落水，便是风都不能受的，真是要了老命了。

他如今只能施针先稳住病情，只盼着不要发烧就好。

慕元澈握着夜晚的手，半伏下身子，柔声在夜晚耳边说道："你乖乖地松开手，韩普林要救你的性命，你这个样子他没有办法施针，听到朕的话没有？"

夜晚依旧深陷昏迷，丝毫不为所动。

众人神色复杂地瞧着这一幕，夏吟月嘴角冰冷中夹着丝丝的僵硬，努力挤出一个微笑劝说道："皇上，不如嫔妾试一试？您是九五之尊，怎好做这样的事情。"

她怎么能眼看着皇上为了另一个女人柔声细语地轻哄，当年只有郦香雪才能令他这样地的折腰屈尊哄她一笑，而如今竟是要出第二个郦香雪了吗？

她绝不允许！

屋子里静谧无声，只有那往昔十分熟悉的香气在这屋子里依旧流转，让人不由得想起往日的欢笑对谈的美丽时光。慕元澈的神色有些恍惚，他跟夜晚相识时日并不长，只是如今想去竟然有那么多可以回忆的事情。

相国寺落霞峰的初遇，金羽卫选拔时勇救熙羽，夜晚巧摔孔雀簪，大街上偶遇时的讥讽相对，还有碧亭湖上的生硬拒绝……还有上元节的拼命相救……琉璃四角花中四君子灯，琉璃美人灯……

一幕幕地滑过慕元澈的眼前，原来不知不觉中，两人之间也有了这样多的回忆。原来不知不觉中，自己倾注在她身上的远比自己想的要多。因为她总是有那么多跟雪娃娃相似的巧合，让他最终将她圈禁在这深宫里，可是也因为如此，她才几次三番的遇险，而这回便是韩普林都不敢说能救得回来。

一线之隔，或生或死，竟让他难受异常。

她得有多么害怕失望多么恐惧无措，才会这样死死地拽着云汐的衣裳不松手，即便是昏迷着，也不肯松开。

大手抚上夜晚冰冷的小手，慕元澈转头看着夏吟月："这就是你给朕管理的后宫？"

夏吟月脸色大变，扑通一声跪下："皇上恕罪，嫔妾……"

"韩普林，你来施针，闲杂人等都退下。"慕元澈竟是理也不理夏吟月，复又看着夜晚柔声说道："阿晚，你哥哥还在等着你，朕已经将他调至御前侍卫，你很快就能看到他了，熙羽也念着你，还说要找你来玩耍，你忘记他们了吗？你乖乖地松手，让韩普林给你施针，你就能很快地醒过来见到他们了。阿晚，听话，你不是最听话的吗？你可还记得那盏灯，朕后来从你手里硬抢走的那盏灯？只要你乖乖地松手，等你醒后便还给你如何？"

夜晚一个昏迷的人如何能听到这些，惠妃神色一如往常，但是新进宫的一众嫔妃脸色极是难看，看着皇上这样柔声轻哄，只是被哄的那个却不是她们。

夏吟月跪在那里，只觉得寒凉的冷气顺着膝盖爬了上来，连她的心口都给冻得冰冷异常。只是这个时候，她却不能这样的一直被动，开口说道："皇上，倒不如让云汐脱下这衣衫来也就是了，雪妹妹昏迷中怕是也听不到皇上这番话的。"

夏吟月的话音刚落地，就看到夜晚的手缓缓地松开了，无力地垂在榻上。

云汐一见，笑着说道："皇上一言九鼎，无人敢不服，便是雪小主在昏迷中也晓得遵从圣令，没想到真的松开了，奴婢还真是第一次遇到这样的事情。"

慕元澈神情带着欢愉，然后看着韩普林："施针吧。"

"是，微臣遵旨。"韩普林躬身应道。

慕元澈起身让开地方，方便韩普林施针，垂头看着夏吟月说道："爱妃起身吧，数月间雪选侍连番险遭不测，如今更是生命垂危。爱妃既要照管玉娇，还要管着宫务着实辛苦些，即日起，让惠妃跟丁昭仪协理六宫事务，帮爱妃分忧吧。"

夏吟月身子一晃，以前惠妃虽然会插手宫中事务，但是毕竟不敢过分，如今皇上给了惠妃协理六宫的权力竟是正大光明了。努力挤出一个微笑，夏吟月笑着说道："多谢皇上垂怜，臣妾这阵子也是时感疲惫，若有惠妃姐姐跟昭仪妹妹协助，也能轻省些，只是如此辛苦两位妹妹了。还有一事臣妾还请皇上圣裁……方才韩太医说雪妹妹是食用了跟汤药相克之物这才生命垂危，今儿个雪妹妹是参加了惠妃姐姐办的宴会，要想彻查此事，惠妃姐姐怕是要避避嫌才好。"

惠妃冷笑一声，立刻上前一步说道："皇上，臣妾脚正不怕鞋子歪，况且臣妾根本不知道雪妹妹能吃什么不能吃什么，这知道的只怕只有两位太医才是。更何况这件事情还有疑点，如果雪妹妹明知道自己不能吃什么还要去吃岂不是愚蠢的事情？雪妹妹必定不会拿着自己的生命开玩笑，既然是相冲之物，看到了自然不会服用，但是雪妹妹却还是吃了下去，导致如今生命垂危。那么就是有人将雪妹妹不能吃之物，用另一种神不知鬼不觉的方法蒙骗过去。方才韩太医说雪妹妹服用了相克之物，臣妾便立刻让人封了弄玉小筑，里面所有的东西都不曾挪动半分，皇上若要彻查方便得很。若是臣妾真的心怀不轨，岂敢这样授人以柄？请皇上明察，臣妾心正言明，不怕彻查。"

这里面位份最高的两位嫔妃起了争执，其余的人哪里敢随意开口，更何况躺在床上的也不是哪一位不受宠的，偏生是多灾多难的夜晚，众人越发地谨慎了。

第十五章　连环计中计，夜晚心愿成

慕元澈听着二人各执一词,面色沉寂,不发一言。

众人大气也不敢出一口,就在这个当口杨成来了。

"微臣杨成参见皇上,诸位娘娘,小主。"

"杨成,你好大的架子!"慕元澈怒。

杨成额角上汗意凛凛,忙俯身在地回禀道:"回皇上的话,并不是微臣有意渎职,蓄意晚来。实在是到了半路的时候,宜和宫的宫人找到微臣,说是公主殿下病情反复,竟是又发起烧来,微臣不敢懈怠,想着韩太医医术高超在此坐镇,微臣便先去了一趟宜和宫,因此来晚了,请皇上恕罪。"

夏吟月身子一晃,急匆匆地问道:"公主好好的怎么又发起烧来?不是说已经无碍了?"

杨成立刻回道:"公主起初不过是小小的风寒,本来经过微臣的诊治已经无碍,偏偏昨晚上后半夜微凉,公主殿下似是蹬了被子受了寒气,这才导致病情反复烧了起来。"

"皇上,臣妾实在是挂念玉娇,请皇上恩准臣妾先行退下。雪妹妹这里有皇上,有惠妃姐姐,臣妾也能安心了。"夏吟月捏着帕子哽咽说道,一张脸上全是焦急之情,拳拳慈母心,令人动容。

慕元澈本来还有话说,但是听到玉娇身体不好,只得说道:"你去吧,好好地照看公主,这些宫人如此玩忽职守,全都打发到暴室去,让内廷府重新挑了妥当的人来伺候。"

"是,臣妾知道了,臣妾告退。"甘夫人谢了恩,急匆匆地往外走去,脚步微微有些凌乱,让人看着竟有些不忍。

慕元澈看着惠妃说道:"今日的事情你便跟丁昭仪查个清楚,尔等都先退下吧。"

众人行礼,丁昭仪素来不爱管闲事,谁知道突然之间协理六宫之权居然落在她的头上,便要起身推辞不受,却被惠妃暗中制止了。两人带着一众宫嫔出了芙蓉轩,立在柔福宫的庭院处,看着众人说道:"出了这样的事情,凡是今日参加宴会的都有嫌疑,所以诸位姐妹这几日要受些委屈,各自待在自己的宫里不要随意乱走。"

"是,嫔妾遵命。"众人齐声应道,即便是大家心里有再多的怨言,这个时候谁愿意做出头鸟的,只得带着满心的不悦缓缓离去。

惠妃跟丁昭仪走在前头,众人跟在后面,让身边的人速去弄玉小筑查看,侧头又对着丁昭仪说道:"知道昭仪妹妹是个不爱管事的,只是你看看如今宫里乱成一团,甘夫人要照顾玉娇公主,雪妹妹又受了这样的暗算,若是不能查个清清楚楚明明白白,不仅皇上面前无法交代,便是后宫此风盛行,互相倾轧,彼此算计,成何体统？昭仪妹妹切不可推辞，只我一个怕是心有余而力不足，若是妹妹搭把手，肃清后宫宫纪，也是大功一件啊。"

丁昭仪无奈地叹息一声："好端端的，这样的事情怎会落在我身上，可见我就不应该答应你赴宴。只是我没什么大的本事，只怕帮不上惠妃姐姐什么忙，让你失望。"

"瞧你这话说的，我还不知道妹妹，你是有心有力，只是这些年懒散惯了。皇上对你倒是知之甚深，一开口就点了你，可见是信得过的，你可不能藏拙才是。"

惠妃跟丁昭仪大力彻查夜晚一事，因为赵容华是害夜晚落水之人，自然是已经严加看管在清韵阁，寻常一步也不能踏出。惠妃要查的重点在于，夜晚究竟是吃了什么才导致的食物相克起了红斑，从韩普林那里知道了答案，便立刻令人去查找饭菜中有无此物，最后却是在那盘鱼中得到了答案。

御膳房做了鱼，到端上菜桌，这里面不知道经手了多少人，转了多少次的手，要想查个明明白白清清楚楚真是不容易的事情，惠妃跟丁昭仪连续几日不敢松懈，极力查找。偶有所得便去宜和宫请问甘夫人，只是甘夫人只管推辞，直说玉娇身子不好，她无力管理此事，竟是全权托付给了惠妃跟丁昭仪。

丁昭仪面色疲惫地靠在软枕上，看着对面同样神色不好的惠妃说道："惠妃姐姐，这样无异于大海捞针，什么时候才能查得出来？"

"查不出来也得查，夜晚还未脱离危险，这几日皇上的情绪极为暴躁，我们自然是更要十分谨慎行事。"惠妃让冰琴给她按按头，这几日实在是辛苦至极，脑仁儿都要挤出来了，还没有丝毫的头绪。

"也是，我许久未见皇上为了一个女子这样的大动肝火了。"丁昭仪的眼神有些蒙蒙的，透过空气似是在回想什么。

"当初只有孝元皇后才能让皇上如此紧张，你说这宫里是不是要出第二个似皇后娘娘盛宠的人了？"惠妃淡淡地说道。

丁昭仪皱眉："雪选侍如何能跟皇后娘娘比肩，皇上只怕也是一时情迷，不过便是我看着雪选侍也有几分喜欢，倒真是令人疼惜的可人儿，难怪皇上动心。"

"难得有你喜欢的人儿，可见夜晚是真的入了你的眼。"

"是啊，那样鲜活的女子，虽然不是容貌倾城，虽然没有满腹芳华，却真真的让人身心愉悦。能让皇上感到身心愉悦，在这宫里就是最大的胜利了。"

"昭仪妹妹什么都懂的，为何多年来一直避宠？"

"心都死了的人，还有什么邀宠的心思。我只想着给我的孩儿报仇，除此之外别无他念。"丁昭仪厉声说道，眉眼间一片难得的狠厉之色。

惠妃一惊："难道妹妹已经知道是谁了？"

第十五章 连环计中计，夜晚心愿成

53

"还不能确定，不过也差不多了。"丁昭仪的声音缓慢而又沉重，提及那个无缘出世的孩子，总是无限悲戚。

"若是需要我帮忙的地方，你只管开口。"惠妃又道。

"目前不需要，以后……若是需要的话希望姐姐助我一臂之力。"丁昭仪笑容真诚。

"咱们之间无须客气，当初孝元皇后还活着的时候，对你我的照顾颇多，只可惜……"惠妃的眉眼一暗，幽叹一声。

提及这件事情，丁昭仪的神色微微有些犹豫，看着惠妃欲言又止。

"妹妹有什么话只管问就是了，何必这样犹豫不定？"惠妃浅笑。

丁昭仪闻言垂首拨动着腕上的翡翠珠子，良久才开口："有件事情我心里一直有个疑问，你摆这场戏，这么一出黄粱梦是唱给谁听的？是不是姐姐你听说了什么，那日一看到这出戏一开始也没觉得有什么，但是后来越是细想便越觉得有些不对……难道惠妃姐姐怀疑先皇后之死……"

惠妃面色肃穆，缓缓地说道："孝元皇后心底宽厚善待后宫众人，但是她自己本身却是个胸有乾坤，满腹文韬的女子。这样的性子怎么就会一被诬陷就自缢自尽的？一开始没怀疑什么，但是后来越想越觉得不对劲，孝元皇后跟皇上鹣鲽情深，夫妻十载，同甘共苦多年，便是真的有什么也应该把话说清楚问清楚的，万万没有一根绳子就自缢的道理。以孝元皇后的性子妹妹不觉得有些古怪吗？"

"倒是没觉得古怪，毕竟当时甘夫人因为孝元皇后而小产，皇上多年没有子嗣，对孩子的期盼甚深。而且有了皇子，这些大臣们也就不会再有异言犯上。正因为期盼太深，孩子突然没了，皇上一怒之下对皇后娘娘发火也是情理之中。皇后娘娘若是因此一时想不开也是有的，我倒是没有多想，只是可惜娘娘的性子太刚烈，竟也不辩驳就这样走了。如今听你这样一说……还觉得有些不太对头。"丁昭仪的神色也变得郑重起来，"先皇后对嫔妾有恩，若是皇后娘娘的死真的有可疑之处，一定要一查到底。"

"妹妹跟我一个心思，先皇后对本宫也是有恩惠，本宫这几年觉得事情不对，一定要弄个明白。若是真的有人谋害皇后，觊觎宝座，本宫绝不姑息。"惠妃怒道，又看着丁昭仪说道，"当初诊出甘夫人有孕的是杨成，后来甘夫人小产也是杨成照顾的。这太医院里并没有旁人为甘夫人扶脉，谁又知道这孩子究竟是怎么没有的。"

"不会吧，甘夫人跟先皇后情同姐妹，先皇后对她恩惠颇深，她怎么会做这样的事情。更何况那毕竟是她自己的孩子，断然没有拿着自己的孩子……"丁昭仪说不下去了，怎么会呢，绝对不会的，她是怀过孩子的，知道作为母亲对孩子的那种期盼。

54

"不管怎么样，眼前有一个大好的机会兴许能弄清楚这件事情。"惠妃抿嘴一笑，眉眼间全是志在必得。

"惠妃姐姐是想借着雪选侍这件事情大作文章？"丁昭仪一愣，"可是没有真凭实据，甘夫人又怎么会善罢甘休？"

"甘夫人现在动不得，但是……杨成却能动得！"惠妃看着丁昭仪缓缓地笑了。

丁昭仪明白过来，如果当初甘夫人的胎真的有异样，那么杨成一定知道内情，如果能从杨成的口中知道些什么……想到这里便是浑身一震："好，姐姐要做什么，妹妹定会支持！"

初升的朝阳泛着暖暖的金色光芒，将整个皇宫映照得璀璨耀目，宫人们早已经忙碌着来回奔波。

偌大的皇宫，就像一只巨大的猛兽雄踞在这里，行走其中，倍感压抑。

芙蓉轩又是忙碌了一个晚上，夜晚已经沉睡三天，身上的红斑没有消退的迹象，昨晚上还发起了高烧，这院子里所有的人战战兢兢地守了一晚上，生怕一个不注意夜晚就会随时咽了气，那威武冷峻的帝王一怒之下，即便不会伏尸千里，这个芙蓉轩里里外外怕是也消停不了了。

陌研眉眼间满是疲惫，推了推玉墨小声问道："云汐姑姑安置好了？千万不能怠慢了。"

"你放心吧，我晓得你的打算，安排得妥妥当当的。也奇了怪了，小主居然会拉着云汐姑姑的手不放，云汐姑姑居然也愿意留下来。"玉墨十分开心，云汐可是先皇后跟前的人，素日只在长秋宫当差，是个心性颇傲的人，便是甘夫人那里几次想要让她去宜和宫她都拒绝了，谁能想到居然愿意主动留在芙蓉轩，真是令人开心的事情。

陌研淡淡一笑，那一日云汐当然不会无缘无故地去弄玉小筑，当然是她提前通过东篱安排好的。只是人算不如天算，没想到这么有意的安排却是无意地救了小主的性命。云汐是真的跟小主有缘，想着前些日子自己在皇上面前说过的那些话，如今再加上这些日子的苦心谋划。只要小主能顺利地挺过这一关，她便有七分把握能让云汐当上芙蓉轩的管事姑姑，以后有了云汐姑姑在，很多事情也能有更好的章程了。

"你明白就好，只是切不可多说。"

"我自然晓得轻重，别总把我当小孩。"

"是，表姐。"陌研无奈地摇摇头，"你去休息会儿吧，我在这里守着，大家都熬了一个晚上，很是疲惫了，你安排一下值班的人，大家轮流休息。"

"行，不然真的是挺不下去。晌午我来接你的班，你自己也多注意身体。"玉墨边说边往外走，如今正值多事之秋，自然是尽量往周密了去做。

陌研掀起帘子进了内室，韩普林还在修改药方，一旁杨成已是疲惫得睁不开眼睛了。

"杨大人，杨大人。"陌研轻声喊道。

杨成猛地一惊，立刻站起身来，惊慌地看了看，待看清眼前的是陌研这才松了口气，这几日神经绷得极紧，都要成精神病了。

"陌研姑娘，可是有什么事情？"杨成对陌研这个曾经在御前伺候过的人还是很客气的。

"大人累了一晚上了，我已经让人收拾好了厢房，大人去休息一会儿吧。这几日多谢大人不辞辛苦地照顾我们小主，几次三番将小主救了回来，陌研很是感激。"

"陌研姑娘言重了，这是微臣分内的事情。年纪大了，真的是挺不住了，不像是韩老弟年纪轻，精神好，体力足，那我先去休息了，若是有事情便去知会一声就是。"杨成捶捶肩膀边说边往外走。

陌研亲自将杨成送了出去，又叫了一名小宫女领路，将杨成领到厢房去休息，这才折身走了回来。打起帘子亲手斟了一杯茶放在韩普林的身前，低声说道："韩大人喝口茶醒醒神，这方子改得怎么样了。"

韩普林笑着谢了陌研，这才说道："昨夜的烧已经退下了，只要今儿晚上不再反复，换了方子估摸着再有一天就能醒了。"

陌研这才松了口气，四下看了看，这才说道："杨大人给的方子我是不敢用的，每次都是跟韩大人的方子比对过才敢去抓药，听到您这样说我就安心了，难怪小主这样信任大人。"

韩普林正喝茶，听到这话眉心微扬，抬起头看着陌研，就见她正手脚麻利地收拾着一屋子的杂乱。清晨的阳光穿透窗子洒落进来，透过蒙蒙的光柱，看着陌研窈窕的身影，倒是越发地多了几分美丽。

韩普林迅速地低下头去，只觉得面上微热，随口说了一句："原来姑娘什么都知道了。"

"不，奴婢知道的并不多，我知道韩大人是跟我家小主站在一起的就可以了。"陌研轻轻一笑，又道，"我已经让人准备饭菜去了，韩大人稍等，辛苦了一晚上，吃点东西大人也稍微歇息一会儿。皇上要下了早朝才能过来，还有一个多时辰呢。"

"皇上对小主情谊深厚，已经亲自守了几个晚上，人都瘦了不少。"韩普林笑，自然是夜晚越受宠越好，越受宠她的地位才越稳固。

"大人说的是。"陌研收拾妥当立在榻前查看一番，确定夜晚呼吸稳定，额头没有再烧起来，这才坐在脚榻上稍事歇息。

屋子里静谧无声，只有窗台上那赤金猊兽的香炉里的白烟，缓缓地飘动，被风一吹便散了形状，满室生香。

慕元澈下了早朝就直奔芙蓉轩而来，身后跟着严喜，进了门就看到云汐轻手轻脚地走了出来。

"奴婢见过皇上，皇上万岁万万岁。"云汐忙跪地行礼。

"云汐，起来吧，情况如何了？"慕元澈关切地问道。

"回皇上的话，小主的情况已经稳定下来了。"云汐轻声回答道，随着慕元澈又回了室内。

慕元澈瞧着室内的情况倒是微微一愣，陌研坐在脚踏上伏在床边睡着了。外室的圈椅上，韩普林也是闭着眼睛睡得正香。慕元澈挥挥手让云汐噤声，自己轻手轻脚地看了看还未苏醒的夜晚，伸手在她的额头上试了试温度，体温正常这才放了心。又轻手轻脚地走了出来，云汐紧跟着出来了，坐在外面的临窗大榻上，慕元澈这才看着云汐说道："你怎么没休息一会儿？"

"奴婢休息过了，玉墨跟陌研姑娘当值，奴婢先去睡的，这会儿醒了便过来瞧瞧，没想到陌研跟韩大人竟是疲惫至此。守着这几天，铁打的身子也是扛不住的。皇上也该好好地休息去，这里有奴婢照看着您就放心就是。"云汐轻声说道，生怕惊醒了室内的两人。

慕元澈沉声不语，抬起头看着云汐，眉心微微拢着，一顿才道："云汐，雪娃娃走了几年了，长秋宫里也没多少事情打整，朕让你来芙蓉轩你可愿意？"

云汐一愣，没想到皇上居然有这个意思，一时间竟不知道该如何回答。双手紧紧地握着，思虑了好一会儿，这才摇摇头："奴婢不愿意离开长秋宫，我想为皇后娘娘守着长秋宫。等到哪一日皇上再立新后的时候，奴婢就请皇上将奴婢放出宫去。"

"云汐，你既然不愿意来芙蓉轩，为何又肯留下来帮忙？以你的性子，以前这样的事情你是不会做的。"慕元澈皱眉，他还以为云汐的性子改了些。

云汐沉默，垂着头身形谦卑地立在那里，久久不语。她要怎么回答？她能怎么回答？连她自己都不清楚，怎么跟旁人解释？但是帝王问话又不能不答，许久才回道："奴婢只是觉得雪选侍实在是太可怜了些，这才进宫没多久，阎王跟前就已经转了好几遭了。这回恰好遇上，奴婢不好见死不救，只好暂时留下来帮忙。奴婢想着若是皇后娘娘还在，也一定会命奴婢好好地照看的。"

"雪娃娃……最心善了……"慕元澈怅然。

"云汐，你可知道朕为何待雪选侍这样的不同，为何赐了她一个'雪'字？"慕元澈问。

"奴婢愚笨，不明白皇上深意。"云汐道。

"云汐，你留下来吧，留下来你自然会找到答案的。等你找到答案的时候，许是就跟朕一样心有寄托了。"

云汐实在是不明白慕元澈的意思，但是这件事情她着实有些不愿意，她同情雪选侍并不代表她会再次掺和到这后宫的争斗中来。皇后娘娘都没有了，她只想守好长秋宫。

"皇上，奴婢真的不愿意。"云汐再次拒绝。

慕元澈也不好强求，就在这个时候陌研打起帘子出来了，"奴婢失仪，竟不知道皇上驾到，请皇上恕罪。"

"这几日你也辛苦了，起来吧。"慕元澈并不怪罪。

"谢皇上宽宏大量，奴婢有句话想要跟云汐姑姑说，还请皇上恩准。"陌研并不起身，恳求道。

"你想说什么便说吧。"慕元澈也明白陌研的意思，怕是也因为云汐留下的事情。

"谢皇上。"陌研这才起身，转过身看着云汐深深地拜了下去。

"陌研，你这是做什么？赶紧起来。"云汐忙伸手扶住她，语气又气又急。

"云汐姑姑，奴婢人微言轻，不求姑姑别的，只求姑姑看在我们小主多灾多难的分上您就留下来吧。奴婢跟表姐年纪都轻，有些事情实在是不晓得该怎么做，如何去做。但凡芙蓉轩里能有个姑姑这样通晓规矩，明白厉害的，小主也不会三番两次地被人算计了，求姑姑看在小主昏迷前死死拽着您的衣角，以命相托的信任上，就留下来吧。"陌研说着就跪了下去，伏地恳求。

云汐姑姑在这宫里的地位自然是不必说，不是说云汐真的多了不得，重要的是她是先皇后的人。皇上只要一日对先皇后有所思念，这些先皇后跟前伺候过的人便有极大的脸面，只看现在便是甘夫人见到云汐也十分客气就知道了。

陌研不认为自己真有什么翻天的手段能帮着夜晚在后宫里站稳脚跟，所以她需要帮手，一个深谙后宫争宠之道的帮手。

而云汐，是一个再好不过的人选。

令陌研欣喜的是，皇上居然也嘱意云汐姑姑，这样就更好了。以前陌研还担心皇上不会同意先皇后宫里的人去别处当差，想着怕是要费些力气，没想到结果居然这样的令人惊喜。

云汐看着陌研，又想着方才皇上的话，再加上之前夜晚昏迷前呼喊的自己的名字……这一切的一切倒真是让云汐对夜晚有了好奇之心。而且云汐也知道，皇后娘娘毕竟不在了，这后宫不可能永远无新后。

她们说到底也只是奴才。主子愿意给你脸面，你就有脸，若是哪一日不愿给你这个脸面了，只怕比旁人还不如。凡事不能太过于骄纵这个道理她也是明白的，只是心里实在是不甘心。

瞧着皇上对雪选侍的心思，这一位只要能活转过来，只怕以后是要有大造化的人。如果……真的是这样的话，云汐心里压抑了很久的那一簇簇小火苗，竟又开始翻腾起来。她一直不敢相信皇后娘娘自缢，但是苦于自己身份低微有些事情便是自己有什么想法也无法去查证真伪。

如果，如果她帮着雪选侍夺了圣宠，她倒要看看那一位还能不能把持后宫，妄自尊大。

云汐的心思也是转了几转，几经衡量，最终还是松了口："皇上圣意难违，陌研姑娘对雪小主情谊深重，令人心折，奴婢若再是推托，上不忠君，下不怜人，便是个无情无义之辈了。"

听着云汐的话，慕元澈本该高兴的，谁知道心头竟有些怅然，仿佛有些什么东西要溜走了，再也收不回来。

陌研高兴不已，立刻对云汐行礼："奴婢见过姑姑，以后姑姑可就是芙蓉轩的管事，奴婢还要承蒙姑姑多多提点才是。"

云汐挤出一丝微笑："自当尽心服侍小主，是奴婢的本分。"

慕元澈站起身来，对着二人说道："你们自去忙吧，朕去看看雪选侍。"

"是。"两人齐声应道。

慕元澈掀起帘子大步走了进去，外面的厅里韩普林还在闭目酣睡，慕元澈瞧了一眼并未惊动他，自顾自地进了里面的寝室。

床帐低垂，暖香流动，夜晚静静地躺在榻上，呼吸微微有些急促，比昨日似乎又稳了些。面颊上也没有昨日那样鲜红了，烧退了倒是瞧着神色也正常了许多。

慕元澈随意地坐在榻边，就那样盯着夜晚，直直地看着她，目光迷离又翻动着隐隐的波浪，就这样静静地坐着，一言不发。

锦帐云衾华美艳丽，越发地衬托得夜晚那瘦削的脸颊娇小苍白，仿佛风轻轻一吹，就会消失在这天地之间。

严喜端着托盘悄悄地走了进来，将东西放在一旁的红木雕花桌上，这才走了过来，看着慕元澈的目光跟往日无异却令人隐隐有悲凉之感，不由得心头一酸轻声说道："皇上，云汐让御膳房的人送了早膳过来，您吃点吧。您这几日都未用好饭，您是万圣之尊，身子最是重要的，请皇上保重龙体为上。"

慕元澈的目光缓缓地收了回来，听着严喜的话，眉心微松："朕也不想挂心，

第十五章　连环计中计，夜晚心愿成

可这就是个不省心的，只要几日不见她定会闹出些动静来，世上怎么就会有这样的蠢笨之人。"

严喜吞吞口水，他也觉得二姑娘实在是可怜，这倒霉的事情怎么就一件件地往她身上砸去。心里这样想，可不敢给皇上添堵了，忙说道："云汐被皇上送到芙蓉轩做管事姑姑，以后定不会再有这样的事情发生了。"

慕元澈刚拿起的银箸又放了下去，几不可闻地幽叹一声："雪娃娃知道了我把她的贴身侍婢给了别人，不知道会不会怨恨于我……"

严喜心头一跳，忙挤出一个微笑，劝道："皇后娘娘生前最是仁善，若是娘娘还在，也一定会为雪小主挑选得用的人来。皇上不必如此自责，若是娘娘看了，也会心疼的。"

慕元澈用完膳，韩普林已经在外面候着了，便是杨成也到了。慕元澈宣二人进来，面色肃穆地瞧着他们。

两位太医皆有些不安地立在那里，实在不知道这是怎么回事，皇上这是要做什么？但是皇上不开口他们自然也不敢贸然地开口，只能这样忐忑不安地立在一旁。

"严喜。"

"奴才在。"

"立刻传惠妃、丁昭仪跟甘夫人到芙蓉轩。"

严喜一愣，但是立刻应声道："是，奴才这就去办。"严喜脚步匆忙地去外面传旨，慕元澈却是神态轻松地望着杨成跟韩普林，缓缓地开口了。

"之前，你们二人跟朕说，雪选侍是因为服用了与汤药相克之物才会导致起了红斑，又恰好因为跟赵容华有所争执，意外落水。红斑遇上冷水，这才导致病情恶化，几乎垂危，可是如此？"

慕元澈的声音十分的平稳，听不出任何的情绪，正是如此两人心里反而更有些不安起来。

韩普林上前一步回道："回皇上的话，正是这样。"

杨成并未说话，只是默默地立在一旁，但是心里却极度不安起来。这几日皇上一直守着夜晚，没有对此事进行彻查，让他安心不少，没想到夜晚这边的病情一稳定下来，居然就要兴师问罪，心里如何不怕？

慕元澈看着韩普林，又问道："后宫里每一位主子的脉案都是极其隐秘的事情，雪选侍的脉案是不是也如此？"

"是，雪小主的身子一直由微臣调理，后来因为小主病情一直不稳，这才请来了院正大人共同医治。因此雪小主的脉案只有我跟院正大人瞧过，别人并不知晓。"

韩普林垂声应道，言辞有礼，平稳妥当，不急不躁倒是令人深信不疑。

"杨成，可是如此？"

"回皇上，雪小主的脉案微臣也只看过一两次，不如韩大人知之甚微。几次用药微臣也是跟韩大人互相商议，并未有自己决断之时。"

慕元澈微微地点点头，"你素来持重，办事稳妥，朕是知道的。"

"谢皇上，微臣不敢当，这是臣子应尽的本分跟职责。"杨成道。

慕元澈看着二人，忽而又问道："既然这样，那么朕问你们，雪选侍服着汤药不能食用斑石竹的事情也就只有你们二人知道了？"

这话一出，杨成神色一变，看了一眼韩普林，正欲说话就听到韩普林说道："从道理上讲这话不错。"

"从道理上讲？难道还有别的说法不成？"慕元澈皱眉问道。

"回皇上的话，太医院应当只有微臣跟院正大人知晓。不过此事微臣曾经告诉给小主，至于小主有没有告诉旁人只怕还要等小主醒后才能知道。"

"正是如此，请皇上明鉴。"杨成附议，微微一顿，又道，"还要等小主清醒后询问一番才好。"

慕元澈看着二人，又道："这下手之人心思极为狠毒，为了怕雪选侍看出食物中有斑石竹，居然将斑石竹磨成粉，加了几味做鱼的料子加重了味道掺杂其中。这样巧的心思，便是有人用心去看，只怕不是善于厨艺之人都不能闻出这味道有何不妥。"

韩普林跟杨成垂头不语，立在那里静听，这样的事情可不是太医能言语的。

就在这个时候严喜回来了，走到慕元澈身边低声回道："皇上，三位娘娘到了，现在宣吗？"

慕元澈看了还在沉睡的夜晚，点点头："宣！"说完站起身来，自己亲自过去将特意加厚隔音的纱帘放了下来，轻纱垂地，以示静谧。

严喜亲自将人请了进来，走在最前的正是甘夫人，一身石竹青的素淡衣裳，便是发饰都是偏清冷的素色。夜晚重病之时，若是再打扮得花枝招展，真是招人眼了。

果然，这个道理人人都明白，惠妃也是一身浅色衣裙，丁昭仪素来就是素淡的主，一时间屋子里倒是没有往日嫔妃相聚的珠光宝气之感。

"嫔妾见过皇上，吾皇万岁。"三人齐伏地行礼，姿态端庄，动作如行云流水，很是好看。

"起来吧。"慕元澈道，然后看着严喜："赐坐。"

严喜立刻搬来了三个绣墩，三人行礼谢过这才按照位份坐下。

三人坐稳，甘夫人这才开口问道："皇上宣嫔妾来此，可是雪选侍的事情有了

第十五章　连环计中计，夜晚心愿成

61

眉目？回回都遇上这样的事情，可怜得现在还没醒。不过嫔妾听说病情已经稳定，都说大难过后必有后福，以后雪妹妹也一定会否极泰来，步步平安的，皇上也不要太过于忧思，免得伤了龙体。"

慕元澈闻言看着甘夫人的神情便有些柔和起来："玉娇的身子可好些了？你年年苦夏，身体可还好？"

甘夫人闻言面上的笑容越发的柔和，"多谢皇上挂念，玉娇的身子已经稳了下来，这几日都是嫔妾亲自守着，倒是无事了，玉娇若知道皇上如此挂念她也定会开心的。嫔妾年年都苦夏习惯了，现如今天气还并未真的热起来，倒也不觉得难过。皇上日日忧心国事，还要照看雪妹妹，还能记挂着嫔妾，嫔妾心里真是感动不已，还请皇上不要挂念嫔妾，雪妹妹年纪轻些不晓得怎么照顾自己，皇上多费些心也是有的，嫔妾年长些，自己会照顾好自己，不敢让皇上多忧心。"

甘夫人这一番话说得真是冠冕堂皇，便是惠妃都佩服不已，此时接口笑道："都说甘妹妹最是会说话的，果不其然，嫔妾便没有这样的面面俱到，到底是甘妹妹跟着先皇后多年，倒也有几分先皇后的周到体贴了。"

甘夫人闻言，脸上的笑容便有些淡了，手心不由得一紧。

慕元澈侧头看着惠妃，便道："你跟着皇后也是多年，怎么没有学了几分去？"

"嫔妾嘴笨手拙，又没有甘夫人的八面玲珑，自然是学不来这些。先皇后在的时候也是说嫔妾惫懒，嫔妾这是天生的没法子，皇上还是饶了嫔妾吧。"惠妃摇头浅笑。

夏吟月脸上的笑容便有些僵硬起来，抬眼看着惠妃目光毫不相让，嘴角的笑容又聚了起来："惠妃姐姐真是爱开玩笑，你说自己无才无德，我倒瞧着不然。若真是无德无才之辈，又岂能将后宫的事情管理得妥妥帖帖？"

"这不是有昭仪妹妹帮忙，我们两个也及不上一个甘妹妹的。"惠妃看着丁昭仪笑道。

"嫔妾孱弱之躯，能为皇上分忧也是嫔妾的荣幸，只是不管事多年，到底是有些生疏了去，多亏惠妃姐姐处处指点。"丁昭仪敛眉垂首细声细气地应道，她本就常年抱病，瞧着也真是可怜。

慕元澈的眼神便落在了丁昭仪的身上，这些年丁昭仪深居简出不问世事，他知道是为了什么，如今看着她倒是比以前想通了许多也开心，便道："久病之人也该出来多走动，整日地窝在房子里没病也要病了，朕瞧着你的神色比前几日还要好些，可见让你协管宫务一点都没错的。"

"多谢皇上体恤，嫔妾也觉得好了些，倒是以前的许多想法看来竟是错了，确实有精神的时候多走动些对身子着实有好处。"

"朕记得你以前就是个活泼爱动的性子，以后也不要拘束了。"

"是。"

甘夫人静静地听着慕元澈跟丁昭仪叙话，面上带着最是谦和温柔的笑容，只是那双眼睛终是起了波澜。

"朕叫你们几个来，就是想问一下事情可查清楚了？"慕元澈转回了正题，神色也严肃起来，一双眼睛在三人的面上慢慢地扫过。

甘夫人闻言就说道："嫔妾这几日一直在照顾玉娇，因此便把这件事情全权交给了惠妃姐姐跟丁昭仪，请皇上恕罪。"

"你要照顾孩子，也是情有可原。"慕元澈道，眼神便看向惠妃。

惠妃瞧着慕元澈看向她，也不着急，柔声说道："回皇上，嫔妾本不该越权，但是玉娇公主是皇上目前唯一的子嗣，因此嫔妾不敢因为此事扰了公主养病，所以就听从甘妹妹的话没有去烦扰她。嫔妾不是刑部的堂官，没有高明的查案断案的本事，因此只能用尽全力去查一查究竟是怎么回事。"

"你能这样想朕很欣慰。"

惠妃一笑，又道："嫔妾跟昭仪妹妹派人将那日宴席上雪妹妹所食之物交给太医院严查，最终查出了那道清蒸鱼中夹了斑石竹的粉末，这件事情嫔妾已经禀告皇上一次，皇上应该还有印象。"

"朕自然记得。"慕元澈道。

"是，嫔妾又让太医院查了别人的清蒸鱼，没想到所有的清蒸鱼中都有斑石竹的粉末，但是无病之人服用并没有害处，倒是夜妹妹所服用的汤药中有一味药是万万不能碰到此物的。嫔妾就想着，后宫每一位嫔妃的脉案都是严格保密的，能知道夜妹妹脉案，并能知晓这药物跟食物相克的必定是精通此道之人，又或者是从别人嘴里听到过。但是能接触到夜妹妹脉案的就只有韩太医跟杨太医两位大人，所以嫔妾想着两位大人都是医者仁心，断然不会做出这样害人性命之事，说不定是两人身边跟着的奴才被人收买也不一定。因此嫔妾便从两位太医的身边人查起，没想到还真的有了些收获。"

韩普林面色无异，杨成倒是有了些不安，但是依旧强装着镇定，两人都没有说话。

甘夫人的眼睛一蹙，轻轻地落在了惠妃的身上："嫔妾就说惠妃姐姐是个有本事的，果然是不错的。"

"承蒙甘妹妹夸奖，这还是跟妹妹学的，去年的时候有嫔妃行那害人之事，不就是妹妹从她的身边人查出来的。我不过是效仿而已，哪里是什么本事。"惠妃看着

第十五章 连环计中计，夜晚心愿成

夏吟月一笑，夏吟月神色淡淡地没有再说什么。惠妃一见又接着说道："韩大人跟杨大人身边各有一名药童服侍，韩大人的药童没什么事情，言行举止跟以往无异，倒是杨大人身边的药童，倒是在前个晚上的时候偷偷地去了赵容华的清韵阁。而赵容华正是害夜妹妹落水之人。"

慕元澈神色冰冷："人你可审问了？"

惠妃摇摇头："杨太医是甘妹妹跟前第一得用的太医，又是太医院的院正大人，而且杨大人还在极力救治夜妹妹，嫔妾想着这件事情不好这个时候扰了杨大人的心绪，因此并没有动手，只是令人好生地监视着那药童。如今夜妹妹的病情已经稳定下来，嫔妾想着倒是可以审问了。为了避嫌，嫔妾以为这件事情应该由严总管亲自审问比较好，甘妹妹你说呢？"

夏吟月抬头看着惠妃："清者自清，浊者自浊。惠妃亲自审问也并没有什么不妥当之处，倒是不知要避什么嫌疑。"

惠妃也不搭理夏吟月，只是看着慕元澈。

丁昭仪瞧着慕元澈，也开口说道："毕竟事关重大，居然有人用了这样恶毒的方法谋人性命，严公公跟随皇上多年，审查此事倒是合适得很。"

严喜眨巴眨巴眼睛，为何严刑讯问这样的差事也能落在他的头上？果然身为总管大太监，就是要做好随时中枪跟被人当做挡箭牌的准备。

慕元澈变看着严喜说道："朕命你立刻拘拿那药童审讯，务必查个清清楚楚。"

"是，奴才遵旨。"严喜大步跨出领旨后火速离开。

丁昭仪的眼睛看着杨成，笑道："杨院正不用担心，药童是药童，你是你，这些年杨院正医者仁心，大家都是看得见的。"

"多谢昭仪娘娘，微臣并不担心。"杨成垂声应道。

看着杨成这样的镇定，惠妃的眉心轻蹙，难道真的与杨成无关？她可不相信真的是毫无关联，要不是杨成松了口，那药童只怕也不会知道这些事情的，这里面一定有自己想不通的关键所在。

芙蓉轩是配殿，小巧玲珑有余，但是要论起避暑跟防寒还远远及不上正殿柔福宫。因此这太阳才刚散出热气，这芙蓉轩里便立刻跟着热了起来。各自的宫女在主子后面轻轻地打扇，慕元澈不开口，气氛越发的沉闷。

云汐掀起帘子轻轻地走了进来，手里握着一柄孔雀毛做成的羽扇，五彩斑斓煞是好看。黄杨木做成的托盘上是五彩海藻纹的茶盏，淡淡的茶香弥漫开来。她的身后跟着同样端着茶水的玉墨跟陌研，两人将茶水分别给各位主子奉上，云汐径自走到慕元澈跟前将茶盏放下，然后极其自然地立在慕元澈的身后为他摇扇纳凉，然后对着玉墨说道："你去打盆水来放进寝室去，记住要温水，不可凉了，也不可太热了。"

"是，姑姑。"玉墨放下茶盏，躬身应了退了出去。

云汐又看着陌研说道："你去寝室看看小主情况如何，若是热了不可扇风，拿了帕子浸在温水里慢慢地擦拭。"

"是，姑姑。"陌研转身就掀起了帘子进了内室。

夏吟月等人瞧着这一幕只觉得有些好奇，不由得多思量了几分。丁昭仪看着云汐笑了笑，当初先皇后活着的时候，云汐跟丁昭仪也是多走动的，此时倒也随意些，笑着说道："云汐姑姑真是尽心尽责，虽然不是芙蓉轩的人，倒也将雪妹妹照拂得妥妥帖帖，不愧是先皇后教出来的，就这份心胸便是无人能及的。"

云汐闻言轻轻福了身行礼，一边给慕元澈打着扇一边笑道："昭仪娘娘尽会夸赞奴婢，奴婢做的不过是分内事而已。"

"分内事？"丁昭仪微微有些惊讶，一时没有弄清楚这是什么意思，便是惠妃跟夏吟月也有些疑惑地看向云汐。

云汐不慌不忙地说道："是啊，奴婢已经被皇上赐给雪小主，做芙蓉轩的管事姑姑了，不敢不尽心。"

众人惊愕，这个消息可谓是格外的突然。

夏吟月看着云汐，捏着帕子的手骤然收紧，她几番想要将云汐调到宜和宫去，皇上都不曾松口。原本她以为皇上是对郦香雪心有愧疚，因此长秋宫的人都不会随意地调离。没想到皇上居然将云汐给了夜晚，云汐可是郦香雪生前最看中的大宫女，夏吟月脸色顿时微微一变，强忍着心里怒火，努力露出一个温和的笑容，似是随意地说道："先前秀女初进长巷的时候，因为管事姑姑人手不足，想要将姑姑借去长巷一段时间，皇上都不曾愿意，说是长秋宫的人不得随意调动，没想到如今倒是将你送到了芙蓉轩，可见是真的疼雪选侍。"

"是啊，皇上这个决定连嫔妾都吓了一跳，毕竟长秋宫的人手多年不曾调动过的。"惠妃跟着说了一句，眼睛落在云汐身上带着浅浅的笑。

云汐并不着急，笑着说道："莫说诸位娘娘，便是奴婢也以为会在长秋宫一直待着。只是雪小主实在是太多灾多难些了，皇上说一眨眼瞧不见人便要出纰漏，着实头疼。想着奴婢在先皇后跟前伺候的时候还算周到，便让奴婢过来帮着调教调教奴才。说起来奴婢也真是头一遭看到像是雪小主这样运气不济的人，才进宫没多久就几回遭遇危险，这回碰巧救了雪小主也是缘分，皇上有旨奴婢不敢不从。"

云汐说到这里，慕元澈笑了笑："如今你倒是架子大了，若不是陌研苦苦哀求，你怕还不肯应下来。"

云汐一愣，不晓得慕元澈为何将这一折说出来，这与一个帝王的威严并无益

第十五章 连环计中计，夜晚心愿成

处，不过立刻应道："皇上说这样的话，奴婢可真是有苦说不出了。不过是在长秋宫待惯了，这宫里的事情多少有些生疏，怕皇上失望因此不敢贸然答应。"

"云汐这话可是过谦了，你是姐姐生前最得意的左膀右臂，我几番相请你去宜和宫都被你回绝了，到底皇上金口玉言。"夏吟月笑着说道，眼神一闪闪的，"不过这样也好，日后芙蓉轩有个管事的姑姑，很多事情也能有个拿主意的，皇上也尽可放心了。"

云汐闻言心神一凛，忙说道："奴婢不过是一个奴才，哪里能拿得了主子的主意，不过是经历的事情多些，替小主长长眼而已。甘夫人的话奴婢可不敢应，要是雪小主听到了，还以为奴婢奴大欺主呢，万万使不得。"

惠妃轻笑一声："云汐你也不用紧张，宫里谁不知道你是守规矩的。甘妹妹跟你闹着玩呢，不过啊这以后有你在芙蓉轩真是放心不少。本宫也是格外地怜惜雪妹妹，不过是得了皇上的青睐多了一些关怀，便被人这样地算计，也太不像话。"

慕元澈听着众人你一言我一语的，只管静静地听着，面上一片平静，让人瞧不出端倪。此时听到惠妃的话，这才看着云汐说道："惠妃这话倒也不假，以后你多费费心，这芙蓉轩里若是有那不安分的，你只管撵了出去，让内廷府重新换了新的来。"

"是，奴婢遵旨。只是奴婢想着倒也不用草木皆兵，如果这样人人自危也不是一件好事。小主平素待下人极好，这芙蓉轩里未必就真有那卖主求荣的人。"云汐对着慕元澈说道，声音微微顿了顿，"按照宫里的规制，每位小主身边都要有一名管事姑姑跟总管太监，如今奴婢领了这管事姑姑的差事，但是还差一名领事太监，还请皇上指位公公过来才是。"

慕元澈听到云汐的话，微微思考，便看着惠妃几个问道："诸位爱妃可有什么好的人选？"

芙蓉轩一直就是一个特例，管事姑姑跟领事太监并不是没有安排过，但是都被皇上否决了。如今皇上居然把云汐安排过来，这个时候大家都摸不清楚慕元澈的意思，谁又敢轻易地妄言。

夏吟月本就憋着一把火，此时听到慕元澈的话，便淡淡地一笑："嫔妾如今的心思都在玉娇身上，宫务大都托付给了惠妃姐姐跟昭仪妹妹，一时间嫔妾还真想不起来有没有合适的人选。不知道惠妃姐姐可有合适的人选？"

夏吟月老奸巨猾，将事情推给了惠妃，惠妃又不是个傻的，听到这话也无奈地一笑："嫔妾接手时日尚短，琐事又多，还要查雪妹妹一事，人事上还真是没有摸清楚，请皇上圣断。"

慕元澈闻言点点头："你们一个忙着照顾女儿，一个忙着查案，自顾不暇。"

说到这里看着云汐："你可有合适的人选？"

云汐忙道："奴婢不敢妄言。"

"但说无妨，你在宫中多年，也识得一些人，若是有合适的，举贤不避亲大可以说说。"慕元澈道。

夏吟月心里冷笑一声，看来皇上压根就没打算让她们几个推荐人选，便是说了只怕也会被皇上用各种理由否决。云汐多年不曾管宫务，皇上却还说在宫中多年识得一些人，这里的又有哪一位嫔妃不是在潜邸的时候就跟着皇上的？

偏心至此，夜晚着实是心腹大患。

"既然这样，奴婢便僭越了。"云汐道，微微想了想，这才回禀，"奴婢这几年都在长秋宫，并不曾在宫中多走动，当年认识的一些人这几年也陆陆续续地都放出去了。如今知道的也就是长秋宫里的，奴婢已经离了长秋宫到芙蓉轩当差，奴婢走了，长秋宫里的事情就落在了李明德的身上，因此李明德是万万离不开长秋宫的。倒是李明德手下有个小太监名叫安于世的，平日瞧着也机灵，不如先让他试试，若是干不好再撵回去，到时玉娇公主千金之体也已康复，甘夫人也能重掌宫务，再选个伶俐的送来就是了。"

慕元澈就点点头："就先这样吧，你若是瞧着好的，想来还能干点事情。"

"那奴婢先替小安子谢谢皇上，他必定会好好地当差不负圣望。"云汐浅笑，心里却是松了一口气。自从先皇后过世，他们这些人在长秋宫一直是战战兢兢地过日子，如今终于有机会重新面世，自然要好好地把握机会，她一定要查出皇后娘娘的自缢是真是假。

云汐借着夜晚的事情重新在后宫风光露面，她的现身必将会为这后宫带来新的震动。惠妃面上的笑容格外的欢愉，似笑非笑地看了一眼夏吟月，就怕有些人真的是如坐针毡了。

前有狼，后有虎，她倒要看看夏吟月能有三头六臂不成。

就在这个时候，严喜回来了，行礼之后才说道："皇上，审出来了。"

夜晚迷迷蒙蒙地睁开眼睛，头也发昏脑也涨，强烈的阳光让她不由得眯起了眼睛。喉咙里干涩饥渴难当，想要坐起身来，只觉得浑身无力，只得放弃这个动作，开口喊道："陌研……水……"

陌研正在床前打盹，猛地听到声音立刻清醒过来，惊喜地喊道："主子，你醒了？"嘴里说着就跑去倒水，这个时候云汐跟玉墨也听到动静来了，瞧着夜晚醒了欢欣不已，玉墨立刻就去找韩普林，云汐扶着夜晚坐起来，陌研就把手里的水杯递给了夜晚。

一口气将水喝干净，夜晚这才觉得缓过气来："再倒一杯，感觉好像很多年没喝水一样。"

云汐闻言就笑道："小主之前一直发烧出汗，自然会觉得很渴。"

夜晚方才还没有什么精神，猛不丁地听到云汐的声音，整个人都像是僵住了。云汐……云汐……终于来了吗？

"小主，你怎么了？"云汐有些担心地问道，"是不是哪里不舒服？"

她的云汐……夜晚几乎要热泪盈眶，但是她不能失态，忙摇摇头："无事，只是听着的你的声音很熟悉，你是？"

云汐微愣，雪选侍竟是完全不认得自己，那她昏迷前为何会喊自己的名字？

"小主不认识奴婢了？小主昏迷前一直喊着奴婢的名字。"云汐小心翼翼地试探。

夜晚故作疑惑地皱皱眉头，像是努力回想的模样，然后才说道："我不记得喊了你的名字啊，当时只觉得身边全是水，吓都吓坏了，完全不记得自己说过什么话了。我喊过你的名字？我不认识你啊，怎么会知道你的名字？你怕是听错了吧。"

云汐瞧着夜晚的样子不像是作假，一时间也不明白是怎么回事，心中疑惑不已。

陌研这个时候却是接口说道："小主，这就是长秋宫的云汐姑姑，以后就是芙蓉轩的管事姑姑了。"

"什么？"惊喜来得太突然，夜晚竟是呆住了，傻傻地看着陌研，又看看云汐，"你是云汐？原来你就是云汐。"

云汐瞧着夜晚呆呆愣愣的样子，觉得真是十分的可爱，便点头笑道："是，奴婢正是云汐。云汐见过小主，给小主请安。"

夜晚忙让她起来，神情颇有些激动地说道："这事可怪不得我，之前陌研这丫头在我跟前一直提起你，听得我耳朵都冒茧子了，难怪我昏迷前会喊你的名字，就是被这丫头闹的。"

陌研轻声笑了笑："小主，这回是云汐姑姑跳进水中救了您的，可不正是缘分吗？小主一直希望身边能有个得力的管事姑姑，这不就给您送来了。"

"竟是云汐救了我？当时真是只顾着害怕，什么都不记得了。"夜晚终于得到机会握着云汐的手，眼眶含着泪，"云汐，谢谢你，若没有你只怕我已经不在这个世上了。"

云汐瞧着夜晚这样跟自己说话，一时间竟有些恍惚。都说雪选侍性子孤傲尖锐，没想见到人后居然是这样温柔的一个人，可见传闻真是不可尽信。

"小主言重了，这是奴婢分内应该做的事情。那日也着实巧了，奴婢有事经过那里，自然是不能见死不救的。"云汐忙道。

"话虽然这样说，但是你能舍身相救实在是难能可贵。没想到上天垂怜，居然让你来了芙蓉轩做管事姑姑，这以后还需要你多多帮衬，我在这宫中真是步步艰难，

68

几次性命攸关一线之间。"夜晚叹口气，这一会儿纵然是谋划了再谋划，这样小心翼翼地算计，没想到还是出了意外，差点丢了性命，如今回想起来真是害怕极了，所以这番话真是说得情真意切，触动颇深。

云汐听着夜晚话里的凄凉之感，想起陌研跟她说过的事情，真是觉得雪选侍是个可怜的人。心里隐隐动了恻隐之心，雪选侍对她情真意切，她倒不好虚情假意了，于是说道："小主放心，奴婢既然来到了芙蓉轩，以后便是芙蓉轩的人，自然会尽心尽力服侍小主。"

夜晚就这样看着云汐，真是看不够，好像要替郦香雪把这几年的时光都给补回来。她有多少话想要跟她说，可是她不能说，也不敢说，只能这样凝视着她。虽然现在她并不知道自己是谁，但是能在一起就是好事，很多事情只能慢慢图谋，急不得，慌不得。

"有你这句话我也安心多了。"夜晚笑道，真是觉得身心舒畅，没想到落水一场居然能换得云汐回来，真是没有白白的受一场苦，老天还是公平的。

韩普林这个时候来了："微臣给小主请安，小主终于醒了，现在觉得怎么样，有没有哪里不舒服的？"

夜晚放开云汐的手，看着韩普林笑道："觉得头脑还有点发昏，浑身发痒，其余的倒也还好。"

"小主头脑发昏是因为这几日一直在昏睡，猛地醒来便会有这样的感觉，只要稍事休息便好。至于痒，因为小主起了红斑才会引起发痒，只有红斑退下了才能止痒，还需要几天的时间，请小主忍耐，一定不要去抓，抓破了便会落疤痕。微臣开个方子，尽量地给小主止痒。"韩普林道。

"红斑？"夜晚皱眉。

陌研立刻就把事情的经过详详细细地说了一遍，她自然知道夜晚知道红斑是怎么回事，但是因为云汐在跟前，并不知道夜晚的计划。这个时候若是夜晚表现得什么都知道，定会被云汐看出破绽，只能配合夜晚演一出戏。

夜晚的细致周到，还是让陌研心有所感，越是这样子心里反而越是有底，更加的安心，脸上的笑容也多了些。

"照你这样说我竟是被人暗害才导致昏迷不醒？"夜晚看着陌研问道。

"是，多亏小主福大命大竟能逃过这一劫，奴婢们可真是开心坏了。"陌研笑道。

夜晚皱眉若有所思，陌研一见便明了，这个计划她知道的也不多，韩太医却是知之甚深，想必小主有很多话要问，便看着云汐说道："姑姑，奴婢还有些事情请您帮忙。"

云汐一愣随即点点头，笑着应了。

第十五章 连环计中计，夜晚心愿成

69

第十六章
巧计得帝心，
宫闹起波澜

两人退下后，夜晚这才看着韩普林问道："最后结果如何？"

夜晚现在关心的就是这个。

韩普林神色一暗，轻轻地摇摇头。

"难道是一事无成？"夜晚一惊，不会这样倒霉吧，按照两人的谋算，这回是一定能将杨成拉下马的。

"倒也不是一事无成，只是敌人太狡猾。惠妃娘娘按照咱们提前准备的线索已经成功查到了杨成身边的药童，只是没有想到那药童太忠心。虽然是严喜亲自审讯的，但是没有咬出杨成来，只是一口咬定是受了赵容华的指使。赵容华跟小主素来不和，偶有口角也是众所周知，这药童咬着她不放，别人倒也相信赵容华有这样做的理由，正是因为这样反而蒙蔽了大家。"

"没想到夏吟月为了保住杨成，居然推出了赵容华做替死鬼。"夜晚轻叹一声，这又是夜晚没有想到的，"不过这也证实了一点，杨成手里一定有甘夫人的把柄，不然的话甘夫人不会宁愿让赵容华顶罪也得保住杨成。这样一来反而让我们看得更清楚，你要想扳倒杨成，就得先让杨成的靠山动摇，不然做什么都是无用功。"

"小主说的是，只是可恨做了这样多的事情最后竟然只是这样的结果，实在是不甘心。"韩普林原本想着一定能将杨成斩落下马，没想到这个药童坏了事。

"急什么，有道是'针孔可露如斗之风，蚁穴可溃千里之堤'。这回算是学个教训，一个小小的药童便能一定乾坤，你也算是见识到了甘夫人的手腕，下一回也知道该如何做了。"夜晚神色平静，虽然有些不甘心，但是她早就知道夏吟月不是一个好对付的，所以也算不上太失望，只是终归有些怅然。

"皇上怎么处置赵容华的？"

"打入冷宫，降为最末位的更衣。"

夜晚闻言缓缓地说道："没想到只是打入冷宫，到底是我在皇上心中的分量不重，可惜了，斩草不除根，春风吹又生。"

"小主若想除根也容易。"

"不，先留着赵容华，以后说不定还有大用处。"夜晚道，使用得当，赵容华也是一把称手的兵器，只是现在她还没有想好怎么用而已。

"皇上对小主还是很上心的，这几日都是在芙蓉轩过夜守着小主，现在是早朝的时间，小主自然没有看到皇上，等到皇上下朝就会直接到这里来了。这几日便是批折子都是在芙蓉轩，小主可不要妄自菲薄才是。"韩普林笑道。

夜晚闻言淡淡一笑，抬头看着韩普林说道："只怕还要你委屈一段时日，杨成这回对你起疑心没有？"

"小主放心，微臣很谨慎，杨成并未对微臣起疑心。"

"这就好，没想到辛辛苦苦忙碌一场，差点丢了性命，只落得这样的结果。"

"微臣当时也吓坏了，没想到娘娘会意外落水，幸而救治及时，不然后果真是不堪设想。以后可不能这样莽撞了，还是要细细谋划好了才是。"韩普林也是心惊一场，这回太冒险了。

"烦劳韩大人给我哥哥捎个信，让他不要担心。"夜晚低声说道。

韩普林点点头："小主放心，我一定会带到。小主可还有别的吩咐？"

夜晚抿唇，良久才说道："那就请大人也跟司徒镜知会一声。"

"玉公子？"韩普林这回真是吃了一惊，没想到夜晚跟司徒镜的关系好像也有些不简单，"这个微臣怕是不能带到了，司徒府不是谁都能进去的。"

夜晚一想便明白了，这样的世家大族，也不是一个小小的太医说去就去的。只得无奈地笑一笑："是我失言了，大人也请回吧，这几日辛苦了。"

"微臣先告退，回头便令人送上好的药膏来，小主切莫去抓痒处。"韩普林提起药箱说道。

"知道了，让你费心了。"夜晚点点头应了，看着韩普林背起药箱一步步地走了出去。

夜晚只觉得有些疲惫，倚在软枕上，便有些睁不开眼睛了，索性闭目养神，脑子里却是消化着这大量的信息。

如今夏吟月的六宫之权被惠妃跟丁昭仪分去，赵容华被打入冷宫。虽然没有扳

第十六章　巧计得帝心，宫闱起波澜

倒杨成，但是赵容华也是夏吟月的利爪，倒也不是一无所获。夜晚现在也猜不透慕元澈的心思，要说他对自己无意，但是这些日子自己昏迷他又这样的守着，若说他对自己有意，总觉得少了些什么。

夜晚心里叹息一声，她自己也是矛盾的，她恨不得这一生不再跟慕元澈有交集。可是为了复仇，又不得不跟这个男人有所交集。想要在美人如花的后宫立足长存，便一定要有过人之处，到了这一步，夜晚知道自己必须主动进一步，至少一定要是货真价实的承宠，才能在夏吟月面前挺直身板。不然，一个没有被宠幸的嫔妃，她纵然有几分妒意却也知道动摇不了她的根基。

夜晚叹息一声，终究是身份太低了。

"一醒来叹什么气？"

夜晚猛地睁开眼睛，想得太入神，竟然没有听到慕元澈进来的声音，幸好她没有做什么出格的事情。

"我叹自己命大，这样居然还能活过来。"夜晚道，对上慕元澈的眸子，不闪不避。看着慕元澈一身龙袍，想来是下了朝接到自己苏醒的消息便直接赶来了。

慕元澈大步地走了过来，在床榻边坐下，这才说道："你一日不气我便不肯罢休是不是？"

"嫔妾不敢。"夜晚靠着软枕，声音有些中气不足地说道。

慕元澈瞧着夜晚："你可怨我？"

"怨你什么？"

"把你留在宫中。"

"……不怨。"

"你撒谎。"

"真不怨，便是不留在宫里，我以后的日子也未必好过。反正日子都不好过，在哪里也就没区别了。"

夜晚的声音虽然平静，慕元澈终究是听出了丝丝的哀怨，"以后不会让你受委屈了，再也不会了。"

再也不会？夜晚冷笑一声，在这后宫里活着，哪能不受委屈呢？夏吟月没有委屈吗？郦香雪没有委屈吗？有的，只是慕元澈身为一个帝王，身为一个男人，看不到女人的委屈而已。

瞧着夜晚并不回答他的话，慕元澈也不生气，只当夜晚刚刚苏醒很多事情没有想明白，一时便有些沉默。

"我以为这回再也见不到你了。"夜晚主动开口了，既然决定要承宠，就要主动跨出这一步，只是这一步怎么走却要想好了，不能有半点的差错。

慕元澈一愣，凝神看向夜晚，只见夜晚垂着头，面色有些发白，额头上，脸颊边，还有红斑并没有消退。猛不丁地夜晚说这样的话，反而让他有一种很奇怪的感觉。

"见不到又如何？"慕元澈忽然很想知道，他一直知道夜晚对自己一直缺少其他的嫔妃所有的热情跟欲望，这也是他一直不知道该如何去定位两人之间的关系的原因之一。

许是因为两人之间的交集太多，反而有了一种不知道该如何去相处的窘地。

慕元澈不是一个愿意强迫女人的男人，之前夜晚对他也一直是若即若离的，现在忽然听到这样的话，心口也有些触动。看着夜晚半垂的头颅，竟然有些害怕会听到自己不愿意去听的答案。

"不如何。"

"不如何？什么叫做不如何？"慕元澈道。

夜晚久久不语，双肩微微抖动，大颗的泪珠便落在了桃红色的锦被上，一颗接着一颗，将锦被浸湿了一片。

"为什么哭了？"慕元澈伸手抬起夜晚的脸，声音竟微微有些紧张。

"只是害怕，说不定哪天我就会无声无息地消失在这里。我不想死，我想好好的活着，我还这样的年轻，我的生命正是花朵一般的美好年华。我的心正是对人生对爱情有着憧憬的时候，我还没有对着我喜欢的人说一声我喜欢你，我怎么就能这样死去，我不甘心。虽然我不是最美的，虽然我不是最有才华的，虽然我脾气有些古怪，虽然我有这样那样的缺点，可是我还是一个对爱情充满向往的小女子。我也希望有花前月下海誓山盟沧海桑田永不变更的爱相随，也希望我的人生中能出现一个梁山伯……"

"你有喜欢的人了？不曾听你说过。"慕元澈竟有些烦躁，这句话问得也有些奇怪，夜晚都已经是自己的嫔妃，原不该这样问的，若是夜晚真回答有喜欢的人了，好像头顶上多了些什么似的，而他又能怎么做才好？

"我也不知道，只是那天跌入水中才恍然大悟。我一直以为我是一个很冷静很冷静的人，我这样一个理智的人，怎么会不知道动了心呢。"夜晚道，声音里夹着怅然，"太多的偶然让我以为是必然，谁知道死到临头才恍然发觉，原来不知不觉地已然动了心。可是我不知道他喜不喜欢我，有没有为我动心。他的身边有那么多的美人，或如牡丹雍容华贵，或如芍药奔放娇艳，或如水仙淡然典雅……而我永远只是美人堆中最不起眼的那个，你说他会喜欢我吗？"

慕元澈心头一紧，忽而又放松下来，脸上原本有些僵硬的肌肉也变得柔和，那一双如黑曜石般的眸子闪闪生辉。忽而笑出声来，他的声音低沉有力，眼睛凝视着夜

第十六章　巧计得帝心，宫闱起波澜

73

晚："花开百种，各有风情，你又何必妄自菲薄？你自然有你的好，不是别人能取代的。"

夜晚便有些失望，她这样声情并茂地做戏一番，原以为慕元澈或许会做一些表示，没想到只得到这样一句话。看来想要得到慕元澈的另眼相待，还真是有些难度，他实在是太谨慎，不会容易开启心防。

瞧着夜晚眉眼逐渐暗淡，慕元澈皱了皱眉，她又不开心了？难道自己说得不对？

他很开心，他听得出来夜晚心仪的对象竟是自己，只是……也只是开心而已。他的心里住了一个雪娃娃，再也容纳不下旁的人，所以只能是开心，爱字太沉重，他已经付出了惨痛的代价，这一世他不打算再爱一回，他的心太狭窄，窄得只能容下一个人，一个叫做郦香雪的狠心女子。

"饿了没有？我让人准备了膳食，你可要吃些？"

听着慕元澈转移了话题，夜晚心里无奈地摇摇头，面上露出一些失望的神情，默默地点点头，没有多说一句话。

慕元澈便叫人摆膳，夜晚昏迷了几天，吃不得别的什么，只能用些细软的流食。云汐让御膳房熬了白粥，里面加了参片跟剁得细细的鸡肉。

心思各异的两个人，吃了一顿心思各异的午膳，自始至终夜晚也没有问起她落水以及身上红斑一事。

夜晚只喝了一小碗便放下了，看着慕元澈说道："皇上自去忙吧，嫔妾精神有些不济，想要再睡会儿。"

慕元澈看着夜晚，不知道哪里出了问题，好像她很不开心的样子。虽然有些不悦，但是还是克制着脾气："也好，朕还有折子要批。"

夜晚也不管慕元澈径自背对着他躺下，不行，不能这样下去，她得想个法子。要是这样下去，她如何跟夏吟月较量？

生平第一次，夜晚觉得原来想要走进一个男人的心里，真不是一件容易的事情，还怎么做才好呢？

夜晚绞尽脑汁想着法子，慕元澈也在想自己对夜晚也已经是很恩宠了，她怎么还不开心？究竟哪里出了问题，这要是换做旁人，自己这样恩宠，早已经是欢喜得不得了了。

待到夜晚睡得沉了，慕元澈这才站起身来缓步走到外面，将陌研传了进来。

陌研小心翼翼地行了礼立在一边，不知道皇上有什么吩咐，不过她也看出来了午膳的时候皇上跟小主的神情都有些怪怪的，因此这会儿越发地不敢大意。

"陌研，你们小主醒来后可是问过了身上红斑的事情？"慕元澈开口问道。

"回皇上的话小主问过了，奴婢把事情一五一十的都告诉了小主。"陌研躬身，谨慎地回道。

"那你们小主可曾说过什么？"慕元澈觉得夜晚这样小肚鸡肠的女人，怎么可能不跟自己说一说这件事情，不管是满意或者是不满意，按照之前夜晚的性子都会说一说的，可是这回竟然一个字都没有提，慕元澈心里变得有些怪怪的。

"并不曾说什么，奴婢说完后小主只是发了一会儿呆，什么都没说。"

"什么都没说？"

"是。"

慕元澈瞬间沉默了，挥挥手让陌研退下，转头看着严喜道："这可真不像是她了。"

严喜吞吞口水，心里计较一番，这才试探地说道："皇上，奴才倒是觉得二姑娘只怕是真的有些怕了，这几次三番的差点丢了性命，换作任何人都得有些改变不是。更何况其实二姑娘是最聪慧的，只怕是有些事情一旦是想明白了，顾虑也就多了。之前二姑娘在宫里横冲直撞的，只是因为没有顾忌，可是……可是今儿个二姑娘说的那些话，奴才大胆揣测，二姑娘既然对您动了心，便是对这件事情有些不满，但是怕您为难也不会说出来的。就如同二姑娘为了夜宁连性命都可以不要是一个道理，二姑娘是个真性情的，只要对一个人上了心就是掏心掏肺的好。"

慕元澈听着严喜的话，眉眼间多了几分轻松欢愉，忽而一笑："若真是如你所说，倒真是难得见她这样体贴。不过这件事情真是委屈了她，传朕旨意，晋雪选侍为美人。"

严喜一愣，忙说道："皇上，雪小主并未侍寝便连晋两级，只怕会有人在背后说些闲言碎语的。"

"严喜，这样的事情也要朕烦心，你这个总管越来越不成规矩了。"慕元澈眼角瞟了一眼严喜，严喜一个哆嗦，再也不敢多言。

"皇上，您是要回明光殿还是在芙蓉轩？王子墨大人奉旨觐见，正等着您呢。"严喜迅速转移话题，将王子墨给丢了出来。

慕元澈想了想说道："回明光殿。"

慕元澈走了，芙蓉轩上上下下欢乐不已，没想到他们主子居然会连晋两级，这可是大喜事。云汐面上也带着浅笑，看着陌研跟玉墨说道："越是这种时候，越要将自家门户看得严严的。小安子下午就到了，有他盯着外面咱们也能轻松些，这芙蓉轩里上上下下的你们两个可要盯紧些，莫被人钻了空子。"

"是，姑姑请放心。"玉墨欢喜地说道，"小主真是后宫头一份的恩宠，还未侍寝便连晋两级，这要是侍寝之后……"说到这里笑着没说下去，陌研跟云汐相视一笑，自然都明白这个意思的。

夜晚被晋封的事情，很快就传遍了六宫。这批新进宫的小主，侍寝之后也不过是按照规矩晋了一级以示恩宠。可是人家夜晚运气多好啊，头一回掉了个水池子，连宫都没有出直接留下了，还得了芙蓉轩这样的好地方住着。这二次掉了水池子，更加的了不得，居然一下子连晋两级，真是惊破了众人的眼睛，吓掉了多少人的下巴。

惠妃乍然听到这个消息，也是微微地一愣，随即就看着冰琴说道："去库房里挑一件贵重的礼物送去芙蓉轩恭贺雪美人晋封之喜。"

冰琴应下来，看着惠妃犹豫一下还说道："娘娘，雪美人这晋升得太快了些，只怕时日一长终成大患。"

惠妃闻言淡淡一笑，"本宫巴不得她越受宠越好，升得越快越好，这样才能让那一位坐不住。"说到这里惠妃微微一顿，神色顿时变得有些复杂，轻叹一声，夜晚的封号是一个雪字，虽然得到这样一个字固然是好事，可是……转眼间也能成为祸事，所以冰琴想不到这一层才会这样担心，而她是丝毫不担心的。

"是，奴婢记住了。"冰琴点点头，转身欲走，忽然又顿住脚，折了回来，低声说道，"娘娘，还有件事情。"

惠妃抬头看着她："什么事情？"

冰琴抚了抚身子，声音越发的低了些："奴婢老乡今儿个告诉奴婢一件事情，说是西齐跟南凉联盟欲要跟咱们大夏开战，不知道是真是假。"

"什么？"惠妃手里的茶盏一下子跌落在地上摔得粉碎，"这么说百里晟玄已经知道皇后娘娘过世的事情，真要毁弃盟约不成？"

冰琴有些不明白，这事跟皇后娘娘有什么关系？

明光殿里门窗紧闭，严喜侍立在一旁不敢有丝毫的言语，一边慕元澈神情凝重，王子墨跟溯光争吵得厉害，两人意见相左，谁也说服不了谁。

"……按你这样说，难道我大夏的百万男儿还不如一介妇孺？简直就是笑话，无稽之谈。平定天下，靠的不是三寸之舌，而是勇猛锋锐的铁骑。王子墨，安稳这些年，我看你是骨头生锈，连战马都不敢上了。百里晟玄有何可怕的？他既然敢跟南凉国主千舒瑀联盟犯我边境，我堂堂大夏男儿还要跟缩头乌龟一样不敢反击吗？"溯光怒道，本就锋锐的五官此时更是如出鞘的宝剑一般。

"溯光，你别故意曲解我的意思，你明知道我不是这个意思。"王子墨有口难言，长叹一声，看着溯光说道，"百里晟玄为何敢犯我边境，撕毁两国和平相处的盟约？还不是因为先皇后过世的消息被他得知，你明知道当年皇后跟随皇上三战百里晟玄，只恨这厮狡猾多端，多次虎口脱险，还是皇后娘娘施一妙计将他巧捉，这才令他心服口服签了和平相处的盟约。如今皇后娘娘已然不在，他自然是无所顾忌，跟他对战，你觉得只凭勇猛就能获胜吗？"

"你这是狡辩，若没有皇上的骁勇善战，那百里晟玄岂能真的畏惧？这里面皇后娘娘固然是奇思妙想巧计捕获百里晟玄，但是你别忘记了，若没有皇上十万铁骑牵制敌方大军，只凭一个女子岂能成事？你的意思莫非是皇上竟不如皇后？"

"胡说！"王子墨气急，一张脸涨得通红，伸手指着溯光的鼻子怒骂，"溯光，我知道你喜欢打仗，可是你也别忘记了边关百姓的苦楚。皇后跟皇上伉俪情深，心有灵犀，这才能合作无间将敌人制服，缺一不可。只是当初皇上还是皇子，能御驾亲临关外，如今皇上已经是九五至尊，自然不能纡尊降贵御驾亲征。你说，这三军统帅谁来当？这调动兵马需要多少粮草，需要多少战马？这银子流水般地往外淌，可是如今国库并不丰盈，几大世家把持钱粮，又坚持不肯出征，你说无钱无粮怎么打仗？你就不能把你的脑子放在政事上为皇上多考虑考虑，多体谅皇上的难处，你以为打仗就是上下嘴皮子一碰，就能成行的？"

溯光沉默，一拳头击在廊柱上，怒吼一声，多少男儿意气无处抒发，多少无奈缠在心间。

"吵完了？"慕元澈看着两人，挺拔坚毅的身子安稳如常。

王子墨跟溯光相对无言，一脸的憋闷。

"这仗，一定要打，但是不是现在。"

溯光眼睛一闪随即又灭了下去，王子墨却是点点头："皇上所言甚是，如今世家盘踞朝中要职，出兵打仗，钱粮皆被世家把持，若是他们从中捣鬼，我们是防不胜防，若是真的吃了败仗回来，皇上以后在世家面前便少了一分底气。所以，皇上说得很对，仗一定要打，但是不是现在。"

慕元澈点点头，眼眸微眯："百里晟玄虽高傲自持，自负自大，但是此人的确是通晓兵法，用兵如神。当年与之一战甚为辛苦才侥幸获胜。所以溯光，你切不可轻敌。如今咱们后方尚未团结安稳，如果这个时候强行与之开战，你去也只是送死。"

"微臣只是咽不下这口气，西齐欺人太甚。"溯光怒道，这其中的道理他不是不明白，只是怒上心头，压也压不住。

"朕如何又咽得下这口气？时机不到，贸然兴兵，不仅是劳民伤财，只怕朕这皇帝也坐不安稳了。"慕元澈凝眉，"世家势大，盘踞百年，根深叶茂，若想撼动实为艰难。朕自登基以来，勤恳政事，不敢懈怠，与世家多有周旋，然则数年下来成效甚微。如今世家之首的郦傅司容几家，这一代更是出了司徒镜、容霍、傅成锐之辈，就连熙羽年纪虽小，也已看出他日长成必是栋梁之才。世家良才辈出，撼之更为不

第十六章　巧计得帝心，宫闱起波澜

77

易，朕难矣。"

　　王子墨拳头紧握，重叹一声，仰头望着屋脊，沉声说道："若是世家昏聩无能，还能有所为，而今世家英才辈出……司徒镜胸有乾坤，善于谋略。容霍力大无比，武艺出众，是个将才。傅成锐虽然文不如司徒镜，武不如容霍，却是沉稳如山，为人八面玲珑，与司徒镜、容霍的关系都极好。想要让世家交权，实在是难比登天。"

　　君臣三人皆沉默，严喜在一旁也是听得后背生凉，冷汗淋淋。皇帝不好当啊，这左右为难的真是让人瞧着就可怜。先前有郦皇后在，世家那边郦丞相自会全力劝说，如今皇后娘娘自缢，郦丞相对皇上也是颇有怨言……难啊。

　　一场密议无果而散，慕元澈心头沉重，严喜大气也不敢出。

　　夜晚正在云汐的搀扶下在屋子里慢慢地走动，瞧着慕元澈一脸乌黑地走进来，正要行礼，慕元澈一把扶起她却道："你怎下床了？"

　　"太医说我也该多多活动，整日在床上只会躺得浑身乏力。所以云汐便搀扶着我慢慢地走动，你着什么急，我又不是小孩子，还会亏待自己不成？"夜晚顺着慕元澈的动作就坐在大榻上嗔笑道。

　　慕元澈轻轻一笑："都能跟我这样说话，可见是真的见好了。用过晚膳了？"

　　"没呢，先吃了一小碗鸡丝粥垫了垫，正等着你呢。"夜晚转头对着云汐说道："摆膳吧，瞧着皇上这气色定是还未用膳。"

　　慕元澈听着夜晚这样随意的说话安排，恍然倒是有了时光倒流的感觉，一腔的沉闷也缓缓地散去，笑道："在你这里我总觉得轻松得很，很好很好。"

　　严喜也是松了口气，劝着皇上来芙蓉轩果然是正确的，这要是在明光殿怕是晚膳都不会吃了。因此也跟着笑道："皇上跟雪小主缘分甚深，自然是投缘得很。"

　　"严总管今儿个吃了蜜糖吧？"夜晚笑，一脸的欢愉，可见是十分愿意听到这话的。

　　严喜心里有些奇怪，这要是搁以前二姑娘也就是笑笑就过去了，今儿个却是这样开心，难不成……心中一喜，嘴巴更甜了："可不是嘛，小主让陌研姑娘送去的藕粉桂花糕皇上赏了奴才一些，可不是满嘴的香甜，全是小主的恩惠呢。"

　　夜晚笑得越发开心了，看着慕元澈说道："严公公果然是个会讨人欢心的，在屋子里闷了一天，这会儿算是舒爽多了。"

　　因为红斑还没有完全消退，因此夜晚还见不得风，只能在屋子里待着。

　　云汐带着陌研跟玉墨摆上膳来，满满当当一桌子，香气扑鼻，夜晚亲手执勺给慕元澈盛饭，倒是让云汐想要伸出的手停在了身侧，面上也是一怔。

　　严喜一见，立刻笑着说道："奴才们就退下了，不打扰小主跟皇上用膳。"说着就拽了拽云汐，叫着陌研跟玉墨退下了。

到了门外，云汐看着严喜说道："怎么没人在跟前伺候？"

"小主不喜用膳的时候有人在跟前，自进宫以来，但凡是皇上在，都是不用在跟前伺候的。"陌研笑着解释一番。

"这不是好事吗？咱们当奴才的还能歇会儿脚。"严喜笑眯眯地说道。

云汐微微沉默，随即便笑道："主子怎么说，咱们做奴才的便怎么做吧。"

夜晚给慕元澈夹了菜，缓缓地说道："云汐说这是你爱吃的菜，特意吩咐了御膳房做的，可还喜欢？"

"云汐有心。"慕元澈浅笑，夹起菜慢慢地吃着，只是政事烦琐忍不住地便又皱紧了眉头。

夜晚一见缓缓地放下了碗勺，柔声问道："可是遇见了烦心事了？以前可不曾见你吃饭的时候这样锁着眉头的。"

"是有些烦心事，不过是一个讨厌的敌人打上门来，偏偏这个时候自己家里还没有拧成一股绳，可不是要烦心嘛。"慕元澈随意地说道，大夏朝并没有后妃不得干政的明文，只不过平常不会有人言及政事而已。

慕元澈也不过是这样一说，并不指望这夜晚真的会回答，或者能有什么奇思妙想，只是想找个人诉说下心里的压力。因此没有直言朝政，只是比喻成了一般的家庭琐事。

夜晚今儿个已经从陌研的嘴里听说了百里晟玄的事情，听着慕元澈这样一说，自然是知道怎么回事了。乍然听到百里晟玄的消息，夜晚还真有些沧桑之感。现在朝中并不安稳，皇上想要专权，世家把持不放，两虎相争之际，百里晟玄又趁机打上门来，自然是闹心了。

夜晚一直知道在朝政上慕元澈是一个很严谨的人，正是因为这份谨慎让他从皇子登上了皇位。此时听着他把朝政转化成这样跟自己说便可见一斑。夜晚一直知道，要想拢住慕元澈的心，自己一没有美貌，二没有家世，能依靠的就只有郦香雪的才学。

所以，她不能失去这个机会，必须要好好地把握这个机会。美貌，可以不占据后宫一席之位，才学可以深深隐藏，但是一定要让皇帝知道，自己不是一个对他毫无帮助的人，只要自己有一方面是皇上特别需要的，离不开的，她夜晚在宫中站稳脚的机会就到了。

夜晚，从不会相信慕元澈会爱上她。许是会有一点点的喜欢跟可怜，但是能让这个男人动心实在是太难了。

凭什么郦香雪付出了所有都没能得到，而夜晚轻易地就能得到？

第十六章　巧计得帝心，宫闱起波澜

夜晚想到这里，不过是一瞬的时光，抬眼看着慕元澈，轻轻笑道："我以为是什么事情，这有什么困难的，攘外必先安内，老话不是都这样说的。"

慕元澈听着夜晚十分轻松的口气不由地失笑，摇摇头，道："若是这样简单也不会令人为难了，如果家族内部难以调和呢？利益不一致，必然会分化，当然不能拧成一股绳了。"

"这样啊。"夜晚皱皱眉头，佯作不解地说道，"怎么会有这样的人，不是一家人嘛，怎么还能离心离德的。"

"跟你说这些你也不懂，这世上不是所有的人都会以家族、以国家为先，而是会以自己的利益为先这有什么奇怪的。"慕元澈道，看着夜晚皱眉的样子便觉得十分好玩，心中郁闷又散去了些，就在这时听到夜晚说道："这样的人真是该打，大敌当前当然是先保住家族，不然的话你的家族都没有了，哪里还有你的利益，真是不知道这些人怎么想的，这样的道理便是三岁小孩子都知道啊。就像我再怎么讨厌夜家，可是夜家是我的家族，面对外人的时候我还是要维护它，别人攻击它的时候，我会拼命守护它。"

"你说的只是小家，夜家只是一个小小的家族。但是如果是一个大的家族，就比这复杂多了。"慕元澈觉得夜晚说的也有些意思，顺嘴多说了一些，"家族大了，人就多了。人多了，力量就大了。但是人一旦多了，心思也就多了，这样多的心思，想要统一到一个方向如何是容易的事情？如果坐上族长的人又是一个年纪相对较小的，没有足够的威信跟力量，自然就会受人牵制。"

夜晚歪着头皱皱小鼻子，看得慕元澈又是一阵笑，他总觉得夜晚的表情十分的丰富，总会做一些让人看着十分开心的动作，总会说一些令人放松的话，所以他很多时候是愿意跟夜晚说说话的，即便是什么都不做，只是说说话，也是开心得很。

"大家跟小家有什么区别啊，还不都是一样，你们这些人就是把事情看得复杂些。"夜晚故意重重地摇摇头，一副看透世事的样子。

慕元澈瞧着夜晚，听到她这样说，眉峰轻挑，放下手中的碗筷，笑道："那你倒是说说，若是你是这个家族的族长，遇到这样的事情会如何做？"

慕元澈有意让夜晚举手投降，故意刁难。

夜晚咽下口里的饭菜，喝了一口汤冲了冲，这才说道："有什么难的啊，告诉你别小看女人，若是我的话我自然是有办法的。你们大男人做事情大刀阔斧，有章法有规矩，可是我们女人却跟男人有所不同。"

"哦？"慕元澈瞧着夜晚并不像是说大话，好像是真的有什么不同的想法，还真有些了兴趣，笑着说道，"你说说看，若是你能说出好的办法解决，我就送你一件你想要的礼物，如何？"

"真的？这礼物我自己选？"夜晚故作惊喜，满脸的笑容，一双眼睛晶晶亮闪着熠熠光芒，倒真像是盯着肉骨头的小黑狗的大眼睛。

慕元澈看着这样清澈干净的眸子，笑着点点头："君无戏言。"

"好，你是一国之君，自然不会哄骗我一个小小的女子。"夜晚击掌而笑，然后看着他，"很简单啊，人心不齐，便让他齐啊。"

慕元澈一脸黑线，是他期望太高了吧，这叫什么答案。

"我当然知道让人心齐，可是不是没有好的办法，你这不是白说吗？"

"并不困难啊。"夜晚睁大眼睛看着慕元澈，"国家大事我不懂得多少，但是如果要是放在家族之中我还多少有些体会的。"

想起夜晚在夜家的生活，这话慕元澈倒是相信的，看着她等下文。

"就举个例子来说吧，家族里的矛盾点就是那么几个，嫡子想要继承家主的位置；庶子想要有个好的前程自然也想要争夺家主；正妻想要压服妾室，掌握中馈，维持一家主母的威严；妾室便想争点权利让自己的日子过得宽松些，让自己的儿子有个好前程，女儿嫁个好人家。凡是家族之间起了内讧，起了争斗，不外乎就是这几点矛盾。"

"是有几分道理，你倒是看得透彻。"慕元澈一直知道夜晚嘴巴不饶人，又是个爱记仇的，没想到看待事情居然这样犀利，一个庶女能有这样的眼界跟心思，可见是真的吃了不少苦头才磨炼出来的，心中便又多了几分怜惜。

"看得透彻不敢说，不过是身居其中受过其苦而已。"夜晚无所谓地一笑，接着又说道，"你想啊，庶子如果能有好的前程为什么还要跟嫡子争夺家主的位置？如果主母不克扣姨娘的用度，不用庶子女的前程威胁妾室，妾室为什么要跟正妻明争暗斗？主母给庶子一个好的前程，给庶女一个妥帖的婚事，妾室自然是感恩不已，哪里还会兴风作浪？如此一来便是家和万事兴，自然拧成一条绳。你不要指望妾室庶子庶女能跟正妻真的是一条心，但是只要他们不扯正妻的后腿，正妻不要打压妾室，她自己的子女自然也会有更好的前程。这不是各取所需，各有所得。"

慕元澈脑海中似乎有什么滑过，夜晚那句你不要指望妾室庶子庶女能跟正妻一条心真是醍醐灌顶，让他有些闭塞的地方瞬间通畅了。慕元澈猛地站起身来，在屋子里走来走去，脚步极快，大脑一直在高速地运转，突然喊道："严喜！"

严喜听到声音忙走了进来，行礼："奴才在，皇上有什么吩咐？"

"立刻传王子墨、溯光进宫。"

"现在？"严喜一愣，刚让人家回家又把人叫回来，可怜的可不是他一个哦。

"就是现在。"慕元澈道，慕元澈看着夜晚笑道："阿晚，你这回立了大功了，等朕忙完再来兑现诺言。我要赶着回去，你好好用膳，晚上早些睡，养好身体，知道吗？"

夜晚故作茫然不懂自己立了什么功，傻傻地站起身来几近于机械一般地说道："是。"

看着夜晚的样子，慕元澈上前一步握住她的手，细细地扫她两眼，这才大步离开。

看着慕元澈走了，夜晚的面色这才恢复如常，嘴角的笑容高高地扬起，这一步棋又走对了。如果能不侍寝而用另一种法子为自己报仇，夜晚是真的不想跟慕元澈有任何的肌肤之亲，会让她觉得恶心。

云汐跟陌研玉墨走了进来，玉墨笑着说道："小主，皇上似乎很开心呢。"

"是挺开心的，好像有什么为难的事情得到解决了。"夜晚随口一说，然后看着云汐问道，"我喜欢跳舞，在家的时候也曾经学过几日，只是并未坚持下来，不知道在宫中是不是可以找一些身体强健、舞姿优美的舞姬来解闷？"

云汐闻言想了想，这才说道："奴婢也不是很清楚，只怕要去六尚局找陆尚宫问一下，尚仪局掌司乐，得去问问才能清楚。"

这个夜晚自然知道，只是这个时候只能假装不知道，露出恍然大悟的样子，问道："这个陆尚宫是何许人也？"

瞧着夜晚什么都不知道的样子，云汐细细解说道："回小主的话，六尚局是尚宫局、尚仪局、尚服局、尚食局、尚寝局还有尚工局，六局之下设二十四司，每一局掌四司。您方才说的舞姬就是归尚仪局的司乐司管辖，要想找到好的舞姬非要跟她们打交道不可。这六局二十四司之中司乐、司膳二司每司各四人，其余二十二司，每司各二人。六尚十人，从五品衔。司二十八人，从六品衔。而这六尚有个总管尚宫大人，便是陆溪风陆尚宫，奴婢跟陆尚宫有些交情，倒是可以替小主问一问。"

夜晚点点头："居然这样的麻烦，看来这个陆尚宫也是厉害的，手下管着这样多的人。"

云汐便笑了笑："陆尚宫是先皇后在的时候提起来的，这么多年一直是恪尽职守，阖宫都是极夸赞的。"云汐一顿，看着夜晚又道，"小主，只是宫里有规矩，单独招舞姬要在妃位以上才有这样的权力，小主如今才是六品的美人，只怕是这样做惹人非议，小主三思。更何况皇上最是个重规矩的，怕也不会同意的。"

夜晚抿嘴一笑："这个你不用担心，我自会跟皇上说，你只管去跟陆尚宫说我想要挑一些会跳百旋舞的女子组成一个舞团，要三十六个人，一定要细细地挑选，必定是身体强健，一看就是机灵的，而且一定长得美貌的。"

云汐跟陌研、玉墨都有些傻眼，不知道她们小主究竟要做什么。

陌研看着夜晚说道："小主，这怕是有些不好，不如等皇上同意了再说。要是云汐姑姑贸然就去了六尚局要人，怕是被人捏住把柄，又要兴起风波。小主这才连晋两级，这个时候不可太出风头了。"

夜晚却摇摇头，看着云汐说道："你只管去，若是怕惹人非议便悄悄的不用声张就好，总之这件事情一定要办好。"

看夜晚态度坚决，云汐只得说道："既然小主主意已定，奴婢便走一遭。我私下里跟陆尚宫说一声，让她先悄悄地准备着，这样既不声张不会惹人注目，还能遂了小主的心愿，您看如何？"

"云汐果然是最周到的，如此甚好，全都拜托你了。"夜晚笑得很开心，像是个大孩子一般。

云汐无奈地摇摇头："小主真是爱为难人，早知道这样奴婢当初就不来芙蓉轩了。没得现在进退两难，不知道该如何是好了。"

听着云汐的话，夜晚道："云汐我是相信缘分的，你跟我有缘分呢，若是没有缘分你怎么会救了我？又怎么会留在芙蓉轩？缘分来了挡也挡不住的。"

云汐真是哭笑不得："小主这样声情并茂的，奴婢只好恭敬不如从命了。"

"云汐姑姑，我听着小主这样说都觉得怪可怜的，你赶紧去吧，不然一会儿小主要是哭给你看，你可咋办？"

陌研推了一把表姐，这话说得……

夜晚却是恍然大悟一般，看着玉墨说道："多亏玉墨提醒，我都忘了一哭二闹三上吊这个法宝了。"

云汐跟陌研瞬间沉默，只有玉墨哈哈大笑，附和不已，一时间芙蓉轩里真是欢声笑语不绝。

云汐走后，玉墨跟陌研服侍着夜晚用完膳，然后玉墨才说道："小主，惠妃娘娘、甘夫人、丁昭仪还有其余的各种小主都送了礼物过来，恭贺您晋封之喜，您要不要看看？"

夜晚点点头："将单子拿过来看看，礼物直接放进库房锁好。"

陌研便将单子拿了过来递给夜晚，说道："别的礼物也就罢了，不过是寻常的簪环，没什么出奇。倒是惠妃娘娘让冰琴送了一副象牙雕四季山水嵌宝玉的屏风很是贵重，甘夫人让人送来的是一尊白玉送子观音，也是极好的东西，丁昭仪让人送来白玉嵌宝石五福捧寿如意，玉质极好，通体泛着柔润的光芒……夜贵人送来的是蝴蝶禁步，徐嫔小主送来的是一对白玉百合簪，罗常在送来的是一个亲手绣的荷包……"

夜晚点点头，听着陌研照着单子念了一遍，这才说道："你们在宫里待的时日久了，回礼你们自己看着办吧，不失仪就好。"

"是，奴婢遵命。"陌研应道，"夜贵人那里，毕竟是您的亲姐姐，您看？"

第十六章　巧计得帝心，宫闱起波澜

陌研不好自作主张了。

"送的是蝴蝶禁步，真是个有意思的东西，蝴蝶不过是指我繁荣一时而已，禁步……是让我谨言慎行，真是我的好姐姐，你将洁白无花的绢丝帕子给她送去。"夜晚神色极淡，夜晨讥讽于她，可她也不是好欺负的，这里不是夜府。

"是。"陌研不敢多问，应声便去了。

尚宫局有六大尚宫，但是不管是资质还是资历都是以尚宫局陆溪风为首。陆溪风五岁进宫，自幼接受宫廷教养，熟习宫廷礼仪。长大后按照规矩是要送到大殿，担任皇帝身边的至密尚宫，但是由于她被人陷害差点命丧宫廷，幸而被那时候还是王妃的郦香雪搭救了一命，所以从那时起就不再想着在君前露脸，反而去了六尚局。

这么多年过去了，她已经成了六尚局之首，坐在这高位之上，静望着这后宫的风云波涌，尔虞我诈，早已经习以为常。

云汐再见到陆溪风两人静默片刻相对无语，岁月催人老，她们都已经不再是最美好的璀璨年华，望着彼此就好像看到自己一般。

"没想到你还会有出山的一日，我以为你会在这宫廷里守着长秋宫直到老死。"陆溪风看着云汐说道，平板严肃的腔调带着些挖苦的意味，却令人听着有一种一样的甜蜜。

云汐闻言无奈地一笑，两人相对坐下，这里是陆溪风在皇宫六尚局的住处，一个单独的小院子，很小，却是她自己不算家的家。

"我原也以为是这样的，自从皇后娘娘走后，我便跟活死人一样，这偌大的皇宫瞧着都令人寒心。"云汐看着陆溪风为她斟茶伸手接了过来，抬头看着她。

"那你怎么又去了芙蓉轩？"

"你倒是消息挺快。"

"消息不快，早就死在这里了。"陆溪风嗤笑一声，陆溪风人不美，但是她的五官组合起来给人一种协调感，瞧着很是顺眼，这种奇异的面相反而更会给人深刻的印象。

云汐无奈："你还是老样子，这副臭脾气还是没变，亏得你还能在这尚宫的位置上没被人换下去。"

"这尚宫的位置要想坐稳，不需要美貌，不需要甜言蜜语，不需要谄媚逢迎，只要我有这个本事即可。"陆溪风一如既往的倨傲，当年的事情给了她巨大的打击，所以她在宫里的臭脾气也是极出名的。

这些年夏吟月不是没想过把她换下去，一来陆溪风做事滴水不漏，二来换做旁人坐这个位置也实在是不如陆溪风稳妥。至少上头的主子想要个什么花色的衣裳，什么样式首饰，什么名贵稀奇的酒席，什么刁钻的想法，只要说出来，陆溪风都有法子交差，但是换了旁人便完不成差事，这就是本事。

"是啊，你能走到这一步不容易，这么多年也是磕磕绊绊地吃尽了苦头。不过如今后宫里的主子，提起你来哪一个不是夸两句的，除了你再也没有人能满足她们稀奇古怪的要求，只是常说你这脾气太臭。"

"若是一点脾气没有，早就被人生吞活剥了。我这样也不过是让别人知道，这宫里是有规矩的，除非是有圣旨降临，不然即便是你是主子，我六尚局是不会违了宫规的，正是这样这六尚局上上下下才能拧成一股绳，我这个尚宫才能当得舒服。"

"我今儿个来，还真有件事情要求你，就看你给不给个面子了，说起来也是件违反宫规的事情。"云汐抿嘴就笑了，这话赶话的可就又扯到规矩上去了。

"是你那位在宫里呼风唤雨的雪美人让你来的？"

"呼风唤雨？"云汐皱了皱眉头，"你听谁说的？"

"还用听谁说，这如今宫里都传遍了，说是芙蓉轩的那位是万万不能得罪的，掉了两次水池子明明是倒霉的事情，可到了人家那里就变成了无上的好事。"陆溪风话音里也带着打探，毕竟眼看着这位大有一飞冲天的架势，总是要摸清楚她的喜好才好。她虽然做事有规矩，可不是死板的规矩。

"净听人瞎说。"云汐便有些生气地说道。

瞧着云汐居然生气了，陆溪风沉默半晌，这才说道："看你这样子好像对你的新主子颇忠心，难道你忘了先皇后了？"

"好姐姐，你不用拿这样的话激我，我知道我是谁。"云汐叹一声，伏过身去在陆溪风的耳边低声数语，就见陆溪风脸色大变，一双眼睛看着她厉声问道："你说的是真的？"

云汐点点头："皇后娘娘才走的时候，太医验过尸身，皇后娘娘身上没有一丝伤痕，只有脖颈中的红痕，但是那也的确是自缢造成的，因此这才坐实了娘娘自缢的事实。"

"是，事后我也曾偷偷地四处打探过，的确是这样。那你是怎么起疑心的？"陆溪风皱紧了眉头。

"这件事情说起来还要从绿玉身上说起，是绿玉被杖毙前无意中说的一句话，让我起了疑心。"云汐压低声音。

"绿玉？"陆溪风想了想，便回想起来她是谁了，看着云汐说道，"要说起来绿玉的死跟你现在的主子还真是大有关联，不过雪美人进宫没多久，跟她没有什么关系。你是怀疑跟绿玉身后的人有关系？她究竟说了什么？"

"绿玉被杖毙的时候我并未在跟前，只是后来听那天行刑的人说，绿玉咽气之前说了一句，悔不该信你，模模糊糊地还提及了先皇后的名讳，还说奴婢跟您一样冤

第十六章　巧计得帝心，宫闱起波澜

啊,那行刑的太监听得不甚清楚,不过大体是这个意思。我听说后本来想要多盘问几句那行刑的太监,谁知道我去晚了,那太监得了一场急病死了。"

"哪有这样巧地就死了?"陆溪风怒,"这里面分明有鬼。"

"是,所以我必须要从长秋宫里走出来,必须重新回到后宫,然后查清楚这件事情。如果……皇后娘娘真的是被人害死的,我一定不会饶她。"

陆溪风看着云汐,原来这才是云汐重新出山的原因:"好,算我一个,需要我做什么你只管说话。先皇后对我有恩,如果皇后娘娘真是被人所害,便是拼了这条命,也要为娘娘沉冤得雪。"

云汐带着些释然:"我就知道你定不会撒手不管的,如今有你帮忙我心里又安定了些,只是还是跟以前一样,你我面上不要太过亲密,人前跟我有些不对头也是好的,这样才方便行事。"

陆溪风点点头:"一明一暗,最好。只是……你为何选中了雪美人,我听闻雪美人还未侍寝,皇上虽然对其恩宠有加,但是雪美人既没有出众的容貌,也没有令人叹服的才艺,跟着这样的主子你觉得能顺利找出谋害娘娘的凶手?我倒觉得还是慧嫔是个有前程的。"

"你没见过雪小主跟皇上相处的样子,你若是看到了便不会这样说了。"云汐说到这里一顿,眉眼间带着些她自己也无法理解的迷雾,"是皇上让我留在芙蓉轩,溪风你知道吗?瞧着雪小主跟皇上相处的样子,倒是让我想起了娘娘跟皇上在宫外王府的时候,想起了在边关御敌的时候。我不知道是不是我的错觉,我总看着雪小主的身上似乎有皇后娘娘的影子,有的时候我都觉得自己是幻想了。"

"你中邪了吧?"陆溪风道,"这世上不会有一模一样的两个人,即便是容貌能有相似,可是绝对没有一模一样的性子。皇后娘娘貌倾天下,听闻雪美人貌不出众,这两人如何有相似之处?"说到这里陆溪风忽然顿了顿,面色微微一变。

云汐有些好奇地看着陆溪风:"你怎么了?"

陆溪风瞧着云汐说道:"你不说我还不觉得,你这样一说,我却是想起一件事情来,你等着,我给你看样东西。"

陆溪风起身进了内室,很快地又出来了,手里拿着一个荷包,坐下后递给了云汐,"你看看这荷包。"

云汐不明所以,好端端地给她看一个荷包做什么,不过还是接过来,在灯火下细细观看。只见大红的底子上绣着锦鲤戏莲的图案,碧绿的莲叶下五彩锦鲤似乎是活了一般,绣工真是不错,开口说道:"这是你尚宫局新招的绣娘绣的?这手艺可真不错,不过这行针的方法……跟皇后娘娘倒是有些相似,只是皇后娘娘什么都好,就是女红差强人意,这荷包绣的可是比皇后娘娘好多了。你让我看这个就是为了这行针的方法？"

"这不是六尚局绣娘绣的，而是前段时间我给芙蓉轩的小主做了一身衣裳得到的赏赐，听她身边的大宫女说是雪小主亲手绣的。"陆溪风道。

云汐一愣，雪小主绣的？从进了芙蓉轩雪小主就一直养病，真没见过她动过针线，她竟然不晓得雪小主还有这样精湛的手艺。抬起头看着陆溪风问道："这又如何？天下绣艺不过就是那样几种，有相同也是难免的。"

"是啊，有相同也是难免的。可是方才你不是说，你在雪小主的身上能看到先皇后的影子，可是这荷包上同样也有先皇后的影子。"

两人四目相对，真的是巧合吗？

"会不会太巧了些？"陆溪风道，心里有种难以言语的诡异感觉。

"还有件更巧的事情。"云汐忽然觉得呼吸都有些沉重了，神态之间变多了些迷茫难安，震惊之余还有些兴奋，这样复杂的情绪出现在心头，真是让她百感交集。

"什么事情？"

"雪小主说喜欢跳舞，想要让司乐司挑选一些身体强健，舞艺出众的舞姬，而挑选的这些舞姬一定要会跳百旋舞，而且是要三十六个人。"

陆溪风闻言一失手竟将手里的茶盏打翻在地，神色呆呆地看着云汐："竟会有这样的事情，三十六个人……还要会跳百旋舞……"

"你是不是想起了雪舞？"

陆溪风点点头，竟是一句话也说不出来。

"当时我第一时间想起的也是雪舞，雪舞是皇后娘娘当初在王府时一手调教出来的，三十六个人组成的雪舞，个个会跳百旋舞，直到现在我还记得三十六个人，那恣意飞舞回旋时裙摆翻飞柳腰飞旋的动人情景。这世上知道雪舞的人不多，见过的人更不多。"

"这个雪美人有些古怪，你说她知不知道雪舞的事情，要是不知道怎么刚刚好也要三十六个人，也要会跳百旋舞的女子。要是知道……可是屈指算算，雪美人的年纪实在是不应该知道这些事情的。"

"是啊，正是因为太古怪了，所以我才会答应过来找你，我倒是想要看看雪小主究竟要做什么。"云汐道。

"你是怀疑雪美人的身后有高人指点？"

"不排除这个可能，如果真的有这个高人，我真想见一见，不知道这位高人是不是知道皇后娘娘的过世的秘密。"云汐叹道。

陆溪风凝眉看着云汐："可是宫里有规矩，妃位以上才有资格随意宣召舞姬。更不要说雪美人不过是一介美人，居然想要三十六名舞姬，这太违规。"

第十六章　巧计得帝心，宫闱起波澜

"是，我知道违规，不过雪小主说了，她会请皇上同意下旨让她自己组一个舞团。我瞧着雪小主信心满满，应该不是说空话，既然这样不如我们先准备着，你让司乐司先挑人，往好了挑。雪小主说了舞姬一定要美貌的，舞艺一定要出众，你亲自准备这事，我总觉得雪小主身上有咱们看不透的东西。"

"那好，我便私底下先准备着。哎，这件事情真是要偷偷摸摸的，要是传了风声出去，不晓得又要起什么风波。自从这个雪美人进了宫，我就觉得宫里头越发的不安稳了。"

"要的就是这种不安稳，不然我们怎么好行事？"云汐站起身来，伸手握住陆溪风的手，"如今我们姐妹又可时时见面，你多小心甘夫人，这回雪小主落水身上起红斑差点丧命，我总觉得跟她脱不了干系。如果真的是这样，那她跟我们以前认识的可不是一个人了。"

"不是说是杨院正身边的药童被赵容华收买了？"陆溪风道。

"只怕赵容华是个倒霉替死鬼，你有时间的话让你手下的人多接近赵容华。在冷宫里待的时间长的人，难免都会有些急躁失去理智，说不定能探出些什么来。毕竟雪中送炭显真情。冷宫里的人能有什么好衣穿好饭吃，你只要抬抬手，便能整治她。"云汐是绝对不会放过一点的线索的。

陆溪风点点头："这事交给我吧，三更了，你也该回了，免得被人看到起疑。"

云汐点点头告辞，身影隐进这茫茫夜色里，逐渐地消失不见。陆溪风挺直了身影，仰望着星空，心中无数的波浪在翻滚叫嚣着，皇后娘娘的死真的有问题吗？

想到这里伸手叫了一直伺候自己的一个宫女玉盏过来，在她耳边低声数语，玉盏点点头："尚宫大人放心，奴婢一定不负所托，明儿个就能闹出些动静来。"

太阳从地平线上缓缓升起，金色的阳光遍洒这金碧辉煌后宫的每一个角落，那彩色的琉璃瓦映射出的光芒，远远瞧着让人不敢直视。汉白玉铺就的台阶上朝臣正缓缓进入崇德大殿，远远望去，威武肃穆，四周无数的宫人垂头静立。

"皇上，微臣认为应该先派遣使者面见西齐皇帝，与之商谈两国和平相处事宜，切不可莽撞用兵，置边关百姓于水火中，百姓身受战火之灾，难免人心思变，请皇上三思。"司徒征出列沉声说道。

"臣附议左相大人所言，请皇上三思。"兵部尚书傅净宗同样出列。

"如果那百里晟玄根本就不打算和谈呢？两位大人准备如何？"王子墨此时也出列开口呛声，"百里晟玄此人素来是狡猾多端，他的话万不可深信，不然两国的盟约也不会被单方面的毁约。此次百里晟玄重整旗鼓而来，必是有意洗去当年兵败之辱，想来要劝说百里晟玄休兵和谈不是一件容易的事情。微臣惭愧，没有三寸不烂之舌可以说动百里晟玄，既然两位大人坚持和谈，不如先推举个使者出来如何？"

大殿之上，慕元澈一身明黄九龙纹龙袍威武，俯视着自己的臣子针锋相对，面上不露丝毫的神色，此时听到王子墨的话这才开口："王爱卿所言有理，既然左相跟兵部尚书都认为不该主战，那便推荐一名使者去和谈，既然两位大人坚信那百里晟玄肯和谈，这项艰巨的任务就交给两位大人了，朕只等着好消息。"

司徒征跟傅净宗一愣，两人对视一眼，原本以为皇帝一力主战，两人今天要大费口舌才能劝说皇上休兵，不曾想皇上居然会答应和谈。而且更没有想到，皇上居然将和谈的任务压在他们身上，这合适的使者哪里去找？

两人正待再说，只听到严喜已经高声喊道："退朝！"

慕元澈大步离开，只剩下一众面面相觑的臣子，昨儿个还怒火异常高昂的皇上，今儿个怎么就突然转了性？

司徒征一把拉住郦茂林："郦相，你说皇上究竟是什么意思？今儿个早朝你也不说句话，咱们昨儿个不是都说好了？"

郦茂林微微带着苍老的孤寂，抬头看着司徒征："昨儿个我便说过百里晟玄此人不是好相与的，你们不听我言，今儿个依旧主和，我不好跟世家呛声只能不语。"

司徒征气急，看着郦茂林说道："郦相，话不能这样说，你我皆是世家人，本就休戚与共，你怎可说出这样的话，你首先想到的应该是世家的利益。孝元皇后也已经过世多年，郦相该清醒过来了，若是还整日地沉浸在丧女之痛中，只怕会引起世家的不满。"

"是引起右相的不满吧。"郦茂林冷哼一声，"我现在不想多说，日后你们必会知道我的苦心，我只想说一句，这和谈的人选你可要上心，千万别弄个不着调的免得丢了世家的颜面。世家的利益是要顾及，但是前提是国土完整，内政清明，百姓和乐的基础上。国家危难还要贪图自己私利，覆巢之下无完卵。"

郦茂林一脸乌黑甩袖而去，这些年世家越发的不成样子了，真以为宝座之上的帝王是那样好相与的。今儿个皇上突然改口，只怕是要给世家挖坑了，他能劝的已经劝了，听不听就不是他能考虑的。

傅净宗看着郦茂林的背影眉头皱得紧紧的，侧脸看着司徒征："左相大人，您看……"

"回去再议。"司徒征低声说道，抬脚就往外走，不曾想在门口正遇上王子墨跟溯光在说话。

二人瞧着司徒征跟傅净宗以及他们身后一众官员走出来，上前见个礼，王子墨笑眯眯地说道："国将遭难，左相大人先天下之忧，为百姓谋福祉，王某实在是佩服。只是大人从没有跟百里晟玄此人打过交道，微臣不才，当年曾经跟随皇上御驾亲

第十六章 巧计得帝心，宫闱起波澜

征，有幸跟百里晟玄交过手，看在同朝为官的分上，我有句话不知道左相大人愿不愿意听？"

司徒征傲然昂着首，十分轻蔑地看了一眼王子墨："王大人管好你的金羽卫便好，这事不敢劳你操心，再会。"

溯光眼睛一眯，突然开口："左相大人自负胸有乾坤，但是打仗一事可不是凭书生意气。若是和谈不成，我倒要看看左相大人有何颜面面对天下苍生，面对百官，面对皇上！"

"溯大人手痒要出兵，如今皇上改变心意，你心生不快何必把火撒在别人身上。"傅净宗上前一步说道，然后看着司徒征说道："大人，咱们走吧。"

望着他们一行人远去，王子墨嘴角扬着笑看着溯光说道："行啊，现在也会跟人斗嘴皮子了，长进不少啊。"

溯光难得没有发火，只是声音带着憋闷地说道："王子墨，我只担心这些世家只为了自己的利益，百里晟玄那人怎么肯接受和谈？这些老狐狸不撞南墙不回头，可是最终受苦的却是百姓。"

王子墨脸上嬉笑的神情也散去了些，缓缓地说道："幸好世家中还有一个左相，有左相大人在，世家未必能齐心。"

"你说司徒征会按照皇上的计划走吗？"溯光压低了声音。

"皇上已经同意世家和谈，又十分信任地将和谈的重任交给世家，司徒征若是举荐不出一个令人信服的使者出来，那才是一场笑话呢，等着看吧。"王子墨轻哼一声，这才跟溯光转身离开。

方才还热闹无比的大殿，此时安静下来，只闻鸟鸣不绝。

前朝波涛汹涌，后宫此时也出了一件大事，被关在冷宫的赵更衣突然中毒，性命垂危。幸好被前去送饭的小宫女发现，又恰好遇到陆尚宫路过请了太医保住其一命。

慕元澈正在芙蓉轩陪着夜晚说话，听到严喜的话面色一沉，"突然中毒？好端端的怎么会突然中毒？给朕查！"

夜晚面上带着些许的惊愕之情，听到陆尚宫三个字眼睛一闪，然后看着严喜问道："严公公，赵更衣都已经被关进了冷宫，谁还能下此毒手？不是都有人好生地照顾着吗？"

严喜苦笑一声，看着夜晚说道："回小主的话，这个奴才也不晓得，还要查问过才知道。"

夜晚轻叹一声："也是个可怜的。"说着就看着慕元澈说道，"你看我现在都没事了，虽然赵更衣欲要害我性命，但是罪不至死，如今她也接受惩罚了，还险些丧

90

命，也着实可怜，不如皇上将她放出冷宫吧。"

慕元澈瞧着夜晚不像是说假话："你不恨她？"

"恨，怎么不恨。我没得罪过她，她却欲要置我于死地，当初刚知道的时候恨不能将她千刀万剐。可是这些日子过去了，心头的火也没那么大了，她又遭了这样的罪，我俩算是扯平了。"夜晚道，"毕竟是一条命。"

"你倒是心善，怎么不见你对我这样心善，每每眼尖嘴利不饶人，又爱使小性儿，还是个记仇的。感情你这记仇的性子对着别人没什么用，全都用在我身上了。"慕元澈道，一双眼睛细细地打量着夜晚，眼神晦暗不明，令人猜不透看不穿。

"我哪有你说的不堪。"夜晚不满，"女人家再多的恩怨也不过是几句嘴皮上的事情，赵更衣毕竟没有真的害了我，得饶人处且饶人。我不是心善的人可也没那么狠心，毕竟一条命。"

夜晚的话很实在，她不是好欺负的可是也不是心狠手辣的，气头上来的时候，恨不能将赵更衣千刀万剐，现在她平安无事了，又觉得赵更衣可怜了。人的心情都是随着时间的流逝有所改变的，夜晚没有把自己标榜得宽厚大度，也没把自己弄得阴险狠毒，她就是一个平平常常的人，仅此而已。

慕元澈的眼神就有些复杂了，看着严喜说道："将赵更衣迁出冷宫，搬到玉清轩去住，无诏不得外出。"

"是，奴才这就去办。"严喜忙躬身应道，心里确实有些惊骇，没想到二姑娘随随便便几句话就能让赵更衣出了冷宫，这可是头一遭看到皇上因为一个妃子的话而改变决定的。

颤巍巍地去冷宫宣旨了，一路上想了又想，自己有没有什么地方得罪过二姑娘的，直到确定真的没有过，这才松了口气。二姑娘小心眼啊，爱秋后算账啊，他的皮得绷着紧一点。今儿个一句话就能让皇上将赵更衣迁出冷宫，明儿个一句话说不定就能要了自己的小命。

夜晚一句话便让赵更衣出了冷宫的事情，在后宫里火速地传开了，众人再一次瞧见了夜晚的能耐。

赵更衣中毒的事情很快就查明了，原是赵更衣进了冷宫之后脾气暴躁，经常对身边伺候的一个小宫女责打，那小宫女也是个尖刻的，对着进冷宫的赵更衣时常不恭敬，可赵更衣就算是进了冷宫也是主子，吃亏的自然是那小宫女，几次毒打之后她受不了这才投毒。如今那小宫女也已经服毒自尽，不管这个结果是真是假，总之是线索断了。

夜晚心里却叹了口气，知道这件事是陆溪风的手笔，也只有她能这样干净利落下手不被人发觉。而且夜晚还知道一件事情，在赵更衣身边伺候的那个小宫女，可不是什么寻常的宫女，而是夏吟月特意派过去的。

赵容华对夏吟月心有怨恨，就拿着这个小宫女出气，倒是被陆溪风钻了空子，得了手，既断了夏吟月一根眼线，还让赵更衣跟夏吟月之间出现了更深的裂缝。

"……气死朕了，这个赵更衣真是死性不改，进了冷宫还这样嚣张。"慕元澈听到严喜的如实汇报大怒，气得差点摔了茶盏，被夜晚一把夺了回去。

"可不能摔我的东西，你要摔摔别人的去。"夜晚将夺回来的彩釉四君子的茶盏小心翼翼地放在一旁的博古架上，这才又说道，"皇上也别生气，赵更衣毕竟是主子，倒是那小宫女不过一个奴婢就敢作践主子，实在是该死。赵更衣犯错贬入冷宫，心情不好，脾气暴躁些也是有的，那宫女就该好生地劝慰服侍，居然还敢口出恶言羞辱，实在可恶，服毒自尽真是便宜了她。"说到这里夜晚看着严喜说道："严公公。"

"奴才在，小主有什么吩咐？"严喜心里咯噔一声，这位姑奶奶又要做什么天怒人怨的事情，这倒霉的又把自己给提溜出来了，老泪纵横啊。

"据我所知，这些宫女进宫都是要受统一的训诫，要学规矩，学得好了才能服侍主子。你去查一查教导这宫女的是谁，古话不是说，养不教父之过，教不严师之惰，教这宫女的姑姑也要长点记性。"

严喜顿时觉得冷汗直流，抬头看向慕元澈。

慕元澈踢了他一脚："看朕干什么？赶紧去办，你们小主这话正正经经的有道理，这样一来，看看以后教规矩的谁还敢不用心，看看哪一个奴才还敢欺负主子。"

"是，奴才这就去办。"严喜脚下生风地跑了，二姑娘……您就不能饶了老奴啊，这两条老腿都快成风火轮了。

严喜走后，夜晚心里却在思量这件事情，这事情实在是太巧了，看来一定是云汐跟陆溪风说了什么。以前自己在的时候，这两人的关系就是极好的，只是外人很少知道而已。云汐能愿意留在芙蓉轩，夜晚虽然还不知道究竟是为了什么，但是从陆溪风出手这一件事情自己心里似乎有些隐隐约约地想到了什么。

如果真的是这样的话，夜晚的心情便有些振奋起来。

"上回皇上说要答应我一件事情的，不知道还记不记得？"夜晚转移了话题，朝堂上的事情她已经知道了，看来自己的话慕元澈是听懂了，只是没想到慕元澈比自己可想得多了，这一招使得真是好，只怕这个时候司徒征跟傅净宗、容戬几个正伤脑筋呢。

搬起石头砸自己的脚，这样的滋味可不好受，让夜晚松一口气的是郦丞相没有参与，亏得郦香雪在世的时候就曾经跟老爹说过百里晟玄此人，看来他是记住了，所以这回行事才如此的谨慎。

慕元澈正因为心情大好，笑着说道："当然记得，你有什么要求？"

"我想要组一个舞团，希望皇上成全。"夜晚抿嘴笑道。

慕元澈有些吃惊，原以为夜晚会提出要求见一见夜宁，没想到居然会是这样一个古怪的要求。抬眼看着夜晚，问道："怎么突然想起这个？你要想看歌舞朕替你宣来就是了。你现在的位份提这个要求有些违矩，怕是不可行。"

夜晚知道慕元澈在宫中一向重规矩，小的事情可以忽视过去，但是大的事情从来不会马马虎虎的，早就知道这件事情不会这样容易。

"我喜欢跳舞。"

慕元澈一怔："哦？倒是没看出来你还有这个天分。"

听着慕元澈的嘲弄夜晚只是翻个白眼，看着她这个动作慕元澈倒是觉得新鲜，很少有女子不顾形象地在他面前做这种丑相的事情，不由得失笑一声，"你这是什么样子？""自然是夜晚的样子，夜晚就是个这样子的。"夜晚道，一副天不怕地不怕的模样。

慕元澈却是笑不出来了，怔怔半响，叹息一声："说说你的理由，若是能打动我，我便让你遂愿，如若不能就按照规矩否决。"

夜晚甜甜一笑："以前在闺中时，我就极喜欢乐理，喜欢跳舞，只是家中管束极严，也只能偷偷地在心里喜欢。有一回我听人说孝元皇后生前曾经组建过一支雪舞，美人翩翩，迎风起舞，只是想想便格外地神往。我虽不能亲自学舞，却费尽心思请人帮我弄到了当年雪舞的舞谱，想着希望有朝一日雪舞能再现人间，惊艳天下。"说到这里夜晚轻叹一声，"我在宫中闲闷也想找件事情来做，以前在家中不能如愿，如今我想过我自己喜欢的生活，我保证绝对不会扰乱后宫，绝对不会给别人造成困扰，我只在芙蓉轩悄悄地跳行吗？孝元皇后留给后人的东西不多，我不想雪舞就这样随着时间的流逝被遗忘了。"

慕元澈听着夜晚的话，神色格外的严谨，眼神之中隐隐透着一股戾气，看着她一字一字地问道："这世上知道雪舞的并不多，你是如何得知的？"

夜晚，怎么会知道雪舞，当年雪舞的盛名只在边关流传，京中之人知晓的少之又少，这事有些蹊跷。

第十六章　巧计得帝心，宫闱起波澜

第十七章
尚宫暗出手，
雪舞疑帝心

慕元澈的眼神犀利而又尖锐，紧紧地锁着夜晚的眸子，像是数千米高雪峰上的冰雪，冰冷闪着幽光，让人不由得畏惧惊恐。

即使郦香雪已经跟慕元澈十载夫妻，但是这样的眼神还是极少见到的，心跳得厉害，没想到慕元澈居然会这样的反应激烈。想到这里，心思幽转，面色一僵，果然不管他们多么的熟悉，夜晚再怎么样在两人之间故意营造出温暖随意的气氛，他终究是个帝王，而自己只是后宫里的一个小嫔妃。

一旦慕元澈起疑心的时候，什么都是假的，那样锐利的眼神能逼得你恨不能找个地洞钻下去。

夜晚心里这般想，但是面上不能露出丝毫的破绽，似乎是没察觉到慕元澈的怒意，垂着眸似是跟以前一样轻松地说道："你知道的，我跟司徒冰清是好朋友，她也喜爱乐舞，有幸得到一些便分享与我，只可惜舞谱不全。我只是仰慕孝元皇后的风采，不想这样的好东西被时光埋没，我希望后世之人提起孝元皇后的时候知道她还是一位善舞之人。"

夜晚在撒谎，司徒冰清确实知道一部分的雪舞舞谱，但是却是夜晚给她看的。当初她给司徒冰清看的时候，便是想到了有朝一日或许能用得上，没想到果然能用得上，也亏得当初司徒冰清这个好友愿意为自己隐藏这个事实。

司徒家世家大族，人脉财力雄厚，想要寻一份舞谱可要比夜晚这个小庶女方便得多了。

果然，慕元澈的神情微微地缓和了些，如果是司徒家……倒是有几分可能寻得到残缺的舞谱。

"没想到你还有这个嗜好。"慕元澈脸上的神情放松了些许。

"你不知道的多着呢。"夜晚挑挑眉掩嘴笑，瞧着面上像是丝毫没察觉到慕元澈的不悦跟探问，心里却是松了口气，这一关算是险险地通过了。人无远虑必有近忧，若是当初自己没有安排好，这样的话是绝对不敢说的，如果慕元澈真的派人去查，冰清那边什么都不知道，自己就真的完了。

空城计，不是谁都能唱得了的。

"你倒是会夸嘴，也不害羞。"慕元澈是有些不信的，夜晚在将军府的条件有限，再加上嫡母限制能学得了什么？不过是女儿家的虚荣罢了，因此倒也没有继续追问，一笑而过。

"那皇上究竟同意不同意？你之前答应满足我一个愿望，天子之言岂能反悔？那可是金口玉言，全国百姓无数双眼睛瞧着您呢。"夜晚眨着一双并不是很大但是绝对有光彩的眸子，可怜巴巴地望着慕元澈，就像是饿了三天的小狗瞧见一块肉骨头。

慕元澈还真有些为难，无奈地说道："你就不能想个让朕不为难的事情去做？"

"别的事情我不喜欢，不喜欢要做什么？"夜晚嘟嘟嘴，甚是委屈。

"……就你最难缠，净给我出难题。"慕元澈有些没辙，这样的事情倒也不是不可以，只是他一向是严于律己的一个人，对于朝政如此，对后宫诸人也如此。

以前的时候，不管是雪娃娃还是夏吟月，又或者后宫里的女人，谁不知道他这一点，从不会为难于他，做事情极有分寸，让他少了很多的烦心事。偏偏遇上这个夜晚，总是状况百出。

你说她笨，脑子机灵着呢。

你说她不笨，又总会被别人算计了去。

你说她聪明，她却总会为难自己做些破格的事情。

也不晓得是不是上辈子欠了她一条命，这辈子找自己来还债的。

"你倒是说说看，你的具体想法。"慕元澈让了一步。

夜晚一听有戏，顿时眼睛倍儿亮，看得慕元澈无奈一笑。夜晚就是这样一点好，高兴不高兴都会摆在脸上，不会让你去猜，这点很好，很坦诚。

夜晚却不是这样想的，只是想着以前郦香雪真是傻，只知道什么事情都替慕元澈想得周到，从不会让他去为难，凡是为难的事情，她都给他打点好了。她却忽略了一点，男人不能太娇惯，不然的话苦的是自己而他却还不知道你为他受了什么苦。

夜晚当然不会跟郦香雪一样傻乎乎的，她会尽力地挑战慕元澈的极限，她倒要

第十七章 尚宫暗出手，雪舞疑帝心

95

看看这个男人能为一个女人让步到何种境地。这个雪舞不过是一个开始而已，只要这个开始顺畅了，夜晚的心里也有了点底气，日后行事也有了分寸。

曾经是最亲密的两个人，如今却落得算计对方的结果，夜晚心里酸涩不已。

"很简单啊，我就想看能不能把残缺的舞谱给找全，如果实在是找不全的话，这样残缺的舞谱也一定能找到弥补的办法。就是可惜不能完全地展现当年孝元皇后的风采，不过我会尽力的。"夜晚笑眯眯地说道，"整日在宫里实在是闷得很，没有别的事情来打发时间，就只能找点有意义的事情去做。"

"舞谱我帮你看一下能不能找到全的，只怕是有些困难。"慕元澈皱眉，当初这雪舞的事情是雪娃娃一手操持的，他并不懂这些，因此这个时候想要恢复雪舞的原状还真有些不可能。不过，雪娃娃的东西，别人再怎么去模仿，去学习，那也不是雪娃娃，不过是一个仿品而已。

慕元澈的面色便有些消寂，站起身来说道，"这件事情朕准了，让……陆溪风从司乐那里给你找一些舞姬来，你有什么条件只管跟陆溪风提就是。还有很多折子要批，朕先回了，你好好休息。"

"谢皇上恩典，恭送皇上。"夜晚俯身行礼，目送着慕元澈大步地离开。她搞不明白慕元澈怎么会突然之间就有些不高兴了，如果有人想要重新组建雪舞他应该高兴才是，毕竟雪舞……究竟是什么让慕元澈变得不开心了？

夜晚细细地回想，也没想到丝毫的端倪，只得暂且作罢，扬声将云汐几个叫了进来说了这个好消息。

云汐一愣，没想到皇上还真的准了，一时间心里真是五味俱杂，神色复杂地看着夜晚，没想到这个雪美人果然不简单。

"小主，奴婢这就去将陆尚宫传来，您看如何？"云汐问道。

"不用陆尚宫亲自跑一趟了，你过去直接跟她说一声，然后等到她集齐三十六人的时候一起过来就是了。"夜晚缓缓地说道，她知道雪舞的事情云汐跟陆溪风一定会起疑心，她要的就是这样的结果，她一定要让云汐跟陆溪风不断地怀疑试探自己，紧紧地跟着自己。

只有将所有能支持自己的力量全部凝聚在一起，慢慢地吸引拉拢她们，她的地位才算是真的稳固了。

细看历史上宠妃不少，但是有几个宠妃真的最后能登上高位母仪天下的？宠妃只有皇帝的恩宠是不够的，必须要有自己的力量，在这后宫里紧紧地站住脚，不然的话就是一只纸老虎风一吹就倒了。

夜晚要做的不是纸老虎，而是一只真老虎。

她劝说皇上将赵更衣放出冷宫，又令人彻查那宫女的事情，不过是敲山震虎，让这后宫里的每一人知道，她虽然未侍寝，但是在皇上心里的分量却很重，让她们心有忌惮，心有压力，这样一来自己想要的才会慢慢地浮出水面。

夜晚预料得不错，赵更衣的事情的确是令人再一次刷新了他人对夜晚在慕元澈心中分量的认知。

夏吟月愣愣地看着窗外开得正艳的牡丹，神色严肃，眉头轻锁，对着身边的碧柔跟采雪说道："你们说的都是真的？"

"是，听说尚宫局那边已经得到旨意了，陆尚宫正风风火火地挑人呢。"

"赵更衣已经搬进了玉清轩，翠巧跟伏荣又回去伺候了，听说是雪美人亲自吩咐的让这二人回去伺候旧主。"采雪低声说道，"娘娘，这样下去可不行，雪美人现在简直都要横行六宫了，她不过是一个小小的美人，居然也敢这样做，娘娘应该加以训斥维护宫纪才是。"

陆溪风……云汐……安于世……这些曾经是郦香雪身边的奴才，居然一个个地都靠近了夜晚。夏吟月秀眉紧蹙，不晓得事情什么时候居然变成这样。

"现在出手不是一个好时机，惠妃跟丁昭仪隔岸观火，本宫偏不给她们机会。"夏吟月渐渐地冷静下来，不能慌了手脚，不然最后只会砸了自己的脚，冷静，再冷静。夜晚算什么东西，不过是皇上贪一时新鲜而已。

"还有半月便是先皇后的忌日，我们也应该准备起来了。"夏吟月轻轻一笑，怕什么呢，只要有郦香雪在，这个世上就再也不会有任何一个女人走进皇帝的心里。即便是皇帝恨透了郦香雪，可是……最爱的依旧是她，死后的哀荣无人能比。

碧柔跟采雪眼睛一亮，清脆地应道："是，奴婢明白了。"

将养多天，夜晚的身体终于大好，此时前朝正是激烈动荡之际，关于使者人选一直是悬而未决。几次被提出的人选都被否决，世家跟新贵也是针锋相对，吵嚷不休。

夜晚时时刻刻关注着前朝的动静，待听到有人推举司徒镜为和谈正使的时候，手一抖茶盏都差点拿不住，茶水溅了一身。

"你说推荐了谁当和谈正使？"夜晚的声音有些不稳，眼睛紧盯着陌研，心头跳得厉害。

"是京都文采斐然，极富辩才的玉公子司徒镜，先前推举了好多人都被否决掉，但是玉公子的大名一出现，朝臣竟是一致赞同呢。"陌研笑着说道，她自御前服侍多年，自然是见过司徒镜的，果然是如天人般令人仰望的谪仙。

夜晚的双手软软地垂在身侧，怎么会是这样，她万万想不到自己给慕元澈出了一个主意，最后坑的却是司徒镜。她想过好几种结果，唯独没有想到世家最后推举出来的竟然是司徒镜。

百里晟玄是什么人？司徒镜这一趟出使能不能活着回来都是一个未知数。

夜晚强压下心头的恐惧，不能在任何人面前露出端倪，故作平淡地说道："原来是他，我跟他妹妹关系是极好的，只是没想到世家最后推举的竟然是一个文弱书生，不知道这些人是怎么想的。"

听着夜晚的话，陌研浅浅一笑，随口说道："听说和谈要的就是一个辩才厉害之人，玉公子的辩才在京都无人能敌，也没什么奇怪的。"

"是啊，玉公子的辩才自然是出众的。"夜晚轻轻地附和了一声，眼睛却带着黯然。谈判并不是只要求口才如何，最重要的还是要有保住自己性命的身手。司徒镜一介书生，万一到时候百里晟玄翻脸不认人，他要如何脱身？

虽然说两国交战不斩来使，但是百里晟玄从不按照常理出牌，这样的危险该如何应对？

夜晚的心就像是散成一团的丝线，根本找不到丝毫的头绪，整个人魂不守舍地坐在那里。

陌研看着夜晚神色不好，低声说道："小主，先不要写这些舞谱了，大病初愈更要好好地养着，韩太医一个时辰后来给您请脉，您正好眯一会儿。"

陌研并没有觉得夜晚不正常，以为是她这几日写舞谱太过伤神精神才不好的。

夜晚现在实在是没心情写什么舞谱，当下便点点头："也好，是有些精神不济了。"

夜晚在陌研的服侍下躺在床上，盯着顶上浅蓝色蝶恋花的床帐默默发呆。脑海中不停地出现司徒镜那温柔凝视自己的眸子，那嘴角浅浅的笑容，还有那如春风般的话语。

"晚妹妹，我希望这一盏孔明灯能让你放飞希望，带走忧伤。"

上元节那天，司徒镜的话还在耳边回荡，可是不过几个月的时间，他就要去面对百里晟玄那样恐怖的敌人。夜晚如何能安心，如何能不牵挂。纵然她没有爱上司徒镜，但是司徒镜在她的心中也是极其重要的一个人。

这样的男子，夜晚绝对不能看着他涉足危险不自知。这些愚蠢的世家们，没有见识过百里晟玄的危险，居然敢叫司徒镜去冒险，简直就是愚不可及。坐井观天，早晚会步向毁灭。

夜晚猛地坐起身来，双手捂住脸，才发觉早已经是泪流满面。

她该怎么办？该怎么办？夜晚被困在深宫里，不敢跟外面有任何的联系，在宫里不会限制你的自由，但是后妃若是跟前朝有所牵连，只怕第一个不饶恕自己的便是慕元澈。

如何能在不惊动任何人的情况下，还能让司徒镜知道危险加以防范？

为了不被人察觉有什么异样，夜晚忙将眼泪擦拭干净，便是有一丝丝的眼睛红肿也不可。她绝对不能让周围的人知道她跟司徒镜的关系，即便是陌研几个也不行，这可是掉脑袋的事情。

在帐子里翻来覆去睡不着，也不知道过了多久，玉墨隔着帐子说道："小主，韩太医来了。"

夜晚缓缓地睁开眼睛，跟以往一样的坐起身来，柔声说道："扶我起来吧。"

韩普林正坐在外间等候，陌研在一旁陪着，亲手奉上茶来，笑着说道："韩太医打哪里来？听说丁昭仪的身子又不太好，不知道是哪位太医去看的，我们小主一直感谢昭仪娘娘的照顾很是关心呢。"

韩普林听着陌研的声音清脆如黄鹂，婉转悠扬动听，面色便带了些不自然，忙说道："我是直接从太医院过来，丁昭仪的身子一直是甘夫人让杨院正照看的。所以具体情况我也不太知道，陌研姑娘不妨去锁烟楼问问。"

陌研点点头："晚些时候是要走一遭的，我们主子是个感恩的人。"

"是，小主心慈仁厚。"韩普林附和道。

两人正说着话，玉墨掀起帘子出来了，看着韩普林说道："韩太医，小主请您进去呢。奴婢们在外面守着，韩太医有什么吩咐喊一声就是。"

"不敢不敢。"韩普林弯弯腰抬脚走了进去。

陌研跟玉墨就退到了门外，正看到云汐来了，忙喊了一声："姑姑。"

云汐笑了笑："你们两个怎么在外面，不在里面伺候着？"

"韩太医正在给小主诊脉呢，我们就在外面等着。"玉墨笑道。

"哦，这样啊，我正要问一问小主关于雪舞的事情，看来要等等了。"云汐道，看了一眼室内若有所思，然后似是不经意地问道："每次韩太医给小主诊脉你们都避出来？"

听着云汐的话，陌研跟玉墨眼神一对，然后陌研笑了笑："倒也不是这样，小主素来爱静，您是知道的。"

云汐点点头，神色郑重地说道："芙蓉轩里也就罢了，若是传到外面去，怕是又要起波澜，以后你们就在外间守着，不要出来了。这样既不打扰韩太医诊脉，也不会给人留下把柄，毕竟小主现在要步步当心。"

陌研点点头，玉墨却说道："有什么可怕的，不过是妒忌罢了，自己没本事还不许旁人得宠了？真是好没道理。"

"你呀就是一张嘴不饶人，这芙蓉轩里也并不是就这样干干净净的，当心隔墙有耳。你也要管好自己，切莫给小主惹了麻烦，这宫里的事情你们也是见识过的。"

第十七章　尚宫暗出手，雪舞疑帝心

99

云汐缓缓地说道。

"是，姑姑教训的是，玉墨记住了。只是玉墨心里不服气，最是看不惯那些自己没本事还爱挑刺的人。"

"这样的人多了去了，你能把人家的嘴都堵住？"云汐板起脸说道，"这宫里多少个奴才死就死在口没遮拦上？你跟陌研都是御前伺候过的，更应该知道这里面的厉害，怎么到了芙蓉轩反而不知道规矩了？"

"哪有，这不是当着姑姑说一说，当着别人我一个字都不说的。"玉墨立刻保证道。

云汐无奈地笑了笑："你啊，真是拿你没办法。"说到这里一顿，看着手里的名单说道，"亏得皇上真是对小主恩宠，连这样违了规矩的事情都肯同意。雪舞解散后现在活着的还能找回来的一半都不到，小主的舞谱只怕是写不全了，当初领舞的人已病逝，熟悉这舞谱的这世上怕是没有了。"

云汐的声音里夹着浓浓的可惜，她也想看到雪舞能够重新光芒万丈地出现在众人面前，所以夜晚组合舞姬的事情她没有反对而是全力支持。只是看着手里依旧残缺不全的舞谱，只觉得心头有些难受。

陌研轻轻握住云汐的手："姑姑，您别伤心，小主若是看到了也要跟着伤心了。听小主的意思小主自己也是极喜欢跳舞的，说不定小主自己能续上残谱，固然是及不上先皇后的，但也未必就拿不出手，再有姑姑在一旁帮衬着回想，定是能顺心顺意的。"

韩普林很快地就出来了，三人忙侧身到一旁，云汐问道："韩大人，我们小主的身子如何了？"

"基本上痊愈了，这几日也能外出走动了。"韩普林笑着应道，然后便告辞了，陌研抬脚便送了出去。

云汐微微蹙眉："能外出走动了，就意味着要去宜和宫请安了。"

玉墨努努嘴，不悦地说道："明儿个就去吗姑姑？不能缓缓？"

云汐看着玉墨："韩太医说出这句话来，你觉得是韩太医的意思还是小主的意思？"

玉墨一愣，瞬间恍然大悟，极其崇拜地看着云汐，深深俯身："多谢姑姑指点。"

"成了，明儿个陪着小主请安就是你了，有你这张嘴，小主也吃不了亏。"云汐无奈一笑，玉墨笑着应了，两人这才往屋子里走去。

因为西齐不守承诺毁约侵扰大夏边境的事情，朝政繁忙，慕元澈已经有五六日未曾踏足后宫。因此宫里面便难得清静了些，也甚少见到四处串门的嫔妃。

一大早夜晚就起了身，对镜梳妆，对着玉墨说道："梳个简单的，太复杂的坠得头皮疼。"

玉墨便忍不住地抱怨："小主，别人都是恨不能怎么漂亮怎么打扮，哪里像您这样图省事的。再者说了今儿个要去宜和宫，病了这么久第一次露面，总不能这样随随便便的。太素淡不好，您要是嫌坠得头皮发紧，不如奴婢给你梳一个简单的弯月髻，既轻便又好看。"

夜晚便同意了，镜中的容颜略显苍白，配上玉墨巧手梳出来的弯月髻倒真是精神了不少。伸手打开妆奁盒子，拣出一支红珊瑚豆为底铺了一层米粒大小的珍珠做成的桃花簪簪在发髻上，耳上戴了碧玉的丁香花坠，碧霞云纹联珠对孔雀纹的宽袖锦衣，蝶戏水仙曳地长裙，腰间束着缂丝缕金腰带，配着双蝶弄影的玉禁步。

陌研跟云汐忙活完笑着点点头："小主这样极好，既不会太过于耀眼，也不会令人看轻了去。小主不能戴违制的头饰，只是这身衣料却是皇上赏的，这样好的衣料宫里可没几个人有，正好能压一压。"

夜晚也笑了笑，这样给自己的打扮正好，看着玉墨说道："你随我走一遭，陌研留下守门，云汐还是去尚宫局跑一趟，看看陆尚宫那边准备得怎么样了。"

"是。"陌研跟云汐应道。

玉墨跟着夜晚出了柔福宫，望着外面的天地，夜晚真是觉得久违的熟悉，从现在开始，再也不会让自己受伤了。

柔福宫跟宜和宫相距甚近，走着过去很快就能到了，玉墨轻轻地扶着夜晚，一路上的宫人穿梭不绝，遇到夜晚都规规矩矩地停下来行礼，等到夜晚走过这才起身继续忙碌。

宫里的日子便是这样，只要你是主子，做奴才的就得恭敬着。

转过弯，便踏上了宜和宫门前的路，远远地便能看到宜和宫前穿梭不停的人影。果然不管到什么时候，这后宫最热闹的地方便是夏吟月的宜和宫。

"夜姐姐。"

夜晚听到喊声，抬头望去，便看到罗知薇正朝着她挥手，脸上带着大大的笑容，大步地朝着她的方向走来。

夜晚一笑，缓缓地迎了上去。

"罗妹妹。"夜晚笑道。

罗知薇握着夜晚的手神情颇为激动："皇上不让人扰姐姐清净，我也不敢去打扰，心里挂念得很，如今看到姐姐康复如初真是欢喜得很。"

两人边说边走，徐灿跟夜晨立在那里正看着夜晚。夜晚看着徐灿便说道："一直挂着徐姐姐，只是我身在病中无法前去探望，姐姐如今可是大好了？那日的事情实在是很抱歉，都是夜晚连累了姐姐，害得姐姐落水生病，心里实在是过意不去。"

徐灿闻言柔柔一笑，"这哪里是你的错，分明是赵更衣动手在先，你我皆是可怜人罢了。如今看着妹妹大好，我这心里也平和了。"

两人相视一笑，夜晨站在一旁，终于还是说了一句："怎么不多养两天，可是真的大好了，别硬撑着？"

"太医说过的我才敢出来，姐姐放心。"夜晚应道。

四人站在一起加上侍女人数不少，在宜和宫门前倒是显得阵容强大。

"我当是谁，原来是雪美人，怪不得好大的阵势。"

略微带着讥讽尖锐的声音透过人群传了进来，夜晚仰头望去，就见杜鹃眉眼带着冷笑地看着她。自从夜晚落水后，慕元澈便没有临幸过后宫，再加上近日朝政烦琐更是数日没有踏足后宫，说起来这后宫的嫔妃也有小半月未见天颜了。

难怪如此的酸气扑鼻。

夜晚浅浅一笑："嫔妾见过杜贵人，杜贵人真是一如既往爽利的性子，有什么说什么。只是杜贵人可要看清楚了，嫔妾出门就只带了一个丫头，哪里来的大阵仗？这青天白日的也有人眼神不好吗？"

杜鹃猛一看这么多人，还以为是夜晚显威风来了，听到夜晚这样一说，打眼一看脸上不由得一阵阵红，顿时有些下不来台。

杜鹃并不是一人前来，身边还有阮明玉、傅芷兰还有明溪月，这四个人若说是一伙的不尽然，若说不是一伙的又时常在一起。夜晚心里一衡量大约也明白了，对方跟她们这边一样，瞧着是一伙的，其实不过是虚张声势而已。

傅芷兰这时缓缓上前一步，看着夜晚柔声说道："一直挂念雪妹妹，瞧着你能出来走动了，可见是大好了。碍于皇上有令不敢扰了妹妹养病，以后咱们姐妹又能在一起时常说话了。"

夜晚有些不明白，傅芷兰为何会示好与自己，不过人家给自己笑脸，自己绝对不会不给别人脸面，当即也笑道："多谢慧嫔姐姐挂念，如今是好多了，皇上实在是太小心了些，姐姐以后有时间多去芙蓉轩坐坐，我一个人也闷得慌呢。"

"要说这宫里别人能闷得慌还能信的，雪美人闷得慌可真是个笑话。听闻皇上为了给你解闷，居然破例让你组建一支舞队，妹妹如何还闷呢，真是羡煞旁人呢。"明溪月心里格外不是滋味，要说善舞这新进宫的小主中她定是拔尖的那一个。偏偏皇上却让什么都不懂的夜晚组建了舞队，怎么能不令人气恼。尤其是看着夜晚身上的衣衫料子，更是气不打一处来，因为品级所限，份例分下来的衣料都是不能逾矩的，夜晚不晓得怎么入了皇上的眼，这些金贵的东西像是不花钱一样的送进了芙蓉轩。

夜晚知道明溪月善舞，说这话未必全是羡慕，只怕也是心里真的希望能有自己的舞队，只是这样恩宠后宫的事情，夜晚再也不会像郦香雪一样，想着别的女子，什么好事情都要众人沾一沾才好，才显得她宽厚大度，博个贤名，像是明溪月杜鹃这样的，就跟夏吟月一样，怎么都是养不熟的白眼狼。

"明小媛要是也想要，不如去跟皇上说说，想来皇上对小媛恩宠有加定也会同意的。"夜晚淡淡地说道，眼角扬得高高的，那目中无人的架势甚是令人气赌。

明溪月咬咬牙，嘴上却说道："宫有宫规，并不是每一个人都跟雪美人一样，视宫规如无物。"

"视宫规如无物？要是真是这样小媛的意思是指皇上是个昏君了？毕竟这件事情是皇上亲口答应的，视宫规如无物的可不是嫔妾。"夜晚冷哼一声，眼睛直直地看着明溪月。

"胡说，我何曾这样说过？"明溪月大怒，心里夹着些慌张，方才只顾着一时口快，倒是被夜晚捉住了把柄。

徐灿眼睛扫过明溪月，最后落在夜晚的身上说道："日头也要升起来了，大家都进去吧，再不进去可就晚了请安的时辰了。"

徐灿是正五品，在这些人里也算是高位份了，她这样一说众人也无异议，一前一后地往宜和宫走了进去。

门外喧哗这样久，宜和宫一个奴才都没出来，夜晚心里轻哼一声，夏吟月是想坐收渔翁之利呢，只可惜这里面有傅芷兰，有徐灿，注定是闹不大的，至少面上闹不大。

众人进了宜和宫的门，顺着四四方方的青石铺成的甬路朝着正殿走去。夜晚的位份并不高，依次走在队伍的中后面，左边是夜晨，右边是罗知薇，三人缓步而行，前面便是杜鹃跟明溪月，两人不时地交头说句话，瞧这关系竟是大有进展十分和睦的样子。

就在这个时候，突然间一身粉色衣衫的小娃娃从台阶上跑了下来，头上扎了两个小鬏鬏用红绳系着，外面缠了大红的珊瑚珠子，黑发红豆煞是可爱。这女娃娃不是别人，正是当今圣上唯一的子嗣玉娇公主。

玉娇公主眉眼间像极了慕元澈，比夏吟月还要精致几分，的确是一个货真价实的小美人。此时这个小美人一双胖乎乎跟藕节似的白嫩小手掐腰，滴溜溜大眼睛像是宝石一样正瞪着夜晚，人虽小站在那里气势却不小，对着夜晚说道："你就是雪美人？"

看着玉娇公主，夜晚实在不知道是该讨厌，还是该怜悯。郦香雪在世的时候她是极喜欢玉娇的，跟亲生的也没什么差别地对待，此时看着这一张小脸，几年不见真是长得越发的美了，不由得蹲下身去，平视着玉娇，道："正是嫔妾，不知道公主有何指教？"

　　玉娇公主毕竟是个小娃娃，小孩的天性最是善良，人之初，性本善嘛。玉娇看着夜晚荡着柔柔笑意的脸颊，一时间就有些犹豫，皱着一对小眉毛，嘟着小嘴说道："瞧着你不像是坏人。"

　　周围的人不由得顿足了脚，瞧着这一幕，她们一开始看着玉娇公主的架势，还以为夜晚要倒霉了，前些日子玉娇公主还泼了杜鹃一身的茶水，委屈的杜鹃也不敢发作，还一直跟小公主赔罪，毕竟是皇上唯一的孩子，谁敢得罪啊。

　　夜晚轻笑一声，眨着眼睛说道："嫔妾本就不是坏人啊，嫔妾心肠软着呢，比如看到公主玉雪可爱，美丽高贵，便忍不住地想要跟公主亲近呢。"

　　五岁的小公主是能听得懂别人的夸赞的，此时听到夜晚这样说，脸上的表情瞬间就有些纠结了。似乎在慎重地考虑夜晚究竟是不是一个坏人的重大问题，因此脸色也是格外的慎重，这样的表情出现在一个小娃娃脸上，真是令人格外的喜欢。

　　"可你抢走了父皇，父皇都不来看我，所以我讨厌你。"玉娇公主终于还是指责道，眉眼带着委屈。

　　夜晚心里明白了，这是有人挑唆公主跟自己作对呢，毕竟就算自己吃了亏，难道慕元澈还要处罚一个小娃娃不成？

　　"嫔妾也有五六日未见到皇上了，皇上忙于公事哪能日日到后宫来。公主要是想皇上，便让人跟皇上说，皇上一有时间自然会去探望公主，公主可是皇上唯一的女儿呢，最是尊贵的。"夜晚柔声说道，伸手握住了玉娇的小手。稚子无辜，夜晚实在是没有办法把对夏吟月的恨迁怒到玉娇的身上。

　　就在这个时候玉娇公主身边的奶娘还有宫女急急忙忙地跑了过来，一看到玉娇就忙说道："哎哟，我的好公主您怎么跑到这里来了，奴婢都要吓死了，幸好您没事。"

　　玉娇脸上有点不耐烦，似乎十分讨厌这么多人日日跟着她，便说道："我又不是美人花瓶掉地上就摔碎了，你们整日跟着我烦也烦死了。"

　　夜晚听着这小大人似的话，忍不住笑了，清脆的声音在这静谧的空间里格外的清晰。

　　玉娇听到夜晚的笑声，忍不住抬头看着她，有点恼羞成怒："你笑什么？敢笑本公主，我让父皇砍了你的头。"

　　小小的娃，狐假虎威倒是学得十成十。公主的奶娘忙对着夜晚说道："雪美人莫要生气，公主年岁还小，并不晓得自己话里的意思。"

　　夜晚看着那奶娘，眉头轻皱，已经不是原来的那个了，看来是被夏吟月换掉了。心头微暗，不过嘴上却说道："公主年岁虽小却有公主的威仪，你们不用紧张，公主这样可爱我怎么会生气？"说到这里夜晚又看着玉娇说道："公主，嫔妾笑是因为公主说的话实在是有趣，并没有别的意思。公主才五岁却能言语利落，少有人能及，不愧是大夏的公主。"

"真的？"玉娇十分犹豫地问道，仰头看着夜晚。

"真的。"夜晚说道。

"雪美人这样喜欢本宫的公主，倒是真令人意外。"

"参见甘夫人。"

众人拜了下去，夜晚随着大家行了礼，等到夏吟月叫了起，站起身来后这才说道："回甘夫人的话，玉娇公主冰雪聪明，粉雕玉琢自然是人见人爱。"

甘夫人伸手将玉娇抱了起来，脸上的笑容也变得柔和很多，看着夜晚说道："雪美人如此喜欢孩子，倒是自己给皇上生一个，瞧着更喜欢。"

周围一片静谧，夜晚一点也不觉得窘迫，声音平缓地说道："夫人说的是，只是儿女缘分是上天赐给的，嫔妾不强求。"

突然周围便有人嗤笑一声，夜晚抬头望去，又是杜鹃，就听到她说道："雪美人如今还未侍寝吧，未侍寝哪来的孩子。"

"杜贵人说的是，嫔妾没孩子是因为身子连番被人算计，卧病在床实在是无法侍寝。不像贵人身强体健，而且是侍寝过的。"夜晚毫不犹豫的反击，眉眼带笑夹着嘲弄地看着杜鹃。

杜鹃闻言脸色大变："你什么意思？"

"杜贵人什么意思嫔妾便是什么意思。"夜晚毫不相让。

"好了好了，在宜和宫吵成这样成何体统？"夏吟月看着二人训道，"如今你们已经是后宫嫔妃，怎么还能如此失仪，只顾口舌之利？如此言行失当，罚你们抄金刚经十遍，静静心。"

"是，嫔妾遵命。"杜鹃垂头说道。

夜晚转头看着夏吟月，淡淡地说道："嫔妾无错，夫人似乎有些不公，为何要罚嫔妾？口舌之争皆是因为杜贵人挑衅在先，嫔妾难道就要任由别人羞辱不成？恕嫔妾不能接受惩罚。"

"夫人恕罪，雪妹妹怕是气糊涂了，并不是故意顶撞夫人的。"徐灿立刻上前为夜晚求情。

"是，请夫人恕罪，雪姐姐不是有意的。"罗知薇也站了出来立在夜晚的身边。

夜晨看着夜晚微微有些犹豫，最后还是走了出来："请夫人恕罪，此事舍妹确实无错，杜贵人适才在门外言语就已经多有挑衅，我妹妹已经忍耐一回，没想到如

105

今当着夫人的面居然还敢如此言语无状，故意讥讽舍妹，可见此人心性，请夫人明察。"

夜晚侧头看着夜晨，神色有些复杂，默然不语。夜晨不是第一个站出来为自己说话的，可见姐妹之情淡薄，但是最后还是站出来了，她自己只怕也是心里不平自己比她得宠，可是也不能看着旁人欺负自家的人，一个家族里的，都是一张脸，不管打了哪边另一边也会跟着疼，这样的道理谁会不明白。

夏吟月并未生气，嘴角含着笑，眼神在夜晨跟夜晚的身上来回扫过："到底是姐妹情深。"

听着甘夫人意味深长的话，夜晚脸色无波，倒是夜晨面色有些不自然，默默地立在那里不再言语。

姐妹情深？多么讽刺的一个词语，自从进了宫她们姐妹可没有和乐融融，姐妹情深过。外人看去，夜晚跟徐灿还有罗知薇之间都要比跟夜晨更亲近些。

"甘夫人说的是，身上流着一样的血，跪拜同一个祖宗，吃一家的饭长大，就算我们姐妹之间有些闹脾气，但是总归是一家人，打断骨头连着筋。听说甘夫人跟孝元皇后也是情如姐妹，自然是能体会夜晚的心情。姐妹之间哪有不拌嘴的，但是过去也就算了，是不会记在心上的，是不是姐姐？"夜晚说完侧头看着夜晨，展颜而笑。

夜晨听着夜晚的话，神色微微一动，便笑道："正是这样，若是姐妹之间都要相敬如宾，那可真是没意思了，就是该吵吵闹闹的才见情深。"

两人的话一搭一唱，合作得无比默契。夜晚跟夜晨以前在夜家毕竟是处了那么多年，要是连这点心有灵犀都没有，真是白活了。倒是夜晚反问夏吟月的话，真是让夏吟月心里有些冒火，眼睛却带着笑，眼神在夜晚的身上凝视，良久才说道："雪美人才进宫不久，消息倒是灵通。"

夜晚感受到周围那么多的人的心情瞬间的有些起伏，孝元皇后在这些人的眼睛里，那就是传奇的存在。让皇帝废黜后，居然还能以巨大的哀荣入葬，因此虽然孝元皇后曾是一代废后，但是在这后宫里依旧是众人必须仰望的高山。

夜晚故意提起孝元皇后跟夏吟月的姐妹情深可不是随口胡来，她是要这些宫里新进来的人，都知道夏吟月是如何抱着郦香雪的大腿才有的今日，而且郦香雪废黜跟夏吟月又是关系紧密，这样一个人真的是众人眼中贤惠大度的甘夫人？

如果真的姐妹情深，孝元皇后为何会落得那样的下场？

夜晚就是要这些人自己用脑子去想，越是没有答案的，越是猜测不断，这样的结果才是夜晚想要的。

"甘夫人真是误会嫔妾了，嫔妾可不是在宫里听说的，而是在宫外的时候就已经听说这件事情了。夫人贤明远播，天下谁人不知呢？"夜晚轻轻一笑，眼角斜睨着夏吟月，那黝黑黝黑的眼珠里似有一湾深潭，让人一望便沉迷不拔。

明明是夸赞的话，可是听到夏吟月的耳朵里便有说不出的讥讽，脸色微变。

夜晚似乎并没有发觉一样，正跟着玉娇眉来眼去地挤眼皱鼻子玩耍，逗得玉娇不停地发笑。

甘夫人看着玉娇对着夜晚居然这样的亲近，脸色这才真正的难看起来，心气不爽正要让大家都散了，这时云汐脚步匆忙地来了。

"奴婢见过甘夫人，各位小主。"云汐蹲身行礼。

"云汐啊，快起来。如此匆忙而来，可是有什么事情？"夏吟月努力挤出微笑看着云汐，众人面前她必须得对云汐宽厚些，谁让她是郦香雪生前的大丫头，而她又是跟孝元皇后姐妹情深呢。

好名声也是有巨大的压力的，夏吟月现在已经能感受到了那苦涩滋味，心里恼火脸上还要带着笑，这样的日子好像好久没有过了，自从夜晚进了宫，不知不觉的，就好像很多事情都偏离了原来的轨道。

"回甘夫人的话，小国舅来探望我们小主，正在芙蓉轩里等着。"云汐满眼带着笑，她没想到小国舅居然也会这样的亲近雪小主，能时时见到先皇后的弟弟，云汐心里也有些宽慰，看来决定跟着雪小主的主意真是一点没错。

夜晚瞬间面带喜色，熙羽怎么会突然就来了，虽然熙羽经常进宫，但是也不会时常进后宫的，虽然年纪不大，毕竟这后宫里已经没有郦皇后了，所以郦熙羽即便是进宫也不会来后宫，上回来还是慕元澈亲自带来的。

"你说的可是真的？"夜晚笑着问道，眼神望着云汐，就见云汐点点头。

夜晚忙回过身来看着甘夫人说道："请甘夫人允许嫔妾先行告退。"

小国舅便是夏吟月也不敢轻易怠慢的，这个时候哪里敢扣着夜晚不放人，无奈之下只得说道："你去吧，好好地招待小国舅才是。"

"是，嫔妾知道了。"夜晚这个时候也不想跟夏吟月针锋相对，只想着赶紧地见到熙羽才是。

夜晚无视周围各式的眼神，行礼告退，转身欲走，此时便听到玉娇说道："母妃，是熙羽舅舅进宫了吗？我想见见他行吗？"

夜晚的脚步便是一顿，以前熙羽跟玉娇也是时常在一起玩的，只是时光荏苒，很多事情都已经不复当初，只有稚子心境不改初衷。

"玉娇乖，熙羽舅舅进宫有事情，不能陪着玉娇玩，母妃陪着你玩好不好？"夏吟月柔声轻哄，奈何小玉娇吵闹不休，一时竟是哄不下来。

夜晚本想狠心离去，只是心里总有那么点的难过袭上心头，最终还是转过身

第十七章 尚宫暗出手，雪舞疑帝心

来，看着夏吟月笑道："若是甘夫人放心，嫔妾倒是愿意带着小公主过去玩耍。"

玉娇一听顿时也不哭了，睁大眼睛看着夜晚："你真的肯带我去？你要带我去，我便不讨厌你了，给你我最喜欢吃的窝丝糖。"

夜晚看着玉娇眉眼柔柔的，笑着点点头："好，公主的窝丝糖一定是最甜的。只是公主你要取得你母妃的同意才能跟着我走，可不能自己就跟着过去的。"

听到夜晚的话，玉娇便又开始缠着甘夫人不罢休，甘夫人不管怎么哄都哄不下来，当着这么多嫔妃的面，她又不能过度地斥责夜晚，哪里想到玉娇倒是跟这个人亲近的。无奈之下，只得秉着信任温厚的态度，笑着对夜晚说道："如此倒是给雪美人添麻烦了，这孩子实在是跟小国舅很久不见，想得很。"

"不麻烦，都有奶娘宫女跟着，玩一会儿就送回来。"夜晚把话点明，公主可以去，但是你们这边的人一定要跟着，万一要是出点什么意外，可不要冤枉人。

"自然不会让雪美人劳心。"甘夫人淡淡地说道，将玉娇身边的人都给集合起来，细细地叮嘱一番，这才将玉娇交给奶娘带着，跟着夜晚往芙蓉轩而去。

等到他们都离开了，甘夫人这才看着众人说道："诸位妹妹也回吧，本宫有些乏了。"

"是。"众人弯腰行礼，目送着夏吟月进了大殿，这才依序离开。只是出了宜和宫的大门，远远地还能看到夜晚一行人的背影，玉娇公主已经挣脱了奶娘的怀抱，自己下地走着，一只雪白的小手还牵着夜晚的手，从背后看去，竟是如此的温馨和睦。

夏吟月进了内殿，回手便将桌上的东西挥到地上，一旁的碧柔跟采雪忙柔声劝解，心里也是忐忑不安。

"你们说，这个夜晚究竟是学了什么迷魂术，大的小的，一个个地往她那里钻。"夏吟月发完火，坐在临窗的大榻上，斜倚着弹墨软枕，有些无力地说道。

夏吟月的话一落地，秦姈正端着茶进来，碧柔跟采雪便喊了一声："秦姑姑。"

秦姈点点头："你们去忙吧，这里有我伺候着娘娘。"

两人点点头便退下了，秦姈将茶放在甘夫人身前的炕桌上，这才徐声说道："娘娘，不过雕虫小技，您又何必如此气恼？那雪美人不知天高地厚，自会有摔下来的一天，您无需自己出手，只要坐收渔翁之利便可。"

"本宫哪里能静得下心来，你听听这牙尖嘴利话里有话，还能哄得玉娇跟她亲近，这样长此以往如何是好？"夏吟月怒，"是本宫太轻敌了，只想着不过是一个庶女，位份又不高，能泛起什么浪花来。可是如今不仅勾得皇上整日地往芙蓉轩跑，便是玉娇都要这样，这可不行。必须要找一个人分宠，将皇上从夜晚那里夺过来。"

秦羚沉思，然后才道："娘娘高瞻远瞩，很早的时候就埋了一步棋，如今终于能用上了。"

"自然，本宫从不做无用之事，本宫让人教她跳舞，教她习字，教她走路的风姿，教她说话的技巧，本来是想等着日后危急关头再用，没想到被一个夜晚居然逼到这种地步。"

"娘娘，雪美人不过是凑巧罢了，您不用担心，皇上对您一直是恩宠不减，在后宫您才是屹立不倒的。"

夏吟月冷哼一声："秦羚，夜晚还未侍寝，就已经勾得皇上这般上心，要是侍寝之后再生下孩子，本宫的地位只怕也岌岌可危了。三年了，我在夫人的位置上三年了，我原以为皇上即便是不肯封我为贵妃，至少一个四妃之位也是会给的，但是几年来一直没有动静，本宫如何不担心，年岁渐长，他日人老珠黄岂不是更加的没有盼头了？"

"娘娘切莫这样说，您跟皇上之间哪是旁人能比的，皇上对您才是真心实意的，别人都不过是一时繁花，开过了也就完了。"秦羚忙劝道，嘴上这样说，心里却也是有些担心的，毕竟如娘娘所言三年没有升过位份了。

女人在后宫活着，不仅要宠爱，更是宠爱过后带来的地位的提升这才是实打实的恩惠。

"本宫心里明白，你不用多说了，这就去准备吧。先皇后忌日那一日，我便要让她一鸣惊人，恩宠无限。"夏吟月一字一字地说道，这个世上再也没有人比她更了解皇上的脾性，虽然她心里不愿意，但是为了不让夜晚成为心腹大患，这一步必须要走。

"既然娘娘决定了，奴婢立刻去办。"秦羚躬身应道，退了出去。

芙蓉轩里正热闹，玉娇拉着熙羽的手不停地在院子里跑来跑去，夜晚坐在花架下笑吟吟地看着，让人备好了茶点。一旁玉娇身边的奶娘跟宫女如临大敌地看着玉娇，生怕她磕到碰到，紧张不已。

玩了好一会儿，这两人便跑了过来喝茶，夜晚笑着说道："坐下歇会儿，不要再跑了。"话这样说着，却没有给玉娇准备茶水端过去，只是看着玉娇说道："公主也玩累了，该回去歇着了，甘夫人正等着公主用午膳呢，公主不会让甘夫人伤心的是不是？"

笑话，夜晚可不敢随便给玉娇吃东西喝水，万一要是出了点什么事情，到时候真是跳进黄河也洗不清了，万事谨慎为上。

玉娇有些不开心，想要喝水，夜晚便抬头看着那奶娘说道："公主也累了，带着公主回去吧。我这里茶点简陋，不敢招待公主，怕公主一时换了饮食有什么不妥，回去后请跟甘夫人转告一声,我在这里赔罪了。"

那奶娘很明显地松了口气,便是夜晚给公主吃什么喝什么,她们也得小心翼翼地拦着,难得雪美人这样的玲珑剔透,忙抱着玉娇告退。

玉娇依依不舍地跟夜晚告别:"以后我还能来玩吗?"

"可以,只要甘夫人允许的话。"夜晚笑,玉娇心满意足地走了。

"为什么不给她吃东西喝水?"熙羽自顾自地喝了一碗茶,看着夜晚问道。

夜晚无奈地一笑:"打听什么,等你长大了就知道了。方才公主在这里我没问,小国舅怎么有兴致到我这里来了?"

夜晚转移了话题,有些事情并不愿意让熙羽掺和进来,女人间的斗争小孩子还是远离些好。

"本来不想来的。"郦熙羽开口说道,话音一顿却没有说下去,眼睛扫了一下四周。

夜晚一看,便挥挥手让周围的人退下,这才说道:"现在可以说了?"

"其实也没什么,就是听说你又差点丢了性命,便进来看看你还活着吗?"

夜晚不知道郦熙羽为什么又不说了,也不追问,顺着他转移话题,应道:"天灾人祸的又不是我能避免的,撞上了倒霉呗。"

"为什么总是你碰上天灾人祸?"郦熙羽不肯放过夜晚追问道。

夜晚眉眼一弯,忽而说道:"老天爷格外喜欢我呗。"

郦熙羽闻言就笑了起来,真是有意思,看着夜晚压低声音说道:"我是替一个人带一句话给你的,你要不要听?"

夜晚闻言颇有些吃惊,细细打量着郦熙羽,不知道这话是真是假,什么人能托郦熙羽给自己带话?这简直就是不可能的事情,难道是有人想要借着熙羽的手试探自己?

夜晚心里一时间也拿不定主意,只得故作不解地说道:"这话倒是有些奇怪,什么人能劳小国舅大驾给我带话的?好像我跟小国舅之间并没有共同认识有交情的人在宫外才是。"

夜晚努力不让自己展现出丝毫的急躁跟不安,跟以往一样笑意吟吟地随口说道,似乎并不怎么放在心上一样。

郦熙羽瞧着夜晚的样子,反而有些着急了,对着她说道:"你不相信我的话?"

熙羽跟郦香雪长得有几分相似,此时看着他,夜晚的心头便是止不住地难受,瞧着他一张小脸带着纠结愤怒的样子,脱口说道:"我自然相信的。"

"这还差不多,我可不是信口雌黄的小人。告诉你吧,托我带口信的人是司徒镜。"

司徒镜？夜晚顿时懵了，一时间竟有些回不过神来。

瞧着夜晚的模样，郦熙羽挠挠头，"我跟你说你可不能告诉皇帝姐夫，要不是我打赌输给了司徒镜，是万万不会替他传信的。这可是杀头的罪，我也不想欺骗皇帝姐夫。"

夜晚慢慢地回过神来，心里既是紧张又是恼怒，司徒镜怎么能这样的大胆，居然敢托郦熙羽带信，真是气死她了。

"他说什么了？"夜晚努力做出一副平常的样子，似乎并不怎么关心一样。

"你知道吧，司徒大哥要当和谈正使前去边关跟西齐皇帝百里晟玄谈判。"

连熙羽都如此关心国家大事，世家子弟从出生肩上便有如山的重担，夜晚看着他点点头："听到一些言论，不知道是真是假。"

"是真的，司徒大哥后日就要出京了。"

夜晚脸色煞白，努力挤出一个微笑："报效国家，匹夫有责，这是他该做的事情。"

郦熙羽听着夜晚的话点点头："就是这样，等我长大了，也要给皇帝姐夫分忧，给黎民百姓做主。"

"小国舅真是人小心志高，令人佩服。"夜晚道。

郦熙羽不好意思地一笑："我还小，等我长大后才可以。对了，司徒大哥让我跟你说一句话，他说希望以后你能多照顾冰清姐姐。"

"就这一句？"夜晚微愣。

"就这一句，司徒大哥真是有意思，就这样一句话为什么说给你听？司徒大人自然会将冰清姐姐照顾得妥妥当当的。"郦熙羽小小的脑袋里还弄不清楚这里面的绕弯弯。

可是，夜晚却是浑身冰凉，心神俱惊。

司徒镜说这话，看来他已经能预料到此行凶险，既然知道此行凶险，为何还要去？为何不能劝着世家遂了皇上的心意起兵？夜晚知道，世家跟皇帝之间的利益是永远不能调和的，可是眼前这种时候，难道一定要拿着自己的性命去搏吗？

可恨司徒征这个老顽固，若是……若是司徒镜真的不能完好地回来，我看你如何哭去！

只是司徒镜从哪里知道百里晟玄此人的凶险？司徒镜的年岁比夜晚大两岁，但是比慕元澈却是小了七八岁之多。当年慕元澈领兵在外的时候，司徒镜也不过才是一个半大的孩子，后来得胜归朝，也并没有人大肆地宣扬百里晟玄此人的行径，可是听司徒镜这样的交代，竟是已经知道了一些。

那么是谁给司徒镜透露的？既然司徒镜明知山有虎，却偏向虎山行，为的又是什么？

夜晚看着熙羽说道："我想给司徒冰清写一封信，你帮我带给她好不好？"

"可以是可以，只是宫中有规矩不许书信来往。"郦熙羽皱着眉头说道。

"如果被人查到了你就给他看，如果没人问你就不用给人看了，怎么样？"夜晚笑着说道，"你既然答应了你司徒大哥给我带信，可我听到了就想着得给人回个信。可是我跟冰清都是女子，我们自己是有私房话要说的，不好让你口述，你说是不是这个道理？"

郦熙羽被夜晚绕得有些发晕，想了好一会儿，才道："那你要不要跟皇帝姐夫说？"

这话真是问到了点子上，这小鬼！

"自然是要说的，我是皇上的嫔妃，我做的任何一件事情都是要跟皇上说的，怎么能瞒着皇上呢？"夜晚柔声一笑，说个鬼啊。只不过现在是先要哄住熙羽帮她带个信才好，至于说不说，难道熙羽会专门问去吗？

熙羽是小国舅能随意地出入宫廷，没人查验，正是一个极好的传信的使者，夜晚知道这样做有些不太好，但是她没有时间跟机会了。

"你要跟朕说什么？"

夜晚浑身一僵，猛地朝身后看去，就看到慕元澈正大步地走来，显然是听到她方才的话了。脸上还带着大大的笑容，这一局世家跟皇帝的对抗，显然是皇帝赢了，难怪心情大好。可是夜晚不开心，她的算计之后，可是万万想不到倒霉的会是司徒镜，心里如何能安？

慕元澈已经听到二人的话，夜晚知道瞒不住了，又不想让郦熙羽把司徒镜牵扯进来，忙笑着说道："皇上怎么有空过来了？我跟小国舅正说话呢。小国舅问嫔妾会不会有什么事情欺瞒皇上，会不会什么事情都跟皇上说。"

慕元澈闻言一笑："难怪朕一进来就听到你说要跟朕说，我就想着说什么，竟然是说这个。"

"是啊，嫔妾现在所有的一切都是皇上给的，嫔妾没有什么事情是皇上不能知道的，自然是事事都可以给皇上知道。"夜晚给慕元澈斟了茶，又看着郦熙羽做个鬼脸，接着又道，"小国舅替司徒府的司徒姑娘，就是嫔妾的手帕交司徒冰清带了个话，嫔妾就想着给她也说了两句，只是还没想好说什么皇上就来了。"

听到夜晚这样说，慕元澈皱皱眉说道："司徒冰清？今年参加选秀后来身体不好撂牌子的是不是她？"

"皇上记性真好，正是她。"夜晚道，神色变得怅怅然地说道，"以前嫔妾在

112

家的时候,冰清对我极好的,正因为她肯跟我交朋友,让我的日子也好过了许多。只可惜自从进了宫,倒不能时时相见了。"

慕元澈点点头,笑着说道:"所以就想着让熙羽给你传个话?"

夜晚装傻一笑,有些不好意思地点点头。

"朕准你给她写封信,让熙羽给你送去。"慕元澈大手一挥笑着说道。

夜晚一喜,没想到慕元澈居然这样做,忙起身谢过了,又听到慕元澈说道,"就在这里写吧,朕也很好奇你会写些什么。"

夜晚脸色一僵,这还写个屁啊!

"女人家的悄悄话,皇上也要看吗?"夜晚脸色有点臭臭的。

"你不是说没什么不可以给朕知道的?"慕元澈挑挑眉。

夜晚被噎了一句,只得说道:"那行吧,想看就看吧,只是不许笑,不许偷笑,不许跟别人说。"

"朕准了。"慕元澈拍着熙羽的肩膀说道,熙羽也忙跟着点点头:"就是,我们两个男子汉说话算话,绝对不会传出去的。"

夜晚翻翻白眼,喊着云汐拿笔墨来,很快的文房四宝都取了过来,铺在桌上,夜晚提笔,心绪不停地旋转,该怎么说能让冰清看得懂,皇帝却看不懂呢?

慕元澈拍着熙羽的头低声细语说着什么,眼睛却是凝望着夜晚。他知道夜晚跟司徒冰清关系密切,那么跟司徒镜又如何?

夜晚微微想了想,便奋笔疾书,面上带着浅笑,眼睛闪着柔光,这还是慕元澈第一次见到夜晚写字,不由地站起身来凝神观看。这一看,神情一怔:"你这字临的哪位大家的字帖?"

夜晚暗呼糟糕,完了,只想着怎么传信却忘了隐藏笔迹了。不过幸好她在夜家练字的时候,便不曾用郦香雪曾经的字体,这个时候写出来的字也并不是真的跟她一模一样,还是有些不同的。

"嫔妾临的是花千梦的字帖,嫔妾最喜欢的便是花千梦字中的潇洒恣意。"夜晚缓缓地说道,面上一如平常,心里却是紧张极了,果然是一点错不能出,一不留神又差点露出马脚。

花千梦是近十年才名声斐著的大家,善画美人图,一笔字更是曾经习过郦香雪的字帖。郦香雪一笔字风格独特,在闺中时就曾经在京都风靡一时,不少人都曾找来字帖临摹。只是后来郦香雪嫁给慕元澈之后,便低调起来,后来之人很少记得这个。

夜晚转过头,有些疑惑地问道:"有什么不妥当的?我的字太丑?"

慕元澈轻轻地摇摇头:"不丑,太像了……"

"像什么?"夜晚故作迷惑明知故问。

"像我姐姐的字。"郦熙羽立刻接口说道。

夜晚手指一抖，故作惊讶地说道："怎会呢？我临的是花大家的字帖，实在是没有荣幸见过孝元皇后的真迹。"

这里面的缘故郦熙羽却不知道，抬头看向了慕元澈。慕元澈伸手摸了摸郦熙羽的头，方才还带着笑容的容颜此时倒像是夕阳下老树的落寞："花千梦年少时最喜欢的便是雪娃娃的字，曾经下了大功夫临摹，只是这件事情年岁已长，逐渐被世人遗忘。没想到你居然是临摹的花千梦的字，她的字也很难找到真迹了。"

"不过是机缘巧合见到花大家的一张美人图，便被她的字给吸引了，后来又托了冰清为我找一套字帖，只是我心境不足，比不上花大家的端庄秀雅。"夜晚无奈地笑道。

慕元澈接过去细细地观看，好半晌才说道："雪娃娃的字走的便是端庄大气的路子，花千梦善画美人图，身上的脂粉气浓些，因此写出来的字没有雪娃娃的雍容，不过也自成一体玲珑雅致多些。你虽然临的是花千梦的字帖，倒是你的字中味道跟雪娃娃有几分相似……"

听着慕元澈低声漫语，夜晚的后背便沁出一层冷汗，似是随意地借口说道："这个也不奇怪，嫔妾本就不愿意捣鼓那些脂粉，如何能有浓浓的脂粉气。"

慕元澈听到这话，不由地失笑一声："也是，就没见过比你更不愿意打扮自己的，只要不出门，我来的时候大多看到是你不施脂粉的样子。你这个性子随意洒脱，倒是跟先皇后颇有些相似，也就难怪熙羽会喜欢跟你说话了。"

"这倒是嫔妾的荣幸呢。"夜晚浅浅一笑，伸手拿过那张纸，坐下继续写信，直到此刻心里的一块大石这才算是落了地，松了口气。仿佛是又活过来一般，方才真是紧张死了，若是一个应对不好，不晓得会有什么样的下场。

慕元澈没有应声，只是注意力却不再关注夜晚的信上。微风徐徐，鸟鸣悦耳，花香沁人，坐在这花架下，遥望着远方的天际，神情竟有些怔忪。郦熙羽的大眼睛在夜晚的身上不停地转来转去，小脑袋里也不知道在想着什么，只是也很乖巧地没有打扰两人。

夜晚故作不见，静静的一字一字地落在纸上，时间静谧，周围伺候的宫人站得远远的，倒是难得安静时光。

夜晚写完后，放下笔，伸手拿了起来轻轻吹干墨迹，然后这才笑着说道："皇上要不要看看？"

夜晚打破了宁静，慕元澈回过头来："你们女儿家的话有什么好看的，你直接给熙羽吧。"

夜晚便将信装进信封，笑着递给熙羽："如此就麻烦小国舅，等到小国舅下次

114

来的时候，嫔妾给你准备你爱吃的果子跟点心。"

郦熙羽将信揣进袖兜里："好，一言为定，不许耍赖。"

"一言为定。"夜晚跟他击掌为誓，欢愉的笑容似乎将这空气都给渲染得多了几分快乐。

用过午饭，慕元澈这才带着郦熙羽离开，夜晚送两人走后，一个人进了内室默默发呆。事情的进展实在是有些杂乱，已经跟她的计划脱了钩，就像今天完全没有想到自己的字体会被慕元澈发现，幸好她找了个借口搪塞过去，不然的话真不知道该怎么解释才好。

夜晚只觉得疲惫异常，只盼着冰清能看懂她信里的意思，后日司徒镜就要离京，时间太急了，她根本就没有再准备一次的机会，只能祈求老天保佑。

夜晚在宫中焦躁不安，只是这种焦躁却还不能显露出来，尤其是身边还有云汐这样精明的人时，更不能有所差错，只能跟以往一样静静地坐着，捧一卷书似是在专神地看着。

"……甘夫人已经通晓各宫，再过半月是孝元皇后的忌日，从今儿个起宫里不得有丝乐声传出，不得穿颜色鲜艳的衣衫，便是饮食也以清淡为主。"云汐低声说道。

夜晚闻言一愣："什么？"

云汐瞧着夜晚的神色如此的惊讶还带着些不满，以为是对甘夫人的话有所不满，但是这是对先皇后的恭敬之意，云汐也是觉得这没什么大不了的，但是瞧着夜晚的神色是这样，心里便有些不舒服了，微带着僵硬的声调把方才的事情又重复了一遍。

夜晚本就是十分谨慎之人，云汐情绪的抵触自然是能感受得出来，心思电转间，似是随意地问道："早就听说甘夫人跟孝元皇后亲同姐妹，关系非比寻常，没想到甘夫人居然会这样做，如果真的是对先皇后姐妹情深，情深义重，万万不会做出这样的事情的。"

云汐一愣，一时间不明白夜晚的意思，转头看向她，"小主为何这样说？"

"孝元皇后过世多年，如今中宫无主，后宫嫔妃众多，甘夫人这样大张旗鼓地令众人素衣素食长达半月之久，岂不是引起后宫众人对先皇后的怨恨？要是真的对先皇后恭敬，就不应该让后人对先皇后心生怨恨。"夜晚道，说到这里看着云汐若有所思的样子，借着又说了一句，"孝元皇后出自郦家，虽然郦家是世家之首，但是世家送进宫的女子并不少，并不见得别家的女儿真的愿意为了一个已经过世的人这样委屈自己。死者已逝，生者犹在，甘夫人真是为先皇后好吗？"

第十七章 尚宫暗出手，雪舞疑帝心

115

云汐听着夜晚的话渐渐地回过味来，突然觉得自己好像就没想到过这一点，此时犹如醍醐灌顶一般。

"奴婢以前还真没有想到过这一点，小主心思聪颖，没想到居然能想到这一点，奴婢……奴婢真是糊涂，竟上了恶人的当。"云汐一脸怒容，悔恨不已，忙伏地对着夜晚恭恭敬敬地行了一礼，"奴婢曾是先皇后跟前的人，先皇后在的时候对奴婢恩情深厚，如今奴婢跟了小主，没想到反而让小主提醒才晓得这里面的厉害，多谢小主挽救了先皇后的声誉。"

夜晚忙将云汐亲手搀扶起来，叹口气说道："先皇后是一个令人极其佩服的女子，我心生敬仰。先前皇上见到我的字，居然说跟先皇后有八九分像，没想到之间还有这样的机缘在内……"

夜晚把写信的事情缓缓地重复了一遍，听得云汐一愣一愣的，天意啊，真是天意啊。她想要借助雪美人的力量查清楚先皇后的死因，却没想到雪小主的身上居然还跟先皇后有这样的机缘，难道真的是天注定的？

古人皆信鬼神之说，此时云汐越想越觉得这是难得的机缘，倒是看着夜晚越发的亲厚了。

"……真是缘分，没想到小主跟先皇后还能有这样的机缘。花大家我是跟着先皇后见过的，没想到小主的字体居然是临摹花大家的……简直是太不可思议了，世上怎么会有这样的事情。定是先皇后在天之灵放不下皇上，这才让小主来到了皇上的身边，要不然的话那天怎么就是小主单单救了小国舅，不然的话小国舅那样的性子从不肯跟后宫的接近却偏偏对小主格外的亲近……小主喜欢蓝色的衣裳，先皇后也是对蓝色情有独钟，小主很多喜欢的菜都是先皇后喜欢的，小主喜欢跳舞还想要重建雪舞……这样多的巧合，一定是的，一定是先皇后显灵让小主进宫的……"

夜晚已经对云汐展开的思维佩服得五体投地，还能这样解释的吗？夜晚带着一脸的惊讶，似是还没有从这震惊中回过神来，不经意地抬头却看到了慕元澈正心神恍惚地凝视着自己，那眼神朦朦胧胧地落在身上，可是又不像是在看着自己，似乎是透过自己在看别的什么。这样的眼神虚无缥缈却又令人如坐针毡，夜晚慢慢地站起身来，努力挤出一个微笑："皇上怎么这会儿过来了？云汐的话您别当真，只是巧合而已，嫔妾也是方才才知道自己居然这样多的习惯跟先皇后是一样的。皇上也将我看成了孝元皇后的影子吗？"

慕元澈一时间竟有些不愿意回答，瞧着夜晚眉宇间的忧伤，本来想离开的脚步硬生生地又留了下来，只是却转移了话题："此次出使西齐，你哥哥也会在出使的名单中，后日便要出发，明儿个让你哥哥进来看看你。本来早就答应让你们兄妹见一见，只是事情繁多也就耽搁了。"

慕元澈转移话题，夜晚露出一丝丝的落寞，静静地坐在炕沿上，在听到可以见到哥哥的时候才露出一丝丝的欢喜，只是却依旧什么话也没说。

慕元澈瞧着夜晚这样，本想要安慰一两句，却不知道自己该说什么，他的确是因为夜晚身上带着雪娃娃的影子才将她留在宫中的。

"你……大病初愈，好好地养着身子，朕还有公务处置便先走了。"

"恭送皇上圣驾。"夜晚起身行礼，竟是一句挽留的话也不曾说。

慕元澈一愣，本以为夜晚会挽留他用过膳再走，这都晌午了……居然这样干净利落地把自己往外送，可见是生气了。

只是他这个时候却也没有兴致去哄她，他自己也不知道自己心里是怎么想的。微微皱了皱眉，还是抬脚离开了。

院子里严喜正吩咐人去御膳房准备饭菜，谁知道皇上居然黑着一张脸出来了，话也不敢说了，忙跟了上去，小心翼翼地问道："皇上，摆驾何处？"

慕元澈想也不想地脱口说道："宜和宫。"

严喜一愣，宜和宫？这瞧着像是跟二姑娘闹别扭了，这闹了别扭就去宜和宫，好像不太地道吧……不过主子说了，当奴才的哪敢不听，正要高喊摆驾宜和宫，就听到尊贵的皇帝陛下略带烦躁地说道："算了，还是回明光殿。"

以前心情不好的时候，他总是去宜和宫看看玉娇，心情便能好一些。可是，这会儿要是从芙蓉轩直接去了宜和宫，又有些不妥当……

想到自己做决定居然还会考虑到夜晚的感受，慕元澈越发的急躁了，抬脚就大步地往前走，眨眼间就从小院中消失不见。严喜立马跟了上去，心里却在想着，这事情似乎有些不对劲啊，没听到两人争吵的声音啊，这究竟是出什么事情了，怎么好好的说翻脸就翻脸了。都说六月天娃娃脸，尊贵的皇帝陛下，这张脸比娃娃脸翻得还快呢。

得，小心伺候着吧。上天保佑，今儿个可别再出事了，哪个不长眼的撞上来，就自认倒霉吧。

严喜心里正想着呢，就听到尊贵的皇帝陛下说道："传旨夜宁，明儿进宫与雪美人相见。"

啊？这又是闹什么呢？严喜觉得自己的大脑果然是不能跟君临天下的尊贵的皇帝陛下相比较的，这根本就不在一条线上啊，皇上啊，您老不是在生气吗？这思路转的也忒快了……

第十八章
生辰藏玄机，
美人巧争宠

慕元澈前脚走后，陌研跟玉墨这才站起身来，两人面面相觑地对视一眼，都不知道出了什么事情。

"先去看看小主再说。"陌研说道，玉墨点点头，两人朝着正殿走去，还未到屋里就听着夜晚带着恼怒的声音传了出来："谁也不许进来打扰我，午膳不吃了，都退下。"

此时此刻，陌研跟玉墨也不敢多说什么了，应了一声是，便去找云汐商议对策去了。

云汐此时也正迷茫着呢，哪里还能管这些事情，一问三不知，陌研跟玉墨两两相对，越发的愁眉苦脸了。

"表姐，你去跟严总管知会一声，就说小主午膳也不用，谁也不见，咱们不知道怎么办了。我去御膳房跟小主要一碗猪肺百合汤，清清火气。"陌研对着玉墨说道，要论打小报告装可怜外加告个小状，这事没人比玉墨更合适了，一准能装得楚楚可怜的博人同情，眼泪珠子一颗颗地往下掉呢。

玉墨翻翻白眼，这死丫头就知道把这样的事情交给自己，不过比起去御膳房……她还是装一回可怜吧。

两人分工完毕，各干各事。

明光殿里争执声不断地传出，正是为了出使的事情世家跟新贵又掰上了。严喜在门外听着，做着人形大柱子，心里着实有些着急，什么时候才能将二姑娘未用午膳的话递过去。眼看着都要晚上了，哎，愁死他了。

严喜正愤愤不平呢，大殿的门推开了，司徒征等一众世家先走了出来，里面还有王子墨、溯光等一众人在，严喜一见，只得站在一旁不敢出声，心里却是叫苦不迭，王大人啊，您老该回去吃饭了，赶紧的吧。

王子墨似乎是听到严喜发自肺腑的忠言，朝着慕元澈说道："溯光领队加入使团，那御前侍卫暂由谁来统辖？不如微臣出使溯光留下。"

"不用，我不在还有副职在，难道御前侍卫还能乱了套不成？若是这样我也太没本事了些，既然世家那边这样要求，我自然不能退缩。"溯光难得说了这么长的一句，然后瞪了王子墨一眼，这才躬身告退，王子墨无奈只得跟着告退，严喜的眼角还看到王子墨出了大殿的门还拉着溯光说个不停。

慕元澈揉揉头，一脸的疲惫，眼睛落在严喜的身上："说吧，你又有什么事情？"

严喜傻笑一声，果然什么事情都瞒不过精明睿智的皇帝陛下。于是立刻上前几步，躬身回道："回皇上的话，雪小主今儿个午膳也没用，连伺候的人都撵了出来，一个人关在屋子里……"

慕元澈的眼睛便像是最锋利的刀刃，一下子戳在严喜的身上。

严喜浑身一颤，他就说，神仙打架小鬼遭殃，可不是要倒大霉了。正想着呢，就见一只茶盏嗖的一声划了一个完美的弧度，落在地上摔成了碎渣渣。

严喜咯噔一声，好像碎成渣的不是茶盏而是他。

这日子真心没法过了，谁来拯救他啊！

明光殿的主殿纵深宽阔，装饰华贵大气，慕元澈高坐在宝座之上御案之后，一张脸阴沉着瞧不出喜怒，严喜只觉得乌云罩顶而来的庞大气压让他有些简直直不起腰来。这时候多说一句话都是找死，于是嘴巴闭得紧紧的，打死也不主动说一句话了。强烈表示无存在感，尊贵的皇帝陛下啊，去或者不去，二姑娘都在那里。

"严喜。"

"奴才在。"严喜立刻屁颠屁颠地往前应了一声，终于说话了，命算是保住了，阿弥陀佛。

"传旨，孝元皇后忌日之前各宫不用素衣素服，只待正日素衣素服即好。"

"啊？"

严喜顿时有些郁闷，皇上果然是皇上，连思维都跟普通人绝对不一样的，不是说这二姑娘的事情，怎么又跑到这事上了？这……跳跃得太厉害了吧……

"啊什么，去传旨！"

"是，是，奴才这就去。"严喜可不敢惹了尊贵的皇帝陛下生气，于是再也不

第十八章　生辰藏玄机，美人巧争宠

119

敢多说一句，一溜小跑着走了。

慕元澈坐在御案之后，无奈地叹口气，伸手支在桌上扶着额头，满脸的疲惫。

另一只手打开旁边的暗格，将郦香雪的画像取了出来，握在手心，却并没有打开，就是这样紧紧地握着，坐在那里一动不动，似乎连空气都沉寂了。

夜晚实在是有太多的地方跟雪娃娃相似，明明是不相干的两个人，为什么真的这样的契合？如今细细想起来，夜晚的一颦一笑，说话的时候那眉梢的风情，穿衣的喜好，膳食的选择，不知不觉中已经有这么多的相似于雪娃娃的地方。

相处的时日渐长，原来很多的东西他都已经不去细细地观察，不去细细地深究，而是变成了理所当然，这种理所当然逐渐增多的时候，再回头一望，却忽然发现夜晚已经渐渐地变成了另一个雪娃娃，可他又深深地明白她不是雪娃娃，她是夜晚。当夜晚跟雪娃娃逐渐重叠在一起却又壁垒分明的时候，他却还没有发觉，以至于深陷其中，竟是不能自拔。

慕元澈忽然有些恐慌，这一生一世他怎么能再爱上别的女子呢？

低头凝望着手中的卷轴："雪娃娃，我是不会爱上别的女子的，这一生一世我爱的始终只有你一个，对不对？一定是这样的，一定是这些日子太过于跟夜晚靠近，时时见她，才会让我竟然恍惚把她当成你了，一定是这样的。"

卷轴自然不会回复慕元澈的话，这空荡荡的大殿里，只有回声飘荡，似是在不停地重复他的话，告诉他真相一定是这样的。

所以慕元澈决定，这一回夜晚再使小性子他也不会过去看她了，不能让一个小小的女子左右了他的行为，他是高高在上的皇上，他是最尊贵的帝王，乾纲独断的男人，怎么能被一个小女子弄得慌了手脚。

芙蓉轩的灯一直没有亮起，云汐也有些着急起来，跟陌研玉墨商议着该怎么做。

"严公公那边没有消息传来，看来皇上这回是真的生气了，这下可怎么办？"玉墨搓着手着急地走来走去，自从来到芙蓉轩，这样的情况还是第一次见。

陌研看着二人，说道："我出去打探一下，看看今晚皇上去哪个宫里。"

夜色渐黑，云汐跟玉墨焦急地等待着，天气本就闷热，此时两人立在屋檐下也感觉不到有风吹来，幸亏殿里放了冰，不然就这份热也令人难熬了。

拿着帕子擦拭着脸上的汗珠，两人朝着门口张望着，很快地陌研的身影就出现在两人面前，陌研的身边还跟着安于世小安子。

云汐看着两人进来，忙跟玉墨迎了上去："怎么样，打听得如何了？"

"回姑姑的话，奴才一早就出去打探消息了，据得来的消息说是皇上先是翻了宜和宫的牌子，可是不知道为了什么，消息都传到了宜和宫，甘夫人也准备妥当了，皇上却又令人传话不去了，如今宜和宫那边已是熄了灯，估计着甘夫人心里正恼火呢。"小安子低声说道。

陌研便点点头："真是这样的，我打听来的跟小安子是一样的。姑姑，您说皇上这是什么意思？这几年来可从没有做过这样的事情让甘夫人没脸，明儿个事情传开了，甘夫人只怕面上不好看，何况皇上生气从根上是咱们芙蓉轩引起的，就怕甘夫人因此恨上小主。"

云汐冷哼一声，谨慎地把几个人叫到屋子，这才低声说道："你们以为现在甘夫人就对小主没有怨言了？如今也只能走一步看一步了，不管皇上是因为什么不去宜和宫的，但是这样的结果对咱们芙蓉轩而言是个好消息，就怕皇上一赌气去了别的嫔妃那里，小主只怕更气恼呢。"

几个人想想也是这么回事，脸上的神情都松缓了些，小安子便说道："奴才还要看管门户，这就先走了，有什么事情姑姑知会一声就行，这几日柔福宫外竟是个不安生的，可得把自家大门看好了。"

"辛苦你了，小主不会忘了你的好的。"云汐笑着拍拍小安子的肩膀。

小安子生的便是一双极度聚光的眼睛，虽不大格外有神，此时听到云汐这样说，傻傻一笑，便转身出去了。

云汐看着陌研跟玉墨说道："明儿个小主的哥哥要进宫探望小住，咱们该准备的还是要准备，小主的位份能让家人来探望，这已是格外的恩宠了，越是这样咱们越要沉得住气，不能失了分寸被人捉了把柄。"

"姑姑说的是，姑姑下晌就嘱咐过了，奴婢们都准备妥帖了，您就放心吧。"陌研说道。

"那就好，今晚我值夜，你们早些睡吧。"云汐看着二人说道，然后抬脚走了出去。

玉墨拉拉陌研的肩膀："表妹，皇上跟小主怎么又闹别扭了，这样的话又被人看笑话了，明儿个不知道多少人等着奚落小主呢。"

"怕什么，甘夫人又不是正宫皇后，随便告个假不去便是了。"陌研不怎么在意地说道，不过是一个宠妃当权，还真把自己当皇后了不成？两人叽咕一番这才各自睡下了。

夜晚一夜好眠，其实并没有因为慕元澈不来的事情伤心，她不用饭是因为真的不饿，也有些试探的意思在里面。只是夜晚觉得慕元澈至少在她跟郦香雪之间，心自然是偏着郦香雪的，这样的结果真是不知道该哭还是该笑，又有些心酸。

一大早起来，就让玉墨给她梳一个精神的发髻，今儿个哥哥要来看她呢，她有很多的话要跟哥哥说，为了不让哥哥担心，自然是要打扮得漂漂亮亮的，虽然她还不是一个宠妃,但是至少也算是后宫里表面上比较受到皇上重视的人了。

而且最重要的,夜晚有关于百里晟玄的事情要跟夜宁讲清楚。她不能看着司徒镜命丧西齐,所以昨儿晚上,借着床头的朦胧小灯的光芒,她写了一封信,一封可以救命的信。

镜中的夜晚高髻粉面,衣饰华美,夜晚很是满意地点点头,用过早膳后,刚准备妥当,小安子便跑进来:"小主,夜侍卫来了。"

夜晚面带喜色:"快,快请进来。"说着竟是忍不住地站了起来往门口迎去,云汐忙扶着夜晚的手说道:"小主,不可失了规矩,还是在厅里静静等候吧。"

夜晚只得点点头,端坐在高椅上,一双眼睛却是止不住地往门口看去。

自从夜晚进了宫,兄妹二人就再也没有见过了,此时看着夜宁一身玄色锦衣大步地走进来,脚下生风,身姿矫健,夜晚的眼睛便亮了起来,忙扶起就要行礼的哥哥:"自己兄妹不用多礼。"

"规矩还是要守的,微臣夜宁参见雪美人。"夜宁正正经经地行了礼。

夜晚眼眶一酸:"这下哥哥可以起身了?"

夜晚再次搀扶起夜宁,夜宁这才笑了笑,上上下下打量着夜晚,有太多的话要说,只是心有顾忌却不好说出来,只得朝着不会出错的方向开口:"瞧着小主气色不错,微臣便放心了。"

云汐跟陌研几个奉上茶果,然后便悄悄地退了下去,她们都是聪明人,哪里杵在这里妨碍人家兄妹说话的。

夜晚看着她们几个都退下后,这才打量着夜宁,黑了些,但是瞧着精神很是不错,想来在御前侍卫这个职位上做得还不错。

"哥,你最近可好?"

"阿晚,你可好?"

两兄妹竟是异口同声开口询问,彼此看着对方,都是红了眼眶。

"我很好,你瞧我不是好端端地在你面前吗?"

"可是我在宫外听说了很多你的事情,又是落水又是中毒的,都要担心死了。可是哥哥没用,无法进宫来瞧你,只能在外面干着急。"夜宁一脸愧疚,"早知道这样,当初你要进宫说什么我也不同意的,如今我们兄妹想要见个面也是极难的。"

"哥,你放心,我会自己保护好自己的,你看着我像是被人欺负不敢说话的吗?"夜晚故意调皮地一笑,然后端正神色说道,"时间有限,咱们长话短说,今儿个哥哥进宫,我有件极重要的事情交给哥哥。"

夜宁还没从伤感中回过神来,猛地听到妹妹这样说,一时便有呆愣:"什么事情?"

"这次哥哥要跟着溯光参加使团去西齐，这件事情已经定准了吧？"夜晚压低了声音问道。

"是，定准了。司徒镜托人来给我说一句奇怪的话，让我参加使团，这件事情是不是跟你有关系？"

"是，我就知道哥哥一定会想到这一点的。哥，你一身文韬武略不能施展，妹妹不想让你只在御前侍卫里混下去，你得去军营，那里才是你的天地。可是大夏战将云集，想要出头不易。这次出使便是一个极好的机会。妹妹我要在后宫立足，少不了哥哥的支持。夜家两女皆入宫，黎氏是绝对不会动用夜家的力量帮助我，爹爹是个不靠谱的，耳根子软，我能依靠的就只有哥哥一人。"

夜宁听着这话点点头："你放心，哥哥一定不会让你失望。"

夜晚自然知道她哥哥会疼惜她，可是她让哥哥上战场可不是让哥哥送命的。于是声音又低了些，说道："哥哥，夜家是武将出身，家里面的家奴里有不少武功高强但是被黎氏打压的人，你既然出使，自然要有两三个贴身保护的人，你跟爹爹开口，要几个人陪着你走一遭，至少保命无虞。"

"这些我也想到了，只是……"夜宁有些为难地皱皱眉头，自从他爹被降为了副将，便颇有些破罐子破摔的架势，家里几乎都被黎氏把控着，想要几个人怕是不容易。

夜晚瞧着他哥哥为难的样子，心里也能猜到几分，于是说道："哥哥糊涂，难道忘记了还有族长大人？当初我进宫之前是从族长府中出来，就凭这份情谊，族长必然不会为难哥哥，再加上我现在在宫中也算是盛宠，族长必然不会为难与你，就怕你不开口呢。"

"倒是没想到这个，那成，回去后我便去族长那里要几个人。"夜宁笑了笑，妹妹素来心眼极多，果然什么事情到了她的手里很快就能解决了。

夜晚拿出自己早就已经写好的信，厚厚实实的足有小手指厚，递给夜宁说道："哥，你先收好，我还有重要的话跟你说。"

夜宁瞧着这样厚的信封也是颇感惊讶，不过没有多问便直接放进了贴身的口袋里，这才说道："你可是有为难之事？"

"我没有为难之事，只是关于这次哥哥出使西齐，这信封里有我的几条妙计，已经标好顺序，若是进了西齐真的遇到危险时再打开。哥哥记住了，这件事情绝对不能让旁人知道，便是司徒镜也不可以。"夜晚神色凝重地说道，她这回是冒着大险才这样做的，万一被人发现可不是什么好事。

夜宁轻叹一口气："从小你就鬼心眼多，小的时候我不肯习武读兵书，是你自己读了书再来讲给我听，我还记得你那么小的一个人，却比我这个哥哥还要用功，也是从那以后我才端正心思用起功来。我就常想若你是个男娃有多好，必定比哥哥有出息多了。"

"这原也怨不得哥哥，都是黎氏心思歹毒想要捧杀哥哥，我如何能不管？你我是一母同胞，自然不能看着不管不顾的。要不是这样，我也就跟寻常女子没什么区别，倒是托了哥哥的福，多读了兵书，看多了兵法，在这后宫里真是多了保命的本事。"夜晚为了不让自己能文善武惊吓到夜宁，瞧着夜宁整天不着调地被黎氏捧杀，于是就想了这么一条计策，自己读了兵书再讲给哥哥听，果然自己的一片苦心感动了夜宁，也就是从那时候夜宁对自己关于对兵法的见解也不觉得奇怪了，反倒是觉得自己天分比他高。

夜晚步步谨慎，不敢踏错一步，就怕被别人发现什么。但是她知道一点，自己这样多的本事，别人可以不知道，但是夜宁必须知道，而且必须让夜宁觉得理所当然，那时夜晚没少动了心思，如今夜宁没有丝毫怀疑，而且深认为自己妹子比自己厉害，这样的观念真是根深蒂固。所以夜晚给他的信封，里面的计策他是一丁点都没有怀疑。只是问了一句："没想到进宫没多久你连邻国的事情都知道得不少，这可真是应了兵法上的话，决胜于千里之外了。"

夜晚只是一笑，并没有反对，夜宁这样想正好省了她解释自己如何知道西齐的事情。想了想又道："哥，你是知道的，我身边的宫人有几个是曾经伺候过先皇后的，我从他们口中得知不少百里晟玄的事情，百里晟玄此人极为狡诈，而且做事不按照常理出牌，性情又是偏狠厉，这样的人与之打交道要格外当心……"

夜晚细细地讲给夜宁听百里晟玄的一些典型的事迹，中间还掺杂几句自己的见解，夜宁听得很认真，这可是关系到两国交战的大事，因此不敢懈怠。夜晚能做的就是把百里晟玄做过的一些非常事情说给夜宁听，毕竟就算是夜晚自己亲自去，也绝对不敢说一定完败百里晟玄，但是提高警惕是必须的。

"没想到百里晟玄是这样的一个令人完全无法捉摸的人，这样的人的确很危险。"夜宁的神情很是凝重，虽然已经从司徒镜那里知道一些百里晟玄的事情，但是没想到夜晚讲出来的更令人心惊。

"是，这次之所以让哥哥也参加到使团中去，一是哥哥要时时提点司徒大哥，万不可轻敌，二来毕竟是两国交好的使团，百里晟玄也不敢真的做什么，是个立功的大好机会。如果百里晟玄真的不顾人言，肆意妄为，我在信封里夹了一张西齐跟大夏边境的极为详细的地图，里面还标注了可行走的路线，到时候哥哥把这份地图交给溯光大人。"

"啊？不给司徒镜？"夜宁一愣。

夜晚摇摇头："世家势大，如再立一功，只怕司徒大哥更为皇帝忌惮。你把地图交给溯光，一来溯光是你的直属上司，将来与你的仕途有利，二来溯光是个秉性耿直严于律己的人，绝对不会贪图了你的功劳。"

夜宁没想到他妹妹居然为他设想得这样周到："阿晚，你……你费心了，做哥哥的实在是惭愧得很。只是若是回来后，皇上问起我是如何得到这地图的，怎么办？"

夜宁没去过两国交界的边境，自然不会画出这样详细的地图，到时候皇上问起，怕是要穿帮。

夜晚浅浅一笑，看着哥哥说道："谁说哥哥什么都不知道？哥哥，你可还记得我的闺房里那一架子书？里面就有关于西齐、南凉两个国家的各地县志，民间杂说，还有一张多年前西齐一位大家画过的一幅堪舆图，只是那堪舆图不太精细。若是皇上问起，哥哥直言是根据那堪舆图，再加上各地县志自己画出的一幅地图就好。"

夜宁瞪大眼睛看着妹子说道："你就是这样画出来的？"

夜晚点点头，当年郦香雪的确是根据这些详细的堪舆图画出来的。只是那幅地图已经被慕元澈收了起来，给夜宁的这一份是凭着记忆又画的。

夜宁轻叹一声，自己这个妹子真是天赋异禀，这样逆天的事情都能做得出来。一个女子，却不输于男儿，甚至于比男儿更强。

夜晚跟夜宁说了好久，这才将人依依不舍地送走，此去凶险异常，即便是有她给的东西，但是有句话不是说计划不如变化大，还是令人担心不已。

芙蓉轩一片静谧，小安子轻手轻脚地走到廊下看着云汐说道："姑姑，奴才打听到一个消息，宜和宫那边好像有些不太对劲。"

云汐看着小安子，回头看了看主殿，里面没有任何的声音传来，便拉着小安子往一旁走了两步，低声问道："究竟是怎么回事？"

小安子听到云汐问，忙压低了声音："姑姑不是让奴才紧紧地看住宜和宫吗？这几日奴才就看到宜和宫的碧柔往永宁宫跑得很勤快。"

"永宁宫？"云汐蹙眉，"永宁宫的位置算不得好，不过也不算差。我记得永宁宫还没有主位，里面只住了两位小主，一位是跟小主交好住在怡月殿的徐嫔小主，另一位好像是……"

云汐猛不丁地还真想不起来了，小安子接口说道："奴才打听过了，另一位是住在流云轩的许娘子许小主，只是这位小主进了宫就好似水土不服，一直病着，从未在人前出现过，也并未侍寝过，倒是个安静的人。"

云汐点点头，小安子这样一说他倒记得有这样一个人，只是未曾见过，便看着小安子问道："你可曾见过这位许小主？"

小安子摇摇头："并未见过，这位小主一直卧病在床，从不出来走动，从没有听说过这宫里的哪位小主跟她有来往的。"

云汐皱眉，又问道："那碧柔去永宁宫都干了些什么你打听到了没有？"

"打听过了，碧柔好像去徐嫔小主那里，说是徐嫔小主那儿有几张新奇的花样子，甘夫人似是很喜欢，便令人描了回来做衣裳。一来二去的走动得便多了，徐嫔小主还得了几回赏，连带着流云轩的许小主也跟着沾了光，得了几回赏呢。"小安子看了看云汐，接着说道，"姑姑，您说徐嫔小主跟咱们小主关系素来不错，甘夫人这样跟徐嫔小主走动，奴才怕……"

小安子后面的话没说，云汐也能明白，怕是时日长了有人耐不住性子。甘夫人做事向来是周全的，自然不会只上徐嫔那儿去而冷落了同住一宫的许小主，只是徐嫔会投靠甘夫人吗？

"你继续盯着，若有什么总会露出马脚的。"

"是，奴才这就多安排几个人，在永宁宫多仔细着。"小安子随着李明德在宫中多年，人脉是有一些的。

李明德原来是后宫的第一得意总管太监，但是随着郦香雪的陨落，便也跟着势微。如今后宫里最得意的乃是甘夫人跟前的段南忠，小安子鄙夷地轻哼一声，这厮最不是个东西，狗眼看人低，狗仗人势。

夜晚隔着窗子只听到外面有声音，却没听到说什么，便将云汐喊了进去，云汐便将小安子的话说了一遍。

云汐皱眉，夏吟月是想要笼络徐灿对付自己？

"不是说永宁宫里还病着一位，那个许小主可曾查过了？"夜晚素来谨慎，因此便问道。

"已经吩咐了小安子，很快就会有消息的。"云汐应道，"这位许小主自从进了宫便是水土不服，一直未曾侍寝，倒也是个可怜的。无人问津只怕在这宫里的日子也不好过，徐嫔小主几回来也不曾提起这个许小主，同住一宫都没什么感觉，这位许小主真是太安静了些。"

"你说说先皇后忌日的规矩，仪程，到时候都需要做些什么？"夜晚问道，夏吟月素来是善于隐忍的性子，善于隐忍并不代表着不会反击，只怕夏吟月正在部署什么，只是自己还一无所知。如今小安子查出了这条线索，只是夜晚总觉得有些不真实。以前什么也查不到，现在却是突然之间就有条线索从天而降，怎么看都觉得有些诡异。

"其实也不需要做什么，孝元皇后的牌位已经放进了皇家祠堂，能进皇家祠堂的只有中宫皇后，现在后位空悬，每年孝元皇后的忌日皇上都会独自宿在明光殿七日。七日过后，甘夫人会召集后宫的嫔妃同聚一堂举行宴会，届时皇上也会到的。只是往年后宫诸人会素衣素食半月，以示对先皇后的敬重，今年皇上下令解除，却没了这个惯例。"

夜晚也没想到那天这样一说，慕元澈真的会将规矩给废除了。这一举动自然是惹起了后宫诸端猜测，幸而众人都不知道这话是出自夜晚之口，不然的话只怕又是一场麻烦。

如今进了八月，日头越发的热了，使团已经出发两日，夜晚心里又添了一重心事。自从那天夜晚跟慕元澈不欢而散之后，已经连着四天不曾见到他。不过因为临近先皇后的忌日，慕元澈夜夜宿在明光殿也无人敢有不满，倒是日日给甘夫人请安的时候听到的酸言酸语多一些而已。自然也有某些人借机讥讽夜晚失宠，再怎么得宠也是及不上先皇后。倒是小国舅来串门的频率增加了，时常在芙蓉轩蹭饭吃，然后睡个午觉才慢慢悠悠地出宫去。

因为郦熙羽的经常到访，夜晚心里对慕元澈的那丝丝的贪恋也完全被冲没了，整日就想着给熙羽准备好吃的，还命人专门收拾出了一间书房，笔墨纸砚一应俱全，还加了一个大大的书架，上面放满了各类的书籍。因为打着为小国舅建书房的旗号，小国舅又打着慕元澈的招牌，倒真是给夜晚弄到了不少她想要看的书。

午膳后，两人沏一杯香茗，神态惬意地在花架下安置上两张软榻斜躺在上面，点一炉驱蚊香，身后垫着厚厚的软枕，各自捧一卷书，紫藤花密密实实地挡住了炙热的阳光，花阴下多了丝丝清凉，微风徐来，端的是一个极好的消暑所在。

郦熙羽简直都要乐不思蜀了，尤其是跟夜晚谈论书中的话题，往往会有很多意想不到的收获。

"夜姐姐，你知道的这么多，为何京中没有你的才名，真是不公平。"郦熙羽捧着肚子刚吃完一小碟豌豆黄，坐在软榻上闲磕牙。

"才名都是人捧出来的，更何况国家之大远比你我所见的要宏伟宽阔，世上才人辈出，不过一个京都的才名，也没什么意思。"夜晚随口说道，论起才名美名郦香雪已经听到太多的赞美之声。

郦熙羽十分崇拜地看着夜晚，人家都没看进眼里，自己的心胸眼界似乎太小了些。

正想着，就听到夜晚看着郦熙羽说道，"着眼于天下，方能定乾坤于胸中。你是郦家世子，身上肩负重任，万不可固步自封，没得学的小家子气。若是可以，再过两年等你大一些，就该跟着名士四处游学，走遍山川大江，漠北江南，开拓眼界，增长见闻。整日关在京都，能看到什么。"

熙羽怔怔地看着夜晚，忽然说道："我姐姐以前活着的时候也曾经说过这样的话！"

第十八章　生辰藏玄机，美人巧争宠

夜晚干笑一声："嫔妾能跟先皇后不谋而合，真是荣幸。"

"夜姐姐，你跟我姐姐说的话真的是好多都一样。"

"是吗？我哪里能及得上先皇后，小国舅万不可这样说，被人听到了又是嫔妾的祸事。"夜晚故作紧张地说道。

郦熙羽还想说什么，却又咽了回去，小身子蜷在软榻上，大眼睛盯着头顶上的紫藤叶子。夜晚看去，只瞧着他眼中似有流光闪动。

夜晚忙转过头只作未见，只是心口却也是堵了一块大石一样。

日子十分安静地往前滑了几日，先皇后的忌日这日，甘夫人在宗庙外行了祭拜之礼，以表达对先后的哀思。阖宫上下无不称赞甘夫人姐妹情深，恪守规矩，贤良淑德。

这一日一大早夜晚就收到了宜和宫的口谕，阖宫上下齐聚宜和宫，设宴赏花，欢聚一堂。

夜晚冷笑一声，这宴会只怕是为了庆祝慕元澈又要回归后宫了，只是不知道回了后宫，会是哪一宫的嫔妃拔得头筹侍寝，这可是最荣耀无比的事情。往年都是夏吟月最是风光，只是今年多了一个夜晚，因此众人也是格外的期待，究竟是甘夫人盛宠依旧，还是夜晚独霸后宫。

两强相争，她们很想知道这一场较量的结果究竟是什么。

夜晚皱着眉头，看着云汐说道："是真的？"

"是真的，徐嫔小主一早就去了宜和宫，满脸欢喜的。"小安子在一旁回道。

"难道说甘夫人真的找了徐嫔做帮手？可是论才论貌徐嫔都不是最出彩的，甘夫人要找帮手，只怕找错了人，倒是慧嫔跟阮婉仪更好一些。"云汐也有些不解。

夜晚轻笑一声："距离晚宴还早着呢，小安子你再去永宁宫查一查那位从未在人前出现过的许小主在做什么。"

若是徐嫔真的有什么不妥之事，说不定可以从这位许小主那里得到点有用的消息，若是真无所求也不会进宫了。她只是太倒霉，一进宫便水土不服倒下了。

炽热的阳光穿过花藤透过窗子洒进室内，无数灰尘在光束中尽情地舞蹈，芙蓉轩的正殿被这阳光渲染得越发的明亮。甜甜的香气从赤金猊兽香炉中缓缓地升起，笔直笔直的白烟袅袅，垂落在地的绡金纱幔让本就静谧的室内越发的添了沉静的气息。

夜晚斜躺在软榻上，睡得正香甜，墙角两尺宽的大铜盆里放着一座冰山，给这室内添了些许的凉意。一头乌黑的长发随意地披散在软榻上，身上水蓝的曳地撒花织锦长裙从榻上倾泻下来，如水一般披在地上。一双小巧玲珑的玉脚从裙摆下半隐半露的伸出半个，那肌肤雪白雪白的就好像冬天雪山上的第一捧雪。

慕元澈走进来的时候，看到的就是这样一幅美人午睡图，脚步不由地便是一顿，斜倚着内室门框竟有些怔怔地发呆。跟在慕元澈背后的云汐此时也驻了脚，悄悄退到门外静立在外也不说话，任由皇帝这样的凝神发呆。

云汐是大大地松了口气，皇上出了明光殿，第一个来的地方是芙蓉轩，从这一点来看她们小主并没有失宠，不要说云汐，整个芙蓉轩上下也是极其开心的。

冰山消融，渐渐地没了凉气，夜晚便有些躺不住了，迷迷蒙蒙地喊道："云汐，打扇。"

云汐拿了扇子正欲进来，慕元澈伸手将她手里的象牙丝编的团扇拿了过去，低声问道："怎么不多放一盆冰，这样热的天。"

云汐闻言低声说道："回皇上的话，宫中等级份例摆着，小主只是从六品的美人，每日也只得三盆冰，屋内用的已是今日的第三盆了。"

慕元澈一愣，皱眉道："晌午就用完了，那下午跟晚上如何过？"

"小主畏热，实在是没有办法。下午跟晚上便是几个丫头轮流打扇，小主是个守规矩的，不会故意为难人多要冰盆。以前皇上时常过来，内廷府那边一日总会多送两盆来，如今皇上这么多日子没来……"

宫里就是这样，拜高踩低是惯例。慕元澈的脸色格外的难看，看着云汐说道："你去找严喜，告诉他芙蓉轩的冰例每日从明光殿的份例挪三盆过来。"

云汐先是一愣，进而便是惊喜。若是慕元澈直接让内廷府多给芙蓉轩送三盆冰，别人定会咬扯攀比易生事端。可是从明光殿挪过来就不一样了，皇上愿意将自己的东西给小主，那是皇上的恩宠，别人只能妒忌却不能说出别的来。

"是，奴婢替小主谢过皇上的恩典。"云汐弯腰行礼，然后亲自去找严喜去了。

慕元澈抬脚轻轻走了进去，坐在软榻后面的鼓腿锦凳上，摇着扇子轻轻地给夜晚扇凉。风摇过去，夜晚的裙摆便会被吹得涟漪不断，不停地飞舞，煞是好看。

夜晚背对着慕元澈，自然不知道打扇的已经换了人，自顾自地在榻上睡得正香，只是觉得今儿个打扇的可比昨儿个有力气多了。

夜晚醒来的时候，日头已经偏西没有那么热了，坐起身来伸伸懒腰，瞧着正走进来的陌研说道："这一觉睡得长了些，只觉得骨头都懒懒的。"说着眼角扫过墙角，不由得面带惊讶，说道，"怎么今儿个的冰融得这样慢。"

陌研抿嘴一笑："哪里是冰融得慢，是皇上午间来看小主，看着小主的冰例用完了，可天还早，担心小主下午跟晚上不好过，特意吩咐将明光殿的冰例每日匀出三盆来给芙蓉轩不说，皇上还亲自给小主打扇纳凉。可见皇上心里是真的有小主，要不是朝臣有急事将皇上请走了，皇上怕是要等到小主醒来呢。"

夜晚听着这话微愣说不感动是假的，说没有一丝一毫的温暖也是假的。难得他

第十八章　生辰藏玄机，美人巧争宠

129

能用这样的法子不让自己成为众矢之的，心头真是百转千回，说不清道不明此时自己的心境。

陌研看着夜晚的神情微皱着眉头，小心翼翼地说道，"小主还在生皇上的气？容奴婢说句大不敬的话，皇上对小主真的是很宽容了。且不说小主品级不到就能得见家人，让后宫多少人羡慕不已，便就是这冰盆的事情也已经是极大的恩宠了。雷霆雨露皆是君恩，小主可千万别由着性子来，万一真的惹恼了皇上，到时候可就真是得不偿失了。"

夜晚自然明白陌研的意思，抬起头看着她笑道："我晓得，眼看着快到晚宴的时光了，伺候我更衣梳头吧。"

陌研听着夜晚这样说，这才松了口气，忙把玉墨叫进来，两人开始忙碌起来。

"小主今儿晚上您要穿哪件衣衫？陆尚宫那边送来几套新的，请小主过目。"陌研就把几件衣服放在托盘中，端了过来，请夜晚过目。

因着孝元皇后的忌日，宫中不许有歌舞，因此陆溪风虽然挑好了三十六名舞姬，但是一直没有送到芙蓉轩来，倒是做了几件衣衫派人送了过来。

夜晚打量着托盘中的衣服，眸光不由地一闪，陆溪风果然还是自己熟悉的那个人，心思巧慧端得是无人能比。上回自己让她做了一件七彩云纱的罗裙，她便看出了自己是个不喜欢与旁人穿一样衣服的人，因此这回送来的衣衫规制上不会越过了美人的品级，但是不管是绣工上还是衣裳的花样都是拣着别人没怎么穿过的样子送了来。

夜晚的眼睛就落在了一件宝石蓝的曳地水袖束腰绛丝长裙上，这裙子猛一看没什么特别之处，但是这衣料是鲛绡做成，轻薄柔软，风一吹便随风起舞煞是好看。

"就这件了。"夜晚心情很好，今天晚上夜晚知道势必会有一场异常精彩的争宠大会，但是她不想输给任何人。如果在这宫中一定要有一个孩子才能站得住脚，那么她愿意摒弃心中的不甘跟厌弃，主动地靠近慕元澈。

经过这些日子，宫里的人处处拿着自己不曾侍寝讥讽于她，她也知道自己不能再等了，再等真的要变成一个笑话了。

夜晚对着正给自己梳头的玉墨说道："梳个十字髻。"

"是。"玉墨笑着应道，十字髻看着是挺简单的，但是这种发髻却格外能令女人增添妩媚。

玉墨手巧，很快地就给夜晚梳好了，夜晚对着镜子拿出胭脂用银勺挑出一点放在手心，加水化开，自己轻轻地敷在脸上。石黛轻扫秀眉，呈远山状，给原本妩媚的脸庞添了丝丝的坚毅之气。眉心点了桃花钿，眉目婉转间，越见芳华。

众人看着夜晚，只觉得这么一打扮起来，她们小主倒真是有些说不出来的飘渺之气。

云汐叹道:"小主真是心灵手巧,只是这样随意地动了两下,就跟平日大不相同,令人耳目一新。"

夜晚并不觉得这是什么本事,随意地笑了笑说道:"你们若喜欢,回头便教给你们。"

众人皆是一笑,夜晚打扮好了,小安子也回来了,一脸汗珠,俯身先给夜晚行礼,这才说道:"小主,奴才在永宁宫外守了一天,这才看到了那位抱恙在身的许小主,只是万万没有想到这位许小主可真有点与众不同。"

"与众不同?如何与众不同?"夜晚颇有些好奇,"不是说抱恙在身吗?今儿个出来走动了?"

小安子上前一步,在夜晚的耳边低声细语一句,然后又退了开去,只见夜晚的神色顿时大变。

云汐几个一看这架势也不会说话了,回头看了一眼小安子,不知道他对小主说了什么,只看着小安子的神色也有些古怪,云汐几个越发地摸不着头脑了。

良久夜晚才冷笑一声:"好一个甘夫人,好一个声东击西之计,差点就被她蒙骗了!"

"小主,究竟出了什么事情?"云汐不安地问道。

夜晚猛地站起身来,看着云汐说道:"今晚上云汐跟着我去,玉墨帮我去做件事情,陌研看守门户,小安子你也别闲着给我盯紧了许清婉,难怪进宫这么久一直不露面,抱恙在身?可真是极好的借口。"

夜晚低声吩咐了玉墨几句话,玉墨点点头转身就走了。小安子也退了出去,云汐上前扶着夜晚:"小主,咱们该走了,不好这样耽搁着,眼看着时辰就到了。"

夜晚点点头:"走吧,今儿晚上好戏连台,就看花落谁家。"

主仆二人出了柔福宫,此时天色渐黑,宽阔的宫道上早已经点燃了各色灯笼,给这沉闷的黑夜染上了绮丽的光芒。拐弯时,没想到又遇上了丁昭仪跟海乐悠,于是三人便相伴而走。

"没想到跟昭仪姐姐真是有缘,这是咱们在这里遇见第三回了吧?"夜晚轻声笑道。

"是啊,本宫也没想到居然会遇到雪妹妹,你身子如今可是大好了?"

"多谢姐姐关怀,已经大好了。我有一事想要跟姐姐说说,不知道姐姐可愿意听我一言?"夜晚上前走了两步,靠近丁昭仪低声说道。

丁昭仪闻言微微有些一愣,抬眼看着夜晚,便让轿辇停了下来,笑道:"上来吧。"

第十八章 生辰藏玄机,美人巧争宠

131

夜晚笑了笑，也不推辞，一抬脚走了上去。轿夫重新抬起轿辇继续往前走，夜晚在轿中对着丁昭仪低声说了一段话，只见丁昭仪的神色也是微变："此言当真？"

　　夜晚点点头："这是我身边的小安子亲眼所见。"小安子以前是在长秋宫伺候的，就凭这点丁昭仪就知道是真是假了。

　　"没想到啊没想到，居然还能有这样的事情发生，实在是令人难以相信。"

　　"是啊，我也不敢相信，但是居然就是给甘夫人做到了。"夜晚凝眉，夏吟月果然是有些本事的，这样的时候还能找到这样一个人，可见她必定已经是准备多时。夜晚仔细回想，怎么也想不起来有许清婉这样一个人，可见从一开始选此女进宫就是低调得很，不愿意被旁人发现这个秘密。

　　"如果真是这样，她只怕就能得偿所愿了。"丁昭仪眉眼之间带着疲惫之色，身子软软地靠在软枕上，看着满天繁星的夜色，轻叹一声，"如果能制止就好了。"

　　"制止是不可能的。"夜晚轻叹一声，"甘夫人有备而来，准备充足，而咱们却是才得到消息，即便是想要谋对策，时间上也有些限制，怕是赶不及的。"

　　夜晚揉揉眉心，她故意把消息透露给丁昭仪，就是想要探听一下丁昭仪对夏吟月是个什么态度。要知道这么多年以来，丁昭仪跟夏吟月之间的关系也还算说得过去，夏吟月不会对一个已经不能争宠的病秧子下狠手，所以她不得不小心行事。

　　只是让夜晚意外的是，听着丁昭仪话里的意思，好像是对夏吟月也有些不满。虽然夜晚不知道丁昭仪对夏吟月为什么不满，但是这确实是一个好的信号，即便是这样，夜晚也不会轻易地就说出自己的安排跟计划，毕竟她自己也没有几分把握，如果丁昭仪能有好的办法就更好了。

　　"你说得极是，亏你知道了这个消息就告知于我，若是等会儿再知道只怕真的是晴天霹雳了。这事儿还要跟惠妃知会一声，说不定惠妃能有好的办法。"丁昭仪低声说道。

　　"是，嫔妾也想着跟惠妃姐姐说一声，只是我得到消息的时候也已经晚了，时间太赶，就只能到了宴会再跟两位姐姐说。没想到在这里先遇上了姐姐，倒也巧了。"夜晚笑道。

　　丁昭仪转过头细细打量着夜晚，然后笑道："今晚很漂亮，可见平日你是懒惰得都不肯好好地捯饬自己。惠妃那边我去说，免得你在席间走来走去，又要惹人非议。"

　　"多谢昭仪姐姐体谅，妹妹真是感激不尽。"夜晚正是这个意思，好戏没开场之前，还是能低调就低调的好。

　　说话间就到了宜和宫，宜和宫的门口早就挂了两盏极大的风灯，里面燃着儿臂粗的蜡烛，将门前照得亮亮堂堂。

两人下了轿，正碰上也是刚到的阮明玉跟傅芷兰，免不了打一声招呼。彼此见过礼，这里丁昭仪位份最高，自然是不用给别人行礼的。阮明玉跟傅芷兰看着夜晚身上的衣衫，眼睛不由得一闪，阮明玉便笑道："雪妹妹这身衣裳真是好看，到底是皇上心尖上的人，什么东西都是好的。"

　　夜晚便抿嘴一笑："婉仪姐姐就爱开玩笑，姐姐在家什么好东西没见过？不过是一块鲛绡做成的衫裙，若是婉仪姐姐喜欢，我那里还有一件未穿的，就送给婉仪姐姐。"

　　阮明玉的脸色便极不好看，她一个比夜晚位份高的嫔妃，难道还要一个位份低的施舍？简直就是笑话！

　　"不用了，雪妹妹自己留着就好了。"

　　几人说着就进了大殿，大殿里早已经是热闹非凡，很多位份低的嫔妃早早地就到了，正在门口说话的尤婕妤一看到丁昭仪忙迎了上来，夜晚等人也蹲身见礼，一时越发地热闹起来。

　　尤婕妤在宫里也算是老人了，一向是安分守己从不招惹是非，跟丁昭仪的关系是极好的，两人时常走动。

　　尤婕妤抿嘴一笑，看着丁昭仪说道："这么多年轻的妹妹，个个娇艳如花，可真是让咱们觉得老了。"

　　丁昭仪也跟着笑了笑："漂亮才好，若是选些丑陋的进来，莫说皇上会大发雷霆，咱们也看着不舒心。"

　　也就是尤婕妤，换了旁人，丁昭仪那清冷的性子未必就愿意接话。丁昭仪跟尤婕妤携手往她们的位置上坐去，夜晚的位置在大殿最是偏远的地方，谁让她的位份不高呢。她的周围坐了几个新面孔，想来是这次进宫留选的，只是寻常并不常见面，因此夜晚并不熟悉。

　　很快地夜晨、徐灿还有罗知薇就到了，罗知薇一看到夜晚就跑了过来，姐姐长姐姐短的，徐灿跟夜晨也走了过来，几人打过招呼，夜晨对着夜晚的神色并不好，甚至还有些厌恶，夜晚心里明白怎么回事，也不去管她，只顾着跟徐灿罗知薇说话。

　　夜宁进了宫，皇上只让夜晚见了夜宁，说起来夜晨的位份比夜晚还要高呢，结果她等了一整天，也没等到夜宁。从那一刻起，便心灰意冷，瞧着夜晚是处处不顺眼。

　　凭什么同是夜家女，夜晚能见她就见不得？她也想问问家里好不好，也想看看家里的亲人，以前在宫外虽然是诸多的厌弃，可是进了这深宫，反而觉得还是自家人亲近。

　　徐灿跟罗知薇也能猜到几分，这是别人的家务事她们也不好多嘴。不过归根结

第十八章　生辰藏玄机，美人巧争宠

底说起来，还是谁得宠的事情。若是得宠的换成夜晨，此时伤心的只怕就是夜晚了。

"惠妃娘娘到！"

随着唱响声，众人皆站起身来，惠妃一身华服明艳亮相，尤其是那飞天髻更是繁复华丽，配上一身玫红缂丝曳地长裙，真是气势无双。

"见过惠妃娘娘，惠妃娘娘金安。"

"诸位妹妹都起来吧。"惠妃笑着说道，缓缓地走过众人面前在自己的位置上坐下，众人这才起身坐好。

"惠妃娘娘的衣服真好看。"罗知薇的话里满是羡慕。

夜晚浅笑，自然是好看的，惠妃的品级在那里摆着，份例自然也是好的。所以这后宫的人，一个个地都想往上爬。

甘夫人此时也出来了，今天夏吟月头梳双月髻，发间簪着五尾凤簪，那凤口衔着的红宝石端的是耀煞人眼。穿一袭石榴红广袖曳地长裙，眉清目亮，虽然及不上京都第一美人的容貌，但是在高位多年，浑身的气派自是旁人比不上的。

众人又是一通行礼，紧接着又听到外面喊道："皇上驾到！"

大殿里顿时安静下来，甘夫人跟惠妃带领诸人迎接圣驾，俯身跪下，口呼万岁。

慕元澈大步地走了进来，面上带着微笑："诸位爱妃都起来吧。"

"谢皇上。"众人齐声应道。

夜晚几乎站在队伍的最后方，前面人影重重，想要跟慕元澈来个深情对视怕是做不到了，只得垂下头立在那里，看着大家各自归座，也跟着回到自己的座位坐下。

慕元澈自然是坐在御座上，他的左右两边分别坐着惠妃跟甘夫人，然后下面便是一溜的嫔妃按照等级排了下去。夜晚坐在距离御座最远的地方，她能感受到旁人瞧着自己时那讥讽的目光。不外乎就是就算自己是皇上喜欢的人，可是在这样的宴会上，坐在皇上身边的可不会是一个小小的美人。

整座大殿真是群芳争艳，各施手段，抬眼望去，真是个个如花美貌，深情凝视尊贵的皇帝陛下。

严喜站在慕元澈的身后，远远地望着夜晚的座位，不由得觉得牙根疼，哎哟，好像真是距离太远了些。二姑娘再往一旁挪一挪，就能直接到外面举杯邀明月去了。

哎，位份实在是一个令人格外纠结十分郁闷又没有办法的事情。

二姑娘未侍寝已经是连升两级，这个时候要是再升位份真是要引起众怒了。就只有等到二姑娘侍寝过后才能晋封，只是想着尊贵的皇帝陛下跟傲娇小性的二姑娘碰在一起，真是让人愁眉不展。

严喜的腹诽夜晚自然不知道，正对着新送上来的一盘果子吃得不亦乐乎。

慕元澈远远地瞧着夜晚的模样，嘴角不由地抽了抽，心里已经有了一丝痛气，反正在夜晚的心里，自己也不是什么最重要的人。瞧瞧，瞧瞧，都已经八九日未见过自己了，结果看着一盘果子比看着自己还亲热，能不令人郁闷吗？

夏吟月顺着慕元澈的眼神望去，就看到了门口正吃得不亦乐乎的夜晚，嘴角微微勾起，看着慕元澈说道："皇上，今儿个举行家宴，这宫里所有的姐妹都会聚一堂，有酒有菜美人相伴，不如让诸位妹妹各展才艺为皇上助兴如何？"

慕元澈听着夏吟月的话这才回过神来，转头看着她："爱妃此言甚是，倒是能一开眼界了。"

惠妃方才就得到了丁昭仪的话，知道甘夫人是有备而来，只是瞧着慕元澈兴头正好不好说些泼冷水的话。眼睛扫过夜晚，心生一计，便看着慕元澈说道："皇上有兴致，嫔妾等自当是尽心尽力。嫔妾瞧着雪妹妹的位置已经到了门口，她大病初愈，盛夏当头，门口有些偏热，若是雪妹妹有什么不适就不好了。嫔妾斗胆求个人情，请皇上恩准雪妹妹坐在嫔妾的身边如何？"

夏吟月没想到惠妃居然这样说，立刻跟着附和着说道："嫔妾也有这个打算，只是宫中姐妹都在此地，不好擅自做主，还请皇上恩准才是。"

惠妃咬牙切齿，这个真是个顺杆爬的。

"两位爱妃如此心意，朕心甚慰，如此便让雪美人近前来吧。"慕元澈顿时对惠妃很是满意，瞧着惠妃的眼神都柔和了许多。

夜晚只得站起身来，哪想到自己仍旧是被人推到了第一耀眼的出场上。嘴角保持着笑意："多谢惠妃娘娘、甘夫人一番慈心多怜惜嫔妾，实在是心怀感激，谢皇上体恤。"

谢惠妃跟甘夫人，夜晚说了长长的一句，轮到慕元澈只是干巴巴的一小句。

慕元澈磨牙，这个爱记仇的小心眼，净知道给他添堵。

夜晚来到惠妃的跟前正欲屈膝坐下，却听到慕元澈忽然说道："朕身边倒是少个夹菜的……"

夏吟月的脸色一僵，什么时候皇上参加宴会身边需要个夹菜的了，分明就是意有所指。

惠妃此时比甘夫人反应略快，忙推着夜晚说道："雪妹妹心思聪慧，手脚利落，可不正好担得起这差事？"

夜晚还没回答呢，就被惠妃推到了慕元澈的身边，一时间大殿上所有的眼神都聚集在夜晚的身上。

夜晚没想到惠妃会这样做，不过夜晚也能明白惠妃的心思，不过就是不想夏吟月得逞。索性站直身子，落落大方地上前一步，对着慕元澈行礼："嫔妾只好恭敬不如从命了，只盼着皇上别嫌弃嫔妾笨手笨脚就好。"

"听爱妃这意思似乎有些不情愿？"慕元澈实在是憋屈，忍不住地讥讽一句。

别人还没反应过来，严喜心尖上先抽了一下，哎呦喂，尊贵的皇帝陛下，您这是抽哪门子风呢，赶紧地顺着台溜下来就是了，千万别搬起石头砸自己的脚，最后倒霉的却是咱家。就当奴才求您了，明知道二姑娘那心眼比针鼻大不了多少，干什么自找罪受啊。

严喜正在呜呼哀哉，这大殿上的人都有些兴奋，听着皇上这意思似乎对夜晚很是不满啊。难道说传说中的失宠就要上演了？好兴奋啊。

众人就差摩拳擦掌下个注了，这个时候却听到夜晚开口了："嫔妾怎么会不情愿呢？莫非是皇上对嫔妾不满，若是瞧着嫔妾碍眼，嫔妾绝对不敢污了圣上的眼睛，这就自己退下便是。"

夜晚转身就走，慕元澈脸都要气青了。严喜只得硬着头皮上来，忙挡在夜晚的前面，弯腰赔笑，"小主赶紧就坐吧，皇上忙了一下午水米未进，怕是有些饿了。"

皇帝能不饿吗？给二姑娘您打了一下午的扇子呢。真是个没良心的，严喜觉得尊贵的皇帝陛下真可怜，热脸贴了个冷屁股。

果然，便是拥有天下的皇帝，也不是事事都如意的，二姑娘，算您狠！

夜晚其实本来不想这样做，其实原本是想做一个贤良淑德的妃子好好地表现一番，可是不知道为什么瞧着慕元澈这张脸，看着这满大殿争相竞艳的美人，心里没来由便是怒火直窜。

想想郦香雪，贤良淑德，端庄大方，堪称女子典范。为夫纳妾，选美进宫，厚待众人，从不曾丝毫的妒忌不满，可是最后落得什么？

她不想做第二个郦香雪，不想再走老路，如果真的跟慕元澈继续纠葛在一起，哪怕是不爱不动心，她也绝对不会将自己的男人让出去，一时半刻也不可以。

宠妃是干什么？那就是争宠的，独霸帝王的。

夜晚咬咬牙，做开明贤惠的皇后不得善终，那她就一定要做一回祸国妖姬，不求慕元澈对她倾心相爱，唯愿夏吟月昼夜难眠，尝一尝失宠被人踩在脚下的滋味。

想到这里，夜晚翻滚的心绪慢慢地平静下来，似笑非笑的眸子在严喜的身上扫过一圈，只看得严喜双腿打颤，心里叫娘，他容易吗？索性夜晚没有为难严喜，顿顿身子回过身坐在了慕元澈侧下方。

她不是皇后，这样的场合自然不能正大光明地坐在皇帝的身边，那是大不敬。所以夜晚很识时务地坐在侧下方，距离皇帝不远，布菜也方便。

慕元澈瞧着夜晚的动作，心头气得直冒火，这个夜晚天生就是来克她的。若是换做旁人，他早就拂袖赶了下去，可是面对着夜晚，眉头皱了几皱，终究是将这口气咽了下去。

大殿上这么多眼睛，怔怔地瞧着这一幕，似是还未回过神来。都不想夜晚居然这样大胆，在君王面前敢如此放肆，别人伺候小心翼翼还不足，胆战心惊亦不过，偏生瞧着夜晚对着皇上生气皱眉居然还敢拂袖而走，皇上虽然怒极，最后却硬生生地压了下来。

这样诡异的一幕，在众人的心头上狠狠地压了一座山。

都知道夜晚被帝王娇宠，都知道芙蓉轩的那位被皇上放在心尖上，从她落了水帝王便不曾亲近后宫整日守着她，哪怕夜晚不能侍寝。不过那都是传说，传说如何如何，虽然嫉妒只是未曾亲眼目睹，也不觉得如何。此时亲眼瞧着，众人只觉得精美的饭菜也索然无味了些。看着夜晚的神情愈发的浓重，人人的心头都带着强烈的危机重重袭来。

夜晚却是不管那些，别人如何想与她无关，反正她不是母仪天下的皇后，不是贤良淑德的郦香雪，不用去考虑别人的感受。她可以随心所欲地去做什么，不用担心别人指责她，也不用担心被人讥笑她没有皇后的风范。

如此，果然轻松。

轻松之后，夜晚的心情也跟着愉悦起来，左手拂袖，右手拿箸，开始给慕元澈布菜。

夜晚眉眼弯弯，嘴角含笑，因为心情愉悦，瞧着她的模样似乎都能飞上天去。

慕元澈心里很不是滋味，夜晚真是没心没肺，把他气得这般模样她倒是开心了。果然是唯女子与小人难养也……这后面的感叹还没牢骚完，慕元澈瞧着夜晚夹到自己盘中的菜色，脸又黑了，全是他寻常不太爱吃的。

帝王饮食喜好从不会露端倪于人前，知道帝王嗜好的真是少之又少，只有陪伴皇帝多年的，诸如甘夫人、惠妃之流知晓，再就是夜晚这样的例外。毕竟慕元澈经常在芙蓉轩用膳，想不知道是有点难度，再加上郦香雪跟慕元澈曾做过十载夫妻，更是比旁人更清楚一些。

夜晚布完菜，就偏着头，眨着大眼睛盯着慕元澈，好似慕元澈不用完这些，她就不肯移开眼睛。

严喜仰头望着雕刻着精美纹饰的承梁，心里叹息一声，尊贵的皇帝陛下啊，奴才早就说了，您瞧瞧，自己受罪了吧。啧啧……奴才可帮不上您，您老保重！阿弥陀佛，我佛慈悲！

当着这么多嫔妃的面，慕元澈要保持帝王的威仪，眉眼间带着浅浅的笑转头无比"温情"地凝视着夜晚，你是故意的吧？

夜晚回他一个得意的笑容，挑挑眉梢，张扬得意非凡。

惠妃只作不见，回头与丁昭仪相聊正欢。

对面的夏吟月眼睛落在夜晚夹的菜上，灯光笼罩下的眸子深浅不明。当她看到慕元澈居然面不改色地将那些他最讨厌的饭菜吞咽下去后，浑身的血液都有冰封落地跌成渣的感觉。

皇帝御案上饭菜从来不会只摆皇上喜欢的，更会着意添上几样不喜欢的，便是混淆视线，不为旁人瞧出帝王饮食嗜好，今天当然也不例外。

夏吟月努力压下心有的惊怒，脸上摆出一个端庄得体的笑容，看着慕元澈说道："皇上，后宫主位姐妹早已经备好各自的才艺，您看现在是不是可以开始了？"

夜晚似是没听到夏吟月的话，正夹着一块炙烤羊肉放在慕元澈唇前，抬头望着帝王皱皱小鼻子，抿嘴而笑。

慕元澈用那一双十分威武的龙眼瞅了瞅夜晚，他倒没往夜晚故意跟夏吟月作对的方面去想，只觉得这丫头越来越胆大包天，真是令人无奈。

宜和宫的大殿里灯光如织，纱帐重重，衣香鬓影团团，墙角的三足青铜鼎散着淡淡的香气，将整座大殿装扮得氤氤氲氲，如梦似幻。

只是本该欢声笑语的场合，此时却有些静谧，众人的眼睛都望着眼前这有些尴尬的一幕。

夜晚的举动着实有些过了。

夏吟月的面上此时也隐隐浮上了一层怒火，只是强力忍耐着，她不着急，后面有夜晚哭泣的时候。

严喜抹一把冷汗，心里真有撞墙的冲动，既不能让人看了甘夫人的笑话，也不能让夜晚丢了面子，更不能让尊贵的皇帝陛下龙颜有损。

当奴才的太不容易了，尤其遇上二姑娘这样一个主子，那得是时时刻刻提着心小心伺候着。

严喜作为尊贵的皇帝身边头号大太监，坐稳这把椅子那不是吹出来的。只见严喜伸手端着雪白描金骨瓷小碟上前一步放在夜晚那块羊肉的下面，挤出一个十分谄媚的笑容，对着夜晚说道："小主先放在盘子上，奴才用小银刀切成小块，方便食用。"

夜晚哪里能看不出严喜的意思，不过这个时候夜晚不想为难严喜，毕竟严喜对她还是很过得去的，于是难得给了严喜一个面子，将肉放在那小碟子上，笑道："如此有劳公公了。"

"不敢不敢，奴才分内之事。"严喜还真怕这姑奶奶不肯让一步，此时听着夜晚这句话提着的这口气算是放下了，阿弥陀佛，日后一定每日佛前三炷香，多谢佛祖保佑啊。

严喜当下不敢怠慢，拿着小银刀就开始切肉，以表示我不是光说说的，是真的要做的。免得被二姑娘这小心眼记恨，说到就得做到啊。

慕元澈眼角带着笑扫了一眼严喜，心中很是愉悦，这奴才还能顶用。眼睛掠过夜晚的俏脸，然后看着夏吟月说道："诸位爱妃有心了，那就开始吧。"

既然是献艺，自然是从高位份的嫔妃开始。甘夫人位份最高，挥笔写了一副字，上联：皇恩播福泽，九州四海千家乐。下联：国策赐详乐，百业兴隆万里春。横批，皇恩浩荡。

对子是好对子，极力拍皇帝的马屁，夏吟月果然是个中高手，这样的对子不要说慕元澈，哪个男人看了不欢喜。几年不见，夏吟月的字也比以前写得更好了一些，横细竖粗，棱角分明，结构严谨，整齐均匀，虽然少了些肆意洒脱却给人一种自律严谨之感。

夏吟月是聪明的，也是谨慎的，如今她身居高位，自然不能随意地起舞，献歌，这些事情位份低的嫔妃做来是彰显才情，位份高做来却有些显得轻浮，而写字，写得一笔好字，的确是一个很不错的献艺。

"爱妃的字越发地有进益了，这对子也是极好的。"慕元澈显然心情极好，对着夏吟月面有柔色，在众人面前给足了颜面。

"多谢皇上盛赞，嫔妾这字曾得先皇后教导，日日习字不敢懈怠，只是嫔妾愚钝，这字及不上先皇后十中一二，实是惭愧。"夏吟月浅笑言道。

听到夏吟月提及郦香雪，慕元澈的神情便有些变化，目光缥缥缈缈的，眉宇间似是笼了一层轻纱。夜晚看着心里便有一种极为古怪的感觉，夏吟月这种场合怎么会故意提及郦香雪。难道是想要借她的名头争宠？其实自进了后宫以来，夜晚便有一种感觉，好像夏吟月跟慕元澈之间有些事情不太对劲，慕元澈不是喜欢夏吟月的吗？夏吟月不是已经得了慕元澈的心，可是踏入后宫一路走来，夏吟月是得宠，侍寝最多的就是她。可是……夏吟月对着慕元澈的时候似乎一直很谨慎，很小心，跟以前微微有些不同。

第十八章　生辰藏玄机，美人巧争宠

第十九章
夜晚识破计，
一舞冠群芳

　　以前夏吟月对着慕元澈很会撒娇，温柔小意，夏吟月知道自己容貌绝对比不上郦香雪，才情更是相差甚远。于是夏吟月走的便是小家碧玉的路子，曲承圣意，柔顺娇怯，言行举止间很是有一番江南水乡女子的柔媚。

　　只是如今瞧着夏吟月没有了以前她自己的长处，倒是处处模仿郦香雪，端庄持度，温善大方……夜晚心里便有一种极其恶心的感觉。

　　夜晚知道慕元澈对郦香雪有愧疚，她自己也是利用这一点才能顺利进宫。毕竟十载夫妻，也不是说忘就能忘记的，只是瞧着夏吟月的神态，夜晚觉得有些不对劲，但是又说不上来哪里不对劲。

　　这种感觉上的不同，让夜晚无端地兴奋起来，是的，恋人，爱人，心灵相属的人是不应该这样相处的。

　　夜晚心头转过无数的念头，虽然还搞不清楚慕元澈跟夏吟月之间究竟是怎么回事，但是却让夜晚心头有了一线曙光。

　　"先皇后的字自然是极好的，写字也需要天分，你这般日日不辍，也是不错的。"慕元澈缓缓说道，说到这里眼睛却看向了夜晚，夜晚的字才是得了雪娃娃的精髓，只可惜这丫头性子古怪，必不肯在众人前显露，索性自己也不提。比较起来，夏吟月的字还不如夜晚的字，这东西果然需要天分。

　　夏吟月哪里知道慕元澈心里的这些思绪，微微俯身行礼这才退下。坐稳后，才看着惠妃说道："不知道惠妃姐姐准备了什么，也好让妹妹开开眼界。"

夜晚只是听着也不抬头，努力做一个合格的布菜工，将慕元澈不爱吃的菜统统放进他的碗里。

这边惠妃已经让人取了笛子来，悠扬的笛声在大殿里缓缓响起。

惠妃善笛，夜晚听着这笛声，技巧纯熟，曲调婉转，只是可惜再也没有当年在潜邸时灵动。岁月磨人，惠妃当然不再是当初刚进王府的小女子了。

夜晚心头略带萧索，垂头不语，默默地给慕元澈夹菜。

慕元澈实在是忍无可忍，瞧着那碟子里一堆自己不喜欢的菜色，俯下身子，在夜晚耳边说道："你是故意的？"

夜晚此时心情有些不好，一个没控制住，脱口便道："当然！"

严喜努力当做没听见，努力想要做个人形柱子，都不想去看尊贵的皇帝陛下此时那精彩的神色多么的威武。二姑娘啊，咱能不能不要这么实诚，实话也会害死人啊……

慕元澈瞧着夜晚这张脸色，压下心头的火气："方才不是还欢欢喜喜的，怎么说变脸就变脸了？"

夜晚也觉得自己这样任性实在是不好，因为带着郦香雪的记忆，以前事情涌上心头，一时间竟把持不住自己的心思，抬眼看着慕元澈说道："我给你夹菜你都不吃，我自然生气。"

"……我不爱吃这些，换些我爱吃的。"慕元澈嘴角抽了抽，今天抽的哪门子风，真是头疼死了。

"不换！"夜晚皱眉道。

慕元澈无语，底气还挺足。哪有当嫔妃这样任性无赖的，这也就算了，居然还敢给他摆脸色。

夜晚说出话来自己也有些后悔了，真是太莽撞了，可是她的骨子里，她的血液里叫嚣着，她的冲动已经主导了理智，若是可以她真想把那一碗三鲜汤扣在慕元澈的脸上。

可是她不敢，所以只能这样别扭地使性子。亏得她还知道声音压低，没被别人听去。

夜晚的心里就好像有两个人在拔河，一个是理智，一个是疯狂，一个说贤惠淑德有什么用，到最后郦香雪还不是死了；一个说要想在后宫站得稳，替她报大仇，就不能太任性，吵嚷得夜晚心绪越发的不宁。

是啊，郦香雪以前委曲求全，贤良淑德有个屁用！

结果还是坏的情绪主导了上风，夜晚纵然有理智也晚了，话都出口了。

慕元澈努力地压下心头的火气，严喜忙捧上一盏凉茶给皇帝消火，后背上出了

141

一层的冷汗。纵然知道二姑娘威武勇猛，可是……二姑娘啊，别拿自己的命不当回事儿啊。

严喜正腹诽担忧呢，就看着尊贵的皇帝陛下正慢慢地吞咽那些不喜欢的菜，于是……然后没于是了，严喜公公再一次见证了二姑娘的威武，默默退到一边当人形柱子去了。

真是二姑娘不急急死太监……他替人家担心个屁啊。

夜晚此时此刻没有办法形容她的心情，慕元澈居然让步了……

夜晚知道任性也得有个节制，不敢再乱发脾气，垂眸敛坐，惠妃一曲终了，博得满堂喝彩。夜晚轻轻地松了口气，手心里全是汗珠。

丁昭仪身体不适，便告了罪，自然不会献艺。慕元澈也并未苛责，只是嘱咐她好生将养。这时尤婕妤站起身来，笑着说道："诸位姐姐明玉在前，嫔妾不敢献丑，皇上还是饶了嫔妾吧。"

尤婕妤这话引得众人轻笑不已，慕元澈道："每回你都偷懒，再没见过比你更会躲懒的了。"

"嫔妾是不想出丑，若是嫔妾也有拿得出手的技艺自然是会拿出来的，为了弥补嫔妾的过失，嫔妾便斗胆举荐阮婉仪献艺，听说阮婉仪琴弹得极好，倒真是能一饱耳福了。"

夏吟月的眼神在尤婕妤跟阮明玉的身上慢慢扫过，随即堆起一个微笑接口说道："阮婉仪善琴，有琴无舞实在可惜，杜贵人舞跳得好，不如随琴起舞如何？"

夜晚也有些奇怪，没想到尤婕妤居然会举荐阮婉仪，夏吟月反应也快，立刻推出了投靠她的杜鹃与阮明玉争宠。看来今晚，比自己想象的还要热闹得多啊。

阮明玉才有些喜色，立刻又被甘夫人的一句话给打了回去，到底是大家出身，毫无失态，盈盈走出身来，一身月白滚碧色牙边的长裙倒是让她多了几分出尘之姿。

"杜妹妹舞姿出众，京都闻名，能得杜妹妹舞姿相伴，嫔妾甚幸。"

杜鹃已去了后殿换舞服，听到阮明玉这话面带得意之色，夜晚似笑非笑地看着眼前这一幕，看来夏吟月安排的不止一个人，真是谨慎无比。尤婕妤想要牺牲自己引荐阮明玉，没想到倒是被夏吟月得了便宜，有阮明玉的琴音相配，杜鹃本就善舞，更是添了风情助力。

不过究竟是琴音高一筹，还是舞姿惹人眼，就各凭本事吧。

杜鹃换了一袭红色广袖蝶裙舞衣，腰被束得不盈一握，堪比柳枝风拂的妖娆之姿。单论着装，阮明月的白对上杜鹃的红，白，清雅飘逸，红，炽热鲜艳，自然是红色更引人注目一些。

早有宫人抬上琴来，阮明玉跪坐琴前，伸手试了一下音，这才开口说道："昔年嫔妾曾得一失传久矣的琴谱，多方寻找高人修补，才将琴谱完善。虽比不上原琴谱的高雅之音，所幸还能听得入耳，嫔妾献丑。"

阮明玉伸手轻抚了几个音调，夜晚却是心头一愣，竟是失传已久的"绾心"。

夜晚抬头看向夏吟月，果然见夏吟月皱起了眉头，显然是没有预料到。夜晚的眼神转到了杜鹃的身上，不出所料的杜鹃的身子也有些微僵，综合两人的表现，夜晚心里隐隐有了一个答案。

很有可能夏吟月之前就已经知道尤婕妤跟阮明玉联手的事情，也知道两人的盘算，所以才会有了杜鹃的献舞，用来争夺阮明玉的风头。毕竟阮明玉有着京都第一美女的头衔，若是琴艺出众俘获帝心，再加上其容貌，很有可能一夜之间便能扶摇直上。

看来阮明玉之前准备的曲子根本不是"绾心"，只是瞧着甘夫人推出了杜鹃与自己争宠，这才铤而走险弹这首"绾心"。

这首曲子已经流传几百年，只是最早的琴谱随着战乱早已经失传，流传民间的只是一些残谱。

"绾心"讲述的是一个凄美的爱情故事，男子是一士族，女子只是没落小吏之女，两人因琴结缘，互生爱意，欲结良缘。奈何男子家世显赫，女子族中势微，两人婚事横遭阻挠。男子迫于压力另娶高门淑女，成亲当日，那女子横抱一琴，当街拦路，于高头大马，大红花轿之前弹出"绾心"一曲，此曲琴音婉转，缠绵流连，尽诉痴情不悔。弹完此曲那女子抱琴起身，只说一句，此生与君相遇相知相爱，终生不悔，原想长发绾君心，白头不相弃，奈何世人势利，不能容我！言毕，抱琴触墙而绝。那男子见女子刚烈至此，抱着女子长泣不已，竟是横刀自尽。彼时，一代琴圣白显刚好路过此地，被琴音所感，记于心中，便以女子临终之言，以"绾心"命名，流传后世。只是几经战乱，琴谱流于战火，竟是不能保全，颇为可惜。

不曾想阮明玉竟能将此琴谱修缮，夜晚也是颇为一惊。在场的大多都是京中贵女，自然知晓"绾心"的典故，一时人人震动，此时所有的关注都落在阮明玉的身上，而场中的杜鹃则有了些尴尬之情。

夜晚自然也是知道这个故事，郦香雪生前也曾想要修缮此谱，奈何诸事繁杂，又逢皇子明争暗斗，慕元澈受排挤前去边关御敌，后得胜归朝，也不曾得闲，一直不能遂愿，没想到现在，居然还能听到修缮过后的"绾心"，一时间神情便是有些落寞。如果换作自己，自己会不会如此刚烈抱琴触柱而亡？

夜晚想，如果那女子是郦香雪，那男子换成慕元澈，大约她是会的，可是……夜晚冷笑一声，将杯中酒一饮而尽，酒烈甚辣，不是自己原先的果酒，垂眸一看，竟是拿错了酒杯，将慕元澈的酒给灌了下去。酒辣得厉害，夜晚不由得红了脸，眼中含

第十九章 夜晚识破计，一舞冠群芳

143

了泪珠，轻咳不已。

忽然有种想要哭的冲动。为那琴女不能相守的爱情，为郦香雪悲戚的结局，眼泪迷了眼，竟有些不能自已。

忽然一只大手，轻轻地拍着自己的后背，又听到那人说道："严喜，端一碗清汤来，你说你喝个酒也能拿错杯子，还把自己搞得这样狼狈，真不晓得你怎么长到这样大的，朕要是你早就羞得无处藏身了。"

夜晚抬起头泪眼朦胧地瞧着慕元澈，郦香雪深深爱着的这个男人，把他刻进骨血里，放进心尖上，为了他与诸位皇子努力周旋，为了他劝说世家改旗易帜，为了他疆场喋血……可最后却不如一个琴女，这是何等的凄凉。

"我只是羡慕。"夜晚脱口说道，神情怔怔，一时还未回过神来。

慕元澈看着夜晚这模样，不晓得哪根筋又不对了："羡慕什么？"

"羡慕那琴女。"夜晚应道，"她虽出身低贱，但是拥有了这天下最珍贵的爱，即便是丧命，也能含笑九泉了。"

慕元澈的神情便有些僵硬，轻拍夜晚后背的手下意识地收了回来，竟不知道该如何回应。夜晚的话他明白，也晓得，只是人只有一颗心，里面只能装一个人，两个就太狭窄了，他也不愿。

琴声在这大殿里弥漫，每一个音符都似在诉说柔情，那痴情缠绵的音调让众人不由地心生向往。夜晚自然是没有听到慕元澈的回答，但是她也没有去看慕元澈的神情，她害怕慕元澈的眼神会落在夏吟月的身上，那就更令她无法面对，就怕自己一时忍不住真的会跟这个男人同归于尽。

端起杯中酒，轻轻饮下，这回却是香甜的果酒，只是那味道虽然香甜却少了烈酒的炽热回味，终究是有些寡淡。

夜晚看着场中杜鹃的舞姿已经有些僵硬，绾心之曲岂是这样好配舞的？"绾心"诉说的是一段轰轰烈烈惊鬼泣神的爱情，这世上没有任何的舞姿能与之起舞，琴音在前，这舞显得多余了。

果然，又过片刻，杜鹃堪堪地停住了身子，面带尴尬跟窘迫地朝着慕元澈的方向俯身，轻轻地退了下去。她已无力继续舞动下去，虽然不甘，却也知道继续下去不过是献丑，倒不如这个时候洒洒脱脱地认输，还能留得几分颜面。

杜鹃也是个聪明的，夜晚看着心里暗道。

其实杜鹃若是再等片刻，阮明玉的琴音也会逐渐衰落，"绾心"之曲，前头修补得甚好，奈何到了最后倾诉两人钟情奈何天道不公时，终是少了历练，技艺娴熟奈何意境不到，终是落了下乘。

阮明玉自然也知道自己的弱点，额头上已见汗珠，显然是在勉力支持。

夜晚转身对着云汐低声说了一句话，云汐匆匆而去，很快云汐就回来了，手里拿着一张纸，还取了一管箫来，递给夜晚后，弯腰退下，心里却有些不安，小主这是要做什么。

慕元澈皱眉看着夜晚，夜晚将琴谱铺于桌上，抬眸对上慕元澈打量的眼神，夜晚身子微微一倾，靠近慕元澈耳边低声说道："你可还记得上元灯会，那灯笼从天而降时的情形？"

慕元澈怎么会忘记，夜晚奋不顾身替他挡了灾祸，那情形如今回忆起来都觉得心惊胆战，不由地点点头。

夜晚摆弄了一下手中玉箫，忽而笑道："我一直不知道那时我为何会奋不顾身救一个陌生的令我讨厌的男人，我一直是一个惜命小心翼翼活着的小女子，将自己的性命看得很重。"

慕元澈闻言，心头忽然跳动了一下，眼神越发深邃黝黑隐隐有波浪翻滚，喉头突然有些干涩，竟是一句话说不出来，让他忽然有点害怕听到答案。

夜晚没有再说话，她必须抓住眼前的时机，让慕元澈明白自己的心意，在甘夫人的底牌掀出来之前，她得先在慕元澈的心里狠狠地扎一根钉子，一碰就痛，痛不欲生。

此时，阮明玉的琴音已经明显余力不支，额上冷汗遍布，可见维系得甚是艰难。

夜晚将玉箫放于唇前，吹响之前，回眸看向慕元澈，心里太悲苦，都不用掐自己一把大腿，眼泪已经含在眼眶中。夜晚昂头，硬生生地将眼泪逼了回去，唇角微动，箫声顿出。

大殿上诸人都被阮明玉的琴声所吸引，懂琴之人此时也已听出琴音渐渐不支，已现颓势，再过片刻只怕便会弦断当场颜面全无。

恰在此时，幽幽咽咽的箫声忽然响起，众人皆感意外，转头便往箫声的方向瞧来，在看到夜晚吹箫时，大殿一阵寂静，便连琴声都是一顿。

箫声呜呜，如怨如慕，如泣如诉，余音袅袅，不绝如缕。夜晚的箫声比之"绾心"多了丝丝的哀怨，"绾心"并无哀怨之情，只有对爱情的渴望跟守护，对爱情的坚贞与不舍。阮明玉奏此曲只是寻古人之迹，没有亲身经历如何能明了曲中的感情。而夜晚恰恰不同，她经历了世上最完美的爱情，也经历了最惨重的背叛，她的爱也曾经花前月下，黄昏院落，彼此诉衷情。

阮明玉很快就回过神来，手指微动，琴声又响，两人竟是离奇地合奏起来。先前抒女子之情，相思渐浓之感阮明玉还能把握得当，更有自己的心思在里面。但到后半阙却是无法弹出那对感情的炽热跟对人生的绝望，无法弹奏出万念俱灰下必死之心

第十九章　夜晚识破计，一舞冠群芳

145

的决绝。因而琴音渐有颓势，差点后继不上。

夜晚的箫声因有所感，感情充沛，爱恨炽热，忽高忽低，忽轻忽响，低到极低之处，给人呜咽沧桑不能自已的悲戚之感。转瞬间珠玉跳跃，清脆短促，此起彼伏，繁音渐增，如鸣泉飞溅心怀欢悦，如群卉争艳，花团锦簇，鸟声啾啾，彼鸣我和，对爱情期许的那种幸福企盼越于人的心头。忽然铮鸣声响，不由得让人想起了琴女抱琴触墙自戕的壮烈，渐渐地，声音低了下去，宛若春残花落，雨声萧萧，一片凄凉之象。小雨绵绵，风声细细，终于万籁俱寂。

箫声停顿良久，众人这才如梦初醒。若说一开始琴声还能跟得上，待到后来只有丝丝和音，再无半点风采。

慕元澈此时的心情更为复杂，脑海中不仅有箫声的销魂，更有之前夜晚说的话：我一直不知道那时我为何会奋不顾身救一个陌生的令我讨厌的男人，我一直是一个惜命小心翼翼活着的小女子，将自己的性命看得很重。

可这箫声明明白白地让慕元澈听出了爱恋，企盼，甚至于有些夜晚特有的小心眼的哀怨，还有她对自己心意无法掌控的茫然。

夜晚，心悦他。

慕元澈听明白了。

双眼凝视着吹完箫就垂头不语的夜晚，她的侧脸正对着自己，今天夜晚梳了十字髻，眉心贴了桃花钿，脸上薄施粉黛，配着鲛绡的衫裙，竟是比往日少了丝丝尖锐，多了妩媚之情。

这大厅里美女如云，有第一美女阮明玉，有才情出众的傅芷兰，有各色各样比夜晚更娇媚的容颜。可是从踏进这个大殿开始，慕元澈的眼睛最先看到的便是夜晚。好像不管夜晚在哪个角落里，他都能第一眼看到她。

慕元澈此时竟不知道该如何去面对这样突如其来的感情告白。

夜晚，果然是跟宫里的女子不一样的。

不喜欢便是不喜欢，喜欢了便会直言相告，绝不藏着掖着。

她从来都是这样干净利落的人。

比如，扑出身躯将熙羽护在身下。

比如，替自己挡住那从天而降的灯笼。

比如，她会在受委屈的时候狠狠地咬自己一口。

比如，生气的时候绝对不会主动低头，绝对不会因为自己是帝王而弯腰。

太多的比如，让慕元澈轻叹一口气，原来他们之间已经有了那么多珍视的回忆，原来不知不觉地彼此的牵绊已经越来越深。慕元澈下意识地抚着心口，他忽然怕自己真的会喜欢上夜晚，他怕自己会背叛了对雪娃娃的誓言。分明靠近夜晚，只是因为夜晚身上带着雪娃娃的影子，是的，雪娃娃也喜欢吹箫，她吹箫时总会敛眉垂眸。可是夜晚不一样，她会微微昂着头，眼睛落在一个点上，动也不动地凝视着。

"没想到雪美人居然有如此好的箫技，真是令人饱享耳福。明玉在琴艺上专注十年，没想到却连雪美人的十之一二也比不上，实在是惭愧。"阮明玉站起身来，抬头看向在帝王身边垂头静坐的夜晚，心头真是百般滋味难言。

夜家的夜晚在京都从来都没有丝毫的才名传出，一直以为是个没什么本事的，谁知道竟是深藏不露，一鸣惊人。

有这个想法的不止阮明玉一人，但是要说这场中最惊讶的当属夜晨才是。

"没想到雪妹妹有这样的好的吹箫技艺，阿晨你居然连我也瞒着。"徐灿看着身边的夜晨低声说道，眼中却没有忽略夜晨面上的惊愕之情，心里微微一震，瞧这样子夜晨竟也不知道。夜晚……果然是不能小看的。

"我若说我并不知道你会信吗？"夜晨苦笑一声，她的好妹妹啊，真是好样的，居然连这样的本事都能瞒得丝毫风声不透。

罗知薇的眼睛就没有从夜晚的身上移开过，听着夜晨的话，慢慢地回转过来，半垂的头颅唇角紧抿，身子有些软软地坐在那里。

夏吟月此时的震撼也是巨大的，她手中查到的消息，这个夜晚分明就是六艺不通，五谷不分之人，怎么会凭空地就吹了这样好的箫声。但是她很快地就回过神来，借着阮明玉的话说道："婉仪妹妹也莫要轻看自己，你的琴声也是极好的，倒是未曾听说过雪美人还有这样的技艺，真是令人惊叹。"

夜晚听着夏吟月的话，轻轻一笑，眉眼弯弯地看着夏吟月，神态微微带着些许的傲慢之色，开口说道："不过是雕虫小技上不得台面，甘夫人实在是太过誉了。"

雕虫小技……上不得台面……甘夫人的笑脸几乎都要挂不住了，硬撑着笑容轻哼一声未再言语。如果夜晚这样说，那阮明玉该如何自处？

惠妃轻笑一声，斜睨着夏吟月这样的被人堵住话头十分的惬意，看着夜晚说道："雪妹妹是个调皮的，这样好的技艺居然也藏起来，感情只愿意吹给皇上一人听呢。"

对着惠妃夜晚还是给面子的，神态微微缓和，柔声说道："脂粉送佳人，宝剑赠壮士。夜晚不才，这箫只想吹给懂箫之人听。今日听得阮婉仪琴音斐然，不由得动了相惜之心，贸然扰了阮婉仪的琴音还请见谅。"

分明就是阮明玉后继乏力，夜晚吹箫补救，但是从夜晚嘴里说出来却成了被阮明玉的琴音带动，这才起了吹箫之心。

阮明玉没想到夜晚居然会这样给她颜面，不过面上却是笑道："雪妹妹切莫这样说，本是我技艺不够纯熟，勉强弹这'绾心'差点丢丑，亏得妹妹助我一臂之力，心甚感激。"

"好了，别谢来谢去的了，两位爱妃各有所长，朕心甚喜。"慕元澈笑着说道，转头看着夜晚又道："倒是没想到，你居然连朕都瞒着，入宫这么久若不是今儿个阮婉仪勾起了你的心思，只怕朕不知道何年何月才能听到如此箫声。"

夜晚不答，只是垂眉静坐。慕元澈果然是不肯回应自己，她要的不是这个结果，夜晚很是失望，难道说今晚注定要一败涂地了吗？

慕元澈瞧着夜晚不说话，知道这娃肯定又生气了，一时也有些犹豫之色。因为他不知道，自己该用何等心态面对着她。如果只是把她当嫔妃召进宫，夜晚岂能还是处子之身？正因为是不一样的，所以他才会犹豫，隐忍。

看着夜晚这般模样，慕元澈心里也有些难受，索性不去看她。

"听着雪美人的箫声倒是令嫔妾想起了孝元皇后，孝元皇后箫艺出众，如今听着雪美人之音，倒是堪比孝元皇后的技艺了。"夏吟月面带微笑缓缓说道。

听着夏吟月提及先皇后，在场新进宫的不敢多言，毕竟未听过。惠妃跟丁昭仪对视一眼，没想到夏吟月倒是个乖觉的，看着皇上的神色，就能立刻说出这样的话打压夜晚，谁不知道皇上对先皇后的维护之心。

丁昭仪轻咳一声，看着慕元澈说道："孝元皇后在时，嫔妾有幸听得几曲箫音。雪美人有句话倒是跟孝元皇后极为相似。孝元皇后也曾说，士为知己者死，女为悦己者容，这弹奏乐器也得弹给懂得珍惜之人。没想到雪美人年纪轻轻，居然能有如此傲骨，实属难得。"

"正是这话，嫔妾也记得先皇后在的时候也是很少摆弄这些乐器，便是弹奏的时候也多是弹给皇上听，皇上正是先皇后的知音人呢。"惠妃也跟着说道，眼角又扫到夏吟月微微僵硬的脸，接着说了一句，"想必甘妹妹时常跟先皇后亲近，定是听得多了些，比嫔妾等可是有福气多了。"

夏吟月只得微微一笑，并不接这话，因为夜晚这个珠玉在前，稍后献艺的嫔妃都特意避开了箫，奈何天籁之音在前，不管什么乐器演奏出来，都无法与夜晚相比较，众人神色皆有些黯淡。

气氛一时低迷，夏吟月便站起身来看着慕元澈，缓缓地笑道："还有一位嫔妃给皇上准备了一曲歌舞，甚是用心，竟是习自先皇后的百旋舞，皇上可愿意一观？"

夜晚心里暗道，果然来了。

只是此时此刻，夜晚自己也实在是没有信心，方才自己以箫音传情慕元澈竟是丝毫不为所动，那接下来自己该怎么办？

可是就这样败给夏吟月她不甘心！

慕元澈面带犹豫之色，眉心微蹙，双眸看向前方，沉吟不绝。

大殿里众人皆停止话头，悄悄地打量着这一幕，新晋的嫔妃早就听闻先皇后的盛名，虽不明白这里面的具体缘故，虽然知道先皇后乃是自缢身亡，但是却知道当今圣上对先皇后一往情深。

只是对于甘夫人这样的行径，大家还是有些不喜，毕竟多一个有实力的争宠的，谁又愿意呢？

此时，夜晚也是微微紧张，但是对于结果她已经能预料，慕元澈必定不会拒绝的。他能拒绝得了一个从未见过面的嫔妃，却拒绝不了那百旋舞。夜晚轻轻地摆弄手里的酒盏，方才饮了不少的果酒，面颊微红，隐隐有些醉意袭上心头。不经意地一瞥，却看到了惠妃正看着她，那眼中带着些许的急躁。

稳重如惠妃，此时也坐不住了吧？

是啊，谁愿意甘夫人一手捧出来一个跟郦香雪一模一样的人争宠呢？

夜晚对着惠妃浅浅一笑，只是那眼神却带了些颓丧，惠妃的眸子不由得一黯，轻轻地叹息一声，面带忧色。一旁的丁昭仪此时也是无计可施，甘夫人有备而来，之前竟没有闻到半点声息，便是仓促应战也做不到了。天时地利人和，竟是被她占全了。

夏吟月见慕元澈不语，便直接当他是默许了，双手一拍，乐声想起。百旋舞乃是源自外族，节拍鲜明奔腾欢快，多旋转，故名旋舞。以打击乐器为主，与它快速的节奏、刚劲的风格互相辉映。

因此乐声一响起，整个大殿里，便被欢快的节拍给带起，每个人的心情都不由跟着欢悦起来。音乐本就是极富感染力，尤其是这样喜乐分明的节奏，更容易带动人的心绪。

随着乐声的节奏，就看到从门口五六舞者逶迤而来，皆是身穿白色短裙长袖衣服，袖上绣着繁复美丽的花边，下着白裤，黑皮靴，披着纱巾，身有佩带，衣料甚软，剪裁合身，轻轻舞动，纱巾跟飘带顿时飞扬起来，便似回风乱舞当空。随着鼓点的繁复，众星捧月一般，一红衣女子旋转而入，身姿轻盈似回雪，腰肢拂动如杨柳，面带红纱，衣衫跟配舞女子一模一样，只是颜色却是火红的红色，便是脚上的牛皮靴都染成红色，随着鼓点乐声不断地回旋起舞，竟让人觉得如一团盛开的火焰，耀眼，绮丽，移不开眼睛。

众人自进宫便不曾见过这样令人欢快的舞姿，一时竟是看得目眩神驰，不能自已，好的东西总会令人不由自主地受吸引。

夏吟月十分满意地笑了笑，转头看向坐在御座之上的帝王，只见他此时的神情似是陷入某种回忆之中，神色带着惊喜夹着怅然，眉心蹙起而又渐渐平缓，本平静如波的眸子渐起波澜，只是她们的帝王一向是最冷静的人，便是此时此刻，即便是心潮迭涌，亦能安然在座。只是当美人掀起面纱，就不知道她们的帝王还能不能坐得住，稳得住。

等到那时，什么夜晚，什么惠妃，算得了什么。

夜晚心头郁闷，不知不觉竟是多喝了几杯，严喜偷偷地将壶中酒倒了一半，心里只盼着这姑奶奶千万别借酒撒泼。看着场中的那女子，严喜也是轻叹一声，只怕真是要飞上枝头了。自先皇后逝去，宫中无人再能起此舞，不曾想今日竟有这般的惊喜。瞧着皇上的神色，严喜十分担忧地看向夜晚，二姑娘……哎哟，真是让人为难啊。

玉墨此时悄悄进了殿来，站在云汐的身后，脸颊上还带着丝丝汗意。云汐看向玉墨，没有言语，只是面带忧色，瞧着场中正舞得欢快的人，心里叹息一声。这百旋舞不是一朝能练就，看来甘夫人是准备多时啊，果然是来势凶猛。

殿中其余嫔妃，阮明玉此时倒是没什么心情观赏此舞，脑海中回响的一直是夜晚的箫声，心中似有所悟，自觉琴心的境界又提了一层，心中暗暗欢喜。不过却也有些自惭形秽，想着想着眼神落在夜晚的身上。

此时场中美人旋舞，乐声激荡，欢呼声此起彼伏，煞是热闹。便是皇上似乎都被吸引了心神。唯独夜晚，左手托香腮，双眉暗自蹙，右手举玉盏，眼波自横流，竟是有了些醉意。眉心桃花钿在灯光下一闪一闪，双颊浮上桃红之色，衬着那鲛绡做成的华丽衣衫，这般的媚态，竟让夜晚不甚出众的容颜令人移不开眼睛。

阮明玉心头怦怦直响，不由得转开了头。难怪皇上对夜晚一直丢不下手，荣宠不断，还赐了封号为"雪"，凝脂般的玉肤，衬上此时的娇态，便是身为女子的她，竟然也怦然心动，遑论男子乎。

可是，此时皇上的心思都被场中的女子吸引而去，也就难怪夜晚借酒浇愁了。说到底，不过是跟她一样的可怜人。只不过夜晚到底是受宠过的，她们这些人却是连宠都未宠过，还不如夜晚呢。

众人心头皆明白，看着这情势，看来今晚上拔得头筹的便是这跳舞之人了。

徐灿望着那身影，双手紧紧地掐紧，神色难看。这才明白过来，为何这段日子甘夫人对她和颜悦色，竟是被人当作了踏板踩在了脚底下，可笑她自负聪明，竟是一无所觉。

"徐姐姐，这女子怎么瞧着好像是跟你同住一宫的许娘子？"罗知薇低声说道，面上的神色游移不定，看着徐灿的眼神也是夹着些许的生硬之感。

徐灿轻叹一声："我竟是被蒙蔽如此之久，一直以为她病着，没想到人家是养精蓄锐，一鸣惊人呢。"

"徐姐姐竟然丝毫未察觉？"罗知薇很是惊讶，连旁边的夜晨都忍不住地看向徐灿。徐灿的秉性，夜晨自然是知道一些，连徐灿都没有察觉，这个许清婉真是深藏不露，倒是能跟她那个好妹妹平分秋色。

想到这里，夜晨不由地看向夜晚，却只见夜晚面无表情，眼神微微带着不耐瞧着场中正起舞的许清婉。那样的眼神，夜晨瞧着，心里有些微微的舒坦，瞧，夜晚也不是万能的，如今遇上一个这般厉害的女子，她也能吃瘪，夜晚只觉得心里的怨气跟郁闷散去了些。可是疏散过后，又觉得心里不安，忽然也有些可怜夜晚，不过才得宠数月，只怕就要被人比了下去。

夜晨凝视着这灯火辉煌的夜晚，香风纱帐，美人美酒，竟有些说不出来的郁闷难抒。

鼓声渐弱，乐声将平，那不断旋转的女子慢慢地停下身来。一双大眼柔媚如波地望向俊伟无双的帝王，遮面的巾帕忽然滑落下来，露出一张倾城绝色的容颜。

惠妃似是不敢相信自己的眼睛，整个人僵硬如石，呆呆地望着场中的女子。即便是丁昭仪已经提前警示过，但是亲眼看到，还是令人心头震动，差点失声惊呼出来。丁昭仪的神色不比惠妃少多少，本就带着病色的容貌，更是苍白了几分。

这里见过先皇后的只有那几个老人，惠妃跟丁昭仪努力保持镇定，尤婕妤却是惊呼出声："皇后娘娘……"

一时大殿落针可闻的静谧。

夏吟月十分满意地看着这一幕，朝着那女子使个眼色。

只见场中女子盈盈下跪："嫔妾永宁宫流云轩许氏参见皇上，吾皇万岁万万岁。"

慕元澈的眼睛死死地盯着眼前的女子，端着酒杯的手一颤，竟将酒水洒出些许，由此可见心绪震动之状。

夜晚冷眼瞧着这一幕，活生生地看着一个容貌肖似郦香雪的女子，跳着郦香雪最喜欢的百旋舞献媚于君前，那种滋味简直难以用言语来形容。实在是不知道该如何表达此时自己的心情。惊愕？小安子送消息来的时候她已经惊愕过了。愤怒？也许有，但是更多的却是一种悲戚之感。心里叫嚣着最不满的是，她绝对不能眼看着此女获宠，稳固夏吟月的地位。

夜晚此时心里也有些好笑，此时此刻，自己最害怕的不是慕元澈被人抢走，而是夏吟月的地位越发的稳固，自己报仇无望。

侧头，凝视着慕元澈，只见他薄唇轻启："爱妃平身。"

夜晚听得出，他的声音里夹着微微的颤动，她知道，慕元澈果然被吸引去了。

"谢皇上隆恩。"许清婉的声音格外的清脆，面上的笑容如春天里开得妖妖娆娆的桃花，眼如碧波荡漾，衬着那不盈一握的纤腰，果然是艳压群芳。

当年郦香雪容貌倾城，天下无双。许清婉虽不及郦香雪，却也有五分相似，尤其是盈盈一笑，嘴角浅浅的两个酒窝，倍加魅惑，简直如出一辙。

有这五分的相似，瞧着慕元澈的神态，已经尽够了。

夏吟月面上的笑容越发的柔和，扫向夜晚的眼神夹着浓浓的嘲弄。

夜晚转动眸子，侧头正对上夏吟月带着嘲讽的眼神。

四目相视，火花乍现。

夜晚的神情清醒了一些，已经被拖远的思绪逐渐的回归，今天晚上的事情明摆着就是冲着她来的。难道她真的就要示弱与敌？

夜晚恨极了夏吟月，本就不愿示弱，此时对上夏吟月鄙夷的眼神，夜晚反而露出一个极其妖娆的笑容，在唇角缓缓地绽放开来。

夏吟月微微蹙眉，没想到这个时候夜晚居然还能笑得出来，真是不知所谓。

"嫔妾少时在闺中就曾听闻孝元皇后甚爱此舞，听闻当年一舞引得百鸟朝凰，百官惊叹不已。嫔妾对此舞也是心中甚喜，自叹不如孝元皇后风姿，不过是努力习练，以示对先皇后的崇敬之情。"许清婉半垂着眸柔声说道，嘴角还带着羞涩的笑容。

慕元澈听到此言，面上的笑容缓和了些："孝元皇后确实善舞，百鸟朝凰夸张了些，但是世上再难有其他人超越她的舞姿。爱妃此舞跳得不错，虽不及先皇后，不过倒是用了心的。"

许清婉会说话，字里行间带着对郦香雪的恭敬跟仰慕，心里当然不会真的对郦香雪多崇慕，不过是投慕元澈所好才这样说。不过说的真是恰到好处，不卑不亢，倒是让她自己的风华也展现一二。

难怪夏吟月选中她，许清婉的确比杜鹃聪明多了。许清婉的聪慧着眼于大局，杜鹃只是小聪明，两者相比，高下立分。这样的场合，夏吟月并没有弃了杜鹃，可见其心思之深，怕是万一许清婉真的荣宠渐盛，也要用杜鹃压一压的。

夜晚心里这般想着，已然明了一二。

此时夏吟月笑着说道："难得许娘子用这样的方式表达对先皇后的敬慕，倒是别有真心。若是皇后姐姐在天有灵，瞧见百旋舞有了传承之人，也能含笑九泉了。"

慕元澈本来还有些松动的眉眼，听到这话，轻叹口气，看着夏吟月说道："到底是你了解香雪多一些，此言有理。"话音一落，瞧着许清婉的神色便有了些不同，眉眼之间多了几分亲近。

夜晚心里骂娘，含笑个屁！

慕元澈你丫的混蛋！

夜晚心里怒极，这些人凭什么在郦香雪死后还要强加给她这些所谓的喜好，凭什么以为她会含笑九泉？

怒火渐炽，夜晚心里再也按压不住，冷眼看着夏吟月缓缓地说道："甘夫人这话真是有些不妥当，夫人怎么就会以为孝元皇后会选择许娘子做传人？莫非夜半三更，子夜交会之时，夫人曾下九泉去问过先皇后不成？"

才有些热闹的大殿，忽然又变得鬼一般的安静。

夏吟月气得神色惨白，神情中还有些惊惧之意，怒目看着夜晚："雪美人只怕是醉了，还不扶下去休息？"

慕元澈转头看着夜晚，眉眼间也微带着不悦之情，夜晚太过分了些。

夜晚本就恼怒，此时看着慕元澈的神情，那压抑不住的怒火全然迸发出来。与他四目相对，竟是毫不相让！

去他的君臣！

去他的规矩！

"甘夫人好大的做派，皇上都没说话呢，甘夫人就要赶嫔妾走了吗？嫔妾知道你早就瞧着我不顺眼了，不然的话怎么会突然冒出来一个许娘子。百旋舞？这也能算百旋舞，简直滑天下之大稽，只得其形，不得其髓，不过是一个赝品而已。"夜晚扶着桌子歪歪斜斜地站起身来，踏着台阶往下走了一步，此时醉态突显，竟然立于慕元澈跟前，两人隔着一座膳桌对视："皇上也要赶嫔妾走吗？你是不是觉得我在这里很碍眼？打扰你跟美人相亲相爱呢？"

慕元澈气得脸都青了，这般的放浪形骸成何体统，看着严喜说道："送雪美人回去。"

严喜心里叫一声祖宗，忙上前来就欲搀扶夜晚，谁知道夜晚醉后竟是力大无比，一把将他推倒在地，严喜朝着云汐看了一眼，云汐忙跑过来，脸上全是汗，脸也吓白了，她的小主啊，怎么这么沉不住气，不就是一个女人嘛，这下完了，皇上是真的生气了。

夜晚被云汐跟严喜一边一个搀扶住，夜晚冷笑一声，双目如刀："放开！"

云汐跟严喜哪敢松手，两人好生劝着，夜晚一句也听不进去，此时竟是癫狂一样，竟然挣扎开两人，扶桌而战，对视着慕元澈。

慕元澈气得胸口起伏，满腔怒火一点即燃，但是看着夜晚眼中的湿润，竟是一时无言，与她就这样隔桌对视。

夏吟月一看，立刻喝道："没听到皇上的话，还不赶紧将雪美人扶回去，这般失仪，有损天家威严。"

夏吟月话闭，立刻就有宜和宫的婆子宫女涌了上来，蠢蠢欲动。

第十九章 夜晚识破计，一舞冠群芳

153

惠妃当即站起身来:"圣驾在此,甘夫人要想逞威风,总得等皇上的旨意,你这般大张旗鼓是要做什么?"

夏吟月气恼地瞧着惠妃,当即回道:"雪美人君前失仪,口出悖言,该当惩罚。惠妃莫以为这宫中是无规矩的?"

"君前失仪?本宫只记得是甘夫人发威竟要将雪美人赶出去,雪美人到底做了什么让甘夫人如此盛怒,居然要将人逐出去?"惠妃神色端肃问道。

高位嫔妃对决,其余的人谁敢插手,嫌死得不快吗?虽然大家对于夜晚的行为是各种震惊,便是想要落井下石,眼前只瞧着惠妃全力力保的架势,便是要出手也得思量三分。

只是未必人人都能有这样的理智,杜鹃跟夜晚早就翻了脸,又投靠了甘夫人,正是立功之际,当下便说道:"惠妃娘娘莫非忘了,皇上也要将雪美人逐出去,难道皇上的旨意娘娘也不听了?"

"逐出去?"惠妃冷眼看着杜鹃,"杜贵人的耳朵可见是个摆设,皇上是让严公公送回去。"

"那还不是一样的,都是要出去的,怎么出去无关重要不是吗?"

"嫔妾也不知道做错何事,竟惹得雪美人这样针锋相对,还请皇上做主。"许清婉满脸泪痕屈膝跪地,很是委屈,美人落泪,如梨花沾雨,煞是可怜。

一个是新欢,一个是旧爱,就不知道皇上如何抉择。

便是夏吟月跟惠妃也是屏气静声观看,更不要说旁人,此时还真无人敢上前为夜晚直言,毕竟夜晚的行为确实不妥。这下子夜晨的脸黑如锅底,真是担心祸殃夜家,恨不能将夜晚大卸八块,但是又不得不想办法,怎么样才能保住她,不让皇上降罪,真是心交力瘁。

徐灿跟罗知薇紧抿着唇,瞧着这一幕不语。

对面的明溪月似笑非笑地扫过她们几人的神色,转头跟傅芷兰不知道说了一句什么话,傅芷兰轻轻地皱了皱眉,却没有应答,只是眼神却在许清婉跟夜晚之间来回流连。

尤婕妤那句话她听得真真的,这个许清婉竟是有些肖似于先皇后,就凭这一点,许清婉就已经占尽优势。而夜晚呢,此时酒兴狂发,又出嫉妒之言,还对甘夫人不敬,更是跟皇上怒目相视,可谓做尽了不敬之事。

许清婉悲悲戚戚的哽咽声在大殿里不时地响起,严喜跟云汐立在夜晚身后,也不敢有进一步的动作,生怕这姑奶奶做出什么逆天的事情来,这时见过不要命的,没见过不要命还这样强横的。

严喜心中泪流满面,二姑娘果然是威武无人敌,姑娘啊,您这酒疯可是发错地

154

方了,就不能换个地儿再折腾,您这样皇上可怎么下台?

严喜无奈地叹息一声,只得硬着头皮上前一步,低声说道:"皇上,雪美人喝多了,奴才送小主回去?"

慕元澈轻轻松了口气,果然还是严喜懂他心思,正欲答应,就听夜晚说道:"连严总管也看着我不顺眼了?"

严喜顿时僵硬在地,心中泪水横流,姑娘啊,奴才是要救您啊……怎么还好赖不分了,看来真是喝得太多了。

"我知道你现在讨厌我得很。"夜晚看着慕元澈。

慕元澈压下心头的怒火,咬着牙说道:"你醉了,先回去醒醒酒。"

慕元澈真是被夜晚气得都要七窍流血了,在芙蓉轩撒泼使性子也就算了,怎么能在众人面前让他这般下不了台来?要说真的把夜晚给处置了,他开不了这个口,只能先把夜晚送回去,谁知道这疯发作起来竟是六亲不认,他怎么就遇上这么个货!

夜晚虽醉,但是此时此刻她却是无比的清醒,她知道自己在做什么,她知道自己在恼怒什么,她知道自己的行为太大胆了些,她知道自己让慕元澈没脸……可是她心里的憋闷正逐渐散去,瞧着慕元澈被气得几乎要吐血而亡,心里竟是无比的畅怀。

只是,身后那许清婉的哭声着实令人讨厌,夜晚伸手抓起慕元澈膳桌上的一碗翡翠白玉汤,朝着许清婉的方向便掷了过去:"吵死人了,哭什么哭,难道我杀了你全家不成你哭得这样凄惨?要是吊唁先后你却是哭迟了,昨天你就该跟着甘夫人去宗庙外长跪不起,大哭一场以示哀思,在这里真是哭错了地方!"

"放肆!"甘夫人气坏了,浑身颤抖,看着慕元澈说道:"皇上,雪美人竟是狂悖至此,请皇上明鉴。"

夜晚听到这话,不顾旁人神色反复不定的神色,竟是大笑一声,摇摇摆摆地捏着裙角走到夏吟月的面前,眉峰渐厉,张口就道:"怎么甘夫人只允许州官放火,却不允许百姓点灯?你能弄一个假货来君前争宠,却不允许嫔妾说实话?再怎么像也不过是个假的,假的成不了真,真的做不成假。舞者,乃是随心而动,肆意起舞,讲究的是一个浑然天成。"

夏吟月这么多年来,何曾受过这样的羞辱,竟被一个位份低的嫔妃这样欺到头上来。听着夜晚的话,心头一转,便笑道:"听雪美人这样说,好似雪美人能将这百旋舞舞得更好?"说到这里也不等夜晚回答,抬头看向慕元澈,正色道:"皇上,既然雪美人不服气,倒不如让雪美人当众一舞,也令嫔妾等开开眼界,方示不虚此言。"

许清婉此时极为狼狈,夜晚的那一碗汤虽然并未砸到她的身上,但是那汤汁却是溅了一头一脸,还有几片叶子挂在发间。许清婉听到甘夫人这话,眼中含泪,委委

第十九章 夜晚识破计,一舞冠群芳

屈屈地说道："嫔妾从不曾对雪美人不敬，不知道雪美人为何这般羞辱嫔妾，既然雪美人瞧不上嫔妾的舞，嫔妾就斗胆请雪美人指教，也好令嫔妾心服口服。"

众人闻言眼睛皆望向了夜晚，方才夜晚一曲箫音已经震撼当场，她们就不信夜晚还能跳得比许清婉更好。明溪月眉心微蹙，凭心而论，许清婉的舞艺不在她之下，便是她当众一舞未必就能压得过许清婉。这百旋舞要学不难，但是要想跳得好跳得出彩却不容易，没有几年的功底在身是万万不成的。虽然夜晚想要建个舞团的事情在宫中早已经传得沸沸扬扬，但是舞团的影子还没有，谁能相信夜晚是个善舞的？她们更倾向于，夜晚这是示宠于众。

夜晨扶额，恨不能找根带子将夜晚勒死，免得祸殃家族。心里这般想着，就听到对面的杜鹃低声笑道："夜贵人以为雪美人能否胜得过许娘子呢？"

夜晨愣愣地看着幸灾乐祸的杜鹃，努力地压制情绪，随意笑道："总归不会像杜贵人舞到一半便主动认输。"

杜鹃怒目而视，夜晨转头不再看她，不过是甘夫人的一条狗而已。

惠妃有心不让夜晚出丑，便开口说道："皇上，雪美人怕是酒后失言，还请皇上明鉴，不如嫔妾将雪妹妹送回去？"

慕元澈真是要被夜晚气死了，看着夜晚站在夏吟月面前连脚步都有些不稳当，亏得云汐在身后扶着，都这德行了还敢口出狂言，不晓得天高地厚，当真以为这宫里的人都是好相与的。

"如此……"也好两个字还未出口，就被夜晚打断了，只听她说道："就凭你也敢跟我示威？你算什么东西！"

皇帝的脸绿了！

惠妃无力叹息一声。

夏吟月却是笑了，趁机说道："既然雪美人这样高傲，倒是拿出些真本事来，只说不练，免得被人笑话。这说出的话，便是泼出的水，你说是不是？"

夜晚半眯着眼看着这殿中悬挂的灯盏，那灯光炽热散着白光，令人不敢直视。那刺目的灯光，映出夜晚嘴角那高扬的弧线，此时此刻，众人瞧着夜晚立于灯下，媚眼微眯，嘴角含笑，那高扬的眉梢竟有几分睥睨天下的气势，不由地便是一呆。

"当然，嫔妾虽然只是一个女子却也知道信誉为何。"夜晚一字一字地说道，然后转身看向慕元澈，本来含笑的眸子忽然带上一层清冷："皇上可否容嫔妾一舞，再将嫔妾逐出去？嫔妾本欲不舞，奈何甘夫人咄咄逼人，我的性子皇上最是清楚的，等到此舞完毕，嫔妾跟皇上之间也就再无瓜葛，绝对不会耽误皇上跟美人的良宵。"

慕元澈紧抿着唇，脸色乌黑，这话说得真是尖刻，损了夏吟月不说，还要跟他划清界限。什么叫做再无瓜葛？什么叫不耽误良宵？

"你可是想清楚了？"慕元澈决定再给夜晚一个机会，只要她肯认错，便既往不咎了。

"有什么想不清楚的，不过就是一支舞而已。"

不过就是一支舞而已……慕元澈嘴角微抽，不过想起夜晚之前说想要重组雪舞，想来不全是大话，应该是有些底子的。但是夜晚之前在夜府从不曾日日不辍地练习，此时只怕还是有些不妥当。不过，这个不撞南墙不回头的，撞了南墙知道疼，许是就能收敛些了。

胆子太肥了，当众都敢顶撞他，这以后还得了？

于是慕元澈爽快地同意了，令人将场中打扫干净。

"容嫔妾先去更衣。"夜晚对着慕元澈歪歪斜斜地行了一礼。

慕元澈瞧着夜晚这样，真怕她一个站不稳就摔倒在地，铁着脸同意了，然后看了看云汐，云汐几不可见地点点头，搀扶着夜晚去了偏殿更衣。这时一直躲在墙角的玉墨立刻跟了过去，小丫头腿都打颤了，她们主子实在是太考验奴才的意志力了。

严喜指挥着众人将秽物打扫得干干净净，又将场中的地衣换了新的铺上来，好一会儿才忙完了，这大热的天大殿里即便摆着冰盆，还是出了一身的汗。

二姑娘……忒会折腾人了。

许清婉这个时候也去换了干净的衣衫回来，坐在属于她的位置上，神色虽然平静，但是眼睛却不时地望向慕元澈的方向。甘夫人说她长得最像先皇后，皇上一定会喜欢的，皇上对先后情深意笃，自己定会锦绣前程，可是哪曾想到出师不利碰上了夜晚这么个泼妇，哪里有一丁点嫔妃该有的仪态。

最重要的是，皇上虽然生气，竟没有真的处置夜晚，这让她的心里隐隐有些不安。

抬眼看向皇上，原以为他会看自己几眼，谁知道竟是片刻也没，眼睛一直望着夜晚更衣的方向，不由得扭紧了帕子。她就不明白了这个夜晚究竟什么地方这样吸引帝王，这太不合理了。

就在许清婉心中猜疑的时候，夜晚已经回来了，只有她一个，连个伴舞的都没有。

然则夜晚一出现，惊艳了众人的眼。

只见她身着彩虹一样美丽的宽摆长裙，头上戴着饰有变幻无穷的翡翠花冠。手腕上、手指上带着多彩耀眼的手钏跟戒指，中间还串着银铃，每走一步都能听到清脆的铃声在这空寂的大殿里回响。

"心应弦，手应鼓，弦鼓一声双袖举，回雪飘摇转蓬舞，左旋右转不知疲，千匝万周无已时。"夜晚轻声开口，夜晚已经重新梳洗过，眼神比方才清亮许多，身子也稳得多了，看着众人凝视她的目光，夜晚毫无所惧，"这才是真正的百旋舞。"

许是夜晚眉宇间的自信太过浓盛，竟给人一种凛然不可侵犯的感觉，不自然的众人竟是不由得挺直了身子，好似随意地靠坐便亵渎了一般。

夜晚看也不看慕元澈，眼神直落在夏吟月的身上，眼神平和中带着深深浅浅的幽暗。夜晚的容颜虽不是最出色的，但是此时戴着翡翠玉冠，穿着七彩霞衣，眉宇间的清冷之色，竟会令人有一种高山仰止的卑微之感。

骄傲、尊贵是来自于血液的传承，生活的淬炼，从来不是轻浮的一个眼神，一句话就能表达的。

这天下的女子论尊贵，谁能比得过郦香雪？

夜晚的骄傲，是累积两世的沉淀。无人可比。

夜晚轻轻拍手，奔腾欢快的乐声在大殿中乍然响起，姣美的身姿旋转起来像柳絮那样轻盈，玉臂轻舒，裙衣斜曳，飘飞的舞袖传送出无限的情意。乐声愈急，只见夜晚两脚足尖交叉、左手叉腰、右手擎起。全身彩带飘逸，裙摆旋为弧形，当真是旋转如风，竟看得众人眼晕不已。鼓、笛、钹的交替乐声节奏越来越快，夜晚的身子像是要飞起来一般。

方才许清婉的舞姿已经是激烈如风，旋转优美，令人耳目一新。可是众人赞赏的也只有舞姿而已。但是夜晚是不同的，她的舞因为动而美，心因为舞而飞。舞衣轻盈，如朵朵浮云，夜晚并非不是美人，只是在美人堆中算不得最出色的。可是此时此刻，玉冠下那寻常略微清冷的容颜，在彩衣的环绕中，透出别样的艳丽，如盛开的牡丹。

夜晚因为舞动，脸上的神情带着大大的笑容，随着欢快急速不停旋转的舞步，那心里散发出来的愉悦，能感染到周边的人心情也跟着欢愉起来。最美的乐声是随心而唱出来的，最美的舞姿，能跟随心的转动而去舒展身姿，它是会令人感受到快乐的东西，只有真的沉入其中，才能超越凡尘，独领风骚。

一曲舞毕，夜晚大口地喘气，许久不曾舞动，体力竟是跟不上了，脸颊上一片氤氲的红色。大大的眼睛闪着最耀眼的光芒，即便这明亮的灯光也不及其璀璨。

慕元澈缓步走下宝座，渐渐地靠近夜晚。

夜晚还在不停地喘气，胸口起伏不定，瞧着慕元澈在她身前站定，心如擂鼓，竟是不能自已。

两两凝视，慕元澈只觉得恍若在梦中一般。方才许清婉起舞，只会让他回忆起雪娃娃，可是夜晚是不一样的，夜晚在跳舞，就好像是雪娃娃在跳舞。舞动中脚尖的交替，眉眼间因为舞动带来的愉悦，是无法言语的一种感觉，好似时空交错，他的雪娃娃从没有离开过他一样。就在他的眼前，咫尺可见。

158

可是，与此同时，慕元澈的心中还有一个声音在告诉他，这不是他的雪娃娃，是那个牙尖嘴利，斤斤计较，又爱记仇的夜晚。

如果说雪娃娃是阳春白雪般的明媚柔软，那夜晚就是雪山峰顶的尖刀。

偏偏这样犀利的女子，让他这般地丢不开放不下，日日夜夜难以忘怀。

就如同他站在她面前，想要伸手拉起她的手，却只觉得双臂如千斤般沉重，只能这样看着她，生怕她下一刻就好像凭空消失一般。

夜晚自是不知道慕元澈心中的纠结，只是心中还在气恼，昂着还未养圆润的小下巴，神色极为倨傲地说道："嫔妾一舞完毕，不用皇上亲自动手将嫔妾逐出去，嫔妾自己有脚。"

夜晚赌气，转身就走。

严喜跟云汐、玉墨立刻奔了过来。

严喜已经是欲哭无泪了，他就说，他就说，二姑娘是个不能惹的主儿。没说错吧？谁作的谁受吧，尊贵的皇帝陛下，不是奴才不帮您，奴才不想上心眼比针鼻大不了多少的二姑娘的黑名单啊。

云汐此时则是大大地松了口气，然则心里却有个深深的疑惑，小主的百旋舞跟皇后娘娘简直就是师从一家，若不是小主的脸不是皇后娘娘那样貌倾天下的容颜，她一定以为是皇后娘娘并没有离开。

云汐看着夜晚，就像是看着珍稀动物，眼神灼灼的。

慕元澈顿时头痛无比，这性子是谁惯的，这样无法无天。夜箫跟黎氏肯定不这样宠着夜晚，怎么到了自己跟前就是长了刺的刺猬，碰哪哪扎手。

伸手拉住夜晚的衣袖，夜晚用力地一甩没有甩开，回过头来怒目而视，"不是要赶我走吗？"

"什么时候要赶你走了？你没听清楚话，朕是让严喜送你回去醒酒。"慕元澈解释道，他是真的冤枉，就这性子，谁敢赶她？

"你分明就是有。"夜晚的眼眶顿时就红了，这一晚上心思起伏太大，又是怕又是惊，又是伤心又是失望，心底深处还有着郦香雪的悲戚，一时情绪竟是无法控制，夜晚也不想去控制，顿时使起了小性子。

严喜仰头望天，奴才什么都没听到，是绝对不会救场的，尊贵的皇帝陛下您保重！

云汐上前一步，低声说道："小主也累了，不如奴婢先扶着小主回去？"

云汐是想给慕元澈解围，这样在这么多人面前说这些话总是不好的，回了芙蓉轩你们爱怎么闹就怎么闹去吧。

夜晚点点头，怒道："回去就关门，谁也不许开！"

159

第十九章　夜晚识破计，一舞冠群芳

慕元澈一脸黑线，没见过敢在他面前这样嚣张的女人！

严喜：二姑娘威武！威武！！真是不知道死字怎么写，不知者无畏啊。

云汐：……天下都是皇帝的，一道门能关得住吗？

玉墨：当主子的都爱为难奴才吗？回去找表妹研究研究这个关门的问题。

夜晚只觉得头重脚轻，天地旋转，眼前发黑，竟被某人拦腰抱起，大步离开。

严喜捂脸，哎哟，秀甜蜜会遭嫉恨啊，尊贵的皇帝陛下，您悠着点。

云汐跟玉墨面面相觑，二话不说连忙跟了上去，只觉得脸颊微红，夹着热气，今年夏天格外热哟。

整座大殿陷入死一般的沉寂。

惠妃首先站起身来，笑眯眯地看着甘夫人："今儿个甘妹妹辛苦了，本宫先告辞了，今晚上真是尽兴啊。妹妹果然独具匠心，最知道如何讨得皇上欢心，本宫真是自愧不如。"

夏吟月完全没有想到居然会是这样的结果，此时面对着惠妃的嘲弄讥讽，不得不打起精神来应付："惠妃姐姐真是说笑了，本宫也不过是希望皇上心情愉悦而已。"

惠妃看着夏吟月死鸭子嘴硬，得意一笑："甘妹妹果然是后宫贤德第一人。"

惠妃跟丁昭仪相继离去，其余位份低的嫔妃自然也趁机一起退下，不退下要等着甘夫人的怒火吗？

出了宜和宫，惠妃跟丁昭仪的轿辇在路口分别，临行前惠妃侧头看着丁昭仪："这个雪美人真是不简单。"

丁昭仪无所谓地笑了笑："只要她是甘夫人的敌人就好。"

两人相视一笑，分道扬镳。

等到惠妃跟丁昭仪的轿辇离开后，尤婕妤跟阮明玉一前一后走了出来，身后不远的地方便是傅芷兰跟明溪月，再往后便是徐灿夜晨罗知薇等一众人。宫中规矩，位份高者自然是先行离开，位份低者只能等位高者离开后才能前行。

阮明玉跟在尤婕妤的身后，默然不语，良久才听到尤婕妤忽然说道："宫中能人辈出，这日后怕是不得安静了，没想到今晚甘夫人竟是为别人做了嫁衣，这口气怕是要憋在心里了，以前她可是后宫第一得意人。"

阮明玉闻言轻叹一声："没想到雪美人如此多才多艺，着实令人心惊，不要说甘夫人，这大殿里谁又不震惊呢，居然连皇上都不知道呢。"

出了宜和宫，夜晚挣扎着要下来，慕元澈却是不肯，执意抱着夜晚往前走。

夜风徐徐刮过脸颊，夜晚被慕元澈圈在怀抱里，隔着薄薄的衣衫，听着慕元澈有些急速的心跳，夜晚的眼神变得有些湿润起来。这次没有再挣扎，反而伸手圈住他的腰，声音微带着哽咽："不赶我走了？"

慕元澈听到这话，脚步一顿，垂眸看着夜晚，面色有些僵硬。是啊，自己还要继续躲吗？手臂微松，将夜晚放了下来让她面对面地看着自己，伸手圈住她的腰不让她逃跑。

此时已经转过了岔路口，这条路是直接通往柔福宫的路，再加上花草树木成片，垂荫遍布，便将两人的身影遮掩得七七八八。严喜一见，立刻招呼着云汐跟玉墨往后退了一射之地，远远地跟着。

夜晚跟慕元澈之间只有一个拳头的距离，呼吸可闻，大热的天，慕元澈的身上也没有丝毫的汗气，只有龙涎香的味道在周围飘散，香气将两人紧紧地裹在一起。

夜晚此时心里也是有些复杂的，能把慕元澈从夏吟月的手中抢过来，无疑是巨大的成功。这是夜晚最开心的事情，第一步终于稳稳地跨出了，她知道她在慕元澈的心里并不是毫无地位的，这让她以后在宫里的地位便不会再尴尬。

只是……心底深处终于有一声叹息，那是对郦香雪的叹息。

风儿刮过树梢，留下串串的回响在耳边环绕。

夜晚长时间听不到慕元澈说话，忍不住抬头去看他，不想正对上慕元澈的眸子正凝视着自己。那眼神有些自己看不懂的东西在翻滚，只见他的眉心微微地锁着，不知道愁闷什么。

"为什么不说话？可是后悔带我出来了？"夜晚忍不住问道，紧抿着唇，面色微绷。

瞧着夜晚的模样，慕元澈轻叹一声，这个心思敏感的小东西。牵起她的手，两人慢慢地往芙蓉轩的方向走。

夜晚的小手包裹在慕元澈的大手中，因为常年握笔的缘故，慕元澈的手上带着些老茧。而且慕元澈并不是十指不沾阳春水的皇子，也是曾习武骑马的人，所以慕元澈的手掌是有些粗糙的。夜晚没有挣脱，只是一路沉默着等着慕元澈说话。

可是一直走到了芙蓉轩慕元澈也没有说一句话，见到皇帝跟夜晚一起回来，陌研忙带着人迎了出来，脸上带着笑。

"奴婢参见皇上。"

"平身。"慕元澈依旧牵着夜晚的手往里走，边走边说道。

众人忙谢了恩，眼看着两位主子进了殿门，陌研一把拉住玉墨便低声询问今晚的事情，云汐跟严喜自然是门口听差去了。

进屋后，夜晚便坐在了寻常爱坐的软榻上，身后垫了一个软枕，抬头看着慕元澈一时间竟不知道该说什么。这样的气氛似乎有些诡异，而且夜晚难道要主动说咱们睡吧，那直接让她撞墙去吧。

161

第二十章 风云迭涌时，花落碾成泥

慕元澈这个时候心里也是万分的纠结，不知道该如何跟夜晚说，也不知道自己接下来怎样做才是最好的。既不会让自己觉得对不住雪娃娃，又不会令夜晚伤心，这样一个两难的问题，便是如天子也是难以有两全之策。

红烛高燃，烛泪层层叠叠地堆在铜盏之上，像极了海底的红珊瑚。

严喜跟云汐立在门外，听着屋子里居然连说话的声音都没，不由得面面相觑。

"怎么连说话声都没有，是不是出什么事情了？"云汐有些不安地说道，今天一天受的打击实在是太多了，实在是无法再接受别的打击了。

严喜毕竟是皇上的贴身奴才，此时想了想，压低声音说道："估摸着皇上是过不了自己那一关，若是换做别的主子也就算了，与皇上而言不过是一个嫔妃，但是雪小主是不一样的。"严喜一时间也说不清楚，压低声音说道，"揣测圣意实属不赦，咱家也不好多言，毕竟先皇后……"严喜叹息一声没再说下去。

云汐却是怔怔的，一时竟也无语，忽然明白了皇帝的左右为难。不由得苦笑一声，看着严喜真真是说什么也是不对的，也就难怪严喜这样的人都不肯多说一个字了。

瞧着云汐的神情严喜忽然说道："云汐，你说先皇后故去多年，皇上对先皇后情深不假，可是毕竟人不在了，这往后的日子长着呢，总不能就这样孤孤单单一个人，你说是不是？"

云汐凝神看着严喜，她明白严喜的意思，可是要让她亲口劝皇上忘记皇后娘娘，她是做不到的，顶多皇上真的对小主动心，她……保持中立就是了。

看着云汐不说话，严喜无奈地摇摇头，看看云汐，就能想到尊贵的皇帝陛下心中的煎熬了。

没有爱情的时候人向往爱情，可是爱情多了也是令人烦恼的事。

最恨世间难白头啊。

屋子里两人相对而坐，慕元澈忽然说了一句："早些安置吧，朕回明光殿，还有折子要批。"他竟然想要落荒而逃。

夜晚猛地站起身来，脱口说道："你是要我明儿个成为整个后宫的笑话吗？"

慕元澈的脚挪不动了，回身看着夜晚，夜晚眼角红红的，要是今儿晚上慕元澈从芙蓉轩出去，她就真的无法见人了。

"我没有这个意思。"慕元澈无奈地说道。

夜晚走到他跟前，咬咬牙，伸手环住他的腰，伏在他的胸口说道："那你不要走，我究竟是哪里不好，你居然这样对我。若是你真的不喜欢我，就把我逐出宫去吧，免得零零碎碎的受这些磨难。"

温热的泪珠浸透了单薄的夏衫，慕元澈只觉得那片湿热竟让他有些心慌意乱。

"不许这样说，我并不是不喜欢你，只是……只是有些事情是不一样的。阿晚，若是只把你当做后宫的嫔妃，我便不用这样的难以抉择了，你可明白我的意思？"

"不明白，也不想明白，我只知道你是讨厌我的。"

"我没讨厌你。"

"你有，每次你来芙蓉轩都不会留下来，只留我孤零零一个。"

"……我是有原因的。"

"不管有什么原因，我只看到了结果。"夜晚哽咽道，狠着心一步步地逼迫慕元澈。夜晚不想这样，可是不得不这样，皇帝永远不可能把所有的精力都放在后宫。她必须要有自己的力量，可是要想有自己的力量，最现实的就是一定要有皇帝的宠爱，最好生一个皇子，永远的稳固。

夜晚心里是有些明白慕元澈为何这样退缩，但是这一切都不能成为阻挠夜晚前进的动力，所以夜晚是一定要跨出这一步，必须要让慕元澈放下他那可笑的坚持。

人都死了，还有什么意思吗？再者说了，夜晚觉得慕元澈的坚持实在是太可笑，太愚昧了。

慕元澈不知道该如何解释，也解释不了，唯有长叹一声，紧紧地环住她："再给我点时间好不好？今晚我不走，我们只说说话。"

夜晚瞬间石化了，这样也能行？

难道慕元澈是奔着柳下惠为目标去的？

果然，这一夜，他们是纯盖棉被聊聊天，然后各自睡各自的，秋毫不犯。

夜晚一直到清晨醒来，都有些神思不属，恍然还在梦中，这叫什么事儿！

按照惯例妃子侍寝过后都是要晋封的，可是她昨儿晚上并没侍寝……一时间夜晚也有些风中凌乱了，全都乱套了。

早上起来，云汐来收拾床铺，果然没看到元帕上该有的东西，不知道该喜还是该忧。昨儿晚上一整晚没听到屋子里有动静，也没要水，她就知道情况只怕有些不对劲，没想到果然猜对了。

云汐犹犹豫豫地看着夜晚，一时间不知道该怎么开口。

夜晚看她的神色便知道怎么回事，当即说道："昨晚上皇上留下了。"

云汐一愣，很快就明白过来，连带着玉墨跟陌研都垂下了头，一句话也不敢多说。

"那皇上那边会不会有晋封的旨意下来？"云汐犹豫一番还是问道，这叫什么事儿。

夜晚皱皱眉头，透过镜子看着玉墨说道："梳个飞仙髻。"说完这句，这才看着云汐说道："这事儿我可不知道，听天由命吧，也许这就是我的命。"

"小主别这样说，皇上对您是不一样的。"云汐忙宽慰道，生怕夜晚有怨愤之情。

"我宁愿他对我是一样的。"夜晚垂眸缓缓地说道，她要的不是慕元澈的爱，而是慕元澈给的权，可是造化弄人，夜晚满脸的疲惫。不过还好，慕元澈还是愿意给她留颜面的，不然的话她夜晚可就是这后宫的一个天大的笑话了。

梳了飞天髻，发间簪了大红的珊瑚雕刻成的簪环，顿时便多了几分喜气。穿一袭湖色织金曳地长裙，长长的裙摆拖曳于地上，顿显几分高贵，果然人靠衣装。

今天还是要去宜和宫的，至少面上该守的规矩还是要守的，总有一天，她会将夏吟月从顶峰拉到地狱。这个时辰了，圣旨还不到，只怕是真的没有晋封的意思了。

夜晚心里叹口气，正要开口去宜和宫，便听到外面严喜的大嗓门传了进来。

"圣旨到，雪美人接旨！"

夜晚等人忙出去接旨，严喜面带笑容看了夜晚一眼，瞧着夜晚等人跪下之后，这才开始高声朗读。圣旨的辞藻很华丽，一长串的四六骈句，听得人昏昏欲睡，最后一句才是亮点，直接给众人打了大分量的极品狗血，兴奋指数噌噌往上涨，很有爆血而亡的节奏。

"容华主子接旨吧。"严喜十分谄媚地笑道，二姑娘就是二姑娘岂是旁人能比的，连升四级，从美人直接蹦到容华的位置上，这是相当有独霸后宫的节奏啊。

夜晚接过圣旨这才在云汐的搀扶下站起身来,神色间还有些怔怔的,没有想到慕元澈居然给她这样大的颜面,连升四级这样的事情在本朝几乎是没有发生过的。

严喜细细打量着夜晚的神色记在心里,然后才说道:"奴才给容华主子贺喜了,这可是本朝以来第一份的殊荣啊。"

夜晚挤出一个微笑,看着严喜说道:"也许吧,有劳公公跑这样一趟了。"

"您别这样说,这是奴才的荣幸,奴才这就回去复命了。"严喜心里有些忐忑不安,别人若是得了这样的位份哪个不是欢天喜地的,怎么到了二姑娘这里好像就是有点不开心的感觉?难道是自己看错了?

严喜走后,整个芙蓉轩都跟着开心起来,看着夜晚说道:"恭喜主子,贺喜主子。"

"都起来吧,云汐,赏!大家同乐。"夜晚淡淡一笑,是要庆贺,虽然她跟慕元澈没有发生什么事情,但是实惠却是捞到了,而且显然也比夜晚想到的要高得多,看来慕元澈对自己还是很不错的,连升四级,终于可以在这后宫里横着走了。

"去宜和宫。"夜晚浅浅一笑,该得意时便得意,该猖狂时便猖狂,时不我待,一旦死了,什么贤良淑德都是虚的。

"是。"云汐将打赏的事情交给玉墨这个爱玩的,陌研留下守着屋子,她跟小安子随着夜晚出了门,如今小安子是越来越长进了。

刚出了门,小安子就上前一步说道:"小主,奴才打听过了,流云轩的许小主也得了晋封的旨意,不过只是按照规矩升了一级,从六品的才人而已。"

夜晚微微蹙眉,看来慕元澈还是顾及着夏吟月的面子,毕竟许清婉是夏吟月举荐的。心里叹息一声,慕元澈到底不是一个无情无义的,做事情还是想得很周到,只是不知道什么时候才能令他不再顾及夏吟月的面子才是,只怕这路还有的走。

"才人?真是贴切得很。"夜晚嗤笑一声,东施效颦才只能得个才人的封号真是莫大的讽刺。

看着夜晚神色并不好,云汐小声劝道:"小主,您现在可要更加的谨慎才是,万不能被甘夫人捉到把柄,不然的话可有些难办。"

云汐的意思夜晚自然明白,笑了笑:"你放心,我惜命得很。她几次三番针对我,我并不是打不还手的人,只是我也不会莽撞行事,云汐,我都明白。"

云汐这才松了口气,笑眯眯地说道:"奴婢就知道小主是个谨慎的人,跟着您这样的主子,做奴才的也是安心得很。"

"咱们休戚与共,自当如此。有我一日,便一定有你们一日,便是没我了,我也会尽我所能为你们安排好退路。"夜晚斩钉截铁地说道,是的,这些人都是她最珍惜的,如何不能尽力去保。

云汐跟小安子闻言不由得一愣，万没想到夜晚会说出这样的话，一时间心里也真是滋味难明。当奴才的没了性命本就是寻常事情，被主子打死，或者当了替死鬼的比比皆是，没听哪个当主子的居然会这样对待奴才的。

"奴才们不值得小主如此费心。"云汐跟小安子忙道。

"你们值得！"夜晚坚定道，然后不再提及此事，看着小安子问道："昨夜宫中可有什么动静？"

"回小主的话，并没有什么。只是杜贵人跟许才人在宜和宫多待了一个多时辰才各自回去，阮婉仪是跟尤婕妤一起回的。"小安子忙道。

夜晚点点头："尤婕妤对阮明玉有提携之恩，这也是必然的。"

宫中形式随着夜晚的逐渐崛起，已经打散了夏吟月一家独大的局面。虽然夜晚位份还不算高，但是只凭着她侍寝一夜便能连升四级，不要说震动后宫，便是前朝也起了波澜，尤其是夜晚的哥哥还是这次出使西齐的其中一员，一时便是各种猜测喧嚣尘上。

这回倒是没有在岔路口遇上丁昭仪，毕竟丁昭仪寻常都是深居简出得很，便是奉旨协理后宫，大多的时候不过是担了一个名头，惠妃出力比较多。

今日的宜和宫很热闹，很多人都已经早早前来，夜晚到的时候大殿里已经有很多人在，瞧见她进来，竟是一时鸦雀无声。

这宫里如今除了夏吟月、惠妃、丁昭仪还有尤婕妤之外，就属夜晚的位份最高了，是备受瞩目。夜晚进来，位份比她低的自然是紧着上前行礼，现如今谁敢轻易招惹夜晚，昨晚上的事情大家可是看在眼里的，因此今儿个大家对着夜晚便是有些小心翼翼的。

夜晚看在眼里，缓步往前走，如今位份高的只有尤婕妤一个了，夜晚便过去打招呼："嫔妾见过尤姐姐。"

尤婕妤瞧着夜晚礼数周到，可不像是昨晚上撒泼的那个，心里有些嘀咕，但面上还是带着和煦的笑容说道："雪妹妹来了，坐吧，咱们姐妹也说说话，说起来自你进了宫还真没有好好地坐在一起说过话。"

夜晚轻轻一笑，"是嫔妾没福气，进了宫便是三天两头地遭难，竟躺在床上养病了，倒真是让姐姐笑话了。"

听着这话，大家不由得一怔，这宫里最近是有些传言，说是夜晚几次遭难都跟宜和宫脱不了关系，但是也只是传言，听着夜晚这话倒是似有所指。尤婕妤的笑容也有些僵硬，这话……真是不好接。

不过尤婕妤到底是宫里待过多年的，此时拉着夜晚的手在自己的身边坐下，接着说道："如今不是否极泰来，日后定是事事顺畅，再无烦忧的。"

"借姐姐吉言。"夜晚应道，浅浅一笑。

正在这个时候，徐灿、夜晨，还有罗知薇携手走了进来，看到夜晚已经到了，便有些吃惊，不过还是上前过来见礼。不过一晚，夜晚已经是她们高高仰视的存在了。

"嫔妾见过尤婕妤、雪容华。"三人齐声说道，弯腰行礼。

"快起来，几位妹妹莫要多礼。"尤婕妤笑着说道，不管什么时候，尤婕妤多是笑的，给人的感觉很随和。

夜晚则是亲自将三人扶起来，笑着说道："徐姐姐你们几个是要跟我生分了吗？"说着眼睛就落在了夜晨的面上。

夜晨对上夜晚的眼神却是瞬间躲了开去，并无直视。

徐灿却是压低声音对着夜晚笑道："怎会生分，只是宫规也要守着就是了。如今你已经是容华主子，越是如此嫔妾等越不能失仪，免得被人看了笑话。"

夜晚点点头很是感激地笑了笑，心里却是想道，徐灿真是一个八面玲珑的人，不管什么时候从不会做出任何令人厌恶的事情。

"徐姐姐这般，夜晚心中铭记。"

"彼此姐妹说这些可是见外的，切莫如此，免得真的生分了去。"

夜晨在一旁看着徐灿倒像是跟夜晚一母同胞的姐妹一般，心里不由得一寒，也未说话，自己在自己的位置上坐下，就听到罗知薇也正在贺喜夜晚晋升，瞧着这满大殿的人，她竟不知道自己为何要坚持进宫来，平白被人们看了笑话去。

阮明玉、傅芷兰、许清婉等人相继而来，大殿里越发的热闹，很快地甘夫人就出来了，众人忙起身行礼。

夏吟月的眼睛在夜晚的身上轻轻地扫过，笑着说道："都坐吧，难得你们今儿个这样的早来。"说着看了夜晚一眼，笑着说道："今儿个可是雪容华的好日子，侍寝过后连升四级，可是本朝开朝以来第一次有这样的盛事，本宫打算明日设宴为雪容华庆贺一番，诸位姐妹一起来热闹热闹才是。"

"是。"众人齐声应道，但是落在夜晚身上的眼神可就不是那么和善了。

夜晚却似浑不在意一般，笑着说道："不敢劳动甘夫人如此大张旗鼓，不过是晋封而已，太医也说了我的身子不好过度的劳乏毕竟旧伤未全好。说来嫔妾晋封多是托了甘夫人的福，嫔妾在此谢过了。"

夜晚直接拒绝了夏吟月的建议，夏吟月想要借着给自己摆宴席拉回慕元澈的心，彰显自己贤德，她偏不给她机会。最后又讽刺了夏吟月搬起石头砸自己的脚，她的晋封至少旁人想起昨晚便会知道，若没有夏吟月的咄咄相逼，夜晚怎么会一舞倾君心连晋四级呢？

第二十章　风云迷涌时，花落碾成泥

夜晚，这时赤裸裸地给甘夫人拉仇恨值，得瑟吧，想要给自己长脸，也得看我的心情愿不愿意给你这个脸面！

众人皆不言语，谁也没想到夜晚这样的强势，居然丝毫不给夏吟月面子，抬眼看去，就见高高在上的甘夫人神色不太好看。不过夏吟月可不是初进宫未经磨炼的性子，很快地就恢复平常，十分柔和地笑道："如此，雪容华也要好好地将养身子，将来也好为皇上绵延子嗣，开枝散叶。"

夜晚就知道夏吟月不是个吃亏的人，这话的意思可又是将自己推到了众人的跟前，让众人知道如今夺走皇上心的是自己。

"是，嫔妾自然是愿意。只不过子嗣缘是求不来的，只能听从上天的安排，嫔妾不强求。"夜晚浅浅一笑，似笑非笑地看着夏吟月又说了一句，"嫔妾必定会以甘夫人马首是瞻。"

夏吟月只有一个女儿，不过旁人连女儿也没有，本来是极为荣幸的事情，但是从夜晚的嘴里听到这话，总是觉得有些讥讽之意，甘夫人的眼神立刻就锐利了许多。

夜晚与她对视，嘴角含着笑，竟是丝毫不肯避开。

旁人看着不免心惊，都觉得夜晚的胆子实在是大。

甘夫人毕竟还是后宫现如今位份最高的嫔妃，膝下还有皇上唯一的子嗣，别人自然不敢怠慢。但是万万想不到，夜晚不过才新得宠居然敢跟甘夫人对峙，一时间大家都觉得夜晚甚是猖狂。

若说夜晚目中无人，但是夜晚对旁人都是极其有礼貌的，别人只要不犯到她头上，她从不会主动生事，只是为何却老是跟甘夫人过不去？

众人心里谁也没有答案，但是大家却不由自主地想起宫中的流言，都说夜晚几次三番的被人暗害都是跟甘夫人有关，看着夜晚的这个架势，莫非这流言竟是真的不成？

"雪容华嘴里说着马首是瞻，却是拒绝了夫人的一番好意，不管怎么说雪容华晋位，夫人想要为你庆贺一番也是好意。"许清婉昨日被夜晚用汤溅了一身，又抢走了她的风光，害得她一下子沦为众人的笑柄，自然是对她怨恨非常。

夜晚正眼也不看许清婉，只是浅浅地说了一句："我当谁呢，原来是东施效颦的妹妹。"

大殿中哄笑声顿起，此起彼伏，许清婉涨红了一张脸，咬着唇却不知道该如何应对，在众人的眼睛里她的确是东施效颦了。众人未见过孝元皇后的舞姿，只闻其名而已。自己的舞练了多年，自然是能够让大家耳目一新，当然前提是没有夜晚的绝杀在后。

因为夜晚，一夜之间她成为了后宫里的一个笑话！

"东施效颦舞得好也是需要本事的，不是人人都有雪容华这样的本事，许才人百旋舞也算是出类拔萃。最重要的是这份心，这样就足够了。"甘夫人看着众人沉声说道，面带不悦。

众人不敢再笑，唯唯称诺，甘夫人多年养成的积威在众人的眼睛里还是很有威严的。

许清婉的神色这才缓和了一些，但是依旧是委屈得不行，原本是准备得万无一失的，哪里会想到冒出个夜晚。只是此时夜晚势盛，她不敢当面顶撞，不过天长日久总能报得这一舞之仇。

"的确是要有心才是，不然的话哪里能看到这样精彩的场面。听说许才人进宫以来就称病，博得无数人的怜悯，没想到昨儿晚上瞧着许才人的身姿哪里像是久病之人。不像我真真实实地养了许久的病呢，可不就是有心呢。"夜晚自然不会轻易地让夏吟月痛快地去，这才只是一个开始而已。

许清婉面色一白，强声说道："雪容华这是何意？嫔妾进宫以来身子的确水土不服，幸而得到甘夫人垂怜，让杨院正亲自瞧过这才逐渐好转起来……"

"杨院正瞧过？我竟不知道什么时候堂堂的院正大人，居然要给一个小小的娘子去瞧病。记得当初我病重，想邀请院正大人挪尊步都未请动，许才人不仅有心还有福气呢。"夜晚冷哼一声，猛地站起身来看着夏吟月说道："嫔妾身子不适，先告退了。"

说完竟不待夏吟月同意，便是扬长而去，只留下面色铁青一脸惨白的许清婉。

夜晚跟杨成之间的事情大家都是知道一些的，此时夜晚故意提起来，就是暗中影射甘夫人在背后动了手脚，果然大殿中有些人瞧着甘夫人的神色便带了几分不悦。夏吟月恼怒却又不能多说，这种事多说多错，更会惹人疑心。

"小主，您又何必这样的针锋相对，有些事情急不得。"出了宜和宫云汐出口劝道，"只怕这样也会惹得皇上不喜，只恐有人会在皇上面前嚼舌根。"

"云汐，我就算是对着甘夫人卑躬屈膝她就会放过我了？她不会！既然这样索性撕开脸皮的好，这样的话就算是她想要谋害我也得思量思量，不然众所周知我跟她不合，我出了事，她是第一个被人怀疑的。"夜晚浅笑，她从不会做无用之事，这次亦然。

她就是要跟夏吟月一开始就摆明立场，两人是水火不容的，这一世夜晚不会再给夏吟月来一场姐妹情深的戏码，那真是会恶心死人了。

"今日惠妃娘娘似乎没来？"夜晚看向小安子问道，直接转移了话题。

小安子立刻上前一步，道："是，如今惠妃娘娘协理六宫大权在手，再加上甘夫人毕竟不是中宫皇后，惠妃娘娘自然不会像以前一样日日来了。"

夜晚轻轻地点点头，她早就察觉惠妃跟夏吟月之间似乎有些不愉快，如今看来两人嫌隙甚深。嘴角缓缓勾起："去衍庆宫。"

　　云汐跟小安子都是一愣，小安子忙压低声音说道："主子，这似乎有些不妥当，方才在宜和宫分明说身子不舒服才离开，这会儿便直接去衍庆宫，这不是明摆着扫了甘夫人的颜面。"

　　"那又如何？"夜晚神色郑重地看着云汐跟小安子说道，"你们两个跟着我这段日子，从我进宫以来，遭了多少陷害，受了多少罪，这一桩桩的背后都有宜和宫的影子，只是没有确凿的证据而已。我就是这样的性子，别人对我三分好，我还别人十分情。若是有人欲要置我于死地，我也绝对不会罢手的。你们若是觉得跟着我这样的主子不安心，我可以让皇上将你们送回长秋宫去。"

　　"奴婢不敢，只是担心小主风头太劲，木秀于林风必摧之。"云汐忙道，这后宫昙花一现的多，岁岁常在的少。

　　"奴才自当是尽心尽力为小主尽忠，绝不会有二心。"小安子立刻表忠心，他们小主有情有义，做奴才的才能跟着踏实，既然小主恩怨分明，做奴才的多几分机警就是了。

　　夜晚舒心地一笑："你们自然都是好的，走吧。"

　　软轿一路到了衍庆宫，守门的宫人立刻进去禀报，夜晚下了软轿，就见惠妃跟前的冰琴亲迎了出来，见到夜晚忙俯身行礼："奴婢见过容华主子，恭喜主子连晋四级，这可是天大的喜事，我们娘娘早就说过容华主子是有大造化的人，果真如此呢，昨儿主子一舞倾城，真真是令人惊如天人啊。"

　　"云汐，快赏，这张嘴真是讨人喜欢，难怪惠妃姐姐把你当宝贝，果然是个好的。"夜晚笑眯眯地说道，心情极好的，边说边大步地走了进去，一抬头就看到惠妃正站在廊檐下看着她眉眼间全是笑意。

　　夜晚快走几步，俯身行礼："嫔妾见过娘娘。"

　　"跟我还这般客气。"惠妃伸手将夜晚扶了起来，柔声说道。

　　"不敢跟姐姐见外，只是这一礼是感谢姐姐昨晚上为夜晚仗义执言，夜晚铭记于心，甚是感激。只是昨晚实在是酒上头，连声谢谢都没跟姐姐说呢。"夜晚不管惠妃是不是真心帮自己，但是至少惠妃跟她一样跟夏吟月是对头，这就使得夜晚跟惠妃自然亲近起来。

　　惠妃携着夜晚的手往里走，边走便说道："还说这个，昨晚上差点儿被你吓个半死，见过发酒疯的，没见过疯成你这样的，也亏得是你，若是换成别个，今儿个只怕在冷宫待着了，宜和宫那位这几年来从未受过这样的气呢。"

　　惠妃一开场就是敌我分明，泾渭了然，夜晚听着就知道自己来对了，两人进了殿中在檀木桌前相对而坐。冰琴带着丫头奉上茶果点心，跟云汐悄悄地退了下去守在门口。

夜晚见殿中无人，这才接着说道："实在是气得狠了……"说着便是眼眶一红，"倒是让姐姐看了笑话，夜晚心里实在是苦。"

听着夜晚这话，惠妃便是长长一叹："这宫里哪一个真的活得开心的？想要活得开心的，必然是不能进宫的。不过话说回来，便是嫁给了寻常男子难道就真的能开怀？天下男儿哪个不是三妻四妾，只看朝中这些文武大臣便知分晓。你莫觉得委屈，比起旁人来，你真是幸运多了。"

"幸运？这没进宫在永巷的时候就多番刁难，进了宫掉了两回水池子，还被人在食物中夹了致命的东西，差点连命都保不住了。昨儿晚上，宜和宫那位故意弄了个许娘子，谁不知道就是针对我来的，不就是看不惯皇上对我几分好，便想着分我的宠。"夜晚情绪有些激动，瞧着惠妃又道，"亏得娘娘几番为夜晚直言，夜晚心里实在是感激。都说锦上添花易，雪中送炭难，昨晚上那样的情况下我嫡亲的姐姐都不曾多说一句呢。"

"是你投我的缘，咱们第一次见面我就极喜欢你的。"惠妃柔声一叹，"你跟我的故人很是相似，这就是缘分了。"

夜晚听着心里便是一动："没想到嫔妾还能有这样的机缘，还要多谢娘娘的那位故人呢，不知道人现在何处，夜晚也好拜谢一番。"

"已经故去了。"惠妃神色微黯，转瞬便是一笑，看着夜晚说道，"你怎这么早就到我这里来了？"

夜晚浅浅一笑，柔声说道："甘夫人说了想要摆宴庆祝嫔妾晋升之喜。"

惠妃听着夜晚的话眼中闪一丝笑意："你接受了？"

"接受了就不在娘娘这里了，我怎么会让敌人踩着肩膀讨好皇上，是不是惠妃姐姐？"夜晚道，这话一出口，少了说笑，多了几分凝重。

惠妃点点头："你胆子倒是大，就这样跟宜和宫撕破脸了？就不怕皇上怪罪你？须知道一口吃不了胖子，当心操之过急，反被其噬。"

"若是不撕破脸，难不成要跟她姐妹情深，被她利用蒙蔽皇上？反正我们之间早就有嫌隙，这个时候撕开也好。"夜晚低声说道，"没有办法的事情，我总得自保，皇上总不能时时刻刻地盯着后宫。"

瞧着夜晚这般明白，惠妃倒是有些惊讶："难得你这般通透，倒是跟传闻中很是不一样。你们进宫前，宫里人对你们的情况都是了解一些的。"

夜晚当然知道这是惯例，位份高的嫔妃想要知道秀女的一切简直就是易如反掌。

"想要活着，总是不容易的。"夜晚低声一叹，她知道惠妃会懂得，果然就见惠妃神色了然地点点头，毕竟进了宫她们姐妹之间并没有多亲密就能看出一二了。

"你今日来，可是有什么事情需要本宫帮忙？"惠妃直言问道，夜晚是个聪明人，倒不用拐弯抹角了。

衍庆宫的正殿很是沁凉，跟外面的炽热截然相反，身坐其中，反而有些冷意。

夜晚听着惠妃的话，也不掩饰，点点头："嫔妾只是希望能跟娘娘一起完成娘娘所愿，嫔妾对那高高在上的位置不感兴趣，嫔妾要的娘娘应该知道是什么。"

惠妃没想到夜晚这般大胆，居然敢这样跟自己说这些，不由得眉心一蹙："这样的话你也敢这样说出来？你要知道只要本宫一声令下，将这些事情报给皇上听，你便是再得帝心只怕也得吃些苦头，更有甚者永不能翻身。"

"嫔妾知道娘娘不会。"夜晚斩钉截铁地说道，"嫔妾来得匆忙，知道娘娘还需要时间考虑，娘娘若是想通了便请给嫔妾一个信。"

夜晚告辞离开，惠妃一个人在大殿里默默发呆。冰琴轻手轻脚地走进来，将惠妃的茶盏换过，这才低声说道："娘娘可是有什么为难之事？"

"冰琴，在你看来雪容华是个什么样的人？"

冰琴想了想才说道："奴婢总觉得雪容华跟这后宫的人有些不一样，胆子大，性子直，而且是个棱角分明的人。"

"那你觉得这样人在这宫里能生存下去吗？"

"奴婢不敢说，不过奴婢觉得皇上对雪容华是有些不一样的，不像是皇帝对待一个嫔妃。"冰琴低声说道。

惠妃想了想，叹息一声："是不像。"

"那娘娘为何还跟雪容华走得这般近，只怕这位将来的际遇真是不敢说的。"冰琴隐晦地提醒。

惠妃闻言轻轻摇摇头："她未必有那个心，性子太过刚毅之人，不会垂涎那个位置，她垂涎的只是帝王的心。"

冰琴神色一呆，良久才叹道："只怕雪容华是要失望了。"

"也未必。"惠妃皱皱眉说道，年轻时她也曾对帝王一往情深，奈何当时有郦后，皇上的眼睛里根本容不下别人。在皇帝的心里，嫔妃不过是稳固朝纲的一种捷径，历朝历代皆是如此，是完全可以跟爱情区别开来的。世家势大，惠妃很清楚地记得，皇上初登位的时候，竟然调令不动朝臣任其阳奉阴违，原因很简单，那些朝臣十有八九都是世家出身，他们遵从的只是世家的利益，哪里会将一个新登基的皇帝看在眼里，纵然这位皇帝刚在边关立了战功。

新登基的帝王，居然还不如皇后，皇后只是回了一趟娘家，很快地朝臣就折腰了。惠妃至今还清楚地记得,那一夜年轻的帝王彻夜未眠。

当今圣上并不是一个软弱的人,相反的他是一个有魄力,且励精图治的人,不过几年时间便已经能跟世家鼎立相对。如今朝堂上可不是世家的一言堂,所以自从郦后过世之后,皇帝跟世家的矛盾日益尖锐。

听闻这次出使西齐,皇上竟然逼得世家将世家这一辈中颇有声望的玉公子给提了出来,若是这回谈判顺利也倒罢了,若是不利,只怕朝廷又有动荡。世家跟皇上的博弈,孰赢孰负?

惠妃忽然想到一事,这回出使的名单中还有雪容华的哥哥,不知道皇上在打什么主意。夜宁在京都也曾名噪一时,一是因为夜宁出色的容貌,二是因为夜晚马场勇救小国舅,这才让夜府这个庶长子走进大家的视线。

惠妃现在也摸不透皇上为何会让夜宁参加,不过这倒是夜晚的机会,只要她哥哥立了功,她在后宫的地位就会愈加的稳固。

夜晚跟甘夫人不睦,她的地位越稳固,对自己越有利,也许这样距离自己找到先皇后的死因就不难了。要想查明真正的原因,必要从夏吟月身边的人下手,但是夏吟月不倒,她身边的人就动不得。上一回只用一个药童就让杨成躲过一灾,夏吟月是个厉害的,也就难怪夜晚会跟自己联手了。

"冰琴,你亲自绣一方缠枝李子图巾帕给雪容华送去。"惠妃道。

"是,奴婢这就去,下午就能送过去了。"冰琴的女红也是极为出色的。

午膳慕元澈并未踏进后宫,夜晚一人用过膳便闭目养神。下半晌的时候冰琴送来了帕子,夜晚拿过来一看便是笑了。

投之以桃,报之以李。

惠妃这是答应了。

夜晚浅浅一笑,心情甚是愉悦。有着郦香雪那么多的经历,夜晚不会再轻易地相信任何人,所以今儿个在衍庆宫夜晚的说辞故意有些过于激烈的样子,就是要给惠妃一种她性子太过刚烈的感觉,这样的女子,这样的性子如何能登上后位?

得到了惠妃的准信夜晚顿时放松起来,屈指算了算,夜宁一行人离开京都也有二十天,早就该到了边境,只是不知道谈得如何了。这段时日夜晚的精神都放在后宫,如今在后宫也算是暂时稳住脚了,便又开始挂念起夜宁和司徒镜了。

天色将黑的时候,陌研进来了,在夜晚跟前低声说道:"小主,小安子才得到消息,皇上今晚上不过来了,说是得了边关急报,要连夜办理公事呢。"

夜晚心头一震,转头看着陌研说道:"去让小安子打听,是不是关于使团的事情,如果是的话尽量打听些消息回来。"

"是,奴婢这就去。"

夜晚只觉得一颗心七上八下的很是不安稳，她早就知道这样一趟出行根本就是胜算极少的，没想到这就来了急报，不会被百里晟玄给一窝端了吧？殿里摆着冰盆，凉沁沁的，但是夜晚还是惊出了一身汗，竟有些魂不守舍的感觉。

很快地陌研就回来了："主子，小安子来了。"

"让他进来。"夜晚立刻说道。

小安子很快地就进来了，给夜晚行礼，这才说道："主子让奴才打听的事情，奴才打听过了，果然是因为使团的事情。"

夜晚的眼皮就是一跳，声音带着些紧张，神情都带着严厉："你可是问清楚究竟出了什么事情没有？"

"奴才跟严喜公公的徒弟小辰子有些交情，特意找了他打听，小辰子说好像是使团一进入了西齐的地界就失踪了，如今竟是下落不明呢。"

下落不明……

夜晚脸色一白，她想过很多可能，唯独没有想过会被人给一锅端了，百里晟玄怎么会变得这样的凶残？夜晚只觉得眼前一阵阵地发黑，一时间连呼吸都有些凝滞。

"皇上可有说怎么办？"夜晚的声音很是干涩，像是很多天没喝水一般的嘶哑。

"这个奴才就不晓得，小辰子也并不知道，明光殿里没有丝毫消息透出来，只是知道皇上大发雷霆。"小安子知道夜晚的哥哥也在里面，因此回话格外的小心翼翼。

夜晚挥挥手："你们都下去，我自己静一静。"

"主子……"云汐有些不安地喊了一声，"皇上一定会把人救出来的，您莫要担心。"

救是一定会救的，只是等到慕元澈发兵过去，只怕只能收尸了。

这话夜晚不能说，因此看着云汐说道："你们去吧，我一个人待会儿。"

云汐几个这才退了下去，夜晚静坐在灯前，一时间竟是有些束手无策。千里之外，她实在是没有办法力挽狂澜，若不是她，司徒镜就不会被慕元澈逼着出使西齐，若不是担心司徒镜命丧西齐，她不会让哥哥也去，可是如今竟是要两人的性命都要埋葬在西齐吗？

没想到短短几年，百里晟玄的心思越来越难猜，这回居然胆敢做出这样的举动，可见真是要跟大夏宣战了。当年一败是他的耻辱，他早就说过一定会血洗耻辱，只是没想到这一天来得这样快。

夜晚在屋子里走来走去，她绝对不能坐以待毙，绝对不能就这样不管不顾，任由他们自生自灭。可是……她不是郦香雪，不是可以随意出入明光殿的郦香雪，不是那个人人称赞的郦皇后，凭什么让慕元澈相信自己，相信自己的话，相信自己的谋略？

想到这里更是心急如焚，世家女的身份有的时候在这后宫里真是有得天独厚的优势。只可惜她是夜晚，一个小小的庶女，她的话谁又会听，谁又会信呢？

她的力量还是太弱了，夜晚掩面而泣。

更鼓一声声地传过，已是三更了，立在院子里，隔着一堵墙，还能隐隐约约地看到明光殿灯光如织。慕元澈一定还在跟朝臣商议对策，夜晚在院子里来回转动几圈，忽然咬咬牙抬脚走进屋内，让云汐多点了几盏灯，陌研研磨，玉墨铺纸。夜晚立在桌前，伸手拿起笔，然后看着她们几个说道："你们先出去吧。"

三人不敢多说，忙躬身退下。

夜晚这才在纸上涂涂写写地画将起来，足足站了三个时辰这才停下笔，此时天已微亮。

夜晚凝神看着纸上，这才微微一笑，用力吹干纸上的墨迹，细细地折叠起来，喊道："小安子。"

无边的战事笼罩着夜晚，战火朦胧中她看到夜宁跟司徒镜正在垂死挣扎，潮水般的敌军席卷而来，将他们湮灭在人潮之中。

夜晚大声地嘶喊，让他们逃命，可是他们根本就听不到，看不到，鲜血染红了战袍，无数生命在硝烟中陨落。夜晚奋不顾身地朝着他们跑过去，是她，是她，若不是她给慕元澈献计，司徒镜不会被逼出使西齐，他的哥哥也不会踏上出使的征途。

夜晚这一刻真是恨不能吃了自己的心都有，可是眼看着自己最亲的人就在前方倒下，她却没有办法相救，只能扯着嗓子不停地大喊。喉咙已经嘶哑，夜晚无力地看着在乱军中伏倒在地的哥哥跟司徒镜，她甚至予还能看到司徒镜的脸上带着一如既往的柔和笑容，仿佛往昔一样。

"哥，都怪我，都怪我，你别离开我……"

"阿晚，你醒醒，你醒醒……"

夜晚从无边的梦境中听到一道极为熟悉的声音在轻轻地唤着自己，就像郦香雪的记忆里一样，每当遇到危险的时候，他总会说，雪娃娃，站在我身后有我保护你！

夜晚朦朦胧胧地睁开眼睛，因为梦中的不停嘶喊，嗓子有些发干似要冒火一般。一抬头便对上了那一双黝黑黝黑总是探不到底的眸子，夜晚从梦魇中还未清醒过来，下意识地一把扯住他的衣衫，脱口就说道："阿澈，阿澈，救救我哥哥，救救我哥哥，我不要让他死，我不要让他死……"

泪珠一颗颗地滚落而下，滴在慕元澈的手背上一阵阵的灼热，似乎透过肌肤钻进血液里，在体内四处乱窜。夜晚的情绪实在是很糟糕，眼睛肿如核桃一般，发髻散

第二十章　风云迭涌时，花落碾成泥

175

乱随意地披在身后，一双大眼睛里满是惊惧之色。

从没有见过夜晚这样的模样，慕元澈几乎是立刻就将她拥进怀中，柔声说道："莫怕莫怕，我在呢，你哥哥会没事的，我已经让岐州守将钱桐、延州守将冯巳昭火速驰援，一定会将他们平安救出，你只管安心便是。"

夜晚的脑袋里一团糨糊，一时间根本就没有想到自己不是郦香雪而是夜晚。听到慕元澈的话竟是脱口说道："钱桐稳重有余但是机警不足，冯巳昭急功近利且又爱占小便宜，这两人驰援只怕面和心不合，反而坏了大事。"

慕元澈面带惊疑地看着夜晚，想起夜晚给自己的那封信，面色微沉问道："若依你之见，该当如何？"

夜晚救人心切，梦中的情景时时让她难安，此时听到慕元澈的话下意识地就要脱口而出心里的部署，然则仅剩的一丝理智拉回了她的急躁，眨眨眼，好一会儿才明白过来身处何方。

骤然便是惊出了一身冷汗，夜晚心口跳动得厉害，知道自己犯了一个致命的错误。脑子急速地转动着，口中却说道："嫔妾一介女子哪里知道这些军国大事，这不过是哥哥那日来看我时忧心之语，夜晚便记住了。没想到今儿个你还真说起这两个人，一时情急便脱口而出，若是我能通天地，晓乾坤，便不会没用地在梦中哭泣了。"

慕元澈却是不信这番说辞的，低头看着夜晚缓缓说道："难道连你也要蒙蔽我吗？阿晚，我知道你心里是有谋划的，只是你不相信我，不肯告诉我，你在防备着我是不是？"

夜晚摇摇头，哽咽两声，面带戚色，伏在慕元澈的怀里低泣不已，心里却是暗暗想道：若是我真的将自己的所有底细说出来，那便是咱们生死不相见的决绝之时，我怎能还跟郦香雪一样那般信任于你？

慕元澈心中惊疑不定，垂眸只见夜晚的孱弱的身姿在自己怀里瑟瑟发抖，一时忍不下心来逼迫于她，只得说道："等你愿意与我说的时候，再说吧。"

夜晚摇摇头，声音里还夹着惊恐过后的余悸，声音带着初睡醒后的甜软呢喃的蒙蒙之音："非是我要瞒着你什么，从你我初见，君所见俱是夜晚真实之态，何曾对你有丝毫隐瞒，只是我毕竟是女子，军国之事哪敢妄言，若你定要知道，也并无不可告人之处，不过是我们兄妹的无奈凄凉之举而已。"

"怎么说着还自伤身世了？"慕元澈轻轻拍着夜晚的脊背，瘦弱得都能摸到突出的脊骨，心中那刚浮起的坚硬顿时消散而去，"你若不愿说就算了，我不强逼于你。"

"若以前定不会说。"夜晚尖声说道，"只是如今我既已心仪于你，盼与你共白头，还有什么不能对君言？"

慕元澈心有触动微叹一声，面上的神色又缓和了几分，拍拍夜晚，道："再睡会儿吧，现在才五更天，早着呢。"

慕元澈没有追问，因为他没有办法在面对夜晚这般浓情的时候，还要怀疑她。

百里晟玄是必死无疑的，他们两人迟早都会有一场大战，若不是他，他怎么会跟雪娃娃起争执，又怎么会失去她？他恨透了他，有生之年，若不能踏平西齐誓不为人！

夜晚哪里就能真的睡去，皇帝都有疑心，即使现在相信于你，那么将来也会继续怀疑你，所以夜晚是不会在这个时机下不把事情"交代"清楚的，是的，以她的方式交代清楚。

"君不疑我，妾心甚安，只是妾无不可对君言。"夜晚紧紧地环抱着慕元澈的腰不肯撒手，仰头凝视着他，眼中满是信任依赖之色。

慕元澈低头看着她，四目相对，原本空寂的眸子渐渐地蒙上一层温柔。

"我年少时是跟着母亲陪着父亲在边关度过的，那时父亲可不像现在，他骑着高头大马很是威风，母亲常常抱着我在城墙头上看着父亲练兵，所以我的性子从很小的时候就是很野的。"

慕元澈索性脱了鞋上了床，换了个更舒服的姿势环着夜晚听她讲故事。柔柔的灯光下，两人彼此相拥，晕黄的灯光在床上投下两人相拥的影子，远远一看，像是交颈的鸳鸯，唯美温馨。

"你的性子着实有些野，我在你手里可是真真实实地吃过几次亏的。"慕元澈轻笑，笑声中夹着几丝无奈，又掺杂着连他自己都未察觉的宠溺。

夜晚低声轻笑，只是先前哭喊得厉害，这会儿嗓音便有些低沉。

"是啊，嫔妾小的时候就常想着为什么我不是男儿，那样就能像哥哥一样习武，骑马，在练兵场上赫赫威风。小的时候爹爹对我还是有几分喜欢的，高兴的时候也会亲自带着我去骑马，不过大多的时候都是哥哥牵着一匹小马，小心翼翼地扶着我坐在上面。后来，爹爹被调回京都，母亲就带着我跟哥哥一起回来了。

进了夜府的高墙大院，我才知道这里我要守很多的规矩，每日被关在小院子里学规矩，为此我还生了一场病。我不过是一个庶女，整个夜府的人都会用轻蔑的眼神看着我跟母亲。很多夜里我都能看到母亲偷偷地流泪。后来没过两年母亲便病逝了，这偌大的夜府里，只有我跟哥哥两个。

这个时候我发现哥哥竟被大夫人教养得有些轻浮起来，母亲临死前曾经说过让我时时帮扶着哥哥。可是我一个小女子能有什么办法让哥哥清醒过来，让他好好地读书，好好地习武。哥哥在外院，我在内院，隔着一道院墙，却好像是天涯海角。

第二十章 风云迭涌时，花落碾成泥

后来，我便开始读男子的书，幸而母亲从边关回来的时候为我跟哥哥买了不少书籍，夫人也并未将这些书收回去，于是我白天蒙混夫人的眼线绣花扑蝶像个不懂世事的小庶女，晚上却要掌着帐前一盏小灯努力背书。

我每日苦读，然后与哥哥相见的时候，我便故意为难他，他在我激将之下，也才开始专注书本，后来在我的细细劝说下，才知道中了大夫人的捧杀之计。不过那几年，我也的确因此看了不少的书籍，为了难倒哥哥，的确费了心思，不敢说这世上的书籍我全翻阅，但是十中有五还是敢应下的。"

慕元澈听着真是匪夷所思，此时细细想着，很难想象一个小小的女娃能有这样的慧眼跟胆魄："那时你有多大？"

"七八岁。"夜晚轻声说道，听着慕元澈的口气似是应该相信了，夜晚轻轻地松了一口气，当年为了瞒过夜宁她费尽了心思，如今终于借着当年的部署瞒过慕元澈，一番心机总算没有白费。

"一直知道你们兄妹生活不易，没想到这里面还有这样的曲折。"慕元澈的声音又带了几分怜惜，"所以之前你让小安子送去的那封信，并不是你哥哥未雨绸缪，根本就是你的计策？"

夜晚这个时候可不敢自大，忙摇摇头，道："妾可没那般厉害，决胜于千里之外，却是哥哥临走之前说过的。我家是武将世家，自幼我哥哥便极喜欢研究兵法战略，更是对三国交界的地图多有涉猎，与嫔妾无关。"

慕元澈能容下郦香雪智谋百出未必能容得下一个夜晚，她自是要小心为上。

男人的世界可以容纳一整个天下，有的时候未必能容得下女子的智慧。女子生来便弱于男子，郦香雪纵然是郦家贵女，但是行事也是小心翼翼，成年后嫁给慕元澈……说起来慕元澈对郦香雪并不是完全无情，至少他从不会拿女子教条限制于她。

当年在边疆，地处蛮荒一带，两人也曾策马狂奔，朝看日出，夕看落日，也曾相拥相偎着最美好的时光，那时真是好，只有他们两个，虽然生活清苦，却是真的快乐的。

是的，那时很快乐。

慕元澈此时才说道："正如你方才所言，钱桐稳重有余但是机警不足，冯巳昭急功近利且又爱占小便宜，这两人驰援只怕面和心不合，反而坏了大事。为此我又增派雍州守将谭维，平洲守将姜凯星夜驰援，这下你可安心了？"

夜晚适时地问道："哥哥只说过钱桐跟冯巳昭，并未讲过谭维跟姜凯，不过既然皇上这般胸有成竹，想来这两人是一定能堪当大任。嫔妾唯一的希望就是哥哥能平安回来，我在这世上便只剩下哥哥一个最亲的亲人了。"夜晚说到这里，眼眶酸涩，又垂下泪来。

"最亲的亲人只有你哥哥一个,那我在阿晚的心中算什么?"慕元澈心里很是有些不是滋味。

夜晚感觉到慕元澈的手臂逐渐地收紧,便是呼吸都有些被勒得透不过气来,似是使着小性子说道:"君在嫔妾心中自然是重要的人,只是却有些不公平。"

"不公平?"慕元澈奇道,"如何不公?"

"嫔妾是只属于你一个人的,可你却不是我一个人的,如何公平?"夜晚将郦香雪的委屈说了出来,眼眶含泪,颇有些怨妇的味道。

慕元澈一愣,一时间没有回过神来,夜晚的意思竟是……便是雪娃娃活着的时候,也从未说过这样大逆不道的话,夜晚的胆子果然如他所言大得很。

夜晚心里也有些忐忑,不知道慕元澈会不会一怒之下拂袖而去,这个时候真是紧张得很,只是面上还不能做出紧张之色,只是露出一副失魂落魄的苦涩之相。

"你之前唤我什么?"慕元澈突然问道。

夜晚一时间没有回过神来,怔怔的竟是回答不上来,抬眼看着他一副迷茫之色。

慕元澈看着她这般,便有意提醒道:"你想想,我刚进来唤醒你的时候,是谁扑进我怀里又哭又喊救她哥哥的?"

夜晚真的细细回想,骤然便是出了一身的冷汗,她居然在惊慌失措之下唤了他阿澈……那是只有郦香雪在夜半无人时才会喊的名字。

原来自己最无助的时候,心里不由自主想要去依赖的,竟然还是慕元澈!这个结果让夜晚有些恨自己没有骨气,这样的男人如何能依赖的?

"是我言出不当,你莫要生气才是。"夜晚很是不安地说道,她的确是有些不安。

慕元澈却是轻叹一声,声音夹着些苦涩,缓缓地说道:"为何想要这样这般称呼我?"

夜晚故作不明面带怯色地说道:"我不知道,只是当时想要这样喊便喊了,以后不敢了。"帝王名讳岂是能随便被人称呼的,这可是大罪。

夜晚只是一个小小的试探,她想知道慕元澈对夜晚究竟能宠到什么地步。

当时只是这样想要喊……这是发自心底的声音吗?当时夜晚的情绪极度不稳定,而且还没有从梦境中缓过神来,看到慕元澈下意识地便想去依赖他。这是记忆里郦香雪和他夫妻十载历经数次危险而养成的习惯,这样的习惯哪里是一朝一夕便能去改变的。

所以夜晚第一眼看到慕元澈,那从心底漫布上来的依赖连她自己都没有办法去抵挡,真实得不能再真实了,真实得差点就露馅了。

可正是这样的真实,让慕元澈回想起来更为动容,因为他看到了一个女子对于

第二十章 风云迭涌时,花落碾成泥

他的全部信任跟依赖,这样炽热的情感更容易打动一个男人的心。

更不要说在慕元澈的心里,夜晚身上本来就有郦香雪的影子,此时忍不住就想,许是上天可怜他,便将夜晚送到他的跟前来。

"这个名讳以前只有一个人这样称呼我。"慕元澈缓缓地开口。

"是谁有这样的荣幸?"夜晚垂眸道。

"是我的结发妻子。"

夜晚心口大恸,她以为慕元澈会说是孝元皇后或者是称呼郦香雪,万万没有想到竟然用了"结发妻子"四个字。

眼泪瞬间袭上来:"皇上很爱孝元皇后吗?"她觉得自己的声音有些苦涩,这样的话得用尽多大的力气才能问出口。

夜晚的行为落在慕元澈的眼睛里,却好像是极力压制着心里的悲伤一样。这个女子也同样地爱慕自己,而自己却跟她谈起雪娃娃,是有些残忍,可是他还是要说。

"很爱很爱。"慕元澈良久才回道。

夜晚垂头不语,只是双肩微微有些抖动。

"阿晚,以后无人时你便这样称呼我吧。"

"可以吗?"夜晚抬起头面上带着些惊喜之色,双手紧紧握着慕元澈的衣袖,惶惶中带着些不敢置信。

"阿晚,我是心悦你的,可是我不知道这是不是爱。"慕元澈始终是无法对第二个女子说出那个字,在他的心里,雪娃娃无人能超越过去。

但是,夜晚的一腔柔情,他也真的无法忽视,冥冥之中,许是自有天注定。不然夜晚的身上如何会有那样多跟雪娃娃相似的地方?

他不想再失去一次。

恍惚间,只觉得唇上被一片柔软覆住,那唇还带着微微的颤抖,似乎有些羞怯的味道。

抬眸对上了夜晚夹着泪花的双眸,一个不算承诺的承诺,也能让她这般的激动吗?

慕元澈还想说什么,夜晚却更加用力地吸吮住他的唇,面上慢慢地浮上一层嫣红之色,眉眼之间婉转流波,浮上一层娇媚。

夜晚似是有些不好意思面带羞怯,一吻完毕便想要退了开去。慕元澈从惊愕中回过神来,铁臂一收:"没想到阿晚这般的主动,昨晚上也是这般抱着我不肯撒手的……"

夜晚面色涨得粉红,有些羞恼地说道:"谁要跟你这般亲热的?"

"不是你?难不成这屋子中还有另一个阿晚?"慕元澈低声笑道,身子微微一翻便将夜晚压在榻上，居高临下地凝视着她，明明灭灭的眸光中闪着连他自己都没有办法去抵挡掌控的光芒。

清风透过窗子缓缓而入，拂起碧色的撒花床帐微微地飘动，橘色的灯光在床帐上一片氤氲之色，似碧波涟漪不停地晃动，为这暖暖的夜晚徒增丝丝柔情，无边春色。

夜晚的衣衫因为挣扎带子松散开来，露出一大片的鹅脂一般的肌肤，脖颈间系着桃色的肚兜袋子，那粉色的肚兜上五彩丝线系着比翼双飞的大雁。

"别人都爱绣鸳鸯，为何你却绣了一双大雁？"慕元澈凝视着夜晚问道，那绣工真是精致，那一双大雁的眼睛里都带着浓浓的情意，可见刺绣之人情深意笃深见其中。

"大雁是最忠贞的。"夜晚轻声呢喃，"妾心如雁，与君常伴。"

慕元澈胸口微微起伏，良久才道："定不负相思意。"

定不负相思意……夜晚眼眶一红，藕臂长舒，紧紧地圈住慕元澈的脖颈，主动献上红唇，唇枪舌剑地纠缠，紧紧地牵绊住彼此。

便是如此温情时刻，慕元澈也只说一句定不负相思意，未曾许诺夜晚爱之一字。夜晚不知道自己是该哭还是该笑，哭的是夜晚，笑的是香雪，偏生两人都是她一个。

软玉青灯照堂前，红绡帐底卧鸳鸯。

天还未亮，严喜就十分尽职地轻声喊着皇帝陛下去早朝。夜晚睡觉一向比较警醒，听到一丁点的动作便睁开了眼睛，一夜贪欢，浑身酸涩不已，便是手脚都不想挪动一分。但是夜晚还是轻轻地坐了起来，伸手欲拿过摆在外面的衣衫赶紧换上，不曾想胳膊伸到半路，竟被人拦腰抱住，丝毫动弹不得。

"怎么醒得这般早？"慕元澈的声音带着纵欲后的沙哑，眉眼间带着几分疼惜，昨晚他就发现夜晚晚上睡眠极容易惊醒。

"怕耽误你早朝，听到严喜的声音便醒了。"夜晚柔声说道，女子该柔的时候一定要柔，该锋锐的时候也绝对不能让步，夜晚这个分寸现在已经把握得很好了。

"我自己起身，你再睡会儿。"慕元澈按着夜晚躺下自己坐起身来，沉吟一番又问道："听说昨儿个你跟甘夫人起了些争执最后竟是拂袖而走？"

夜晚一愣，哪里会想到一大早的慕元澈竟是会提起这一茬，昨晚上不提，偏偏早上起来提起这茬，难道是想给夏吟月出口气不成？

夜晚抬起头对视着慕元澈："原来皇上已经知道了，就是不知道怎么惩罚嫔妾？"说着竟有些赌气的味道，然后眉眼间染上一层犀利，直直地看着慕元澈，"后宫皆传甘夫人最是善良大度，可是嫔妾却不知道自己哪里得罪了她，那天宴会上弄出个许才人针对嫔妾也就算了，凭什么昨儿个还要踩着我的脸面让大家笑话？便是泥捏

第二十章　风云迭涌时，花落碾成泥

181

的还有三分土性，更何况甘夫人又不是中宫皇后主子，嫔妾就是不服！"

夜晚这样的神态口气说话并不是真的意气用事，而是心里仔细思虑过的。她知道慕元澈对自己特殊一些，不过是因为郦香雪的关系。要说现在他真的对自己有多深爱，夜晚是打死也不信的。

所以夜晚就很聪明的把重点转移到了皇后这两个字上，夏吟月不过是一个从二品夫人，这样张狂的便想要行使皇后的权力，可见其是有野心的。要想让慕元澈真的看清楚夏吟月的真面目，夜晚不能着急。但是不着急归不着急，还是要慢慢地渗透一种观念给慕元澈，那就是夏吟月对后位有窥视之心，一次两次慕元澈不信，十次八次天长日久他总会相信的。

人是一种很奇怪的高级动物，风闻奏事固然不好，但是三人成虎，说的人多了，说的次数多了，也就会深信不疑了。

夏吟月当年都能蒙蔽自己多年，让自己最后落得那样的下场，你能指望慕元澈一夕之间就能发现什么？

做梦去吧。

所以这也是夜晚故意跟夏吟月呛上不肯退步的原因之一，两位宠妃之间，必须有一个取舍，只是这个取舍的过程就要看谁的手腕高明了。

夜晚可不敢小看夏吟月，所以她要步步当心，一点一点地让慕元澈对夏吟月警惕。

从这些日子夜晚对慕元澈跟夏吟月之间相处的情形来看，并没有自己一开始想的那样牢不可摧，这里面一定有自己并不知道的事情。既然这样，她就绝对有信心扳倒夏吟月。

慕元澈最大的心结应该就是郦香雪，不管如何，他们都是相爱过的，这一点谁也不能抹杀。就算是最后两人相爱相杀，但是皇后那个宝座，就凭着夏吟月想要染指并非易事。

而且夏吟月给慕元澈的印象一直都是安于现状，不争不抢，是一个十足的乖宝宝。如果有一天慕元澈发现自己眼中的乖宝宝，其根本就不这样一回事，到时候怒火也必定是十分的惊人。

她会等着那一天。

夜晚将粉色的中衣系好带子，下了榻趿上鞋，这才拿过慕元澈的衣衫伺候他穿衣。只是面上的神情依旧是板得紧紧的，垂着眸子看也不看他。

慕元澈瞧着这样子只得说道："你就是这般小心眼，总得听我把话说完不是？哪有听话听了半截就这样使脸子的。"

"你我相识还未足一年，人家甘夫人伴你多年，你自然是信她的，我又算什么？"夜晚恨恨地说道，系带子的手不由得使了些力气，慕元澈抽口气："你要谋杀亲夫不成？"

"什么亲夫？说起来我不过是你的一个妾室而已。哪里敢这样称呼，若是被人听了去，又要指责我猖狂，不定说出什么难听的话，再到你跟前搬弄是非。"夜晚怒道。

严喜一只脚刚踏进来，正听到这句话，麻利地拔脚就退了回去，顺便把云汐也扯了回去。

云汐不明所以："怎么了？为什么不进去？"

"咱家是为你好，里头小主正怄气呢，你进去做什么？没得被人当了垫脚石，根据我这数月来的经验，雪主子生气的时候，一定要躲得远远的，我可不想当了皇帝陛下的出气筒。"严喜小声嘀咕道，一副你是自家人我才告诉的架势。

云汐汗汗的："那谁伺候皇上跟主子更衣？总不能都在外面干耗着。"云汐说这指了指捧着铜盆跟巾帕的陌研跟玉墨说道。

严喜啧啧两声，"急什么，神仙打架，遭殃的素来是小鬼。等他们打完了，自然会唤人进去的，等着呗。"

云汐觉得这话还是很有道理的，于是加入到等待的队列当中去，毕竟炮灰这东西，能躲谁愿意抢着上前啊。

慕元澈真是拿夜晚没办法了，生怕这丫头真的钻牛角尖，立刻说道："我是想说，日后你不用去宜和宫请安就是。"

夜晚一愣，手里的动作就是一顿，怔怔地看着慕元澈，"做什么对我这般好？"

"对你好也有错？"慕元澈真是没见过这样不讲理的，当真是哭笑不得。

"你就不怕你的甘夫人伤心失落生气？"夜晚故作讥讽道，但是脸上的笑容却是徐徐绽放开来，眉眼间的阴霾尽数散去，嘴角也是高高地弯起，手里的动作顿时温柔了许多。

"我是怕你一怒之下不晓得又会做出什么骇人听闻的事情来，我还想多活两年。"慕元澈失笑一声，伸手捏捏夜晚的鼻子，良久才淡淡地说了一句，"正如你所言，毕竟只是一个夫人，皇后……才是名正言顺的。"

送走了慕元澈，夜晚的心情极好。

自己一句话，果然引起了慕元澈的不悦，中宫皇后……是谁都能觊觎的吗？

夏吟月的出身连夜晚这个身份也是远远不及的，若是不仗着跟郦香雪情同姐妹这张招牌，她在这后宫世家贵女的环绕中当真是最卑贱、最没有地位的一个，不过是一民女出身而已。

夜晚想到这里忽然眼睛一亮，猛然想起一件事情来，慕元澈派往西齐驰援的四队人马中，兖州守将冯巳昭正是夏吟月的母舅！

夜晚止住玉墨为自己梳头的动作，披散着一头长发，在屋子里慢慢地走动着，

第二十章 风云迭涌时，花落碾成泥

183

一旁云汐跟陌研也不敢出声，悄悄地立在一边看着夜晚。不知道她们主子又在琢磨什么，一时屋内静悄悄的。

足足过了一炷香的时间，夜晚这才停下脚来，看着云汐说道："你有没有渠道能往宫外送信？"

云汐不知道夜晚要做什么，这个时候也不敢贸然答应，低声说道："主子这是要做什么？往宫外送信可是大罪，被人发现可不得了。"

"我既问你，自然是不能发现的渠道。我要做的事情很简单，那就是让甘夫人不痛快。"夜晚缓缓地说道，"云汐，我需要你的帮助，我知道你有办法。你放心，我绝对不会做对皇上不利对社稷不利的事情。"

云汐忙跪了下去，急声说道："奴婢既跟了主子，自然是以主子为重，万不敢有别的念头。奴婢不过是想提醒主子，万事皆要小心才是，既然主子一定要这样做，奴婢自然是要帮助主子的。"

夜晚浅浅一笑，伸手扶着云汐站起来："你不要紧张，我们主仆虽然才只有数月的缘分，但是我知道你们都是为我好的。"

"多谢主子。"云汐站起身来，沉吟一番说道，"每日进宫出宫最多的，一是御膳房那边，二是陆尚宫那边，还有就是内廷府那边。这三条路虽然都有些门路，但是最靠得住还是陆尚宫那里。"

"那好，我写一封信，你让她找人送到司徒府司徒小姐冰清的手上。"夜晚沉声说道，说到这里，夜晚看着云汐忽然说道，"云汐，你可还记得弄玉小筑惠妃娘娘设宴，那戏台子上的戏文？我听说甘夫人倒是跟那戏文中的贵妾有些相似，也是被孝元皇后救过一命然后留在身边，后来还成为了皇上的侍妾，皇上荣登大宝后跟着进宫，一路升到了夫人这个位置？"

云汐心里突然一惊，不晓得夜晚这是什么意思，小心翼翼地打量着夜晚的神色，斟酌一番才说道："主子说得没错，先皇后心慈仁善，甘夫人也是有福气的。"

"是啊，甘夫人真是有福气的，只可惜孝元皇后已经不在，甘夫人却还荣宠如旧，倒真是跟惠妃娘娘的戏文相像得很，是不是云汐？"夜晚坐在铜镜前，示意玉墨继续为她梳头，眼睛却落在云汐的身上。

云汐这回是实实在在地惊骇到了，她原以为自己来到芙蓉轩的因由是很机密的，谁知道竟是被夜晚全部看穿了，大殿里虽然沁凉，但是依旧惊出了一身汗。

"主子说的是。"云汐十分苦涩地说了一句，自己真是小看自己这位新主子了，只怕连皇上都不会想到她这般的厉害，当真是丝毫不显。夜晚早不说这话，晚不说这话，偏偏等到真的侍寝过后才把这话摆到桌面上来谈……不管是时机，还是话头，都是把握得极有分寸，竟是让自己丝毫推诿不得。

第二十一章
莫与花争发，
相思寸寸灰

　　玉墨为夜晚小心翼翼地梳着头发，手指有些发颤，心头骇得厉害。陌研抱着为夜晚挑选出来的衣衫，只觉得额角一阵阵的鼓动，难以安静。

　　"惠妃姐姐最是有趣，挑个戏文还能有这样的巧合，倒是让我听了不少的典故。"夜晚浅浅一笑，一句话便把这事情的因由推到了惠妃的身上，好似夜晚知道这些事情，是惠妃告诉她的一般，这也就解了云汐等人的疑惑，夜晚是从哪里听来的这些。反正云汐不会贸然去跟惠妃求证，这就是说话的艺术，夜晚不过是提了提惠妃。

　　越是没有说透的话，反而更令人遐想无限，这才是夜晚要的结果。

　　"主子说的是，惠妃娘娘当初跟先皇后也是情谊深厚，只怕演了这样一出戏，未必就是偶然。"云汐终于讲出了这句话，代表着彻底地倒向了夜晚这一方。

　　夜晚也是松了口气，脸上的笑容越深了些："云汐也这样觉得？我也这样觉得呢，就是不知道陆尚宫是不是也这样觉得？"

　　云汐心里叹息一声，这主子太精明了，当下就说道："陆尚宫自然也这样觉得，她跟奴婢的想法是一样的。"

　　"如此最好不过了。"夜晚看着铜镜中玉墨为自己梳的反绾髻很是整齐，满意地点点头，"玉墨的手艺越发的好了。"说着站起身来，伸开双臂，任由陌研为自己更衣。

　　"玉墨，你去准备笔墨纸砚。陌研，你去衍庆宫跟惠妃娘娘禀一声，今天阳光极好，我欲请娘娘到太平馆旁的水榭赏景，还请娘娘赏脸。"夜晚说完，看着玉墨的身影离开，陌研为自己系好衣衫也躬身退了下去，这才看着云汐说道："要有劳云汐你亲自去一趟六尚局请陆尚宫下午一见。"

"奴婢遵命。"云汐忙躬身说道，缓缓地退了下去。

仰头望着天，真是觉得，好像一会儿的工夫，头顶上的天已经是完全地换了个。

这后宫，风云欲涌的先兆啊。

云汐离开后，夜晚长舒一口气，眉眼间满是笑意。冯巳昭是甘夫人的亲母舅，这回被皇上委任救援使团一事，怎么能让甘夫人蒙在鼓里呢？这样的好事可不能独乐乐，她已经恨不得立刻就要看到夏吟月那一张风云欲变的脸了。

"主子，笔墨已经备好。"玉墨前来说道。

夜晚点点头，抬脚进了西厢房，这里有一个小小的书房，笔墨纸砚一应俱全，只可惜书架上的书还是少了些。不过，她会慢慢地备齐的。只可惜长秋宫里那些古籍孤本却一时动不了。

夜晚悬腕凝神执笔，雪白的纸张上，留下一串串极为漂亮的簪花小楷。是的，夜晚的楷书也是写得极好的。

写完信，夜晚拿起来吹干墨迹，放进信封里用蜡封好，放进袖笼里，这才看着玉墨说道："走吧，听说今儿个甘夫人要游太液湖，咱们如何能不去捧场呢？"

"主子说的是，惠妃娘娘这会儿怕也得到表妹的信正去呢。"玉墨低声附和道，看着夜晚的眼神比以前倒是又多了几分敬畏，只看着自己这主子三言两语就让云汐姑姑服服帖帖的，她可不敢有什么别的想头，太恐怖了。

太液湖在整座皇宫的西南角，北面紧挨着的就是永宁宫、华阳宫、碧霄宫还有衍庆宫。盛夏时节，青草蔓蔓，鲜花遍地，行走其中便仿若置身花香的海洋中，让人的心情也不由地跟着愉悦起来。

陌研回来的路上正遇上夜晚带着玉墨缓步走来，忙蹲身行礼："主子，惠妃娘娘说了在太平馆等候您。"

夜晚点点头，让她起来，笑着说道："这边真是比东边热闹多了，殿宇一座挨着一座，真是好地方呢。"

夜晚这一路行来，瞧着这一排排的宫殿自然是心有感触。衍庆宫里惠妃是主位，侧殿蕊珠殿里还住着阮明玉。往前走就是碧霄宫的侧殿锦华轩住着杜鹃。华阳宫里有明溪月跟尤婕妤，最靠近太液湖的永宁宫里住着是徐灿跟许清婉。

华阳宫的主位赵容华早已经被贬为了更衣，迁居玉清轩去了。进宫不过短短数月，这宫里的人事也有了些变化，真是令人叹息岁月的变迁。

宫中道路全部用光滑平整四四方方的大青石铺就，走在上面格外的平坦，转过一道弯，远远就看到太液湖边上，垂柳临风摇曳，身穿各色彩衣的嫔妃三五聚成一团正在低声说笑。

夜晚往太平馆瞧去，果然在太平馆外面的四角亭中瞧见了惠妃，夜晚抬脚便往那方向走了过去。

惠妃正在跟尤婕妤聊天，瞧着夜晚走了进来，便笑着对尤婕妤说道："没想到雪容华也有兴致出来走走。"

"嫔妾见过惠妃姐姐，婕妤姐姐，两位姐姐安好。"夜晚行了标准的宫礼，声音清脆，听着便令人愉悦。

尤婕妤笑着说道："就我们两个正嫌闷，你来倒好，快坐。"

尤婕妤脸上带着浅浅的笑容，她在宫中并不算多受宠，但是胜在为人很是温和，少与人为敌，因此日子也过得还算舒心。今日一身深紫色的宫装倒衬出几分优雅，加上面上的笑容，真是令人很难生出敌意来。

惠妃今儿个一身湖碧色宫装，曳地的裙摆上绣着百合花纹，瑶台髻上坠着五凤金钗，端的是耀眼璀璨。

夜晚今天穿得有些素淡，水色的曳地长裙，缂丝腰带，反绾髻簪着珊瑚红的珠钗，在这一大群的美人中，真是算不得出众。即便这样，可是这里的哪一个又敢小瞧了夜晚。

夜晚在两人下手坐了，极目远望，笑着说道："没想到随意出来走走，倒是碰上太液湖这般的热闹，那湖中的楼船上不知道是谁。"

宫人们奉上茶来，便又退到亭外候着。

尤婕妤看了一眼惠妃，这才说道："是甘夫人邀了大家游湖，本宫晕船，便未上去，一个人嫌无聊只好拉着惠妃姐姐做伴，倒是连累她无热闹可凑。"

"不过是游湖，若是有兴致明儿个也是行的。"惠妃浅浅地笑道，看着远处一众低位份的嫔妃踏上了楼船，欢声笑语不时地传来。

"只是难得今天人齐，若是明儿个只怕未必这样多的人同乐。"夜晚道。

听着夜晚的话，尤婕妤没有接话，只是端起茶盏轻轻抿了一口，面带微笑。

惠妃反而笑着说道："赏景又不是赏人，人多人少何干？"

"惠妃姐姐说的是，可见妹妹是愚钝了。"夜晚轻笑一声，然后又低声说道："两位姐姐可听说了使团出事的事情？"

尤婕妤一愣，显然是不知道这个消息。惠妃却是毫无异色："妹妹也知道了？出了这样大的事情，前朝闹得沸沸扬扬，如何不晓得。妹妹的哥哥听说也在其中，上天保佑，一定会平安归来的，妹妹不用多虑。"

"姐姐说的是，皇上已经派人前去救援，我一个深宫妇人，哪里能管得了那么

第二十一章 莫与花争发，相思寸寸灰

187

多。听说前去救援的四支队伍中，还有甘夫人的母舅在其中，早就听说冯将军智谋双全，定会马到功成。"夜晚幽叹一声，面上挤出一丝微笑。

尤婕妤依旧垂着头不语，惠妃却是轻轻皱起了眉头："妹妹从哪里听说的这个消息？"

"皇上怕妾担忧哥哥安危，亲口告知的，自然不会有错。"夜晚道。

"皇上心中果然是十分怜惜妹妹，前朝的事情居然也说给妹妹听。"惠妃的眼中带了丝丝凝重之色，看着夜晚的眼神也有些游移不定。

"惠妃姐姐莫要这样说，实在是昨天听说使团出事心里怕极了，皇上这才透露一二以安妾心。两位姐姐切莫把这件事情往外透露，不然妹妹要被皇上斥责。"

"甘夫人的外家只怕又要立功了。"一直未说话的尤婕妤忽然说了这一句。

惠妃却是冷笑一声："立功？也得看有没有那个本事。"

话虽然这样说，但是惠妃的神色可真是不算好看，夏吟月在宫中的地位已是最高，若是外家再立新功，只怕她的位份又要提上一提，再往上提可就是四妃之一了，而四妃距离后位只有一步之遥！

惠妃侧头看着夜晚："雪妹妹真是有心，你这样聪慧的人实在是少见了。"

"多蒙惠妃姐姐夸赞，妹妹真是当不起，不过是尽心罢了。"夜晚跟惠妃相视一笑，两人眼中各有了然之色。

惠妃以为夜晚是没有办法阻挠夏吟月的外家立功，这才将消息转告她，希望她能做些什么。可是惠妃又不是傻的，这样关乎国家大事的事情，她怎么敢轻易插手，夜晚注定要失望了。

各怀各的心思，听着太液湖上传来的丝竹管弦声，夜晚就在想着不知道慕元澈会不会下朝之后被甘夫人请来相聚。毕竟与众嫔妃同乐真是个极好的借口。

夜晚正想着，远远地在另一条路上的就看到皇上的轿辇居然真的来了，不由地失笑一声，自己还真是乌鸦嘴，这都能料中了。

夜晚慢慢站起身来，看着惠妃跟尤婕妤说道："妹妹先行一步，两位姐姐勿怪。"

惠妃跟尤婕妤自然都看到了远远的明黄仪仗，当然知道夜晚去做什么，尤婕妤只是一笑，惠妃却是说道："赶紧去吧。"

夜晚朝着两人微微行礼，夜晚距离慕元澈的仪仗有十几丈的距离，而太液湖上的楼船距离慕元澈也并不太远。大约夜晚走过去，那楼船也能靠岸了。

尤婕妤瞧着夜晚的背影，头也不回地说道："皇上是会跟着雪容华在太液湖边赏花，还是会踏上楼船赏景？"

惠妃听着这话，一时间自己还真不敢确定："婕妤妹妹说呢？"

"嫔妾愚钝，怕是猜不出来。"尤婕妤道。

惠妃没有再说话，只是看着夜晚刚靠近皇帝的轿辇，那轿辇就停了下来，只见一身明黄绣九龙纹的皇上大步从轿辇上下来，伸手扶起了行礼的夜晚。听不清楚两人之间的对话，惠妃却注意到了一个细节，夜晚欲要抽手回来，可是他们的皇上却没松手。

"婕妤妹妹是要过去见驾，还是回华阳宫？我却是有些累了，想要回去躺躺。"惠妃站起身来淡淡地说道，没有再看向那边的莺莺燕燕。这后宫里漫长岁月，总会有新人进来，也会有旧人失宠。

"我跟惠妃姐姐一道。"尤婕妤笑道，跟着惠妃两人从四角小亭缓缓地离开。

此时太液湖边正是热闹，夜晚看着船舷上正挥舞着小手的玉娇公主娇声娇气地喊着父皇，站在玉娇身后的甘夫人一脸恬淡的笑容凝视着慕元澈。夜晚站在慕元澈的身边，脸上的笑容慢慢地僵硬，她没想到甘夫人居然也把玉娇公主给带出来了，看来是早就有预谋。

"皇上可要上船去？"夜晚笑着问道，侧头看着慕元澈。

慕元澈听到夜晚的话转过头来，阳光透过柳梢打在夜晚的身上，形成深深浅浅的沟壑阴影，风一吹在身上不停地晃动，倒是有了些许的迷离之感。映着夜晚浅浅的笑容，还有那眸子里微微带着的些许紧张之色，慕元澈的眉头轻锁。

正在这时，玉娇那甜甜软软的声音再度穿了过来。"父皇，父皇快来，坐大船，摘荷花。"

楼船上无数双眼神凝视这一幕，没想到这个时候居然会出现这样的事情，一时众人也不知道皇上究竟是会上船还是带着夜晚离开。

一时静谧，唯有风声。

"雪妹妹来得刚好，正要使人去请你来，没想到倒是巧在这里遇到了，不如上船共乐？"夏吟月的声音柔柔地夹着浓浓的笑意十分真诚地传了过来，那眉眼间满是贤惠之色。

夜晚转过身，看着夏吟月一字一字地说道："只怕要令甘夫人失望了，嫔妾自进了宫就跟水犯克，几次三番差点丢了性命，可不敢随意地靠近水边了。"

夜晚故意说这话，就是讲给慕元澈听的，进宫后夜晚真是吃尽了落水的苦头。只是瞧着玉娇夜晚也知道慕元澈一向喜欢孩子，不然的话那晚也不会说出想要个孩子的话来。

只是三番两次夏吟月借着孩子争宠，实在是令人心里不平，夜晚心里冷冷一笑，再输给你我就跟你姓。

慕元澈听着夜晚的话，神色也有些犹豫起来："既然这样便不要上船了，朕送你回去。"

在公众场合，慕元澈自然是要保持帝王的威严，自称为朕，哪里能跟夜晚单独相处的时候一般随意。

慕元澈说着这话回头看了一眼玉娇，夜晚看着慕元澈的神情，就知道他心里还是很在意这个女儿的。其实夜晚心里对于玉娇也是十分复杂的心情，当年郦香雪也是真的疼惜过的。

"皇上留下陪公主吧，嫔妾自己回去就是。"夜晚缓缓地说道，心里终究还是不愿意让小玉娇失望。

慕元澈还未说话，便又听到玉娇的声音传来："父皇，你快来啊，我要父皇亲手摘花花。"

夜晚的眼睛就不由得看了过去，正看到夏吟月蹲下身子笑意吟吟地给玉娇抚平衣衫，嘴里正轻声说着什么。瞧这样子应该是夏吟月诱哄玉娇这样说的，其余嫔妃距离夏吟月母女还是有些距离的，因此倒也不怕被旁人听到。

夜晚本来不想跟夏吟月争了，就当是看在玉娇的分上，谁知道她竟这般做。

越想心里越是生气，夜晚是个遇强则强的人，这会儿便是一点也不肯认输的，侧头靠近慕元澈，极其亲密地在他耳边说道："阿澈，我们带着玉娇公主回芙蓉轩玩好不好？"

大庭广众之下，夜晚这般举止真是有些逾矩了，尤其是夜晚说话的时候，樱唇轻轻地划过慕元澈的耳垂，慕元澈便是再如何镇定，脸上也飞上一层极其可疑的红色，他就知道夜晚一定是故意的。

严喜垂着头，默默念叨，咱家什么都没看到……什么都没看到……什么都没看到……如此重复百遍，真是有些可怜尊贵的皇帝陛下。大庭广众之下，一代英明神武的帝王居然会生生的被调戏了啊，二姑娘果然是勇猛无极限……

陌研跟玉墨自然也是看到了，两人垂着头，面上微红，学着严喜的样子，装作什么都看不到。她们主子，实在是……

瞧着慕元澈的面上微微地带着些恼意，夜晚轻轻一笑，旋即转身走开两步，朝着大船上的玉娇公主招手喊道："公主，还记不记得我？"

玉娇听着夜晚的话就朝着她看来，当即咯咯笑道："记得记得，我还去芙蓉轩跟熙羽舅舅玩耍过呢。"

夜晚故作高兴地喊道："对啊，上回你在柔福宫的秋千上都不肯下来，玩得可开心了是不是？"

"是啊，还有小木人，脸谱，我都没有那些。"玉娇拼命地朝着夜晚挥手，满脸的喜乐，小孩子哪里懂得人世间的愁苦，只知道谁对她好她便对谁好。上回要不是夜晚她还不能跟熙羽舅舅玩呢，因此玉娇对夜晚的印象是极好的。

"公主喜欢那些小东西？"夜晚笑着问道，朝着玉娇皱皱小鼻子煞是可爱的样子。

玉娇果然被逗乐了，学着夜晚的样子也皱皱小鼻子，玉娇本就圆滚滚胖乎乎玉雪可爱，这个动作一做出来，越发地添了几分稚儿的无邪。"喜欢，可是母妃说不能随意拿别人的东西。"

"那公主跟着我回去，我找出来都送给公主好不好？我那里还有一套小铜人，会打架哦。"夜晚眯着眼睛直笑尽情地诱哄着。

玉娇顿时动心了，惊奇地问道："铜人还会打架吗？怎么会打架呢？铜人不是应该硬邦邦的，如何能打架？"

夏吟月此时脸色已经变了，她要是还看不出来夜晚的意思，她就是傻子。当即看着玉娇哄道："不是要去摘荷花吗？母妃带着小娇娇去摘荷花好不好？"

玉娇毕竟小孩心性，又是被捧着长大的，哪里会同意，当即便喊道："我要去看小铜人，会打架的小铜人，我都没见过会打架的小铜人。母妃我要去，要去……"

夜晚轻轻退后一步，笑吟吟地看着船上的一幕，一个字也不肯说了。

慕元澈神色极为复杂地瞧着夜晚，没想到夜晚居然会这样做，居然宁肯诱哄玉娇去芙蓉轩，也不肯将自己推到楼船上去。嫔妃善妒，作为帝王是要训诫一番以正纲纪，但是他却开不了这个口，心里深处居然还有些隐隐的开心。

只因为夜晚的独占欲，竟让他有些开心。

慕元澈真是又气又无可奈何，夜晚耍起小阴谋来也是干净利落，瞧瞧玉娇这么一小会儿工夫就被她拿下了。

玉娇公主在船上哭闹不休，夏吟月当着慕元澈的面又不能出声呵斥，一时间真是颇为狼狈，心里越发地恨不能把夜晚撕碎了活吃下去。

"将公主带来，朕带着她去看会打架的小铜人。"慕元澈对着严喜说道，夏吟月不肯主动答应让玉娇跟着夜晚走，夜晚只管抛了饵就在一旁看热闹，到最后收拾烂摊子的还是他这个皇帝。

严喜一溜小跑着上了船，夜晚远远地看着，虽看得并不真切，却也能感受到夏吟月气得要吐血的征兆。严喜亲自领着玉娇公主下了船，玉娇一踏上陆地，就撒开脚丫子朝着夜晚跑了过来，一把抓住夜晚的裙角说道："不许耍赖，你说过要送给我哦。可是你送我东西，我也要送你东西，这才公平是不是？我不知道你喜欢什么，也不知道我有没有，你说说看，你想要什么，我有的话就给你。"

夜晚柔柔一笑，蹲下身子握着玉娇的手，故作亲热地说道："嫔妾不敢妄言，既然答应了自是要给的。公主想要送嫔妾东西，可是公主有的东西都是小孩子用的，

191

嫔妾要来无用啊，不如公主的礼物由皇上替公主偿还好了。"

玉娇一听，立刻仰头看着慕元澈，娇声娇气地喊道："父皇，可不可以？"

慕元澈心头一软，弯腰将玉娇抱起来，笑道："当然可以。"

玉娇抱着慕元澈的脖子大声欢呼，夜晚浅浅一笑，抬脚往芙蓉轩的方向走。玉娇便大声地催促慕元澈跟上，三人说说笑笑地往前走，徒留下身后一大串人目瞪口呆地瞧着这匪夷所思的一幕。

夜晚走出去许久，脚步微微地落后于嬉戏的父女身后，脚步一顿，慢慢地回转身来，远远地凝视着，那楼船上旁的嫔妃早已经没了踪影，只剩下夏吟月木头一样立在那里，远远地望着这边。

夜晚朝着她微微一笑，这才转身离开。

"夫人，先回宫吧，湖上风大。"碧柔小心翼翼地劝道，心里真是忐忑极了，今儿个夫人可真是成为后宫的笑话了。亲生的女儿居然被别的妃子带走，还是皇上亲自开的口，这样的事情放在谁身上都是一件十分羞辱的事情。

夏吟月的怒火此时已经消弭下去，看着天际只成为三个小点的身影，淡淡地说道："是该回了。"

碧柔扶着夏吟月下了船，压低声音说道："娘娘切莫生气，不过是小人得志，公主年岁小些，待回来后娘娘细细教导就是了。谁会想到雪容华这般卑鄙，居然用这样的方法，着实有些可恶。"

夏吟月此时反而不那么生气了，面上反而带了笑容："那这也是雪容华的本事，怎么不见旁人也能这般勾得住皇上的心？她能做到这点，便是胜了。"

"娘娘宽容，才这般褒奖与她。"碧柔道，她不明白自己主子这个时候怎么还笑得出来，都被人看尽笑话了。

"碧柔，你记住一句话，登得高才跌得重。雪容华年轻气盛只知道一人独霸皇上，却不知道这一点犯了众怒。"夏吟月边走边道，坐上自己的轿辇，最后又说了一句，"得意一时算不得什么，得意一世才是本事。"

"娘娘睿智。"碧柔忙道，"那今天的事情接下来该怎么办？"

碧柔可不敢自己做主，只得请示与甘夫人，要是出一点差错，那可是公主，谁担当得起。

夏吟月皱皱眉头："什么都不做。"

"啊？"碧柔一愣，那公主怎么办？难道就放在芙蓉轩不管？

轿辇抬起，夏吟月不再说话了，只是嘴角的笑容越来越大。夜晚，你将本宫的女儿带走，若是本宫不使人接，这公主可怎么送回来？你亲自送回来，只怕要担心本宫不给你颜面；指派个奴才送回来，却是轻慢了公主之尊；到头来你不肯面对本宫，那么唯一剩下的,就只能是皇上带着公主回宜和宫。

你只知道抢风头,却不知道最后乃是吃了大亏。聪明人固然有小智,可是更多的却是容易搬起石头砸了自己的脚。

本宫很愿意看着你左右为难,这一场的胜负还未分呢。

玉娇公主捧着小铜人欢天喜地,将它们放在桌上,触中机关,便会规规矩矩地打起拳来,很是有趣。一旁云汐几个正在陪着她玩耍。夜晚跟慕元澈坐在紫藤花架下悠闲品茶,午后的阳光拂落下来,微风相伴,倒也有几分野趣。

慕元澈看着夜晚的眼睛一刻也没有从玉娇的身上移开过,笑着说道:"阿晚很喜欢孩子?"

两人的声音很低,隅隅细语,欲显亲密。

"阿澈不喜欢?"夜晚反问道,回头凝视着他,目光灼灼。

慕元澈一时无语,从他娶妻到现在,已有十载,然则子嗣缘上到底是单薄,如今不过只有一个公主而已。一个帝王,子嗣单薄并非一件好事。"喜欢,只是而今也只有一个公主而已。"

听得出慕元澈话里的惆怅,夜晚半垂了头,这样的话题的确有些沉重。

帝,无后,藩王必乱。

"以后,嫔妾会为阿澈生很多很多孩子。"夜晚的声音不大,却是格外的坚定。如果慕元澈的皇位坐不稳,那她的复仇又有什么意思?不过一句空谈而已,现在慕元澈需要一个子嗣稳固朝纲,压制藩王,而夜晚也需要一个孩子在这后宫里稳稳地站住脚。

慕元澈伸手覆住夜晚的手,良久才说:"好。"

两人相视一笑,夜晚竟觉得似乎连这夏风都有些缠绵氤氲起来,让人的心禁不住地跟着柔软,瞧着慕元澈甚是疲惫的容颜,夜晚说道:"不如去小憩一会儿,天光还早,嫔妾陪着公主玩耍。"

这几日因着使团失踪一事,慕元澈着实忙碌了些,世家在朝堂上分外活跃,几次将慕元澈的提议给打压回来。独木难支,他这个皇帝,竟真是有些窝囊。他堂堂一个帝王,如何能被世家牵制?奈何朝中官员许多重要位置上皆是世家占据,便是慕元澈想要动人,也没有办法。

这几年帝权与世家冲突越发的厉害,世家行事也谨慎许多,从不肯让慕元澈轻易拿到把柄。

这回使团出事,幸而是世家先提出和谈一事,不然此时此刻慕元澈比这还要艰难百倍。如今援兵已派,也总算是能偷闲半日时光。

夜晚心知肚明,嘴上却不谈及丝毫的朝政,至少目前以慕元澈对她的喜欢,还不到跟她说这些的时候。于此，自己更是要小心翼翼，不能有丝毫的懈怠。

慕元澈着实有些疲惫，便点点头，却是有些耍赖地将夜晚也拽了进去。

夜晚亲自给他铺好了床，服侍他解下衣衫，柔声说道："国事总是处置不完的，阿澈也要好好地保重身体才是，你看眼圈都是黑的了。"夜晚叹息一声，看着慕元澈躺在榻上，伸手拿过薄毯为他盖上。

慕元澈的眼睛直直地看着夜晚，还记得昨日夜晚因为担忧夜宁惊慌失措的样子，今儿个却要强装笑脸安慰自己。半坐起身子将夜晚拥入怀中，良久才道："阿晚，你哥哥……"

"嫔妾哥哥的事情皇上已经尽力，如今能做的只能听天由命。嫔妾相信，我哥哥只要有一线生机一定会努力活下去，努力完成皇上交给的使命。这也不是皇上的错，是百里晟玄太过于狡诈狠辣。"夜晚打断慕元澈的话，十分坚定地说道。字里行间丝毫不敢提及司徒镜，甚是小心。

"使团里有溯光。"慕元澈拍拍夜晚的手，良久才道，"其实有他在，你不用担心。"

慕元澈说完不再说话，躺下后闭上眼睛假寐，只留下夜晚一个人怔怔发呆。

有溯光在便不会有危险，皇上的意思是说……许是使团的失踪并不是别人看到的被百里晟玄伏击，也许是慕元澈故布疑阵。

夜晚看着慕元澈的眼神便复杂了许多，数年来，慕元澈真的变了。千里之外运筹帷幄当真是如翻云覆手这般容易了，难怪后来溯光会带着夜宁加入出使队中，只怕那个时候慕元澈便已经在谋划了。

夜晚只觉得一阵阵的心惊，手心里更是冷汗淋漓，如果真的是这样的话，她如今只盼着哥哥千万不要轻易地拿出自己给的东西才好。

溯光虽不善言辞，却是洞若观火十分犀利之人。

夜晚纵然心里忧心，如今也是除了祈祷再也做不得别的，只能静静等着，如今知道既然一切是局，倒也不用过分担心哥哥的安危了。话又转过来说，慕元澈肯将这样机密的事情告知自己……昨天他还不曾说，即使自己哭得那样的凄凉。今儿个却是吐露了几分，夜晚是不是该开心，慕元澈对她真的是不一样的？

将床帐轻轻地落下来，夜晚脚步轻轻地转身离开。听着夜晚的脚步声逐渐远去，慕元澈这才缓缓地睁开眼睛，凝望着帐子顶，他的话十分隐秘，夜晚竟能听得懂，而且也并未追问。

她，识进退，分轻重，且是有大智之人，若不是这张脸，简直就会以为是雪娃娃重生一般。当然，雪娃娃的性子绝对不会跟她一样，小心眼，爱记仇，还时常撒个泼的。可是这样的夜晚，却让慕元澈真的有一种平凡夫妻的相濡以沫。

闭上眼睛，带着浅浅的笑，从容入眠。

这一觉睡得很是酣畅，慕元澈醒来的时候，只觉得天光都有些沉了，掀起帐子坐起身来，一直守在外面的严喜听到声音忙快步走了进来。

"皇上，您醒了？"严喜立刻上来给慕元澈穿衣，紧跟着就有陌研带着两个小宫女捧着铜盆巾帕等物进来伺候。

"你家主子呢？"慕元澈看着陌研问道，张来胳膊任由严喜伺候他穿衣。

"回皇上的话，主子正带着小公主在外面玩呢。怕吵到皇上，因此便去了柔福宫的花园。"陌研忙低声应道。

"玉娇还未回宜和宫？"慕元澈颇有些惊讶，这都快一整天了吧，居然还乐不思蜀了。

"公主殿下玩得开心不肯走，午膳也是在芙蓉轩用的。而且主子说了，还是等皇上醒来，亲自将公主送回去。"陌研垂头说道，大气也不敢出。

慕元澈一愣，听着这话怎么有些别扭，不由地失笑一声，穿戴完毕，这才大步往外走。

出得门来，站在院中一打量，难怪夜晚要带着玉娇去别处玩，若是在院中，的确是太吵了些。以前不觉得芙蓉轩有什么不妥当，此时却是眉心一蹙，若是以后他跟阿晚有了孩子，的确是太挤，当真是住不开的。

出了芙蓉轩的院门，远远地便听到了嬉笑声，迎着暮光正看到了夜晚跟玉娇互相追逐的身影，一大一小，正玩得疯狂。在慕元澈的记忆里，夏吟月好像从不会这样没形象地跟玉娇玩耍，好像雪娃娃也不会这样的失仪，唯独这样的事情出现在阿晚的身上，竟是这样的和谐。

"父皇！"玉娇一转身正看到了慕元澈，迈开了小腿就跑了过来，伸展着双臂，额头上还夹着汗珠，但是脸上的笑容真是灿烂如花，格外耀眼。

慕元澈蹲下身子将玉娇抱进怀中，笑着说道："怎么玩得这样疯，出了一身的汗。"

"开心，在这里开心。"玉娇娇声娇气地说道，一低头便将自己满脸的汗珠悉数蹭到了慕元澈的身上，并哈哈大笑起来，似是十分的得意。

夜晚缓步走来，微喘着气，鬓角的黑发也散落了一些，额头上同样的是细密的汗珠，那一双眼睛看着他的时候夹着浓浓的笑意。

此时夕阳西下，阳光的余晖映在三人身上，在地上形成一道狭长的黑影，紧紧簇拥在一起。

"天也不早了，皇上来得正好，正好将玉娇公主送回去。妾身累了一天，就只好偷个懒了。"夜晚柔声说道，神态自然，就好像在说晚上咱们吃什么一样。

195

第二十一章　莫与花争发，相思寸寸灰

"严喜。"慕元澈喊了一声。

"奴才在。"严喜立刻上前一步，心里却是眼泪横流，哎，当奴才的就是要迎着炮火上啊，呜呜呜……

"你亲自将玉娇送回去。"慕元澈道，然后低头看着玉娇说道："玉娇可愿意？父皇还有事情要忙，让严喜送你回去。"

玉娇此时心情正好，且是小孩子，还不懂得替她的母妃争宠，当下十分开心地答应了。

看着严喜将玉娇送走，慕元澈扭头看着夜晚："这下可如愿了？"

夜晚眯着眼睛直笑，伸手圈着慕元澈的胳膊说道："嫔妾饿了。"

慕元澈笑了笑，两人转身回了芙蓉轩，晚膳过后，自然是红烛高照罗帐生香好一番翻云覆雨销魂。

第二日，慕元澈早起上朝，夜晚兀自睡得香甜，看着她熟睡的睡颜，慕元澈下旨，让夜晚搬到柔福宫主殿居住。

这一道旨意，便是严喜跟云汐也是吓了一跳，主殿那是从三品以上做了主位娘娘才能住进去的，柔福宫更不是寻常的宫殿，是后宫三大主殿之一。夜晚此时才是四品的容华，以这样的身份的确是太低了些。

后宫自是以皇后居住的长秋宫为首，然则这后宫殿宇众多，总会有建造得格外出挑的几座，除了长秋宫之外，便是夏吟月居住的宜和宫跟夜晚居住的柔福宫是后宫中最为有名。

宜和宫在长秋宫正后方，柔福宫在长秋宫的东南方，若是单论地势上宜和宫稍微占了些优势。可是若论殿宇宽阔，精致华美大气上，却是柔福宫占了先。一直以来，郦香雪还活着的时候，柔福宫便不曾住过人，主要的因素便是跟明光殿只有一墙之隔，实在是距离太近了。

以前夜晚只是居住在柔福宫的侧殿芙蓉轩，因此众人虽然有些心里不悦但是还是能忍受的，只是没想到这一回夜晚直接住进了主殿。

一时间后宫各种猜测纷纷出炉，大多都想着怕是这一位又要升位份了，毕竟住进柔福宫主殿一个容华的身份可真是太低了。可是这才升了容华的位置没几天，再升位份，这也太令人记恨了。

夜晚在搬家的时候还有些迷迷糊糊，想不明白慕元澈抽哪门子风，居然让她搬到柔福宫主殿去，进了主殿可就是主位。旁的宫殿也就罢了，柔福宫的主殿，妃位住才是理所应当。自己不过一个容华，实在是太扎眼了。

但是这种荣宠，夜晚不但不能不要，而且是非要不可。

夜晚踏进柔福宫，进门便是正殿升座受礼之所，紫檀雕山水人物宝座，后有同

196

色花纹靠背，左右有迎手。坐褥上放着青玉填金五谷丰登御制如意，红雕漆嵌玉梅花式痰盒。宝座后摆放着紫檀边座雕云浮万字象牙雕玉围屏，左右放置着紫檀香几，上面摆着铜镀金嵌宝玉万年青盆景。

柔福宫跟宜和宫之所以能跟长秋宫并称为三大宫，便是因为正殿设有宝座、地平、屏风等物，说明此宫居住的主人可以在此升座，接受低于其位份的嫔妃行礼之处。

就宛如现在，后宫诸人都要去宜和宫行礼请安，为何不去惠妃的衍庆宫？那是因为规制上宜和宫就已经压制了衍庆宫，而如今柔福宫多年没有主人，现如今终于有了主人，虽然夜晚只是一个容华，但是只看其不过是在容华之位便能入住柔福宫主殿，就这份荣宠已经是后宫头一份。

夜晚心里激动难安，看着这大殿里的一切，心头升起豪情万丈，等到她有孕，到时候必定会名正言顺地在这柔福宫落地安家。

夜晚心里明白，自己才升了容华几天，断然不会再升位份了。所以这主殿的宝座如今也只能看看，不过总有一日她会坐在上面，接受这后宫众人的行礼朝拜。

夜晚出了大殿，转身去了后殿，后殿才是起居之所。

一进门，后殿的明间里放着南漆罗汉床一张，紫檀木边座铜穿衣镜一架，六张红木黑漆椅子摆在两边，上铺锦垫。这里就是寻常见客之所，夜晚看了看点点头，打扫得很是整齐干净，便抬脚进了东次间。

一进门，南墙大窗户底下便是铺设整齐的大榻，榻上靠南墙根窗户下面摆着一张红木雕花条案，案上放着宜兴金寿字双耳瓶、紫檀镶象牙架，霁青葫芦式宝月瓶一件。榻上铺着淡紫色缠枝梅花纹杭缎坐褥，后面放着厚实的软枕，左右有迎手，正中间摆着四方形大红洋漆缠枝纹的炕桌。偌大的窗户边上垂着天蓝色轻纱，窗户上糊着的是茜纱，茜纱细密便是最小的蚊虫都不会钻了进来，偏偏这般细密的东西又十分的清透，丝毫不会遮挡了光线，这样的好东西能分到的必定是十分受宠的妃子。

墙角的紫檀木六角支架上放着一口青瓷大瓮，里面摆着冰山，此时才刚融化一个小角，屋子里却是十分的清凉。夜晚坐在大榻上，斜倚着厚实的软枕，这才笑道："到底是正殿宫宇，瞧着就是宽阔得多，可不是芙蓉轩能比的。"

云汐闻言笑了笑，将夜晚寻常用的东西拿进来放在西墙上的黄花梨雕花柜子中，这才接口笑道："主子还不知道，这柔福宫可是宫里三大宫殿之一，虽比不上长秋宫，却是跟宜和宫不相上下。主子如今住进主殿，只要他日能怀有龙嗣，更进一步乃是应当。"

夜晚就笑了笑："昨儿下午因为玉娇公主在不能见陆尚宫，今儿个便找个机会让她过来一趟。"

197

第二十一章　莫与花争发，相思寸寸灰

"便是主子不传,陆尚宫也是要走一遭的,主子这里还要有很多添置的东西,陆尚宫自然是要来亲自问问的。"云汐笑道。

夜晚就点点头,玉墨跟陌研正在外面指挥着宫人搬东西,小安子带着几个小太监亲力亲为热得满头大汗,但是人人脸上都带着浓浓的笑意。

"云汐让御膳房送一大坛冰镇酸梅汤来,忙完了让他们每人喝一碗解解汗。"

"主子真是体恤,奴婢这就去。"云汐笑着去了。

夜晚透过窗子瞧着外面的景色,柔福宫的后殿地面宽阔,窗前种植着两棵十几年树龄的石榴树,此时翠绿的叶子在风中飞舞,待到中秋便能看到结满了硕果累累的红石榴。

石榴寓意多子,真是一个极好的兆头。

夜晚走了一圈有些累,再加上昨晚某人热情非常运动了大半个晚上,着实是倦怠不堪,当下便斜倚着软枕闭上眼睛假寐休息。谁知道这一合上眼竟是真的睡熟了过去,嘈杂的搬运之声竟也烦扰不到她。

慕元澈下了朝便直接来了柔福宫,此时柔福宫已经收拾得差不多了,大步地进了屋,就看到陌研跟玉墨正在门外做针线,手里的中衣正是夜晚平常穿的式样。

看到慕元澈进来,两人忙起来行礼:"奴婢参见皇上。"

"你们主子呢?"慕元澈问道。

玉墨便回道:"回皇上的话,主子正在小憩,所以奴婢们才在这里做针线,怕扰到了主子清净。"

慕元澈点点头,自己抬脚走了进去,陌研跟玉墨对视一眼,陌研说道:"你去奉茶,我去御膳房传个信,午膳皇上怕是要在这里用了。"

玉墨点点头,笑眯眯地说道:"到底是表妹疼我,大太阳底下的知道我不愿意来回走动。"

陌研轻笑一声:"我是怕你出去后得意忘形给主子招灾。"

玉墨伸手便欲打,不想陌研早就溜了出去,只得恨恨作罢。

慕元澈进了屋打量着室内的陈设点点头,内廷府的那帮奴才还是很上心的。转头就看到了正倚着软枕睡得正香的夜晚,慕元澈走过去坐在她身边,这才看到夜晚竟是没有穿袜,雪白的脚丫在裙摆的遮掩下半隐半现很是诱人。

慕元澈就发现一个问题,夜晚在独处的时候,一般都是喜欢赤着脚的,似是不愿意被束缚一般。

想到这里,竟是曲起手指,在夜晚的脚心轻轻地挠了两下。夜晚怕痒便收了收脚,慕元澈又去捣乱,夜晚又收了收,如此循环之下,夜晚躲无可躲,痒得直发笑,愣是被弄醒过来。

醒来时，眼角还带着浓浓的笑意，挂着两颗泪珠。一看到是慕元澈在捣乱，想也不想便扑了过来。原想着慕元澈一定会抱住她，谁知道竟是顺势而为被夜晚压在榻上，就听到其闷笑道："难道是为夫昨晚上不够尽心，今儿个阿晚竟是如此的主动……"

夜晚羞红了脸，想要坐起身来，谁知道柳腰被死死地环住，只得说道："快松手，光天化日之下，被人瞧见如何是好？"颜面还是要的。

夜晚初睡醒，本就是粉面含春，鬓发微散，原本裹得严严实实的衣衫，这么一折腾便露出了一片粉色肚兜，依稀还能瞧出上面绣的什么花。慕元澈的眸色顿时加深几分："阿晚如此身体力行诱惑于我，我怎可让你失望了？"

说着加了加力气，将夜晚压在胸口的上方，似笑非笑地盯着夜晚半露的春光。

夜晚只觉得真是丢死人了，伏身其上，夏日衣衫单薄，她甚至都能感受到某人身体的变化。越发是羞得几乎要抬不起头来，记忆中他们两人好像从不曾如此放浪形骸，这般白日失礼，一时夜晚真是觉得耳根子都要起火了。

偏在这个时候，慕元澈这色坏，竟是趁她走神，大手探进了她的衣衫，蜿蜒而上，一阵天旋地转，竟是被他压在了榻上。

唇，紧跟而来覆在她的唇上，纠缠不休。

方才还有些喧闹的院子突然安静下来，一时人皆散去。玉墨端着茶倒退了出去，面上含笑，主子受宠总是令人觉得有希望并且开心的事情。

夜晚迁宫一事，不仅在后宫引起波澜，便是前朝也有些不小的动静，连带着夜家也跟着被参了几本，不外乎就是夜箫教女不严之类的陈词滥调。有了这样一折，夜晨就很快地来拜访了。

这是进宫以来，两姐妹第一次这样的会面，没有第三个人。

"大姐姐真是稀客。"夜晚笑眯眯地说道，请夜晨坐下，只看着她笑，却没有再开口。

云汐奉上茶来，便侍立一旁。

夜晨神色并不好，虽然穿戴得很是整齐，梳洗得很是规整，但是眼下的一圈乌黑之色，还是能让人看出她晚上并未睡好微带憔悴。

"自进宫以来，我们姐妹从未坐在一起好好说过话了。"夜晨缓缓说道。

夜晚闻言浅浅一笑："进宫以前我们姐妹也不曾好好说过话，姐姐是嫡出，而我不过是一个姨娘生的庶女，哪里能入得了姐姐的眼睛。"

听着夜晚的话，夜晨的面上便有些尴尬，一时间竟是不知道该如何应答。未进宫之前，便是想破脑袋也想不到，夜晨会有今日，也未曾想过她会有低声下气来说话的一天。出身的高贵注定了从出生那一天起，她就是俯视着她的庶出妹妹的。

所以当有一天，她需要去仰视夜晚的时候，心里的落差不可避免。

"以前的事情就当我不对，但是我们毕竟都是夜家人，身上流着一样的血，你做事情不能只顾着自己，也得想想家里。这几日的事情你都听说了吧，我只盼着你能收敛一些，别给爹爹招来祸事。"夜晨眉峰紧皱看着夜晚说道。

夜晚面色一冷："夜贵人这话是什么意思？不知道我做了什么祸国殃民的事情惹得你这般的不悦？迁居柔福宫主殿是皇上的意思，那些朝臣说动不了皇上改变心意，是他们自己没本事，跟我何干？"

"可是却是因为你爹爹遭了弹劾这也是真的，你就一点不为爹爹想想，不为家族想想？"夜晨怒道，没想到夜晚居然这样冥顽不灵。

"女子出嫁便是夫家之人，不要说身为天家后妃，便是嫁给寻常男子，出了嫁的女子哪里还有去管娘家事情的道理。姐姐一直饱读诗书，难道这个道理竟也不懂得？"

"你简直不可理喻。"

"我一直便是这样，姐姐也不是第一天知道，以后这样的话我劝姐姐也休要说，若是传进皇上的耳朵里，知道姐姐心里只有娘家并无皇上，到时候姐姐触怒龙颜可没人保得住你。"夜晚警告，如果夜晨真的这样去做，夏吟月那些人就差没有把柄在手呢，她只得提前让夜晨小心些。

"别人未必有你这般的冷心肠，连自己娘家都不顾及，那可是生你养你的人。"

"我母亲早就死了，这么多年来我在你们母女手中一直小心翼翼，不敢出风头，不敢说错一个字，走错一步路，一个不留神便是如坠深渊。这些姐姐可知道？你凭什么让我对那个地方有眷恋，有温暖，还想着去保护它？这不是天底下最大的笑话？"夜晚愤愤道，"妹妹可不敢忘了徐府发生的一切，若不是我命大，那假山后头的尸首就不是一个家奴。"

话到此，夜晨的脸色再也维持不住，惊慌地看着夜晚："你……你是如何知道的？"

"我是如何知道的不要紧，要紧的是我有没有打算报复。以前的事情我不想去追究，反正我也没办什么事情，但是以后……若是姐姐真的想不通想要跟妹妹为难，妹妹也绝对不会心慈手软的，你是知道我这个人的脾气的。"夜晚真是不想跟夜晨装什么姐妹情深，那么多年小心翼翼的日子难道还没有过够吗？

更重要的，不管什么时候夜晨都不会喜欢自己，既然这样何必拘泥于那些所谓的姐妹情分，其实完全没有必要。

夜晚想要守护的，只有真的对她好的人，而不是有着亲人的名义却处处伤害她的人。

夜晨站起身来，低头看着夜晚，眼睛落在夜晚颈侧那微微的红点时不由得转开眼睛去，开口说道："既然这样没什么好说的了，嫔妾告辞。"

夜晨走后，夜晚的心情也相当不好。记忆中郦家是一个令人十分眷恋的温暖源泉，从不像是夜家处处皆是争斗，所以对于亲人间的算计很是反感。可大夫人那样的人，是你不管怎么样讨好，都不会有结果的人。

越想心里越是烦躁，一个人坐在那里默默发呆。

云汐见状徐徐劝慰："主子何苦让自己徒惹悲伤，夜贵人的话您若是不喜欢听，以后不要听就是了。不过到底是出自一家，还是不要被人看了笑话去，处处仔细才是。"

"云汐，你不知道我以前过的什么日子，许是这会儿你会觉得我冰冷无情。"

"奴婢不敢这样想，自从奴婢跟了主子，主子是什么心性再是清楚不过了。更何况奴婢也不是一无所知的人，大家族里的事情也知道一些。奴婢只是希望主子能想开一些，不要这般的闷闷不乐，气坏了自己便不划算了。眼看着再过一会儿皇上就该来了，您要是这般的不开心，可怎么迎接皇上，要是惹怒了皇上才会不好，主子一定放宽心。"

"不是我不宽心，而是我这个嫡姐素来是个争强好胜之人，从我这里触了霉头，就只怕……"

云汐神色一敛："应该不会吧，夜贵人不会这样做才是。"

夜晚嗤笑一声，没有说话。自从自己搬到了柔福宫便很是平静，除了徐灿跟罗知薇亲自过来道贺一番，其余的人不过是派人送来了贺礼。惠妃跟丁昭仪位份高，当然不能纡尊降贵。

至于其他人……夜晚冷哼一声，眉眼并不怎么在意。

她最在意的是，夏吟月接下来会做什么。

夜晚这般思虑了几天，夏吟月始终没有动静，越发地令人捉摸不透。倒是这天傍晚的时候，严喜命人抬着一个十分精致的箱笼走了进来，笑眯眯地朝着夜晚就行礼："奴才给主子请安。"

"起来吧，严公公这是带来的什么东西，可是皇上又要送些什么珍宝不成？"夜晚这些日子真是没少收了好东西，此时倒是有些意兴阑珊。

"这件礼物，保管主子一定开心，还请主子自己打开来看吧。"严喜一脸贼笑。

夜晚脑海中真是见过了很多人不曾见过的宝贝，拥有过很多人不曾拥有的东西，郦香雪出身显赫，就注定了她比别人更有优势。所以说这世上能有夜晚真正动心的东西其实不多，这些日子慕元澈为了讨她欢心，也的确送了一些珍贵的物件，只是这些并不是夜晚想要的。

听着严喜这样说，夜晚笑眯眯地上前，两名太监抬着那箱子躬身而立。

这箱子也是十分的精致，并不大。长三尺，宽两尺，高两尺，红木为板，上雕有缠枝并蒂莲花。瞧着这花纹，夜晚的眼睛眸色加深，嘴角的笑容缓缓地勾起，伸手打开盖子，抬眼望去，笑容瞬间凝滞在唇边。

里面放着一盏灯，这盏灯太熟悉了，正是上元节那天慕元澈送给自己的那一盏灯。只是后来这个小气鬼又给讨了回去，不曾想居然在这个时候又给送了回来。

伸手将灯拿了出来，这才发现这灯有些不一样了。

原来这灯称之为琉璃四角花中四君子灯，是因为在两层琉璃之间夹了四君子的画，所以称之为四君子灯。可是现在里面的花中四君子已经不见了，取而代之的是四幅美人图。

第一幅是相国寺落霞峰初遇时夜晚眉梢眼角带着开心的笑容，一身蓝色衣衫，衬着雪白的小脸，眉眼弯弯，好一副天真不愁的少女模样。

第二幅是在马车中，自己掀帘与慕元澈对话的场景，那是眉眼严肃，嘴角紧抿，带着冰冷之意。

第三幅是在选秀途中被人绊倒，慕元澈抱着她，而她一口玉牙十分狰狞地咬在了他的脖颈间。

看到这里，夜晚的眼眶一下子湿润了，那一刻她有些失态，是因为太委屈了，所以一看到慕元澈的时候就没有忍住。现在回想还记得慕元澈气得几乎要发疯的样子，还有那赌气的话。眼眶含着泪花的夜晚又忍不住地笑出声来，瞧，她任性的时候都能把皇帝给气得抓狂当街骂人呢。

第四幅画是……夜晚替他挡那冒着熊熊火光的灯笼一刻，雪白的绢纸上，这一幕描绘得很是生动，可见画画之人真的是铭记于心的。

夜晚的笑凝固在唇角，泪花隐隐闪动。

她没想到慕元澈居然会有这样巧的心思，居然会送给自己这样的礼物。对夜晚来说，只是针对夜晚个人而言，这份礼物比什么都要来得珍贵。夜晚将琉璃灯放在炕桌上，看着严喜说道："你回去跟皇上说，这礼物我很喜欢。"

严喜一看夜晚的神色就知道这礼物一准送得没错，趁机会自然是要替自己主子多美言两句，当下便说道："本来主子迁宫那天皇上是想当作贺礼送给主子的，只是有一幅画皇上觉得画得不好，便一直拖延着，直到昨日才画好，今儿个装好了这才将灯笼送来。如今看着主子这么喜欢，皇上的一番苦心可算是没有白费了。"

夜晚轻轻一笑，缓缓说道："皇上有心了，嫔妾自然是开心得很。你回去告诉皇上，我等皇上用晚膳。"

严喜自然晓得什么意思，忙笑眯眯地走了。

严喜回到明光殿的时候，慕元澈正在跟王子墨说话，王子墨神情凝重，一脸愤慨，怒道："……简直就是滑天下之大稽，皇上年华正好，子嗣之事何须着急。薛长山居然奏请皇上立汉王之子慕逊为太子，分明是狗胆包天！立储乃是国之根本，需慎之又慎多年考校，他这般狼子野心，唯恐别人不知么？"

严喜听着这话心中一惊，忙垂着头立在一边，大气也不敢出。

慕元澈听着王子墨的话，缓缓说道："你何须如此生气，从这一点就可以看出汉王这几年也不安分。薛长山此人一直是汉王手下的悍将，当初被他逃过一劫，终究是养虎为患了。"

"汉王曾是先帝所立太子，后被废黜，皇上登基之后宽厚为怀，对他抚恤有加，封为汉王。如此恩德不仅不思报恩，居然还存有此等心思，真是令人愤慨不已。"王子墨怒，早知道这样，当初就该一根绳子将他给交待了，免得今日徒增烦忧。

"朕登基已有七载，如今膝下只有一女，也难怪旁人心生二意。"慕元澈轻叹一声，子嗣终究是一个帝王的根本，若无子嗣，瞧瞧一个小小的汉王居然也敢对他指手画脚了。

"侍君当忠，皇上还未过而立之年，言及立嗣之事实在是太早。早早地论及国本根本就是大逆不道之事，其罪当诛。臣以为，皇上应当立刻将薛长山撤职，押解回京，严加审讯以镇朝堂。万不可再心慈手软，此等逆贼实不可忍也。"王子墨说到这里一顿，缓缓说道，"微臣请旨，亲自前往并州将薛长山索拿回京。"

慕元澈却是说道："汉王当年之所以能被立为储君，并不只是因为其母琳贵妃受宠缘故。汉王本身亦是有雄韬伟略，只可惜当年被人出卖才落得被废黜的下场。只看现如今薛长山提出立嗣一事，为何早不提晚不提，偏偏在这个时候提及？"

慕元澈言毕示意王子墨上前，王子墨大步走上前去，只见御桌铺着牛皮舆图，这舆图十分的熟悉，乃是当年孝元皇后亲手所绘，如今边角早已经有磨损，带着岁月流逝的气息。

心里叹息一声，就看到慕元澈的手指指着汉王的封地并州，听他道，"汉王身在并州，七年来不敢有异动，皆是因为并州南邻司州，西挨延州。延州守将冯巳昭，司州守将杨齐皆是朕的亲信所在，故汉王一直不敢有异动。如今随着使团失踪，朕差遣冯巳昭前往岐州边境驰援，延州便只剩下极少的守城兵将。并州周围除却延州、司州乃是朕的亲信，冀州守将隋安是汉王旧部，当初归顺朝廷是不假，但是也不能确定他们是否私下无勾结。冀州之南是兖州，兖州守将司马赫虽是朕的人，但是北有隋安，南有青州刘举，将其夹在中间，亦是不敢轻举妄动。汉王所选的时机，当真是一点也没差错。"

王子墨闻言，伸手指着地图上的几个地方说道："岐州、兖州、雍州跟平洲四州兵马皆被皇上调往寻找使团失踪一事，故而四州皆空。汉王与兵家一道上倒真是会选时机，既如此，皇上您打算如何？"

慕元澈神情凝重，缓缓而道："当前此事在朝中还并未传开，但是明日薛长山亲使必定会在朝堂上将此事公开宣扬，届时即使朕不愿，也不得不看世家如何行事。"

王子墨沉默，良久才道："要不要臣要提前去见见郦相？"

慕元澈摇摇头："不用，郦相一人便是有什么想法，也不会跟世家的整体利益相背而驰。以前雪娃娃在时他会为了女儿倾尽全力游说，如今雪娃娃已不在，郦相未必愿意成为世家的阻挠所在。"

这话也是实话，先后在的时候，就是维系世家跟帝权的一根纽带，如今……郦相未必再会这般尽力也是实情。

"难道就要这样干等着？"王子墨道，一张俊颜上满是急恼之色，暗恨汉王狡诈多端。

"此事容朕再想想，你先回去休息吧，明儿早朝只怕又是有一场硬仗要打。"慕元澈的眼睛紧紧盯着舆图，挥挥手对王子墨说道。

王子墨无奈，只得说道："微臣先告退。"

王子墨走后，大殿里便是一片空寂，慕元澈盯着舆图指指点点，神色肃穆，眉心紧蹙，一直到天色暗了下来，这才直起腰来，"严喜，茶。"

严喜立刻将手里已经换了四五遍的茶水奉上去，小心翼翼地看着慕元澈的神色，心里想着这个时候要不要回柔福宫的事情。

正在严喜犹豫的时候，就听到慕元澈问道，"朕送去柔福宫的东西，她可还喜欢？"

严喜一听，喜上眉梢，立刻弯腰回道："回皇上的话，容华主子很是喜欢，说了等您一起用晚膳，不知道主子今晚可要过去？"

慕元澈抬头看了看沙漏，沉吟一番这才说道："摆驾。"

严喜立刻喊了一嗓子，门外的小太监便迅速地忙碌起来，等到慕元澈走到大殿外，仪仗已经准备完毕。坐上肩舆，这才一路往柔福宫而去。恰在这个时候，夏吟月领着两名宫女款款而来，正碰上慕元澈的仪仗，立刻躬身行礼："嫔妾参见皇上。"

严喜立刻命人将仪仗停了下来，垂手肃立在一旁，心里却道，甘夫人来得好巧。

"爱妃怎会在这里？"慕元澈看着夏吟月缓缓地说道。

今日的夏吟月穿了一袭紫色宫装，曳地的裙摆上绣着繁复的花纹，金线勾勒，银线描绘，端的是富贵华丽。此时金乌西坠，余晖洒在夏吟月的身上更多了几分祥和之感。

夏吟月上前一步，看着慕元澈轻轻一笑："嫔妾知晓近日皇上操劳国事甚是忙碌，因此特意炖了汤过来，没想到皇上正要出行。"

严喜的眼睛此时往后面一看，果然看到碧柔的手里提着镂空填漆圆形食盒。

"爱妃有心了。"慕元澈笑道，"严喜将汤收下。"

"是。"严喜立刻应了一声，上前一步从碧柔的手里将食盒接过来，又往后退回了轿辇旁边，垂眉敛目，目不斜视。

慕元澈的眼睛轻轻地扫过严喜，严喜下意识地挺直了脊背，冷汗密布，尊贵的皇帝陛下的眼神好恐怖，好犀利。可是，皇帝陛下，奴才真不想被二姑娘嫉恨，所以那啥……甘夫人明摆着是跟您说话呢，我一个奴才上前凑话这不是明摆着让人记恨吗？

所以，奴才对不起您了。

夏吟月浅浅而笑，看着慕元澈的眼神丝毫未变，轻轻笑道："既然皇上还有事情，嫔妾便不打扰了。"

慕元澈笑了笑："朕答应了雪容华陪她用完膳，眼看着时辰到了，不好食言，改日再陪爱妃。"

"嫔妾恭送皇上。"

夏吟月弯腰行礼，目送着仪仗渐渐走远，一脸的柔和才慢慢地收了起来。平静的神色下，瞧不出任何的波澜。

碧柔小心翼翼地看了一眼，这才低声劝慰道："娘娘不必生气，皇上如今在兴头上，多宠雪容华几分也没什么。娘娘有公主殿下，这宫里谁也漫不过娘娘去，娘娘何苦为了一个小小的容华这般伤神。"

夏吟月抬脚往前走，明光殿宽阔的平台上分外寂寥，夜色慢慢地浸染上来。

"本宫不担心，在这后宫里谁又能漫得过先皇后去？现在雪容华不晓得，总有一日她会明白皇上是多么的冷血无情。"夏吟月冷笑一声，仰头看着天边逐渐被黑暗吞噬的云霞，往昔柔和的眉眼却突然迸发出从不曾见过的恨意，渐渐地又回归平静，嘴角的笑容重新弯了起来。

"皇上对娘娘终究是不同的。"

"不同？"夏吟月重复一遍，冷笑一声，却终归没有再说话，秀美的身姿逐渐在黑暗中消失不见。

夜晚托腮望着琉璃灯里的美人，怎么看都好像看不腻，起先只觉得新奇感动，

第二十一章　莫与花争发，相思寸寸灰

种种情绪涌上心头，并不曾细看。此时点上灯，透过灯光看着夹层中的美人画，在灯光的照射下，这才发现慕元澈将她画得简直就是惟妙惟肖。她的眉毛，她的眼睛，她的嘴巴。她微笑的时候眉毛是柔和的带着温柔的弧度，面无表情的时候，就好像是出鞘的宝剑那般锋锐，哭泣的时候眉梢微微地垂下，连夜晚都不知道自己的眉毛就会有这般不同的变化。

可是画画的人，却把握得如此细致，描绘得栩栩如生。夜晚善画，懂得画道，知道只有观察细微才能有这样的功底，即便不看着本人也能将人画得如活了一般。

想到这里，心口怦怦直跳，夜晚觉得自己的一颗心跳得厉害。用手狠狠地按住，暗骂自己没出息，这么容易便动心了？难道你忘记郦香雪是怎么死的了？

如此这般的自我斗争中，慕元澈来了。

慕元澈一进门正看到夜晚面上极其丰富的表情，一会儿笑，一会儿怒，笑的时候如盛开的花朵，璀璨芳华。怒的时候柳眉横成一道细线，便似一把宝剑，就没见过比她面部表情更丰富的人儿。

"做什么这样的表情？可是我送的礼物不合你心意？"慕元澈压抑了一天的心情此时稍微地舒缓了些，他就觉得很奇怪，每每看到夜晚，自己有再多的烦闷似乎都能随风飘散。

夜晚猝不及防，唬了一跳，拍着胸口看着慕元澈嗔怒："怎地也不打声招呼就这么进来了，可真是吓死人了。那起子奴才越发的不成体统，连通禀都懒得做了。"

慕元澈轻轻一笑："怪他们做什么，是我不让他们出声的。"伸手将夜晚揽进怀中，看着那琉璃灯忽儿笑道，"当初从你手里将这灯索要回来的时候，你心里定是要将我骂死了。"

夜晚脸一红，真是被慕元澈猜中了，当然这种事情是打死也不能承认的，当下昂着头说道："我是那种小气的人么？不过就是一盏灯而已。"

"原来我送与你的东西不过就是一盏灯而已，在你心里根本就不在意。"慕元澈十分萧索地应了一句。

夜晚一听这话，细细一想便明白过来了，当下便嗔怒道："你这个人好生的奸诈，不管我怎么回答都是你有理，如此太过可恶。"

夜晚若是肯定的回答，必然会给人小气心胸狭窄的印象。夜晚一时不曾细想只顾着自己的端庄从容大度了，却又被慕元澈定义为薄情寡义之人，可见这世上真真是没有十全十美的回答。

本来夜晚若是再细密一些，想得周到一些，必定不会被慕元澈钻了空子。偏偏这个时候她自己心情激荡，两个自己不断地交锋，再加上慕元澈突然袭击，这才一时间有了疏漏之处。

偏这个可恶第一时间就给抓住了错处，倒是让夜晚有些下不来台。不由地横眉冷目想要义正词严辩驳一番，却不想一下子被慕元澈拥进怀中，夜晚心中不由得惊了一下，她能感受到慕元澈此时的心情算不得好，又不晓得出了什么事情，当下只得乖乖地被他拥着，小心翼翼地问道："是不是出了什么事情？"

慕元澈一愣，没想到夜晚这般的警觉，居然能察觉到自己心情的起伏。只是军国大事，说给她也无用，还累得她平白跟着担忧，便哄她说道："不过是伤心，你竟然弃我如敝屣。"

夜晚推了他一下，呸了一声，道："那个时候想必皇上也没有将嫔妾放在心中吧？我跟你本就是茫茫人海中的无意相遇，要说有什么浓情蜜意打死我也不信的，你至于假装伤心给我看吗？"

夜晚知道慕元澈没有说实话，既然他不想说，她便不能问，不然若是惹得慕元澈不悦就不好了。新得宠，总是要万般的谨慎才是正理。

故而，夜晚便说了这样的大实话。

可是这样的大实话，在后宫之中在帝王心中最是难能可贵的品质。这进宫邀宠的女子，哪一个的背后没有家庭利益的纠缠，帝王心里明白，嫔妃心里更明白。为何要斗，还不是为了更好地为家族谋取利益。

慕元澈的额头抵着夜晚的额头，轻声呢喃，"阿晚，我们就这样相互依偎走下去，不管前途多么坎坷，不管什么时候都不要放弃彼此。"他后悔，当初一时冲动放弃了他的雪娃娃，所以现在他不想重蹈覆辙。明知道这是一条太过于艰辛的路，可是身在帝王这个位置上多年，得到的太多，失去的也太多，面对着自己想要去珍惜的，他想要搏一把。

纵然最后失败了，也无怨无悔了。

夜晚这回真的是唬了一跳，慕元澈这是发什么疯了？

可是简简单单，没有任何华丽辞藻修饰，就这样一句不要放弃彼此，似乎让她心里那最深的伤痕渐渐有了平复的迹象。

情浓之下，夜晚本就情绪十分不稳，竟是脱口说了一句："你若担心汉王之祸，我倒有一计。"

话出口，便是覆水难收。

夜晚此时倒是没有丝毫的后悔，毕竟慕元澈的位置都不稳，作为慕元澈的后妃之一，她的下场也绝对不好。只是若是平常，绝不会这般直白地说话就是了。必定会转上几个弯，让慕元澈不至于疑心。

可是女人啊，不管什么时候，理智总是及不上情感的冲动。

第二十二章
汉王心不轨，
夜晚献良计

殿外属于夏日的炽热正在灼灼燃烧，殿内冰山消融，凉意沁人，风吹帐卷，映着桌上四角琉璃灯，越发的美轮美奂。

如果此时，慕元澈的面上没有带着惊讶，那就更完美了。

夜晚自然知道慕元澈为何这样的惊讶，对上慕元澈的眼睛轻轻说道："午后半晌的时候小国舅使人来过，给我送来几匹绢，说是丞相夫人亲手所织，为了感谢我曾经救过熙羽一命。"

夜晚伸手环着慕元澈的腰，伏在他的心口，听着他的心跳，接着说道，"我虽然不甚聪明，却也不是一个傻子，丞相夫人怎么会在这个时候给我送绢？若说是感谢救了小国舅，那么早在我刚救了小国舅的时候就该做的。想到这里我便有些心里起了疑惑，越想越觉得这件事情有些可疑。于是我便问送绢之人为何小国舅没有亲自过来？是不是哪里不舒服？那人就回我说道，小国舅正在府中生闷气，本是要亲自前来的，还说请我不要生气。"

夜晚说到这里一顿，直起身子看着慕元澈，就见他神色比之方才还要凝重一些，便拉着他的手说道，"咱们坐下说好不好？站了半日脚都酸了。"

也不等慕元澈答应，夜晚自顾自地拉着他上了榻，将两人的鞋子脱下放在脚踏上。又将厚实的软枕拉过来放在身后靠上，两人斜倚在上面，夜晚头枕着慕元澈的胸口舒服地叹了口气。

慕元澈听着这声叹息，便忍不住地说道："真是娇气，站着说会儿话就喊着脚疼。"

"有人宠着，真心疼着，便是不娇气也会变得娇气起来。因为她知道，有人给她撑着头顶上这一片天空。"夜晚轻声说道。

慕元澈忍不住又叹口气："真是拿你没办法。"他觉得自从遇上夜晚，他叹气的时候越来越多了。

夜晚抿嘴一笑，接着方才的话继续说道："听到那人这般说，似是毫不遮掩的样子，我便追问道小国舅为何生气？那人道：小国舅正在府中大骂薛长山。我又问：薛长山是谁？为何小国舅要骂他啊。那人又道：奴婢也不知道薛长山是谁，只是听说此人曾是汉王的心腹。后来跟着汉王去了封地并州，多年便不曾有信。我又奇道：既是如此，千里之遥小国舅为何要骂人，真是奇哉怪哉。那人起先是不肯说的，架不住我追问，于是便说了几句。"

慕元澈听着眉头微微地皱起，大手轻轻地拍着夜晚的脊背，"好端端的忽然郦家来了一个人，送了几匹绢，居然还跟你说了这样的一番话，倒是有些意思。"

"是啊，我也是想不通，不过后来却是琢磨出味道来了。"

"哦？阿晚有何高见？"

"我大胆猜想，只怕郦相有心想帮皇上，却又怕世家多话，因此这才想了一个折中的办法。"夜晚心里最不希望的便是慕元澈跟郦家有任何的矛盾，所以一旦有机会，自然会倾尽全力在中间起一个缓和的作用。更何况这一回，夜晚能感受到郦家是真的在为慕元澈担心。

"阿晚这个想法倒是有些意思，说来听听。"慕元澈顿时来了兴趣，坐直身子看着夜晚。

夜晚随着也坐直，拢了拢鬓边散落的头发，理了一下思绪，这才缓缓说道："绢分两种，生绢跟熟绢。生绢是未经精炼脱胶的，熟绢则不然，则是生绢脱胶之后的产物。其中未经染色的又可称之为'练'，而经过染色的熟绢则可称之为彩绢，色彩十分的丰富。"

慕元澈看着夜晚，没想到夜晚居然对这些这般的熟悉。他生来就是皇子，而后又是帝王，还真的对这个绢知道得并不甚详。此时听到夜晚这么细细一说，慕元澈眉心一动，眼中渐有光彩。

夜晚看着慕元澈的神情，便知道自己这一步没有走错，当做并未察觉慕元澈的变化一般，又说道，"我便想，丞相夫人送来的绢都是未经染色，精炼脱胶的生绢，丞相府富贵非一般人可比。丞相夫人送绢居然送的还是生绢，我一时还真的有些猜不透。正当我猜不透的时候，严喜送来了礼物，瞧着这琉璃灯，我才恍然大悟。"

慕元澈挑挑眉峰："这可有些奇了，你说说看，这两者之间竟然还有关系？"

夜晚浅浅一笑，半垂眸，旁边炕桌上琉璃灯中闪着耀眼的光芒，将夜晚的侧脸蒙上一层柔柔的光晕。只见她樱唇轻启，徐徐说道："我见识浅陋，只是想郦相做官几十年，为人谨慎，既然这个时候丞相夫人送东西进来，郦相必然是晓得此事。生绢送到柔福宫，一来是因为我曾救过小国舅，有这个名头遮掩着旁人也不会说三道四。二来，最近皇上经常到柔福宫来，东西送到这里皇上自然是第一时间就知道了，可见郦家是真的想要将消息透给皇上。薛长山上奏立汉王之子慕逊为太子，皇上虽无子但年富力强，子嗣之事必然不用着急。可恨薛臣心存歹意，汉王不忠，欲要以此相挟。我想着此事，又看着生绢，眼神又落在琉璃灯上，忽然有个大胆的念头迸发出来。生绢不在绢而在于那个生字，琉璃灯中澈亲手画的我的画像，栩栩如生，只有心中有情才会下笔如神。汉王之子虽然只有五岁但是毕竟是汉王的儿子，自然是跟汉王亲近，若立为国储，将来奉谁为父？祖宗庙堂中为谁焚香敬奉？"

听到这里慕元澈便道："连你都能想到的事情，汉王自然知晓，只怕打的就是这个主意。"

"生绢若成为熟绢，需精炼脱胶方可色彩丰富，光彩耀人。此事放在人的身上亦属同一道理，是不是？"夜晚展颜，那柔和又夹着狡黠的笑，灿烂如星辰。

这事说起来很简单，做起来却复杂，生绢需要精炼脱胶才成为熟绢。慕逊可以立为太子，但是既然是太子，就是皇上的儿子，既然是皇上的儿子，自然不能认别人为父。可是生父生母尚在，养父即使为天子也不免名不正言不顺。若是汉王真的为江山社稷，为大夏承继着想，就应该在儿子立为太子后自戕示忠。如此，才不会出现祸乱根源。

可是汉王之所以让薛长山提出此议，上达天听，不过就是想要借着儿子登上皇位。要是听说儿子立为太子，做爹的要以死表明忠心，只怕汉王可就不敢打这个主意了。汉王又不是真的为慕元澈的子嗣着想，不过是以这个名头要挟，谋取自身利益而已。

这一招，狠。

太狠了！

郦相，果然是一如既往的老谋深算。

慕元澈大喜，看着夜晚的眼神灼灼。"阿晚，当是解语花。"

"不过是妇人之见，能帮得到你我自然欢喜。君之忧愁，便是我之烦恼，为君解忧，妾之所愿。"夜晚紧紧挨着慕元澈，"方才你说，不管何时，我们都不要放弃彼此。这话可不是只有说说而已，我亦是想尽我之力，为君分忧。只我力量有限，能做的不过寥寥，心甚不安矣。"

"如此，已是很好。阿晚，你为我解决了一个大难题。亏得郦相还能想到你居然能猜得出这里面的意思，就这样贸贸然地把东西送到你这里来了，就不怕你猜不到？"慕元澈心情一好，便跟着调笑起夜晚来。

夜晚却是十分正色地说道："郦相大人可不是把这东西给我猜的，是给咱们英明神武的皇帝陛下猜的，郦相知道皇上一定猜得出来，哪能指望我。东西不过是送我这里来，最终皇上也是会知道的。若不是严喜恰好送琉璃灯来，我也想不到这一点，可见世间的事情，还讲究一个缘字。"

"是啊，你跟郦家当真是有缘分，先是救了熙羽一命，如今又猜中了郦相的哑谜，只怕郦相自己知道了，也要对你另眼相看呢。"慕元澈听着夜晚这样一说，还真觉得夜晚跟郦家的缘分妙不可言，且不说她救了熙羽一命，又猜中了郦相这个老奸巨猾深藏不露的哑谜，而且阿晚的身上还有这样多跟雪娃娃相似的地方……

"巧合而已。"夜晚立刻说道，似乎在撇清什么。

这个动作落在慕元澈的眼睛里，则变得意味非凡，这是夜晚在跟他表明忠心吗？

"阿晚，以后跟郦家也可多多走动。"慕元澈长叹一声，终于还是决定放弃之前的决断，为夜晚找一座坚固无比的靠山。这个世上还有比郦家更稳固的靠山吗？

夜晚浑身一僵，她能听到血液正在此处乱窜，碰撞流动的声音。她真的能跟郦家正大光明地来往吗？夜晚早就怀疑郦家一直没有跟她联络致谢，一定有慕元澈的原因在里面，如今听到这句话，总算是确定了。

只是，夜晚也没想到，慕元澈居然肯让她跟郦家来往，这句话的背后究竟是试探还是真心实意？

郦家，曾是夜晚魂牵梦萦的地方，是她很想踏进去的地方。那里有郦香雪慈祥疼爱她的父亲，有温柔和煦宽容她的母亲，有活泼可爱鬼马精灵的弟弟。夜也想，日也想，总希望自己还能与郦家有所关联。

可是，郦家那就是世家中最顶端的存在，岂是她这种小家族的庶女可以高攀的。

不要说跟郦家有所来往，便是要踏进郦家的大门都是千难万难。

偏偏这个时候，夜晚还不能就真的这样答应了，总该推拒一下，免得勾起皇上的疑心病。

夜晚很感激慕元澈能给她这样一个机会，跟郦家人走得很近，但是同样的，越是这样夜晚反而更要小心翼翼，绝对不能因为她，给郦家带来任何的灾难。

夜晚带着几分激动，又夹着几分不安跟忐忑，看着慕元澈说道："这样只怕是有些不妥，后妃本就不可与前朝多有走动，这样只怕别人有不满，你又该为难了。我跟郦家本就是无亲无故，来往不来往没什么，再者说了当初我救了小国舅，也不过是

211

第二十二章 汉王心不轨，夜晚献良计

偶然。"

"你呀，该聪明的时候不聪明，不该聪明的时候却比谁都机灵。你若是能跟郦家交好，日后自有你的好处。郦家，可不是寻常的人家，你明白？"慕元澈不得不点拨道，有的时候夜晚迟钝得真的很令人无语。

夜晚这才故作恍然大悟，随即又有些不好意思地说道："那可不行，人与人相交，讲究的是一个雅字跟缘字，这其中还有一个洒脱。要是为了名利才与人交往，不免失了真诚。再者说了，我要郦家做什么？我有你呢。"

慕元澈怔怔无语，随即将夜晚拥进怀中，长叹一声，颇为无奈地说道："真是一个傻丫头，别人求也求不来呢。"

夜晚伏在他怀中，眼眶酸涩，面上却还要保持着笑容，谁又能读得懂她此时心中的澎湃。

"皇上，该用膳了。"严喜小心翼翼地隔着帘子轻声说道。

夜晚猛地坐起身来说道："我的酱烤鸭翅。"

慕元澈面有不悦之色，难道鸭翅膀比我还重要？

"阿澈，你也饿了吧？我让御膳房准备了酱烤鸭翅，这是我跟着一个塞外人的秘方学的哦，很多年没有吃过了，还是很小的时候跟着姨娘爹爹在外面的时候吃过呢。"夜晚笑眯眯地说道，脸上满是垂涎的神色。

慕元澈无奈，只得说道："摆膳。"

酱烤鸭翅，果然是色香味俱全，夜晚吃的那叫一个酣畅淋漓，嘴角还沾了一些酱汁。

慕元澈看着她这样的吃相，不由得扶额，真不知道她平常这个淑女怎么就能装得下去的。拿着帕子轻轻地为夜晚拭去酱汁："慢慢吃，没人跟你抢。"

"还有些不尽兴，塞外的人都是用竹签穿了放在火上烤，边烤边吃，那才有意思呢。"夜晚道，"只可惜在这皇宫里，怕是不能实现了。"

"这哪里能一样，塞外的人都是架起篝火，等到火没了烟只剩火红的炭火时才会烤，并不是什么木头都能烤的。不然满是浓烟，只剩烟味哪里还有肉味。"慕元澈失笑，不晓得夜晚哪里听来这个。

"啊？这样啊。你说得这般真切，难道你烤过不成？"

"当然，我当年可是在边关驻守过，跟塞外胡族也曾有交往，当然是见过吃过的，有什么稀奇。"

夜晚长叹一声："真是好，若是今生再有机会，你去边关一定要带上我，我也想吃原汁原味的烤翅。"

"塞外哪里随便有鸭翅膀给你吃，他们烤的多是牛羊肉。"

"……这样啊。"夜晚带着浓浓的失望之情,似乎鸭翅膀也不怎么美味了。

慕元澈轻轻地摇摇头:"真是小孩心性,快吃吧,一会儿凉了就不好吃了。"

用过晚膳,夜晚便拉着慕元澈出门赏月。慕元澈一脸乌黑,比起赏月来,他更愿意做一些有意义的事情。

"阿晚,你不觉得两个人走路太单调了些?"

"不会啊,刚刚好。"

"若是有个小的,其实更热闹些。你不觉得为了让汉王彻底死心,我是应该有个自己的儿子吗?"

"可是……孩子又不是想生就能生的。"

"所以才要更加努力,你还要浪费时间。"

"……"不用这么猴急吧……

鉴于某人的巨大热情,散步散到一半,就被强行拽回去的夜晚,着实体验了一回什么叫作更加努力,辛苦耕耘……

晨光高照懒梳妆,夜晚神色恹恹地斜倚着软枕,看着窗外的景色发呆。

"主子,陆尚宫来了。"云汐脚步匆匆地进来,看着夜晚回道。

夜晚神色一震:"让她进来。"

"奴婢尚宫局陆溪风参见容华主子。"陆溪风行礼道。

"陆尚宫请起。"夜晚笑着说道,"尚宫今儿个过来,可见是有好消息了?"

"是,昨儿个主子让人给司徒姑娘送了信,今儿个奴婢便将回信收到了。"陆溪风说着就从袖笼中拿出一个信封递给夜晚。

夜晚伸手接了过去,只见上面蜜蜡封得好好的,抬眼看着陆溪风说道:"陆尚宫辛苦了,除了这封信,可还有别的话?"

陆溪风摇摇头,想了想才说道:"司徒府中不似往日安稳,奴婢派去的人也不敢多待,拿到信后便匆匆回来。"

夜晚凝眉,司徒府中似有些不安稳……难道出了什么事情不成?

"陆尚宫可知道司徒府中出了什么事情?"

"奴婢并不知道,不过奴婢还有另外一个消息想要跟主子说。"陆溪风道。

"陆尚宫有话直说就是,不必犹豫。"夜晚道,眼皮一阵阵地跳,似乎有些不祥的预兆。

"主子的两位嫡出哥哥,似乎是投到了司徒大人的门下,听说是加入了青柳营。"

夜晚一怔,青柳营是世家世世代代组建的一个护卫营,人数在五万左右,虽然青柳营人数跟河东营、河西营一样多,但是不管是战斗力,还是士兵个人能力都是远远落后的。

河东营与河西营还是慕元澈亲手所建,因此这两营十万人马一直都是慕元澈亲手掌管,护卫京都安全,每年举行一次验兵,声势浩大,鼓舞人心。

只是外人还有一点不知道,河东营跟河西营有两块兵符,河东营的兵符在慕元澈手中,而河西营的兵符却是在郦香雪的手中。当年她突然被赐死,兵符都没有被收回去,也不晓得慕元澈这几年可曾从长秋宫中找到那一块兵符。

兵无符不动,将无符不受。

这五万人马,曾经是慕元澈留给郦香雪保命的,可是到头来什么都没用上。

若不是陆溪风忽然提起青柳营,夜晚只怕还想不到河西营。只是慕元澈应该已经把兵符收回去了,不然这几年如何调兵验兵的?

夜威夜震加入青柳营,只怕也是想给自己找个出路,毕竟现在夜家在走下坡路。京都之中最不缺的便是善于钻营之人,眼看着夜宁步步登高,便是黎氏也绝对不会坐看着不闻不动的。

只是,再也想不到居然投靠的是司徒家,一向眼睛高高在顶的司徒左相这回居然也肯接受了夜家两兄弟。

夜晚不得不深思,只怕这里面跟自己和夜晨都是有些关系的。

司徒家这一辈只有司徒冰清一个女儿,司徒冰清不肯入宫,就代表着在宫里没有司徒家的眼线。司徒征想要培养一个听话的眼线,还有什么人比姐妹同在宫中,一个受宠风光无限,一个人生暗淡失意不已的更好拉拢打压的。

夜晨若是有了司徒家这个强有力的靠山,的确便会不一样了。

夜晚抒揉揉眉头,真不是一个好消息。

让陆溪风退下后,夜晚打开信细细研读,司徒冰清果然在信中提及了夜家兄弟的事情,跟夜晚猜想的一模一样。只是司徒冰清却也没有好的办法,信的最后居然还说了一则让夜晚十分震惊的消息。

司徒镜居然有消息了!

夜晚惊喜不已,可是下一句又差点让她跌入深渊。

夜宁失踪了!

夜晚的手紧紧地捏着信纸,一时间大脑中竟然有些空白。

使团遭到袭击,混乱中她哥哥失踪了。

可是慕元澈还没得到消息,司徒家就先得到了消息,那么郦家知不知道?

这是一件相当复杂的事情。

夜晚抬手将信纸放在火上点燃,然后扔进小青瓷翁中烧成灰烬,空气中散着淡淡的烟味,却抚平不了夜晚此时的心情。

单就从消息而言，使团中有溯光跟司徒镜两个人，一个是代表皇上的势力，一个是代表世家的利益。可是使团遭到袭击，最先将消息送回京的是司徒镜，溯光的信使还未到。也就是说世家跟边关有更为紧密通畅的联络渠道，相比而言，慕元澈的通道居然还比不上世家。因为溯光的消息还未送来，慕元澈忌惮世家并不是没有根由的。

只从这一点上就可以看出世家现在的根基依旧雄厚，郦香雪是世家女，自然晓得这通往边关的一路上，有多少官职都是世家人在把持着，传递消息自然是十分顺畅。慕元澈登基不过几年，想要建立自己的势力，几年时间如何抵得上世家几百年的根基。

夜晚揉揉眉头，这个消息她绝对不能提前说给慕元澈听，如果说给慕元澈听，慕元澈必定会追根问底，而自己要是说出来，必然就会将司徒冰清牵扯进来。司徒冰清牵扯进来，司徒家这些世家的一些秘密便会暴露出来。到时候慕元澈跟世家本就是矛盾频频，此时在汉王频生事端的情境下实在不能起了内讧。

所以夜晚必然要压制这个消息，可是难道就任由哥哥失踪不成？夜晚真的做不到，她不能坐以待毙。

可是深宫之中，她一个出身二流武将家族的小庶女能有什么办法、什么力量，去做出解救夜宁的事情？

第一次夜晚发现，脱离了世家这个巨大的保护伞，她真的是什么都无法去做。郦香雪之所以能帮助慕元澈顺利登基，呼风唤雨，当时便是家族的力量在后面源源不断地支持着自己。郦家士族之首，振臂一挥，千万人从矣。可是夜晚，即便她依旧有才华，依旧有妙计，可是无人无权，就如同愤怒的拳头打在了棉花上。

夜晚的泪花在眼眶中旋转，由于身份的不同，注定了世家跟她就是对立面。

可是谁人知道，这样一个小女子身体里，却是有两个人的无奈。

夜晚忧心忡忡，昨天司徒家就得到了消息，如果今天皇上还得不到消息，那就意味着皇家消息的传递通道着实太缓慢了些。

正在夜晚焦躁不安的时候，云汐掀起帘子轻轻地走了进来，看着夜晚神色不悦地坐在榻上，一时间竟有些不敢说话了。

夜晚听到动静，回头一看见是云汐，面色缓了缓，问道："云汐，可是有事情？"

云汐犹豫一番，这才说道："主子，听说明光殿那边得到了边关传来的消息，使团被袭，您哥哥失踪了。"

夜晚忽然松了一口气，比世家晚了半日，这个差距还是可以接受的。

慕元澈要跟世家对抗，必须要力量旗鼓相当。如果太处于弱势，便会如同汉家天子一样做个傀儡皇帝了。可见慕元澈是不愿意做傀儡皇帝，因此自登基以来广施德政，收拢民心，务必要做个明君。

夜晚轻轻地点点头，看着云汐说道："知道了。"

云汐看着夜晚的神态居然毫不惊惧，便想起了那封信，可见是主子已经得到了消息。云汐心里一惊，也不敢多嘴，躬身说道："奴婢出去打探下消息，只怕很快这消息就会在后宫里流传开来，到时候主子的处境不免艰难一些。"

夜晚明白云汐的意思，夜宁对于夜晚而言是一个十分强大的存在。夜宁年少便已经微露头角，谁也无法预料以后会走到哪一步，因此对着夜晚的时候会留三分余地。如果夜宁真的出了事，没有了这个依靠，旁人下起手来可就是没有了顾忌，夜晚的处境自然不妙。

如今朝堂争端不断，必然没有更多的精力放在后宫，这个时候才是更容易出事的时候。

这个道理，夜晚懂得，云汐也懂得。

"你去忙你的。"夜晚有些疲惫地说道。

云汐瞧着夜晚的神色，心里也是有几分不安，并未退下去，反而开口说道："主子，现在情势并不好，您得为自己找个帮手才是。独木不成林，这后宫里一个人是不能面对一群人的。徐贵人跟罗常在都跟主子交好，是该多走动走动才是。"

夜晚听着这话心里有一种十分无奈的感觉，走动？怎么走动？劝着皇帝去临幸别的女子？郦香雪以前就是这样做的，这辈子难道她还要这样做？

夜晚绝对不会答应的。

夜晚轻轻地摇摇头，这样的理由却不能跟云汐讲，云汐跟着郦香雪多年，若是让她觉得一个女人善妒，也并不是一件好的事情。女人可以专宠，却不能善妒，便是女子之间也是多这样以为的，这是多么令人有些无奈的事情。

夜晚想了想便说道："云汐，你可知道初选那天我被人推倒在地的事情？"

云汐回想了一下，便有了印象，如何能不晓得，那天听说还不能进宫的主子居然把皇上都给咬了。这件事情只怕是无人不知道的，当即便说道："奴婢晓得。"

"那天暗下黑手之人我便怀疑是徐贵人。"夜晚轻声说道，面上平静无波，丝毫看不出端倪。

云汐一惊，很显然是没想到会是这样。

"徐贵人看着并不是这样的人，怎么会做出这种事情来？"云汐面上有些发白，抬眼看着夜晚，"那主子怎么还会跟这样的人来往，岂不是太危险了。"

"正如你所言，这宫里独木不成林，徐灿既然没有公然跟我不和，我就只好将这场戏给演下去。再者说了，那天的事情就是一个无头案，查也查不出究竟是谁干的，既然是没有铁证，便有诬赖的嫌疑，这样的事情我怎么会去做？"夜晚道。

"既然徐贵人是个不可信的，那主子有什么打算？本来跟衍庆宫走得好好的，可是自从主子住进了柔福宫正殿，惠妃娘娘可没跟咱们走动过，是不是心里生了嫌隙？毕竟柔福宫的规制比衍庆宫还高一些。"

夜晚不排除这个可能性，当下叹一口气说道："云汐，你得明白一个道理，只要你成为这宫里最受宠的女人，你便永远没有朋友。因为别人想要争宠，必然是要踩着我上位的。你说，你让我如何去寻找盟友？"

云汐也沉默了，这话好像有点道理，又好像有点不对劲，可是一时之间她也无法反驳出来。

"倒是皇上昨儿个让我跟郦家多多走动。"夜晚忽然抛出这样一句话。

云汐浑身一颤，似乎有些不敢相信一般，抬眼看着夜晚心里有些复杂。皇上居然会让主子跟郦家多多来往，那……后面的事情她忽然有些不敢想了。云汐是不希望任何人取代先皇后的。

夜晚自然晓得云汐的想法，便道："昨儿个丞相夫人使人送了生绢进来，这件事情你是知道的。"

云汐便点点头，她也有些纳闷，丞相夫人为何会跟主子这般亲近。

"你可知道生绢送进来，却是帮皇上解决了一个难题。"夜晚又道。

云汐还有些不明白，朝政大事她一个奴婢哪有这样的深思谋虑，懂得这些弯弯绕的。

夜晚不能对云汐讲得太明白，想了想这样说道："皇上跟世家之间的关系你也是知道的。"

云汐点点头："奴婢多少知道一些，是不太和睦。"

"郦家跟皇上是姻亲，既跟皇上亲近又是世家之首，先皇后过世后，这唯一的纽带便断裂了。"夜晚能说的也就这么多了，云汐若是还不能明白，夜晚也没办法了。

云汐皱着眉头想了好久，才有些明白过来，甚至于有些不敢相信自己居然能想到这一点去。

郦家是想借着主子跟皇上重新搭起一个新的关系？

云汐后背生凉，不敢深思，只是郦家是先皇后的母家，只要是郦家做的事情她是不会阻挡的。于是便说道："主子放心，奴婢明白了。"

夜晚松了口气，如此甚好。便看着云汐说道："你打开库房，将库房里上好的百年老参拣一棵品相好的给丞相夫人送去。你亲自去送，夫人送绢给我，我总要回礼才是。"

217

云汐觉得自家主子太过于高深莫测，只想着方才那番话，至今心里还有些惊悸不定。

"是，奴婢以前也常替先皇后去郦家，倒是熟门熟路。只是自从先皇后过世，这出入宫门的腰牌便被甘夫人收回去了，要想出宫还得先拿到腰牌才是。"云汐低声说道。

夜晚倒是没想起这一茬来，看来宜和宫是必然要走一趟的了，她跟夏吟月还是要正面相见一回。

所谓宠妃一定要宠妃架势跟气势，如今夜晚虽然只是一个小小的容华，但是却是整个后宫中最令人瞩目的存在。

云汐将陌研跟玉墨喊了进来，几个人便围着夜晚收拾起来。玉墨将夜晚的头发全部放了下来，用梳子篦过一遍，这才笑着问道："主子，想梳个什么发髻？"

夜晚很是认真地想了想，她记得当年夏吟月在郦香雪跟前常梳偏云髻，既不张扬又会让她的那张脸显得娇俏柔媚，那个时候夏吟月是很懂得既不让她惹了郦香雪不高兴，还能将自身的长处给显了出来。

如今换了过来，夜晚可不会像她那样憋憋屈屈的，于是说道："梳个飞仙髻，我记得皇上前些日子赏了一套赤金嵌翡翠的头面，就戴那个吧。"

以夜晚的品级，戴这样贵重的头饰有些逾矩了，但是架不住是御赐的。

陌研一愣，看着夜晚说道："主子，为何要这样张扬？那边正恨不得找把柄呢。"

夜晚浅浅一笑："你家主子怎么说也是皇上的宠妃，总不能被人小看了去。宠妃就应该有宠妃的样子是不是？"转头一看陌研手里的衣衫摇摇头，伸手指着那套浅蓝色广袖束腰曳地长裙，这裙子式样跟旁人的没什么不一样的，不同的在这衣裳上的刺绣全是用的金线，阳光下一站，端的是金光闪闪。

这衣服自然也是逾制的。

"是。"陌研觉得主子有些不对劲，这时候也不敢多说，忙把衣服换了过来，抬头一看就见玉墨已经将发髻梳了起来。发间抹了桂花油，清香扑鼻，赤金嵌翡翠的金钗簪于发间，举目望去，果然是华贵不已。

夜晚展开双臂，云汐跟陌研替夜晚更衣，着装完毕，三人便还真的有些移不开眼睛。

"主子这般打扮起来，当真是美丽极了。"云汐笑着说道，都说佛靠金装，人靠衣装，果然是不假的。

夜晚浅浅一笑："走吧，云汐跟陌研跟我去宜和宫一趟，玉墨留下看门。"

三人齐声应了一声，云汐跟陌研就跟着夜晚往外走去，夏日酷暑，此时日头虽然还未至午时,亦是灼热非常。夜晚坐上轿辇,这才觉得凉快了些,只是容华的轿辇着实小了些,坐在其上颇有些拥挤,连个冰盆也放置不上。夜晚只能一个人摇着一把象牙丝编织山水纹的团扇,轿辇稳稳地被抬了起来,夜晚伸手掀起珠帘,窗外一片浓郁的翠色,柔福宫外并无别的宫室,因此周围种满了各色花卉数木,轿辇走在其中倒是多了几分凉意。

一路行至宜和宫前,此时正是众人请安的时辰,一拐上大路,便能瞧见三三两两的轿辇,只是品级不同,轿辇的规制也不同而已。

稳稳落地后,陌研伸手打起帘子,云汐将夜晚搀扶出来,此时夜晚一踏出轿辇,往那里一站。顿时便吸引了周围的无数目光,甚至于还听到了细微的吸气声。

一鸣惊人,夜晚算是做到了。

"嫔妾给雪容华请安。"

众人一片拜倒声传来。

夜晚站在那里,眼睛笑着看过跟她一同进宫的诸人,笑着说道:"诸位妹妹不必多礼,都起来吧。"

众人谢过这才站起身来,只是神色间多少有些难看。这里的人论家世夜晚不过是二流家族的小庶女,论容貌也不是最出色的,论性情是个爱撒泼的,可是偏偏比谁都得宠。

阮明玉曾受过夜晚的恩惠,看着夜晚柔柔笑道:"没想到今儿个居然巧遇容华妹妹,听说妹妹这些日子身体不太好,如今可是好些了?"

夜晚对着阮明玉也是十分的亲切,笑着应道:"每年夏日都是苦夏,老毛病了。倒是上回看了缙心的琴谱让我获益良多,还不曾谢过姐姐呢。"

"若论这个便是远了,嫔妾先受妹妹恩惠,不过是一琴谱算不得什么。"阮明玉随着笑道。

夜晚抿嘴一笑,正欲说话,便听到罗知薇的声音传来:"夜姐姐有了阮姐姐便不搭理我了,好偏心得很。"

夜晚失笑一声,看着阮明玉说道:"这里还有一个吃醋的。"

众人跟着笑了几声,这里夜晚的位份最高,又是皇帝的宠妃,谁敢轻易招惹。

众人说笑着便一起进了宜和宫,宜和宫正殿早就有人在了,许清婉跟杜鹃二人神色有些不太好,在看到夜晚进来的时候,神色更加的不好了。但是两人位份低不得不起来行礼。

夜晚并未故意刁难,只是神色淡淡地让她们起身,转头却与徐灿、罗知薇还有阮明玉聊得投机,将她们两个晾在那里,也颇有些尴尬。

傅芷兰、明溪月相继走了进来,瞧着夜晚居然也在也是吃了一惊,不过还是上

第二十二章 汉王心不轨,夜晚献良计

前行礼。想来她们以前在宫外，夜晚这样的出身她们是看也不会看一眼的，如今却是凌驾于她们的头上，这心里的滋味可真是有些不好受。

只是夜晚也的确是有傲人的本事，这一点只看许清婉被人讥笑东施效颦便知道了。

夜晨来得有些晚，并未跟徐灿罗知薇一起，此时跟夜晨一起走进来的还有明溪月。夜晚的眼睛微微一闪，明家跟司徒家一向走得较近，没想到这般快夜晨真的跟司徒家做了交易。

夜晚心里笑了一声，关系到名利前途，夜晨果然还是决定跟自己对立了。

两姐妹四目相对，夜晨弯腰行礼，夜晚伸手将她扶起来，一字一字地说道："你我是嫡亲姐妹，姐姐不用多礼。"

"即便是嫡亲姐妹，但是礼数所在，嫔妾不敢不尊。"夜晨一板一眼地回道。

周围人都看着这一幕，看着这一对姐妹，脸上神情各异，但是看笑话者居多。

夜晚轻轻一笑，面色柔和，没有一点不悦。她早就知道夜晨不是一个甘于寂寞之人，更不能容忍自己这个庶出的妹妹压在她的头上。她方才的话也算是尽了最后的情谊，但是夜晨却是一言给挡过去了，可见真是无法和睦了。

"雪容华当真是心胸宽广，对后宫的姐妹比对自己的嫡亲姐姐还要亲热呢。"

这声音尖酸刻薄带着浓浓的讥讽，夜晚不用去看也知道是谁。当下笑着说道："要论姐妹情深，我自然及不上杜贵人，方才进门还瞧着杜贵人跟许才人似有些不快，这转眼间就能笑靥如花，这本事真是人所不及。"

杜鹃顿时色变，不过却依旧不肯服气，当即说道："听说雪容华是皇上特许不用来宜和宫日日请安的，怎么今儿个倒是巴巴跑来了，真是令人惊讶呢。有了好福气就该好生地珍惜着，万一哪一日福气没有了可就不好说了。"

杜鹃并不是一个傻子，若是平常绝对不会把话说得这般的难听，定是杜鹃知晓了夜宁失踪一事，转着弯地讥讽夜晚。

这里的人哪一个也不是傻子，听着杜鹃这般的言语，心里自然都有各自的盘算。

夜晚笑着看着杜鹃，神情悠然地说道："我还有有福气的时候，就是不知道杜贵人这辈子还有没有有福气的时候。福气这东西还真不是什么人都能拥有的。有过总比没有的好，是不是？"

杜鹃为人一向高调，言语间多有冲撞，在嫔妃中人缘并不好，反倒还不如许清婉人缘好一些。

两人同是归顺于甘夫人的人，利益上有共同之处，却也有不同之处。但是面对着共同的敌人，两人还是枪口一致的。

许清婉的声音娇娇柔柔的，轻轻一笑，缓声便道："容华姐姐福泽深厚，自不是嫔妾等人可以相比的。今儿个容华姐姐当真是光华照人，嫔妾看着姐姐头上的钗倒像是极好的老坑翡翠打造，这样的翡翠便是千金也难买的。"

夜晚知道许清婉这样说便是告诉众人，她的首饰有逾矩之处。明着夸赞自己，其实却暗中讥讽，而且又点出了这翡翠的贵重之处，更是让夜晚被众人敌视。

说实话，这样的东西夜晚还真的瞧不上眼，带着郦香雪记忆的她，什么奇珍异宝没见过。

夜晚浅浅一笑，似是随意地说道："哦，原来还有这样的贵重之处，我竟真是不晓得。皇上扔了一箱子过去，我就瞅着这一支还顺眼些，顺手拿了出来。若是许妹妹喜欢，回头做姐姐的送你两支，又不是什么稀罕的东西。"

说实话，世家之女对于这样的翡翠还真是不觉得稀奇，平常也是常见的，但是许清婉出身并不高，平日难见，自然当做是好东西了。

本来是想讽刺夜晚一番，没想到夜晚这话说得就好像是大街上的烂白菜一样，许清婉的神色便有些难看，挤出一丝笑容，道："嫔妾位份低微，自然不像容华姐姐见多识广。这样的东西皇上一赏便是一箱，这宫中也就只有姐姐有这个荣幸。"

这话里当真是连惠妃、夏吟月、丁昭仪都给捎带进去了，早就知道这个不是个省油的灯，没想到这般扎手。

夏日本就是一个令人焦躁的季节，夜晚这个时候却得要压制着自己的怒火。若是应了这话，实在是太自大了些，便会将惠妃等人都给得罪了。可是若是不应，自己这个宠妃那也真是太没胆了些。

应与不应，实是两难。

许清婉能在最短的时间内给夜晚出了这样的难题，的确是比杜鹃心思聪慧，机智机警多了。

宜和宫的正殿四角皆摆着冰盆，十分的凉爽，不会令人觉得暑热。夜晚轻轻抬眸看着许清婉，嘴角勾起一个轻轻的笑容："他日许妹妹得到皇上恩宠，自然也会有这个荣幸。"

夜晚没有正面回答，却是剑走偏锋把话题转向了许清婉。这样一转，下不来台的便是换成了她，谁不知道那天许清婉跟夜晚两人的献艺，已经成为她最大的笑话，东施效颦几个字几乎已经成了她的标志。

许清婉面色微青，万没想到夜晚的口舌这样的厉害，居然这样还能从自己的话中脱身出去，转过头又将自己给绕了进来。难怪甘夫人对雪容华如此的忌惮。

心神一凛，许清婉强忍着周围不断传来的嗤笑声，兀自镇定地说道："借姐姐吉言，妹妹感激不尽。"

第二十二章　汉王心不轨，夜晚献良计

221

夜晚淡笑，眼睛在许清婉的身上扫了好一会儿，这是个忍辱负重的主儿，好一会儿才说道："什么吉言不吉言，这事情还要靠妹妹自己努力，我是帮不上什么忙的。"

夜晚说完不再搭理许清婉，转头跟阮明玉低声说起话来。

杜鹃看着许清婉，眼中带着讥笑，压低声嘲弄道："怎样？见识到厉害了吧？早就说过你这样的根本就不是她的对手，早在永巷的时候，人家就是个青云直上的，哪里是什么阿猫阿狗就能比的。"

许清婉似是未听到杜鹃的嘲讽，只是淡淡地说道："杜姐姐有本事，出身又高贵，怎地也没把人比下去？听说杜姐姐一口好嗓子，偏偏那晚上没有唱歌反而跳起了舞，真是可惜。"

杜鹃闻言愤愤不语，甘夫人让她跳舞她能反抗么？

许清婉没有再说话，依旧眉眼温和地坐在那里，似乎方才跟夜晚唇枪舌剑的并不是她。

"诸位妹妹来得真早，昨儿晚上玉娇公主闹了大半夜，今儿便起晚了些。"夏吟月笑眯眯地走了出来，对着大家说道。

众人起来行礼，夏吟月免了礼让众人坐下，眼睛这才落在夜晚的身上，瞳孔微缩，在她的身上盯了一会儿，面上的神情又恢复了以往神态，"雪妹妹今儿个怎么过来了？皇上心疼妹妹体弱，特意免了你的请安，你可是要照顾好自己才是。"

夏吟月笑眯眯地说这话，言语中关怀备至，倒真是一副情真意切姐妹情深。特意免了你的请安，这句话被人听着好像是夜晚不懂礼数一样，怎么看着夜晚也不像是身体虚弱的模样。

夜晚哪里听不出话里的机锋，随意地弹弹手指，赤金打造的护甲嵌着宝石闪闪生辉，这么一弹，发出十分清脆的声音。夜晚半垂着头，面上的笑容并未凝固，已经柔和轻缓，开口说道："多谢夫人好意关怀，夜晚的身体已经好得多了，只是夜晚记得嫔妃每日请安的规矩是要对着中宫皇后娘娘才可使得。夫人如今不过是从一品，距离后位还有两阶之遥，日日来请安这般殷勤，倒是显得夫人对后位拥有觊觎之心。夜晚进宫以来便听闻夫人淑德贤良，宽厚待人，跟先皇后又是姐妹情深，怎么会有这样的想法呢？所以为了夫人的声誉，夜晚是万万不敢跟朝拜皇后娘娘一样日日来请安的。若是因夜晚之故让众人，让朝臣以为夫人觊觎后位，真是夜晚的罪过了。"

大殿里死一般的寂静。

微风吹过，金色的帘幕随风飞舞，本是极美的风景，此时却令人有些难以言喻的憋闷。

夜晚的话，不仅戳痛了甘夫人的肺管子，更是令在座的人坐立不安，犹如针扎一般。

　　这样的寂静倒真是有一种风雨欲来的架势，夜晚这一句话不管怎么接都有些不讨好。应或者不应都会有尴尬之容，又或者说夜晚针对夏吟月故意设下了一个语言陷阱。如果因为夜晚这一番说辞，夏吟月便不让众人日日来请安以避讳觊觎后位，无疑从气势上就被夜晚压倒了，这比要了夏吟月的命还要难受。

　　如果夏吟月不满夜晚的说辞加以斥责，便是对后位有觊觎之心，更会落了众人的口柄。夜晚重生后再也不想做一个良善之人，尤其是面对着夏吟月的时候更是要竭尽全力地让她难受，让她碰壁，让她如坐针毡毫不安稳。只有如此，夜晚心里的恨才能舒缓一些，只是这些还不够，夏吟月害了郦香雪的性命，杀了郦香雪的孩子，她一定会让她付出百倍的代价，以平心头怒火。

　　夏吟月眼睛落在夜晚身上，脸上的笑容几乎都要挂不住了，心中思索着应对之策，只是一时间她自己却不好为自己说话。于是眼眸一转，在杜鹃跟许清婉的身上滑过。

　　杜鹃接到夏吟月的指示，便立刻说道："雪容华这话可真是有些不妥当，先皇后故去多年，后宫一直是甘夫人辛苦操持，主持后宫事务亲力亲为，因此也得到后宫诸位姐妹的爱戴，这才自主来给夫人请安。更何况夫人为皇上诞下了唯一的子嗣，更是功不可没，这后宫之中，难道还有人比夫人更令人尊敬的吗？怕是雪容华自己对后位有觊觎之心，这才故意拿着别人说嘴，当真是心机深沉，令人不齿。虽然雪容华备受皇上宠爱，可是要想问鼎后位也得看看雪容华自己有没有那个命，这后位难道是谁都能登得上去的吗？就凭雪容华的出身只怕也是一件难事。"

　　夜晚掩嘴吃吃一笑，那清脆的笑声就像是午后挂在窗口的风铃，风吹摇摆发出的清脆声响，悦耳动听，心旷神怡。

　　众人皆不明白这个时候夜晚怎么还笑得出来，杜鹃这话可真是丝毫没给夜晚留颜面，但凡是个有气性的都无法笑得出来。

　　夜晚无视众人打量的目光，安稳如山地坐在那里，眼睛带着浓浓笑意只管盯着杜鹃说道："杜贵人这话说得真是好极了，夜晚出身不过中等武将之家，若是这般的身世在杜贵人的眼中都是不值得一提的，那么甘夫人在杜贵人的眼中又是怎样的呢？据我所知，甘夫人出身不过是流民，当初沦落街头腹中无食差点饿死，亏得先皇后心慈仁善救了甘夫人一命。一直觉得杜贵人对甘夫人恭敬有加，原来心里竟是如此的想法，果然是知人知面不知心，今儿个可算是开了眼界了。"

　　杜鹃一时失言，只想着拿着出身的事情攻击夜晚，却浑然忘记了甘夫人的出身更是不值一提，顿时脸涨得通红，扑通一声跪下，看着甘夫人急忙解释道："夫人恕罪，夫人恕罪，嫔妾真的没有这般意思，全是雪容华自己臆测，嫔妾对夫人一直尊敬

223

第二十二章　汉王心不轨，夜晚献良计

无比，绝对不敢有此等心态。"

夏吟月只气得差点气都喘不上来，她这辈子最恨别人提及她的出身，没想到居然被人当众言及，还如此侮辱，当下一张脸黑如锅底，阴沉着不肯出声，就那样看着杜鹃。

杜鹃这个时候真是后悔死了，心里越发地恨极了夜晚，若不是她自己何须如此狼狈。当着众人的面还要这般的伏低做小，给人跪地请罪。

许清婉此时盈盈站起，上前一步，柔声说道："夫人当然不会生杜姐姐的气，出身一事乃是上天决定，又不是夫人自己能做主的。夫人出身虽低，但是这么多年来得宠于圣上，施惠与宫人，还为陛下诞下玉娇公主，绵延子嗣，出身低微却能身居高位，由此更能看出皇上对夫人的拳拳之心，又岂是别人一朝一夕能相比的。嫔妾敬奉夫人，日日请安，不过是心中所愿而已。"

果然是锋利的口舌，难怪被夏吟月挑中作为帮手，夜晚即使是对许清婉并无善意，此时也对这番话很是赞赏。寥寥数语，既将皇上跟甘夫人的情谊告知于众，还趁机表达了自己对夏吟月的衷心。杜鹃与其相比，当真是天地云泥之别。

夏吟月的神色顿时缓和了许多，看着许清婉柔和一笑，然后对着杜鹃说道："杜妹妹快起来，你我同为后宫姐妹，何须如此谨慎。"

杜鹃这才松了口气，心里也有些懊恼，这个许清婉果然是见缝插针地对着甘夫人拍马屁。心里虽然不悦，不过面对着共同的敌人，她还是侧头看着夜晚讥讽道："夫人心胸宽阔，可不像某些人，故意曲解别人的心意，行那挑拨离间的龌龊之事，真是上不得台面之举，令人鄙夷不已。"

对于杜鹃的讽刺夜晚倒是没有放在心上，只是随后说了一句："出身不出身的，也不知道是谁提及的，这般年纪轻轻的脑子就不好使，可见是当真要看看太医，别有什么隐疾才好。"

"你……"

"好了，都少说两句。"夏吟月出声说道，眼睛扫过众人，心里就算是极不耐烦，但是眼前皇上对夜晚很是宠爱几分，自己也不得不小心翼翼地对待。不过皇上的宠爱当真是如风，来得快去得也快，只是为了一个夜晚便失去分寸，也着实有些太耐不住性子了。"大家同为皇上的嫔妃，更应当知礼谦和相对，这般口舌之争也不怕贻笑大方。"

听着甘夫人的训斥，众人口中应是，只是鉴于夜晚之前跟杜鹃口舌之争言及出身一事。这里在座的，哪一个不比夏吟月的出身高？之前不曾特意提及，此时被夜晚这么着重地解释一番，众人看着甘夫人的神态也有了些微妙，此时听到甘夫人这般的训斥她们，口中之语也少了几分往日的恭敬。

夏吟月自然是感受到了，神色微恼，但是还不能显露于人前，只能摆着一张笑脸应对众人。

夜晚此时却是心情极好，端坐在那里，嘴角含着笑，轻声说道："嫔妾今儿个过来是有一件事情，本不欲劳烦夫人，不过既然夫人有着管辖后宫的职权，只好来烦扰一回。"

听着夜晚对自己有所求，甘夫人的神色便变得从容起来，笑眯眯地说道："哦？不知道雪容华有何事？只要不违宫规，本宫没什么不能通融的。"

好一句不违宫规，这话听着宽容大度，其实却是极为严苛。

夜晚似乎是未听懂一般，笑着说道："自然不会违了宫规的，皇上说可许嫔妾一块出入宫闱的腰牌，如今腰牌在夫人这里，嫔妾只能跟夫人讨要了。"

夜晚此言一出，众人神色皆变。

出行腰牌？这可不是一件小事情，夏吟月方才还觉得自己对夜晚太过于看重了，不应当因此失了分寸。没想到紧接着夜晚就给了自己这样的反击，夏吟月努力维持着自己的冷静，用尽所有力气这才维持住笑容，尽量放缓语调说道："出入宫闱的腰牌非同小可，本宫不得不慎重对待，需要核对以后才能发放。"

"夫人谨慎些也是应当的，如此就请夫人派人前去明光殿问一声，嫔妾拿了腰牌还有事情去办。"

夜晚神态随意地说道，这般的不骄不躁的神态太令人恨得咬牙切齿了。

夏吟月看着夜晚步步逼人，居然现在立刻就让她去问询，神态变清冷了几分，不过夜晚既然敢当着这么多人的面说这事，她心里明白十有八九是真的。不过还是叫了段南忠进来，吩咐一遍让他去明光殿核对。

夏吟月强忍着怒气，努力维持平静问道："雪妹妹要来这道令牌却是何人出宫？"

夜晚就怕夏吟月不问呢，这一问正中下怀，当即说道："右相夫人听说嫔妾要学画，便送了嫔妾几匹生绢。嫔妾不好不回礼，便想送了回礼过去，只是这出入宫闱却有些麻烦，于是皇上便赐给嫔妾这出入宫闱的腰牌。这样一来云汐去右丞相府也能方便些，如此只好麻烦夫人。"

右相夫人送给夜晚生绢一事知道的人并不少，但是没引起众人的注意。一来生绢算不得珍贵之物，实在是不打眼。二来夜晚曾经救过小国舅，右相夫人给夜晚送些东西也属平常，更何况送的东西不过是几匹生绢当真是不值得瞩目。

然而，这些不瞩目的东西，却换来了夜晚能跟右相夫人时常联络，甚至于还御赐腰牌方便云汐出入宫闱。谁不知道云汐曾是先皇后身边的第一宫人，郦相夫人瞧着云汐只怕也会心生思女之心，如今云汐又在夜晚身边伺候，偏生夜晚又救过小国舅一

第二十二章 汉王心不轨，夜晚献良计

命……

众人简直不敢想下去了，因为那样的结果，是她们不敢去想的。

徐灿微微地转着头看着夜晨，就看到夜晨的眉峰微蹙，神思有些恍惚。看着夜晨这般模样，徐灿本来想要出口的话顿时咽了回去，留在心里化作长长的叹息，皇上……怕是真的对夜晚不同的，居然公然允许夜晚跟右相夫人来往，这是不是想要给夜晚另寻一座稳固的靠山？

很快地段南忠就回来了，大步进了正殿，行礼说道："夫人，皇上还在早朝，奴才找到了严总管，严总管说确是皇上的旨意。"

夏吟月虽然知道这件事情已经是板上钉钉的，只是此时听着段南忠的话还是有些难受，不过她面上的表情丝毫未变，对着段南忠说道："既是如此，你去取一枚令牌来交给雪容华。"

"是。"段南忠应道，转身便出去了，很快就回来了，手里拿着一枚紫檀木雕刻的令牌，高举过头顶立在夜晚跟前。

夜晚身后的云汐上前一步接了过来，拿在手中打量一番，笑着对夜晚点点头。

夜晚这才站起身来，看着夏吟月说道："嫔妾还有事情，便先告辞了。"

夜晚说的是告辞，而不是告退。

夏吟月咬牙忍下了，神态还要装作十分柔和地说道："容华妹妹路上当心，天气太热了些，你身子本就虚弱，莫要中了暑气。"

"多谢夫人挂怀。"夜晚说完便转身离开。

夏吟月凝视着夜晚那一身衣衫，发髻上的头饰，还有那十分张扬的背影，直到她消失不见，这才看着众人说道："大家都散了吧，本宫也乏了，就不留你们说话了。"

众人起身告辞，三三两两地聚成堆往外走去。

很快的大殿便空了下来，碧柔站在夏吟月的背后神色有些忐忑，犹豫一番还是说道："娘娘，不如去后殿歇一会儿吧，累了一早上了。"

"碧柔，你说夜晚有什么地方好？竟能令皇上痴迷如此，居然允许她跟郦家来往？"夏吟月此时的愤怒再也遮掩不住，满脸浓浓的失望，当初她也曾试着跟郦家往来，只是终究没有下文，郦家那边简直就是铜墙铁壁。可是，为何他们对夜晚却这样的优容？

她想不通，真想不通。

"娘娘莫要伤心，许是雪容华那支舞跟先皇后跳得太像了。"碧柔思衬良久才有了这样一个答案，因为除了这个，她实在想不明白，皇上为何对夜晚这样的宠爱。

夏吟月神态疲惫地坐在宝座上，因为那支舞吗？

段南忠此时上前一步，低声说道："娘娘不必忧心，听说使团遭伏击，雪容华的哥哥失踪下落不明，想来生还希望不大，雪容华毕竟不是跟夜贵人一母同胞，夜家两个女儿中支持的只怕也是嫡女。要是夫人多加笼络夜贵人，雪容华失了哥哥这座靠山，再让她们姐妹内讧，岂不是坐收渔翁之利？"

段南忠的话倒是令夏吟月眼前一亮，缓缓点点头："既是如此，你便去清漪居走一遭。"

"是，奴才遵命，想必夜贵人也无法忍受被自己的庶妹强压一头的。"段南忠嘿嘿一笑，尽显奸诈。

再过不久就是万寿节，夏吟月凝望着天边的一抹云霞，嘴角渐渐弯起。

万寿节的即将到来让夏吟月跟惠妃、丁昭仪都忙碌起来，皇上的生辰自然是十分重视的，谁不想在皇上的生辰时一鸣惊人？

但是夜晚此时的注意力完全不在这里，而是放在了前朝。薛长山上书立嗣一事，果然在王子墨大人的利口反击下黯然收场。生父养父只留其一的言论，虽有违纲常，但是却是为了国家社稷的安稳。岂不闻汉时还有主少国疑，怕外戚专权，将其生母处死以安众心的先例。

故，王子墨的话虽然薄情，但是却是事实，至此朝中众人瞬间支持王子墨言论者众多。

早朝后，王子墨留下看着慕元澈笑着说道："今天真是痛快，薛长山不过是一匹夫，居然还想指点朝堂，简直就是笑话。"

慕元澈看着王子墨那神情激愤的模样，淡淡地说了一句："朕之前跟你说的话，是出自夜晚之口。"

王子墨的笑容瞬间凝固在脸上，夜二姑娘……好久不曾跟二姑娘打交道，王子墨最近的心情很是愉快，二姑娘那就是个噎死人不偿命的。时转星移，不想竟听到这么一个晴天霹雳。

王子墨抽抽嘴角，眼睛看着慕元澈："雪容华当真是心思缜密，这样的主意都能想得到。"

"也不全是她自己的想法，这里面还有郦相的功劳。今儿朝堂上，郦相首先站出来支持你，你不觉得有些奇怪？"

"……雪容华跟郦相有联络？"

"算不得联系。"慕元澈便把事情讲了一遍。

王子墨的嘴巴几乎成了鸭蛋形，一时间只觉得夜晚当真是一个奇葩。

"这样晦涩难懂的深意，居然也能被雪容华破解出来……"王子墨大人瞬间沉默了，女子聪慧起来，当真是令人寝食难安啊。

227

夜晚担心夜宁安危，夜不能寐，精神也短了一些。昨儿个慕元澈过来用膳，便把夜宁失踪的事情给说了一遍，并跟夜晚保证一定会尽快寻找到夜宁的下落。

夜晚自然不会因为此事又哭又闹的，徒惹慕元澈心烦，只说尽人事听天命。

为了安夜晚的心，慕元澈竟是拿着舆图过来，铺在柔福宫东侧殿的书房内，对着夜晚说道："……兵合一处，全力搜索，定会寻到你哥哥的下落。人是从岐州边境失踪。"慕元澈边说边指着地图上的几个地点说道，"他们一路穿过落阳、奇罕最后到达云城，从云城出关。按照开始设定的路线，从云城出关后先抵达西齐边界狮鹿城，然后再到达奇方城最后抵达西齐的国度上邦城。但是溯光跟司徒镜他们出了云城没两日便在驼山脚下受到了袭击，混乱中夜宁失踪，溯光跟司徒镜他们被迫退回了云城。"

夜晚的眼睛就落在了驼山那地方，驼山是云城跟狮鹿城的一道天堑，因为其山形似骆驼这才称之为驼山，驼山有道著名的关卡名为驼山关，易守难攻，山势险峻，敌人在这里打伏击，找的地方可谓真是天时地利人和。

因为驼山跟云城之间的地带是个自由的地方，这里无人约束，盗匪成风。

夜晚的眉头紧紧地皱了起来，忽然指着地图上落阳城旁边的一座地标说道："这里便是西齐著名的四方谷？"

自从夜晚那天让云汐去了一趟丞相府，然后回宫的路上顺便从夜府带回来一马车的书，等到他从书房看到了排列得整整齐齐的大夏、西齐跟南凉各地的县志跟舆图，就已经是无法言语心中的感受了。

那日听夜晚亲口讲她如何自己努力读书带动夜宁上进，只是听还只是想象上的震动。待见到夜晚这些注解得密密麻麻的书册，心头那种震动久久不能消失。

听觉上的震动永远及不上视觉上的震动，所以现在夜晚看得懂舆图，并且能熟知两国之间的地理图标，慕元澈也就不会觉得奇怪了。

"正是，阿晚是不是对四方城有什么特殊的见解？"慕元澈随口笑道，话虽然这样说，其实并不觉得夜晚一个未出过门的小女子真的能通晓战事。如果真的这般简单，岂不是人人都能成为诸葛孔明，人人都能成为战神关羽？并不是慕元澈瞧不起夜晚，而是军事谋略这种东西，不是说谁都能看一看就能成为天纵奇才的。

只是慕元澈再也想不到，夜晚的灵魂却是郦香雪。那个跟他并肩作战的多年的郦香雪，这样的女子怎么能是毫无见识，纸上谈兵的夸夸其谈之辈？

夜晚现在自然是能明白慕元澈所想，似是随意地随口说道："我哥哥曾经对皇上驻守边疆跟百里晟玄苦战三年的事迹颇为推崇，因此曾经多年研究过陛下跟百里晟玄之间的每一场战役。连带着我都不得不跟着用功，免得哥哥问的时候一问三不知。

四方谷本不出名，但是当年皇上以雄兵三万在四方谷外伏歼百里晟玄五万之众，一战而名扬天下，我自然是晓得四方谷的。"

男人不管什么时候都是有极强烈的自尊跟自我价值彰显的欲望，更是喜欢被人钦慕仰望的所在。夜晚的这几句话，顿时让慕元澈惊喜无限："你还研究过我的战例？"

"那是自然，当年皇上一战定江山，何其威武。只是可惜妾身生不逢时，未能亲眼看到盛况。后来从史书中，兵策中常常看到关于四方谷战役见解，自然是对四方谷这个地方极为熟悉的。"夜晚轻声说道，抬眼看着慕元澈眉眼间满满的仰慕之情，"我再也想不到，有生之年能成为我心中战神的枕边人。"

慕元澈心情有些激荡，看着夜晚的神情越发的柔和了些。夜晚的话让他回想起了当年，眼睛落在舆图上，忽然神情有些惆怅说道："你说的也不尽对，外间只以为这场胜仗是我一人而为，其实还有一个人跟我齐心协力才会有这样的胜利。"

夜晚听到这里心口跳得厉害，没想到慕元澈居然会这样说，她自然知道慕元澈口中的是谁，但是夜晚还是故作不知地问道："不知道是谁这样的厉害，竟能让你这般的推崇？"

慕元澈的声音像是从极遥远的地方传递而来："那是我心中最敬重、最深爱的女子，这世上无人能出其右。"

无人能出其右吗？

夜晚心里嗤笑一声，可是又能怎么样？最后还不是死在你的手里！

"先皇后是个幸运的女子能遇上皇上这般深情的人。"夜晚努力挤出一丝微笑说道，尽量让自己表现出一丝失落，更多是一种艳羡。嫉妒是万万不可有的，这个时候夜晚不想自己让自己再倒霉一些。

"是吗？"慕元澈迷茫地说道，过了好久才说了一句，"也许……事情并不是这样。"

夜晚一怔，这是什么意思？只可惜慕元澈并不打算将这个话题进行下去，神色又恢复以往，看着夜晚说道，"阿晚，永远不要拿你自己跟任何人去比，更不要跟先皇后去比。"

夜晚一片茫然，都说女人心海底针，可是为何男人的心也是这般的晦涩难懂？

不要去比？为什么不要去比？是因为不屑、不能还是不重要？

夜晚不懂慕元澈的想法，猜不中他的心思，只是觉得难道最后在慕元澈的心里，郦香雪就只落下一句空飘飘的最敬重、最深爱、不能攀比的结局？

夜晚不想继续这个话题，硬生生地压下心里的暴躁的怒念，努力将注意力转移到舆图上来，然后轻声说道："我哥哥虽然失踪了，但是并不代表着就失去性命。我有个想法，许是能试一试。"

慕元澈眼睛在夜晚身上凝视一会儿，这才缓缓移开，注意力也注意到了舆图上，问道："什么想法？"

"我跟哥哥因为对四方谷很是感兴趣，所以就特别研究过这里，四方谷里有个小深潭，深潭旁边不远处便是百丈悬崖，从潭底仰望乃是绝地……"夜晚喁喁细语，慕元澈听得认真，两人不时地停下来思考一番，反复地在舆图上指指点点，慕元澈的神情逐渐变得肃穆凝重，两人甚至于说到激动处还会争执两句。

待到一切商议完毕，已是华灯初上，慕元澈负着手在屋子里走来走去，夜晚在一旁看着那舆图发呆。这舆图边角磨损得厉害，这是当初郦香雪跟慕元澈亲自潜进百里晟玄的领地描绘的舆图，那时两人不过是假扮的平凡夫妻，虽然每天处于危险中，但是真的是很开心啊。

四方谷郦香雪只去过一次，那一回慕元澈因事并未跟随，就是那一回遇到了百里晟玄。

那真是一个相当不美好的初见，那时因为在路上将衣衫给弄脏了，身上也染了泥浆，郦香雪便在四方谷的潭水中换衣沐浴。哪曾想这样的偏僻的绝地居然会遇到受伤的百里晟玄，当时当真是惊恐失措，好一番的争斗。

回想往事，当真是如隔世一般。

夜晚的手抚摸着舆图，心中也是心绪百转，那时百里晟玄并不知道她的身份，后来她逃脱后，居然还敢画了她的画像在四方城内寻人。后来慕元澈知道这事，两人在战场上便有了殊死的较量。

慕元澈的脚步停了下来，看着夜晚正在小心翼翼地抚摸那舆图，十分的珍惜。眼中带着笑，低声说道："这是先皇后亲手所画，陪伴我多年，所以磨损得厉害。"

慕元澈说着便伸手将舆图卷起，动作轻柔，面带微笑。

"破损得如此厉害，不如我修补一下，将四个角重新用牛皮包起来？"夜晚试探地问道。

慕元澈却是摇摇头："不用了，你先休息，我还要回明光殿，怕是要忙一个晚上，不要等我用膳了，明日再来看你。"

夜晚起身将慕元澈送了出去，夜色中，橘色的灯光将慕元澈的身影拉得长长的，渐渐地溶于夜色中消失不见。

破成这般模样都不修补下，是准备要丢弃了吗？若是珍惜应该好好地保存修补才是呢。夜晚的神情渐渐地归于冷寂，慢慢地走回室内，璀璨灯光下，那背影孤寂自伤，如此的刺眼。

第二十三章
杀机迫眉至，
夜晚斗芳菲

出了柔福宫，慕元澈上了轿辇，对着严喜说道："即刻宣王子墨进宫。"

"奴才遵旨。"严喜躬身应下，立刻便去吩咐此事。

慕元澈坐在威武宽阔的御辇上，手指却是一下一下地滑过卷成长条的舆图。

雪娃娃的东西上怎么能有别人的痕迹，那是绝对不允许的。

便是阿晚，也不能。

垂头，借着星光看着手中的物件，慕元澈顿感疲惫地靠在辇上，缓缓地闭上眼睛。

因为万寿节的即将到来，整个后宫忙碌而又平静。就如同春日里的湖面，没有丝毫的波浪翻滚，平静得如同镜子一般。

夜晚自那日后便没有再出过柔福宫一步，整日地在宫里调教陆溪风送来的三十六名舞姬，因此夜晚又被人塑造成冷酷无情连自己亲哥哥的安危都不顾及的薄情之人。

这些话夜晚听在耳中也只是浅浅一笑，并不去理会。别人怎么看待她没有关系，重要的是慕元澈怎么看待她。

夜晚很是安静从容地待在柔福宫，跟陆溪风、云汐还有玉墨跟陌研几个丫头一起看着众舞姬练舞。先皇后的舞团起名为雪舞，夜晚自然不能再沿用这个名讳，几经思虑，夜晚给自己的舞团起了一个合心意的名字。

晚歌。

夜晚之歌。

陆溪风笑着说道："容华主子这名字起的真是贴切，既然有个歌字却不好没个唱歌的人，免得被人说名不副实。不知道主子，可有什么合适的人选？"

云汐看着夜晚欲言又止，一时间有些踌躇。

夜晚的眼神无意中扫到了云汐的神态，心中微微一顿，然后才浅浅一笑说道："要想找到善歌之人还真是不容易，这个问题要好好地想一想才是。宫人中你们可知道有谁在这方面特别的出众的？"

陆溪风的眼睛跟云汐的碰在一起，沉吟一番才说道："奴婢倒是知道先皇后身边的四大宫女中乐笙是个善歌之人，只是多年不曾听其再展歌喉，也不晓得如今还有没有那份功力。再者说了长秋宫里的人事，便是甘夫人也不能随意插手，要想调人还要皇上下旨才是，怕是有些麻烦。"

陆溪风起了话头，云汐这个时候就跟着说道："乐笙的歌喉确有长处，先皇后在时也是极喜欢她的歌声。"

"你们这样说，肯定是个不错的。只是正如陆尚宫所言，长秋宫的人事不是随意能决定的，所以这件事情还不能着急。"夜晚听到她们终于主动提及了乐笙几个，心里也是格外的开心，不过面上却是不动声色，微微一顿之后，才接着说道："云汐是长秋宫里出来的，你先替我问问乐笙想不想再唱歌，想不想来晚歌，如果她自己愿意的话，我再去皇上那边敲敲边鼓，若是乐笙不愿意咱们也不能强求。毕竟只有打心里愿意，才能更好地发挥自己的所长。"

"主子如此心善，奴婢必定尽心问一问。"云汐笑着说道，心里很是动容，没想到夜晚这般看重先皇后的身边的人。要知道这世上多的是人走茶凉，若不是有皇上照看着，她们这些先皇后跟前的人，现在不定在什么地方呢。

夜晚只是一笑，看着云汐说道："也不是多大的事儿，不过是问一句话的事情。你去吧，我跟陆尚宫说说话。"

云汐应了一声便转身去了，夜晚笑着看着陆溪风说道："这里也没有旁人，玉墨跟陌研都是我身边可信的，尚宫大人请坐吧。"

"主子跟前哪有奴婢的座位，主子有话直接吩咐，奴婢必当尽心。"陆溪风可不敢托大，这段日子细细观察，便瞧得出夜晚绝对不是一个简单的人，尤其是居然在乐舞上颇有造诣，真是令人惊叹。

"这样说便是生分了，看来尚宫大人觉得我这座庙小了？"夜晚柔声一笑，看着玉墨说道："给尚宫大人搬个锦墩来，免得局促。"

玉墨笑着就应了，很快地就搬了锦墩过来，陆溪风告罪后这才斜着身子坐下了。要说起来陆溪风是女官，还是后宫六尚局最大的女官，就算是奴才，也是奴才里面很得脸的。便是夏吟月也不会怠慢的，须知道这些做奴才的也是盘根错节的关系，有的时候一不小心走错一步，便会令人头痛无比。

夜晚的眼睛在陆溪风的身上轻轻滑过："我跟尚宫大人虽然并不是老相识，不过我既然信得过云汐，就信得过尚宫大人。这段日子以来尚宫大人对我也是多有照顾，我心里都明白得很。"

"为主子分忧，是奴婢的分内事，不敢当主子的赞誉，实是惭愧得很。"陆溪风笑着应道，神态不卑不亢，到底是做了多年的尚宫，就这份沉稳气度也不是人人都能学得来的。

夜晚瞧着一如既往冷静谨慎的陆溪风，心里轻轻一叹，还是老脾气，当真是一点没变，也就难怪这几年夏吟月都不能动她分毫。不过反过来说，夏吟月苦心经营多年，对陆溪风也绝对是有威胁的，因此在这个位置上，陆溪风更是不敢有任何的行差错步。

站在悬崖上的人，固然可以看到最美丽的风景，但是同样的面对的风险也是大得多。

稍稍不慎，便是粉身碎骨。

"万寿节快到了。"夜晚轻声一笑，凝神看着陆溪风。

六尚局掌管着宫里的各项用度，因此也能洞悉各宫里的动静，要说哪里的消息还能比六尚局更快的，只怕陆溪风也是不答应的。

陆溪风听到这话，倒也不为难，张口便说道："是，万寿节是最热闹的时候，各宫的主子都会为皇上的寿诞献上自己的礼物。若是以前主子这话当真是对奴婢的最大夸赞，只是自从先皇后过世后，甘夫人不断地在六尚局安插人手，虽然奴婢还坐在尚宫的位置上，但是六尚局里面的情形也真是一言难尽。"

夜晚听到这话微微点点头，这样的情况她也预料到了。夏吟月动不了陆溪风，但是能动得了别人。给陆溪风添添堵，树立两个敌人，分化六尚局还是能做到的。如果连这一点也做不到，夏吟月还能是夏吟月吗？

夜晚看着陆溪风一笑，进而说道："甘夫人把持后宫多年，若是连这点能耐都没有，又怎么能坐得稳这个位置。相对来说，你觉得有所不便，甘夫人会更觉得不方便，几年的时间都没能把你从这个位置上赶下去，这也能看得出你的能耐了。"

"多谢主子夸奖，奴婢不过是尽力而为做好自己的分内之事。"陆溪风眉宇间带着浅笑，这一抹浅笑中夹着丝丝高傲，夜晚对她的认同，也就是直接肯定了她的本事，这当然是令人开心的事情。

夜晚点头一笑，然后又说道："这个后宫里谁又敢说自己能一手掌控全局？不过是一种妄想而已。"

宫闱深深，层层叠叠，谁又能真的以为自己是真的可以把握一切的事情。

陆溪风似乎也想到了什么，眉宇间带着点浓浓的忧伤，目光中透着迷离，渐渐地又变成一种坚定，看着夜晚说道："主子说的是，奴婢一定会步步小心。"

夜晚轻轻一笑，陆溪风明白就好，"你回吧，有什么事情不用亲自过来了，就传话给云汐，免得太打眼，那边会对你不利。你要知道，在我的眼里你们每一个人都是鲜活的生命，遇到事情一定先保住性命，其余的可以重新谋划，你明白了？"

陆溪风一愣，好久才点点头，眼光中透着真诚的笑，忽然间她就明白为什么云汐会选择夜晚了。弯腰行了礼，这才退了出去。

夜晚斜倚在软枕上怔怔出神，万寿节要送什么礼物才好。宫里的女人想要出头，一定要紧紧地拢住帝心，夜晚再也不会相信什么爱情，宫里这么多的人，一定都会想在万寿节一鸣惊人，所以夜晚这个时候更要保持自己的地位不会受到威胁。

正在夜晚冥思苦想的时候，云汐掀起帘子走了进来。看着夜晚正在出神，低声道："主子。"

夜晚回过头看着云汐，坐好身子，这才说道："什么事情？"

"方才丞相府里送来一个消息，万寿节的时候郦夫人想要见见您。"云汐缓声说道。

夜晚一怔，郦夫人……郦香雪她娘……心口猛地就怦怦跳动起来，眉眼间全是遮也遮不住的笑意，有些急促地问道："真的？"

"是，是传的口信，先问问主子的意思，如果主子同意了，丞相夫人会专门送请见的帖子过来。只是还要经得甘夫人跟皇上的同意。"云汐以为夜晚惊喜是因为能够得到郦家的看重，却万万想不到夜晚的真实想法是什么。

夜晚听到这句冷笑一声："她敢不同意，跟郦家多走动可是皇上的意思，你只管去跟郦夫人说就是，甘夫人那边有我呢。"

许是知道了郦夫人要来，夜晚一整天神思都有些恍惚，以至于晚上让慕元澈很是忧郁。

夜晚攀着他的脖子，轻叹一声，朦胧的灯光透过水蓝的帐子铺洒进来，细如鹅脂的手指轻轻滑过他的脸颊，吹气如兰在慕元澈的耳便低声说道："郦夫人说想要在万寿节见见我，我觉得有些紧张，不晓得该怎么面对她。阿澈，你说让我跟郦家多多走动，可是我不晓得怎么跟他们走动。若是过于亲密难免被人说攀附世家。若是冷淡，又怕伤了人家的心，因此这才犹豫不定，辗转难眠。"

慕元澈先是一怔，听着夜晚的话，心里的那些情欲的气息，慢慢地淡了下来，伸手圈着她的腰肢，良久不语。大掌在她的背上不停地滑过，夜晚静静地伏着身子不动，心里却是紧张得很。她不晓得慕元澈会怎么回答，她现在谋求的就是一个答案。

权力巅峰，郦香雪曾经登顶，也曾跌落下来碾落成泥，所以君恩瞬间能让人生让人死。

慕元澈仰卧在床上，透过水蓝的帐顶，迷迷蒙蒙的眼前似乎闪过了雪娃娃的容颜。柔媚的面上眸子如波，嘴角的弧度永远是那样的体贴祥和。其实慕元澈有的时候是很恨他的雪娃娃总是这样的镇定、淡然，不管什么时候，即便是自己去了别的宫里她永远也不会嫉妒，只会问自己累不累，为自己端茶揉肩。

慕元澈觉得自己有的时候很傻，女人不嫉妒的时候，会希望她去嫉妒，去在乎，去争宠。可是一旦真的去做了，又会觉得这个女人善妒，心窄，不可理喻。

他自己也茫然，那个时候究竟是以什么心态去期待雪娃娃会做什么事情的。

迷迷蒙蒙的，时间渐渐过去，就在夜晚以为慕元澈也许会生气心里正忐忑的时候，却听到他说道："阿晚，郦夫人是个很温柔的人，你对她好一些。"

夜晚一怔，眼泪差点掉下来，不过很快就将眼泪压下去，故意俏皮地笑道："我的亲娘走得早些，我可不是巴望着有个能疼我的人，自然是要珍惜的。人跟人讲究个缘分，若是有缘分自然是能处得好，若是无缘分，也不好强求。"

慕元澈没有回答，夜晚一句人跟人要讲究缘分，让他心里颇为惆怅，许久之后，才低声说道："睡吧，夜深了。"

夜晚窝在他的怀里只是默默地点点头，闭上眼睛。就在她以为慕元澈已经睡着的时候，却听到头顶上传来一声极低的叹息，那淡淡的声音在夜晚的耳边不停地环绕，闭着的眼眸里已是水波弥漫。

晚歌的成立，在后宫里掀起不小的风波，鉴于夜晚正是盛宠，这件事情也并没有人站出来指责什么，但是背地里说的话却被玉墨转述过来，神态颇是气愤。

夜晚也只是一笑："独宠自然会惹人嫉恨，这也不算什么。"

"只是这些人的嘴巴也太恶毒了些，偏偏拿着主子的晚歌跟先皇后的雪舞说事，其心可诛。"玉墨犹在恼火。

陌研端着茶进来正听到这一句，看了表姐一眼，这才说道："当年先皇后的雪舞的确是舞姿倾城，被众人仰望。主子以同先皇后相同的构架组成晚歌，别人没有别的机会打击主子，自然不会放过这个机会。再者说了，主子既然敢这样做，心里自然是有对策的，你着什么急？"

"我能不着急吗？这些人没有一个是省油的灯，自己没本事获宠，偏要用这样的手段说嘴别人，可不是可气可恨？"

"越是这样越不能生气，你一生气正中别人下怀，可不就是乐了别人。"陌研笑着说道，将茶放在夜晚跟前的炕桌上。

第二十三章 杀机迫眉至，夜晚斗芳菲

夜晚浅浅一笑抿了口茶，听着两人的对话随后才说了一句，"人要是跟着别人的言语去活岂不是要委屈自己一辈子？这个可要不得。玉墨，就算你按照别人的话去做了，去委屈了，别人更会变本加厉地要求你，委屈你，所以既然这样干嘛委屈自己呢？我就是我，不会为了任何人委屈自己。"

玉墨嘟嘟嘴："奴婢不是让主子委屈自己，只是恨那些人的嘴巴，那么歹毒。"

"嘴长在别人身上，你能制止得了吗？"夜晚反问。

玉墨摇摇头："当然不能。"

"这样，为何还要生气着急？"夜晚挑眉一笑，付出死的代价才终于明白的道理，要是再悟不透，郦香雪就白被人赐死了。

云汐掀帘子进来，听着屋子里正热闹，笑着将一张帖子递了过来："主子，这是郦夫人的求见帖。"

夜晚伸手接了过来，强忍着心头的起伏，看了看帖子上的内容，然后说道："万寿节那天人多见面也不方便，你去回一声，若是郦夫人这几日有空，倒是可以一见。"

云汐一愣："那甘夫人那边要是问起来？"

"就说皇上已经准了。"夜晚口气坚决地回道，只要是能给夏吟月添堵的事情，夜晚做起来毫不手软。

夏吟月现在还是后宫名义上的统权者，但是夜晚会一点点地让众人都明白，甘夫人已经不是以前掌控后宫的人了。只要给了众人这样的观感，时日一长，夏吟月的威信自然便会下降，等到自己怀了身孕，再晋级，自然便会慢慢地有了跟她抗衡的资本。

一个容华的位置还是太低了，这远远不够。

云汐面带惊喜，忙应了一声立刻就去了。

陌研看着外面有小宫女往里面张望，便抬脚走了出去，在门口站了一站，很快地就进来了："主子，衍庆宫惠妃娘娘身边的冰琴求见。"

夜晚道："传进来。"

陌研便去将冰琴传了进来，冰琴一进来便朝着夜晚行礼："奴婢参见容华主子，主子福泰安康。"

"快起来，惠妃娘娘身子可还好？"

"回主子的话，娘娘一切都好，就是最近总觉得有些疲惫，今儿个终于好了些，想要请主子过去说说话，不知道主子可有时间？"冰琴笑着说道。

夜晚自从晋升容华跟衍庆宫那边便没有多少来往，惠妃究竟想要做什么夜晚能猜到几分，她首先是一定要将夏吟月打败的。可是打败夏吟月之后会不会对付自己，夜晚却不敢保证。因此夜晚跟惠妃交往总是带着几分小心翼翼，再加上自从夜晚升了容华风头大盛，惠妃一直保持缄默，让夜晚也提高了警惕，此时又请她过去，夜晚自然是十二分的小心。

但是眼前形势，夜晚也不能同时跟夏吟月、惠妃同时树敌，因此对待惠妃还是要亲近些的。

"正要去拜访惠妃娘娘，可巧你就来了，自然是有空的，你先行一步，我随后就到。"夜晚笑得很是开心，那盈盈的阳光在夜晚的眸子里轻轻晃过，潋滟轻柔。

冰琴抿嘴一笑："可见主子跟娘娘是投缘的，奴婢便先回去跟娘娘禀一声。"

"去吧。"夜晚笑道。

冰琴走后，夜晚梳妆更衣，坐在铜镜前细细地描着眉眼，动作轻柔，眼神专注。

万寿节的临近，惠妃终于也耐不住了，就怕夏吟月有什么异动，这才想要跟她通通气。既然这样，夜晚自然是要有几分宠妃的架势，不能被人小瞧了去，不然的话别人会觉得你这个帮手实在是太无用了些，说不定就要弃子另选，那可是大大的不妙。

遍地洒金碎花曳地长裙，抬眼一望触目生辉。广袖飘飘，腰肢被束得不盈一握，行动间婀娜摇曳，平白地添了几分妩媚风情。

夜晚虽然不是绝顶漂亮的，可是却一定是那个令人瞩目的。

出了宫门，坐上软轿便往衍庆宫而去，穿花拂柳，翠意盎然，这美丽的景色令人的心情也跟着舒畅了几分，如果前面遇上的不是夏吟月的话。

所谓冤家路窄，不过如此。

夏日的风带着浓浓的燥热，即便是身边有宫人打着扇，还是觉得暑热难忍。

夜晚位份低，此时狭路相逢，坐在轿辇上看着夏吟月的轿辇就立在那里，不往前走，也不挪动，嘴角缓缓一勾，樱唇轻启："落轿。"

两人相遇的地方是在一个拐角处，这拐角处不远处便是衍庆宫的地盘，再往前走是碧霄宫。穿过碧霄宫，往左一拐便是明光殿。夜晚一时猜不到夏吟月究竟从哪里来，不过看着眼前夏吟月的轿辇如此挡着自己的路便知道此时她的心情一定不会好。

夏吟月心情不好，夜晚的心情便好极了。

夜晚笑意盈盈地下了轿，往前走了几步，这才随意地轻轻俯身："嫔妾见过甘夫人。"

微微过了一会儿，夏吟月这才缓声说道："起身吧，烈日炎炎，雪容华不在自己宫里休息，怎生跑出来了。你常嚷着身体不好，可莫要中了暑气才是。"

第二十三章　杀机迫眉至，夜晚斗芳菲

纵然夏吟月的声音已经是极尽地缓和，但是夜晚跟她相识可不是一天两天，还是听出了里面的不耐跟厌烦。眉目一转，娇柔的声音流传出来，"嫔妾的身子如今在韩太医的调理下已经是大好了，偏皇上过于小心，总是担心嫔妾，倒是让嫔妾整日的拘在柔福宫憋闷不已。今儿个惠妃娘娘请嫔妾过去喝茶，嫔妾闷得很了，正好出去透透气。若是甘夫人有时间，倒也可以挪步。"

　　夜晚是句句字字戳着夏吟月的心窝子来，偏偏让人发作不得。

　　夏吟月的脸隔着纱帘并看不清楚，影影绰绰，过了好一会儿夜晚才听她说道："本宫公务繁忙当然没有雪容华有闲情逸致。"

　　这是在向自己显摆宫权吗？夜晚心里冷笑一声，面上的笑容依旧没有散去，清脆一笑，柔声说道："甘夫人操劳后宫也不好过于劳累，皇上体恤夫人，还有惠妃娘娘跟丁昭仪娘娘为皇上分忧，夫人可要保重身子才是。"

　　夏吟月显摆宫权，夜晚偏偏提及她被分权的事情，不可谓是不犀利。

　　宫道上寂静无比，夜晚羸弱如柳盈盈而站，面上满是笑意，眉眼间带着潋滟风华衬着这一身的华丽的宫装，越发地给人一种不可对视的霸气。周围的奴才垂首而站，静静等待。

　　"本宫自然晓得，当然会好好的保重。只是雪容华侍寝已经许久，也该想着为皇上绵延子嗣，如今还未有消息，可是要好好地请太医看一看才是。"

　　夏吟月的声音从轿辇中缓缓流出，带着尖锐的味道。

　　"夫人伺候皇上多年，至今不过只有一女，夫人都不着急，嫔妾侍寝不过数月更加不会着急，夫人说是吗？"夜晚的笑声低缓却是直中人的心窝，"惠妃娘娘还在等着嫔妾，嫔妾先告退了。"

　　夜晚说完便转身上了自己的轿辇，指挥着宫人踏上了另一条路扬长而去。

　　宽阔的宫道上只剩下夏吟月的轿辇孤孤单单，一旁的碧柔实在是忍不住了，怒道："这个雪容华实在是太猖狂了，仗着有几分皇宠便是无法无天，连娘娘都不放在眼睛里了。"

　　"她有皇上宠着，又跟皇上在宫外便有交集，此时自然是无限风光，哪里会将旁人放在眼睛里。"

　　"难道娘娘就这样忍着不成？小人得志，最是猖狂。"碧柔气得脸都白了，浑身微微颤抖，"便是先皇后在的时候，也不曾让娘娘这般的没脸，一个小小的容华而已，真把自己当成凤凰不成。"

　　夏吟月掀起轿帘，凝神看着碧柔："以后这种话不要再说，本宫倒是希望她越猖狂越好。"

　　碧柔一愣，很显然并没有想到夏吟月会这样说："娘娘，为何这样说？要是这样岂不是更加地助长了她的气焰？长此以往只怕娘娘更加地会被动。"

"本宫受些委屈不要紧，皇上怎么看才是最重要的。"

碧柔很快地就想明白了，笑着说道："是，奴婢明白了。"

轿辇重新抬起来，一行人渐渐走远，直到背影消失不见，一旁的花丛中微微响动，一位宫装丽人带着一名宫女缓缓地走了出来，凝神望着夏吟月的方向不语。此时阳光正盛，那张俏脸一脸凝重，却是阮明玉无疑。

阮明玉身边的正是她进宫的时候带进来的贴身侍女乐书，此时满脸上全是汗珠，有些不安地看着阮明玉小声说道："主子，咱们该怎么办？"

阮明玉垂眸看着身边开得正盛的紫色花卉，大朵大朵的花瓣妖娆绽放，许久才静静地说道："你去柔福宫走一遭。"

"可是这样会不会得罪甘夫人？主子，咱们宫中根基不比那些世家出身的贵女，还是要小心行事才是。雪容华虽然风头正盛，但是甘夫人毕竟是在宫里掌权多年，还生育有皇上唯一的女儿，又深得皇上信赖，您这样做要是漏出风声去，甘夫人不敢拿着雪容华如何，却会对您不利，主子可要三思才是。"

阮明玉苦笑一声，微抬着眼眸仰望着天际，许久才说道："乐书，我还有别的选择吗？要么投靠甘夫人，要么投靠雪容华。甘夫人出身卑微，自然不会偏帮一个出身比她高的养虎为患，你只看甘夫人扶持的人便能瞧出一二。雪容华虽然性子张扬，言语尖锐，却是一个真性情的。前回若不是她相助我便要出大丑，她跟我也算是对乐舞痴迷之人，总算是同道。听音声辨心智，至少夜晚还是一个有心的人。"

"可是雪容华善妒，一直霸着皇上，长此以往便是主子依靠着她也未必能分得圣宠。"乐书很是不满，言语中带着激愤。

阮明玉却是笑了，垂头看着乐书："女人怎么会拴得住男人？尤其这个男人还是帝王。"

乐书一愣："可是皇上自从宠幸了雪容华再也没有碰过别人，这也是事实啊。"

"那是因为这个男人愿意被一个女人拴住。"阮明玉幽幽一叹，正是这个心甘情愿，才是最令人向往的。那日瞧着夜晚对着皇上使性子闹脾气，偏偏皇上却是无限包容，眉眼间的温柔无奈却是她从未见过的。

帝王有温柔，只是他的温柔只愿意给他想要哄着的女人，而那个女人不是她。

乐书一时无法回答，只是心疼自家姑娘，垂了眸掩去眼中的泪珠，低声说道："主子帮了雪容华一道，也不晓得雪容华会不会领情。"

听着乐书口中的萧索，阮明玉一笑："本也不指望着别人回报，不过是顺手人情，你只管去就是。"

乐书应了一声便往柔福宫去了，阮明玉一个人顺着宫道往前走，举目望着这宫里繁花如锦，宫室巍峨，二八年华的她正是该锦绣如玉幸福无双，可是却是要在这冰冷的宫墙里仰望着别人的幸福。

这样的悲戚。

这样的无奈。

若是能选择，来世再也不要托生为女。

此时夜晚正跟惠妃相谈正欢，桌上茶香四溢，两端惠妃跟夜晚相对而坐，两人面带笑容，神色柔和。

"……没想到娘娘的茶艺居然也这般的出色，倒是让嫔妾大开眼界。"夜晚抿了一口茶赞道。

惠妃婉约一笑："岁月漫长，在这后宫里没有点喜好可如何打发这冰冷的日子。"

这一点其实夜晚是知道的，不过好话谁嫌多啊。

"娘娘也不要这样说，皇上如今让娘娘协理六宫分权甘夫人，可见皇上对娘娘也是信重的，这可是旁人求也求不来的。"

"你这张嘴啊，就是会说话，倒是哄得人开心得很。"惠妃笑道，然后抬眼看着夜晚，"皇上的万寿节要到了，不知道雪妹妹准备了什么礼物送给皇上？每一年的万寿节宫里的嫔妃无不是想尽办法邀宠，而且这家宴还会邀请很多的大臣共乐，可是一个极好的机会。妹妹出身并不算高，想要得到别人的认可，自然是要付出更多。妹妹不要嫌弃姐姐的话不中听，戳中你的痛处，这可是为了你好。"

"妹妹晓得，多谢姐姐提点。"夜晚道，"只是现在还没有眉目，妹妹也着急得很，还请姐姐指点一二自然是感激不尽。"

夜晚离开宫里多年，很多事情都摸不上，惠妃的指点还真是少不了。

"这话可就见外了，妹妹侍寝也有几月，若是能在万寿节有孕可真是大喜事一件了。"

"可是让姐姐失望了，还并无消息。"夜晚也想有孕啊，只是没有能怎么办？看来真的要找韩普林来看看是不是自己的身体真的有问题。

惠妃闻言也不失望，斟酌一番才说道："妹妹进宫也有四月有余了吧？"

夜晚算了一下，点点头："正是。"

惠妃看着夜晚又道："其余的秀女比妹妹晚进宫些，如今算来也是三月多了吧。"

夜晚又点点头，的确是这样的。惠妃忽然说起这个，夜晚心里便有了起疑，隐隐约约有个想法浮出脑海，抬眸看着惠妃。

惠妃看着夜晚的眼神并不回避，开口说道，"你自己回去好好想想，本宫得到的消息未必就是准的。不过空穴来风，事必有因。本宫是怕妹妹被人算计了却不自知，所以万寿节那天妹妹一定要当心再当心。"

惠妃不肯把话说透，夜晚想着只能有两个原因，第一惠妃知道有人有了身孕但是还不确定是谁，第二惠妃提点自己也是要考验自己的本事能不能躲过这一劫。说实话，夜晚真的被这个消息给唬了一跳，如果万寿节那天真的有人爆出有孕的消息，那么自己这个宠妃可真是要成为笑话了。

人家承宠一次便有了消息，而自己日日霸占着皇上却无果，可不就是天大的笑话。

夜晚从衍庆宫出来，神情便有些严肃，以至于陌研跟玉墨也有些不安起来。两姐妹对视一眼，玉墨低声说道："主子也不要全信了惠妃娘娘的话，便是有人有了身孕，皇上对主子总是一样的。"

夜晚失笑一声，这如何一样呢？

慕元澈多年没有子嗣，前番汉王逼宫未果，这边便有人有了身孕，慕元澈当然是开心兴奋的。

什么事情比子嗣更重要的？

瞬间，夜晚感受到了浓浓的危机扑面而来。

若是有人有了慕元澈万般期待的孩子，偏偏这个孩子没有了，如果这个孩子的失去跟自己有关系……

夜晚自己都不敢想了，万寿节还未到，杀机已然迫在眉睫。

盛夏的中午格外的燥热，纵然是屋里摆放了冰盆，夜晚也觉得有些暑热难安。

玉墨在一旁打着扇，看着夜晚的样子心里也有些不安，眼睛不时地望着门口，陌研半个时辰前就去了明光殿现在还没有回来，心里也有些忐忑。很长时间明光殿那边没有单独传见过她们了，因此玉墨自己也有些恍惚。

小安子打起帘子进来："主子，韩太医来了。"

夜晚闻言抬起头来，果然看到韩普林正在小安子的身后，韩普林上前行礼："微臣参见雪容华，主子安泰。"

"韩太医请起。"夜晚笑着说道，眉眼间已然恢复了往日的平静姿态。

韩普林谢恩起身，将药箱搁在一旁，从里面拿出小软枕放在桌上，为夜晚请平安脉。

夜晚并没有伸手搁置其上，眼睛反而看着他缓缓笑道："多日不见，韩太医似乎清减了些，可是太医院忙碌的缘故？"

韩普林知道夜晚不是一个说废话的人，听着夜晚的话便细细地想了想，一时间还真弄不明白这是什么意思。谨慎之下，推敲一番才说道："回主子的话，算不得很忙碌，跟以前差不多许。"

夜晚闻言便皱了皱眉，差不多许……那就是说韩普林一点风声没有听到，真不是一个好消息。

想到这里，夜晚又看着他说道："今儿个我去衍庆宫喝茶，听惠妃娘娘说了一件事情。"

韩普林随着夜晚的话不停地转着大脑，夜晚去惠妃那里喝茶，然后便把自己招来了，可见这件事情一定跟太医院有关。可是跟太医院有关的不过就是哪宫的主子生病了，生了什么病，又或者哪宫的主子有喜了……

韩普林的神色一僵，眼睛直直地看着夜晚，一时间竟是有些震惊。

"微臣愚钝，竟是丝毫没有听到消息。"韩普林面带愧色，若是有人怀孕而没有将消息传出来，那一定是被人压住了。而太医院能压制住这样大消息不走漏风声的只有一个人而已，韩普林的脸色又难看了一些，他已经是格外的注意，居然还是没有丝毫的察觉，可见杨成此人心思之深，手段之厉害。

"这件事情原也怪不得你。"夜晚轻叹一声，"不过却有失察之罪，我倒是没什么，不过韩太医若想恢复家族荣光，这样懈怠下去，不知道什么时候才有出头之日。"

夜晚当初看重韩普林不仅是因为他的医术，更重要的是他的那分上进之心。夜晚需要的是得力的帮手。

韩普林背后冷汗淋淋，心头更是一凛，忙说道："微臣知罪，请主子放心，微臣一定不负所望。"

夜晚点点头："看来太医院这个地方杨成还是很有权柄的，你一个小太医想要出头只怕还要费些手脚。"

"杨成有甘夫人撑腰，太医院中很多人都畏惧他的权威，因此不敢擅自违逆。不过微臣也有两三好友，虽然查访起来比较困难，但是也不是无隙可循。"

"有心自然便会成事。"夜晚一笑，"杨成听命于甘夫人，跟甘夫人走得亲密而且侍寝过的新进宫嫔妃，你只要按这个方向去查一定会有所收获。脉案上定会有记载，事后皇上查询起来，杨成也不敢私自隐瞒。只是这真的脉案你想要找到怕是不容易，就只能从药材上下手了。"

韩普林听着夜晚说得头头是道，且合情合理，本来便没有小看她，可还是被唬了一跳。想了想，接口说道："主子说的没错，脉案可以以假乱真惑人耳目，可是用药却不敢作假，毕竟事关人命。"

242

"如此，你知晓便可。"夜晚这才将手腕搁置于软枕上，叹息一声，道，"别人不过侍寝一次便能蓝田种玉，为何我这里却是毫无消息。"

韩普林忙上前请脉，夜晚自己也有些不安，想着这次如果真的有人有了身孕，她该如何是好？让她动手去谋害一个无辜的小生命她是万万做不到的，可是如果别人利用这个小生命来谋害自己又该怎么办？

这样的两难抉择，便是夜晚自己也有些徘徊犹豫。

韩普林收回手，眉宇间带着些疑惑，低头在夜晚耳边低声说了一句话。夜晚一愣，抬头看着他，就见韩普林点点头。

夜晚下意识地抚住肚子，这里面真的会有一个小生命吗？她似乎都有点不敢相信。

"还有多久才能证实这个消息？"夜晚的声音都有些颤抖，眉眼之间惊愕过后便是浓浓的喜悦，她真的有自己的孩子了吗？

"时日尚浅，微臣也不敢确定，再过半月想来便能确诊了。"

"半个月？"夜晚凝眉，"日子太长了些，再过七八日便是万寿节，如果不能确诊恐会生出意外。"

"这个也无妨，半月乃是稳妥的说法，再有七八日想来也能确诊了。"韩普林忙道，转而又十分忧虑地说道，"只是太医院那边如果是杨成的人给主子扶脉只怕会瞒着不报，所以这段日子主子不要轻易让太医院的人近身。"

"这个自然。"夜晚斩钉截铁地说道，"我能相信的人只有你一个，除了你我是谁都不会信的。"

"多谢主子厚待，微臣必定竭尽全力为主子保住这一胎。"韩普林笑道。

玉墨跟小安子早已喜形于色，小安子问道："主子，要不要跟皇上禀告这个好消息？"

夜晚瞬间便板起脸说道："不可，你们都要切记这个消息不要外传。既然别人想要在万寿节给咱们一个下马威，咱们当要还以颜色才是。小安子，这段时间你注意着柔福宫的人，若是有哪个不安分的直接赶出去，让内廷府重新换人过来，总之一句话，这个孩子不允许有任何的意外。"

韩普林也忙说道："正是，之前主子又是落水又是中毒，身子本就比旁人虚弱一些，所以更加要小心谨慎。如不是万寿节，当要三月以后胎安稳了才好被人知晓，如今却是等不得，因此才要慎之又慎。"

夜晚怀孕的消息被瞒得死死的，云汐跟陌研得知后更是不敢离寸步。

夜晚看着两人紧张的样子也有些好笑，侧头看着陌研问道："今儿个严喜找你过去是为了何事？"

欣喜过后，夜晚又想起这一茬来，便开口询问。

　　陌研听到这个便有些愤愤，看着夜晚回道："不知道哪个长舌头的将今儿个主子跟甘夫人在宫道相遇对话的内容传了出去，严喜听到些风声，便找奴婢过去问问。明光殿那边听到的消息，净是主子挑衅甘夫人的话柄，丝毫不提及甘夫人的言语，可见是存了心要让您难看，想要让皇上对您心生不满。"

　　夜晚没有想到居然还有这一出："看来甘夫人是坐不住了。"

　　云汐将蜂蜜枣茶端了过来，正听到这话，笑着说道："主子也不用担心，若是皇上对您疑心，便不会让严喜找陌研问话。当时陌研是跟您在一起的，必定知道当时的真实情况，可见皇上还是对主子很信任的。"

　　信任吗？夜晚心里嗤笑一声，如果真的信任，便不会问询陌研。

　　夜晚素来知道慕元澈这个人是小心谨慎的，此时心里竟也不感到难过，只是淡淡地说道："若是不疑我，何必宣陌研？"

　　听着夜晚竟有些赌气的意味，陌研忙道："主子莫生气，奴婢根本就没见到皇上，是严总管问了几句，奴婢把当时的情况一字一句的说了个清清楚楚，皇上怎么会疑心您呢？主子切不可因为这件事情跟皇上置气，平白的便宜了旁人，看了咱们的笑话。"

　　"陌研说得极是，而且主子现在才有了身孕，更不可动怒，伤了龙胎可不划算。"云汐也忙劝道，面带焦急之色。

　　夜晚面带忧郁，看着众人说道："你们都下去吧，该做什么便做什么去，乏了一天，很是疲惫。"

　　众人不敢说什么，十分担忧地对视一眼，服侍着夜晚上了榻，这才齐齐退了出去。

　　到了门口，玉墨有些着急地说道："这可如何是好，姑姑你倒是出个主意，主子这样生闷气可不是好事情。"

　　云汐轻叹一声，"现如今咱们只能把柔福宫看管好，至于主子跟皇上之间的事情，咱们做奴才的可不好插手。只能细言劝慰，小心安抚，除此之外也无法再做什么了。"

　　玉墨嘟着嘴，愤慨异常，"那边真是见不得主子有一丁点的好，我去御膳房给主子要一碗燕窝粥，总不能饿着肚子。"玉墨说完跺着脚走了。

　　陌研看着云汐跟小安子说道："姑姑，接下来咱们要做什么？"

　　云汐仰头望着天空："我要去尚宫局走一遭，陌研守着主子，小安子去外面打探消息。这宫里还有另外一个怀孕的，一定要查出是哪一个才好。"

　　三人正商议着，就听到宫门口大喊："皇上驾到！"

三人忙疾步前走，跪地接驾。

　　慕元澈走进内室的时候，就看到夜晚正在床上背对着她午睡。宽大明亮的窗户被湖色的垂地帘幕遮盖起来，室内冰山散发着冰冰的凉气，摆脱了外面的暑热，一进来似乎每一个毛孔都偎贴地张开来。

　　屋子里有些淡淡的暗香，清新的百合香气在鼻端环绕，让人的心情也跟着宁静下来。暗淡的光线下，慕元澈那邪异俊美的容颜也跟着有些飘忽起来。

　　轻抬脚步，慕元澈挥挥手让众人退下，自己缓缓地走到床前，夜晚的身上只搭着薄薄的毯子，越发显得曲线玲珑，身段娇小。

　　慕元澈紧挨着床边坐下，大手轻轻地滑过夜晚瀑泻一床的青丝，无奈地叹道："你要装睡到什么时候？就这样不待见我？"

　　夜晚身体一僵，没想到慕元澈居然知道她在装睡，索性也不睡了，坐起身来，直视着他，十分郁闷地说道："你怎么知道我在装睡？"

　　"都不用去猜，你心情不好的时候躺在床上手脚都会拢得紧紧的。"慕元澈一字一句地说道，看着夜晚的眼神不躲不避。

　　夜晚没想到慕元澈居然连这一点都知道，她自己都没察觉自己这个习惯，眼眶一红，脱口说道："你来这里做什么，不去安慰你的甘夫人，好歹人家也是特意让你知道她受了委屈。你直接来这里，岂不是让别人更恨我？"

　　"你既然不欢迎我我便走好了。"慕元澈起身欲走，夜晚恼怒不已，心急之下一把拉住他的衣袖："不许走！"

　　慕元澈回头看着夜晚，瞧着她气呼呼的小模样，眼眶里还含着泪珠，真是又气又笑："不赶我走了？"

　　"我赶你也不许走！"

　　慕元澈："……"太霸道了点吧？后宫里哪有人敢这样跟他说话的？可是……慕元澈又觉得心里有点隐隐的欢喜，尘世夫妻之间打闹大约才会说这样的话吧。后宫里的女子个个对着他都是相同的一张笑脸，从不会这样跟他说话，更不要说这样的霸道。个个唯恐他生气，都是小心翼翼地伺候着，相较之下，慕元澈反而欢喜夜晚的任性。

　　夜晚任性，在自己面前从不遮掩，从不会强颜欢笑故作大方的将他推到别人那里去，只为博一个贤良大度的名声。

　　"你这也太霸道了些，若是后宫里人人都如你这般，岂不是永无宁日？"慕元澈挑眉，故意面带严肃地问道。

　　夜晚气急："别人想要霸道那也得你看你愿意不愿意！"

　　"……难道你霸道我便愿意了？"

第二十三章　杀机迫眉至，夜晚斗芳菲

245

"你敢不愿意！"

夜晚话出口，才恍然发觉自己说了什么，带着郦香雪的话，就这样喊了出来。当初郦香雪也不愿意，可是世家大族都看着，文武百官都盯着，作为郦家贵女她承受了太多。不敢嫉妒，不敢霸道，不敢这个不敢那个……又有谁知道，多少个夜里她一个人盯着帐顶无法入眠？

原来喊出来的感觉这样的痛快。

夜晚从床上跪坐起来，伸手圈住慕元澈的劲腰，紧贴着他的胸口，眼泪止不住地流了下来。

慕元澈叹息一声，复伸手拥住夜晚，"我该拿你怎么办？为了你已经做了太多的割舍。"

"我只想与你相守到老，难道这也是奢望吗？我不要一个人孤枕难眠，我不要你去别人那里，我不要假装善良大度，我不要你对着别人温柔，我不要你的眼睛里、心口上还能有第二人的位置。我就是这样霸道，我寻求的不过是平常夫妻的相濡以沫，可是为什么要有那么多的负担，那么多的算计，那么多的人的认可？"

"因为我是一个帝王。"

慕元澈的眼睛从夜晚的身上缓缓地移开，透过那帘幕看着依稀的阳光透过树梢，在帘幕上映下的影子，随风起舞，竟让他的眼中也有了些许的泪意。

这是一个沉重的话题，夜晚不想去面对，可是必须要去面对。因为没有人比她更明白来自世家的压力，郦香雪曾是世家贵女都不得不弯腰，而她不过是夜家的小庶女，当然也得折腰。

可是，她不甘心。

"阿澈，至少在我们还能扛得下之前，让我们的心中只有彼此好不好？如果，真的有一天扛不住了，那你就放我走，我不要亲眼看着你跟别的女子卿卿我我，那会让我生不如死。都说女子需读女戒，懂得宽容。可是我只想说那是因为他们不爱，不懂爱，爱情的世界里怎么能容得下第三人的身影？爱情会让人变得自私，变得狭隘，那是因为女子的世界里能容纳的只有这个男人的全部。阿澈，你是我的整个世界，若是连你都要弃我而去，活着与我也不过是行尸走肉而已。所以，一定要答应我，在你厌倦我之前，在你扛不住之前，我们一定要幸福好不好，哪怕只有一刻我也了无遗憾了。"

慕元澈听着怀中这个小女子炽热而又激动的表白诉说，他应该大力推开她，斥责她，让她知道什么是规矩。

可是，他只是紧紧地拥住她，嘴角带着浅浅的笑，像是拥有了一整个世界。

曾经，在他还是一个皇子的时候，雪娃娃也曾说过他们一定会幸福，一定要幸福。可是，皇子之间残酷而又动荡的倾轧，让他不得不跟着自保、反击。他一个落魄的皇子，母妃不受宠，父皇又不重视，他能做的自保的事情，就是要跟世家大族有亲近而又紧密的联系，急速促成这样关系最好的办法便是联姻。

曾经，他也曾想过跟雪娃娃白首不相弃。

最后，却只落得惨淡的结局。

慕元澈没有回答，他无法回答。他能做的，便是如夜晚所说，在他的力量还足够强大，在他能扛得住之前，尽量地给她快乐。

帝王，也不是随心所欲的，何其悲哀。

夜晚神色淡淡，人人羡慕她是慕元澈的宠妃，只是只有她自己知道这宠妃不过是看着锦绣繁华，皇帝一念之间便能碾落成泥。郦香雪之死，早已经成为她心中的一道无法弥合的伤口。她要看着他们一个个地品尝到自己曾经受过的痛苦。

靠在慕元澈的怀里，伸手摸着小腹，有了这个孩子，后宫再也不是夏吟月一人独大的天下了。

万寿节，鹿死谁手，尚未可知。

嘴角漫上无声无息的笑容，冰冷彻骨！

第二十三章 杀机迫眉至，夜晚斗芳菲

番外篇 我若盛开，清风自来

我叫夜辊欢，我爹爹是当朝大将军，我姑姑是母仪天下的皇后。我是爹爹最小的女儿，上面有三个哥哥两个姐姐，作为老幺我是家里最受宠爱的一个。

我爹爹被人称之为玉面将军，一张脸生得常常让我娘很是忧郁。我的兄长跟姐姐们容貌都像极了父亲，夜家的小郎君跟小姑娘在整个京都都是美名远播颇有盛名。

可偏偏我是手足中容貌最为不起眼的那个，为此我没少唉声叹气，但是看到美食我就彻底地将叹息丢在脑后了，总之我是个十分快乐的吃货。

许是容貌上亏欠了我，我爹娘我哥哥姐姐们对我简直就是有求必应，自小我便不知道愁苦的滋味是什么。

六岁的时候，我跟着母亲进宫拜见姑姑。皇后姑姑在我想象中高贵端庄，美丽贤淑，尊贵中透着威严，母仪天下的皇后就应该有这般的威势。

但是我见到姑姑的第一面我就惊呆了，下意识地摸摸脸，一时间竟有些不敢相信，我的脸居然跟姑姑颇为相似。

姑姑见到我也很是意外，瞧着我的脸半天很纠结，弯腰把我抱起来，叹口气说道："这孩子怎么长得肖似我，真是可惜了。"

可惜什么？我没懂。但是看着姑姑跟我相似的脸，我还是很开心的，总觉得这世上不是我一个这般的不出彩了。

"娘娘切莫这样说，辊欢能得娘娘一二分相似，这是她天大的福分。"母亲有些紧张，看着姑姑的神色很是僵硬。

我不知道母亲为什么会这般，也不明白为什么像姑姑一二分便是我的福气。

"嫂嫂无须这样紧张，我很喜欢韫欢，看着她就像是看到了当初的我。"姑姑虽然没有爹爹生得好看，但是姑姑说话的声音很温柔，对我很是和善，我决定喜欢这个姑姑。

母亲在姑姑的劝慰下并没有真的放松，反而时时刻刻地越发小心了，我不明白。

后来在宫里吃过饭，母亲带着我出了宫，坐上马车的时候，母亲看着我的脸默默地叹了口气。

"母亲，你叹什么气？我今日没惹你生气哦，我很乖。"我不愿意看着母亲愁眉紧锁，便开口说话。

母亲摸摸我的头，眼睛里也有几分神采："我们囡囡真乖，囡囡喜不喜欢皇后娘娘？"

"喜欢，姑姑对我很好，给我拿最喜欢的窝丝糖。"

"你个吃货。"母亲又叹口气，再也没说别的。

我们回了夜府，这个夜府并不是另外一个夜府。另外一个夜府是祖宅，里面住着不太和善的祖母，还有两个伯伯。我不喜欢祖母，祖母看我的眼神总是带着幽幽的光，我觉得很害怕。祖母更喜欢大伯二伯家的女儿，当心肝宝贝疼着，在她们跟前我们兄妹就像是大街上没人要的野孩子一般。

但是年纪小，不晓得为什么会这样，后来渐渐大了我才知道爹爹是庶出，就连姑姑也是庶出。祖母不喜欢爹爹跟姑姑，所以也不喜欢我的哥哥姐姐还有我。

再到大一些，我十二岁那年已经是少女芳华的年岁，知道的又多了些。原来当初跟姑姑一起进宫的还有祖母的嫡出女儿，可是那位从未谋面的姑姑却在宫中没了。听说是为了救皇后姑姑，所以祖母这么多年对皇后娘娘一直有种说不清楚的怨恨或者是抵触。

事情真相是我大姐告诉我的，她的口气很是幸灾乐祸："要不是那位处心积虑地想要谋害皇后姑姑，最后也不会落得那般下场。亏得她最后还能回头是岸，救了皇后姑姑一命，不然的话你以为夜家祖宅的人还能有今日的风光？"

我顿时恍然大悟，我听说过坊间很多皇后姑姑的传奇故事，桩桩件件都是让人心血澎湃。我时常摸着自己被家里的哥姐衬托得毫无光彩的脸，心中暗暗地想，皇上的眼光真是有点与众不同，难道皇上喜欢姑姑就是因为她的彪悍？

答案我不知道，但是每当对镜看着自己的脸，总会出神一小会儿。其实我跟皇后姑姑只有五分像，我的眼神呆呆钝钝的，姑姑的眼睛却极有光彩，只因着那双眼睛，原本平常的五官顿时就变得不同起来，整个人就像是镀了一层金。

我想不明白，一双眼睛怎么就能有那么大的不同。

后来我知道了，因为我的眼睛也有了那种光彩，在我见到了司徒家世子唯一的儿子司徒恒之后。

司徒恒并不是当年赫赫有名的京都玉公子司徒镜的亲生儿子，是他在外收养的义子，他至今未娶，专注于研究各地的风俗人情，山川地理，常常一走就是几年。司徒恒自幼跟着玉公子四处行走，极有见识，而且谈吐风趣，礼仪周全，笑的时候眉眼弯弯就像是初升的太阳，一下子就撞进了我的心里。

司徒恒跟我三哥的关系极好，我爹爹跟玉公子是生死之交，两家时有往来，因此还是很熟悉的。我的年岁是家里最小的，而且差距颇大，所以当我最小的姐姐都出阁有孩子满地跑了，我才将将及笄。

我的及笄礼办得很隆重，皇后姑姑亲自赐了簪子给我簪发，就在这一天我第一次见到了传闻中的爹爹的生死之交玉公子，还有他才名远扬的义子司徒恒。

第一眼看到玉公子，我就呆了，原来世上真的有跟爹爹不相上下的美男。若不是见惯了爹爹的容颜，只怕是口水都要流下来了，我至今还记得前来观礼的众位夫人当时的眼神。

玉公子并未多待，似乎也并未察觉这边的异样，不过是一眨眼的工夫就跟着爹爹走了。然后，我的眼神就落在了三哥身边的男子身上。

四目不经意地相对，他眉峰微挑迎着日光对我浅浅一笑，金色的阳光下，只见他弯弯的眉眼带着璀璨的光芒毫无预兆地撞进了我的心里。

我一次见到笑得这样无害的男子，我的几个哥哥总爱捉弄我，对着我的时候大多是没什么正经八百的脸色，以至于我看着司徒恒那张及不上三位哥哥的脸，只因为这么一个笑容，我就丢了心。

许是因为心里住了一个人，便想知道这人的所有，于是便想尽办法地想要知道，以至于三哥每次看我的眼神黑簇簇的，令人发毛。

我及笄之后，婚事也开始提上日程，于是我就开始闷闷不乐了。我的异样终于引起了我娘的关注，于是把我叫进房间询问我。

我虽然从小被养得很娇气，但是我却不是被养成了草包，我知道自己在做什么，也知道自己想的事情对或者不对。可是人这一生总得为自己争取一回不是？

我抬头看着母亲的脸，低声说道："娘亲，女儿是有心事。"

我看着娘亲的脸色就有些微变，但是还是面带笑容地说道："我家囡囡也长大了，居然都到了有心事了的时候，告诉母亲你的心事是什么？"

"我……我听说母亲在为我的婚事忙碌。"我缓缓地低下了头，脸上烧得滚烫，我是未出阁的女子，说这样的话当真是羞臊得很，但是我还是说了。

母亲没有说话，定定地看了我许久，看得我手脚都不知道往哪里放了，我很是不安，忐忑，可是我又不知道自己该做什么，又或者继续说什么。

一室沉默。

看着我的样子，母亲又长长地叹口气，摸摸我的头顶，然后说道："儿女婚事素来由父母做主，你不可胡思乱想，母亲会为你寻一门好的婚事，这辈子让你开开心心的。"

我家是皇后娘娘的娘家，想要一门好的婚事自然不是什么难事，可是不是我想要的那个，难免抑郁。

为赋新词强说愁，而今识得愁滋味，欲说还休。

母亲是个性子十分坚韧的人，我知道母亲这一关过不去，我的爱情只怕是要夭折了。我不明白，为什么这桩婚事就不成呢？

郁闷之下我去找三哥，三哥听了我的话，看了我良久。往昔三哥的眸子都是轻轻浅浅的，一眼就能看到底，但是这次却像是堆满了灰尘，我怎么也看不分明。

心，一下子就像是从万丈悬崖摔了下来。

"三哥……"我不安地喊了一声。

三哥瞧着我的样子，轻叹口气，看着我说道："韫欢，你听娘亲的话，司徒家不是良配。"

司徒家不是良配，而不是司徒恒不是良配！

我的敏锐触觉一下子就察觉出了这里面的含义，我看着哥哥，一字一字地说道："三哥，我不是小孩子了，你为什么就是不肯告诉我呢？不是良配，为什么不是良配？都说玉公子才华横溢举世无双，他的义子自然是好的，为什么却不是良配？"

我不肯罢休，许是所有的人都会有这样的一段时日，你对着某一个人上心的时候，你恨不能知道所有的一切，恨不能将挡在你们面前的石头一块一块搬开。

"你喜欢他，他可喜欢你么？"

我顿时像是被浇了一盆凉水，一下子一个字说不出来了。

是啊，我喜欢他不过是因为那惊鸿一瞥的微笑。可他……可曾看见过我，可曾对我动心？我却丁点不知道，如此说来其实不过是一个让人觉得好笑的笑话罢了。

因为三哥这句话，我足足半个月没有开颜。母亲知道为什么，却极其严厉地不许哥哥姐姐们前来安慰我，我知道母亲是想让我想明白。

可我想明白了，又像是没想明白。

虽然不晓得为什么司徒家不是良配，但是我知道这桩婚事怕是不成的，我很是难过，但是想起三哥的话，我又觉得自己挺傻的，还不知道别人有没有把自己看进眼睛里，我却先丢了心。

中秋节的时候进宫觐见，我再一次见到了皇后姑姑，姑姑还是一如既往的和蔼，拉着我的手嘘寒问暖，不知道为什么我就觉得委屈了。趁着无人的时候，我忽然胆大地问了一句："姑姑，为什么司徒家不是良配？"

姑姑愣住了，怔怔地看着我，良久没有说话。

我忽然有些害怕，揪着衣角抿着唇再也不敢说一个字，却依旧觉得委屈。

看着我的模样，姑姑伸手摸摸我的头顶，幽幽轻叹溢出她的唇角。轻轻柔柔的声音在耳畔响起，我的紧张一下子消失了，泪珠却倔强地不肯滚下来。

姑姑看着我的脸，我看着姑姑的眸子，只觉得那眸子像是笼上了什么，怎么看也看不清楚。

"司徒家自然是极好的，韫欢喜欢的是司徒家的哪一个？"

姑姑开口问我，声音柔和，眉眼清润。

方才的紧张像是一阵风吹走了，我的胆子又变得大了起来，我低声说道："是玉公子的义子司徒恒，姑姑，我及笄那天见了他一眼，他在阳光下对我笑，我就像是无法呼吸了。"

听着我的话，我看着姑姑的神色，忐忑不安。姑姑的面上瞧不出有什么异样，但是我总觉得姑姑在伤心，我不知道她在伤心什么，可是这样的伤心就像是春雨一样，不知不觉地印进我的心里去了。

那天姑姑没有答允我的话，却也没有说拒绝的话。我怔怔然地不知道姑姑的态度是什么，回到家里连最喜欢的吃食都无法让我变得开颜。

我的婚事被提上了日程，母亲跟我念叨了很多京都中有名的男子，或者是家世显贵，或是才名远扬，我却都没有兴趣，想起姑姑的态度，又知道母亲的意思，我便十分懒散地说道："母亲看着办吧，随便哪一个都好。"

母亲听着我的话，滔滔不绝的话再也说不下去了。

只要不是他，随便哪一个都好。我无意中说出的话，到底是伤了母亲的心，可我却不肯低下头跟母亲认错。

我只是不明白，为什么这桩婚事就不成呢？

上元灯节素来是京都最热闹的节日，到了这一日不管是有没有成亲的，都可以去灯会上猜谜、斗诗、打擂台，一晚便能名扬天下，所有的闺秀都想尽办法想要在这样的日子，让自己成为万人瞩目的存在。

夜家的女儿不需要这样的光彩加身，所以我对这些兴致缺缺。带着我的婢女随意走在街头，看着长长的街道如织的人流，两边廊檐下各色的灯笼璀璨耀眼似天上的星辰。

明明周遭喧嚣热闹人潮如涌，我却恍然在人迹罕见的大漠一般，瞧着四周的景象没有丝毫心动，只是顺着人潮往前走，脑子里还想着一直纠结我的问题。

"姑娘，小心！"

我听到周遭不停传来的惊呼声，听到我的婢女大叫声，只是出神的我却不知道出了什么事情。直到感觉到腰间被有力的臂膀揽起，整个人往旁边挪了几步，还不等我缓过神来，就听到背后传来重物跌落在地上的声音。

火光大盛。

我浑身僵硬，慢慢地回过头看着地上燃成灰烬的灯笼，原来方才是有灯笼从天而降，差点将我砸在下面，这一瞬间我才感觉到惧怕。如果不是有人救了我，那么现在我都不知道自己会变成什么样子。

惊吓过后，我迅速地回过头看着救了我的人，首先映入眼帘的便是令我念念不忘的那一双眸子。

是他！

"司徒公子……"我喃喃出声，一时间只觉得心中各种滋味袭上心头。我们之间是有缘分的吧，所以才能让他在这样的时候救了我。

"夜姑娘，你现在怎么样，有没有觉得哪里不舒服？"司徒恒不着痕迹地松开我，对我的态度关怀中夹着疏离，那眼神没有了那日的温暖如光，此时此刻瞧着竟令我觉得十分的陌生。

"没事，多谢你救了我。"我轻轻道谢，咬着唇却不知道还能说什么。

"便不是姑娘，换做是谁我都要救的。既然姑娘无事，在下就告辞了。"司徒恒淡淡一笑，拱手告别。

看着他的背影，即将出口的话硬生生地咽了回去。火树银花不夜天，长长的红龙映照下，那背影越走越远，我的心渐渐发凉，无法回暖。

原来，他对我跟这大街上任何一个人都是一样的，我充满了失落，却又无法释怀，夹着复杂的心情，带着吓坏的丫头，一步一步地回了家。

那天后，我再也没有提及司徒家跟司徒家的任何一个人。

对于我的改变，我不知道母亲知不知道这里面的事情，但是母亲逐渐开心的笑颜我是知道的。我竟不知道我这样的改变竟能令母亲这样的开怀，从此后司徒两字成了我心头再也不能诉说的伤。

有了我的不抵抗跟配合，我的亲事很快就定了下来，对方不是高门望族，而是爹爹的一位好友的儿子。爹爹这位好友官职不高，只是一个军中的副将，他的小儿子跟我年岁差不多，自幼爱习武，今年得了一个武状元。

如今边疆太平，武官在朝中势微，大多当起了太平将军。爹爹对这门婚事很是满意，母亲也很满意，拉着我的手对我说："我们家的姑娘不需要去联姻巩固家族地

253

番外篇　我若盛开，清风自来

位,所以只想给你找个好的人家,爹娘这辈子最大的希望,就是希望你们兄弟姐妹能一生顺遂,平安福泰。曾家虽然没有显赫的门庭,但是你是下嫁。到了他们家也必然没有人为难你,你又不是长媳,既不用担起长媳的责任跟重担,也不需要时时刻刻算计人心,如履薄冰般地过日子。你是最小的,长嫂必然不会防备于你,也只会拉拢你亲近你,做娘的最喜欢小儿子,你是小儿媳也不用担心整日看婆婆的脸色过日子……"

听着母亲絮絮叨叨地给我讲出嫁后的各种情形,我说不出来地厌烦。过日子都要算计,人心可真累。

我爹爹一生没有妾室通房,我母亲的日子过得很是平顺,我家没有庶出的姐妹兄弟来添堵,所以我没有体会过兄弟姐妹间的剑拔弩张。听着母亲一一的交代,我竟然有些不耐烦,脱口说道:"皇后娘娘是我亲姑姑,我们家是皇亲国戚,我便是出嫁到了婆家,谁敢给我脸色看,母亲说这些又有什么意思。"

母亲愣住了,我也愣住了。

说起来不在意,其实心里还是有些难受的,眼看着这桩婚事就要定下来,我再怎么告诉自己要镇定,但是终于还是在这样的一个午后没有压制住心中的恼火。

母亲关了我禁足,但是我的婚事却因此暂缓了。

"你若是带着这样的心态嫁进婆家,心怀怨恨,仗势欺人,不仅给夜家丢脸,就连宫里的皇后娘娘都会因你蒙羞,若你想不明白那就不要嫁了。自古以来,婚姻大事皆是父母之命,媒妁之言,既然你不把规矩放在眼里就先学好规矩吧,学不好规矩,那就不用去嫁了,免得将来因为你德行有亏,让整个夜家因你蒙羞!"

母亲走了,她从未对我说过这样的重话,一时间我只觉得万分的委屈,忍不住扑在榻上哭泣起来。

大姐姐来看我的时候,我一双眼睛都哭成了桃子,我背对着身子不肯说话。大姐姐看着我的模样开口说道:"你是咱们家最小的一个,打小开始你就是金尊玉贵长大的,从没有吃过苦头。你眼睛中看到的从来都是最干净的,你吃的用的都是夜家最好的。可是在你看不到的地方,这世上还有许多你无法躲避的肮脏。韫欢,你该学着长大了,你总这样任性,我觉得母亲的话有道理,你还是不要嫁人了,免得你嫁出去一家子人整日担心你哪天会闯了祸而不自知。"

我一听这话就有些恼了,猛地回过神来看着大姐姐:"你们一个个的都把我当成傻瓜不成,我知道我在家里是最蠢的那个,为了不连累你们,我便绞了头发做姑子去,这可遂了你们的心愿了,免得整日吃不下睡不着受我牵连。"

我的话很尖锐,大姐姐半晌没说出话来,但是我知道我伤了她,我瞬间就有些后悔,蹒跚地走过去,坐在大姐姐的面前,想要拉起大姐姐的手,却被大姐姐躲过去了，我就忍不住地哭了。

"我知道你们都是为我好，我知道在你们眼里我是长不大的孩子。可是大姐姐，我也有自己的喜怒哀乐，也有自己的喜好，我也想好好地过自己想要的生活。你们不让我提司徒家我就不提，你们觉得司徒家不是良配，我便不想，你们还要怎样。"说到这里我哽咽起来，"我只是看着父亲母亲琴瑟和鸣，看着皇上皇后姑姑伉俪情深，我也想……也想找一个一生对我好，能让我笑开颜的人，为什么你们就不明白呢？"

我捂着脸无声哭泣，大姐姐呆了半晌，将我拥入怀中："原来不是你太傻了，而是我们太复杂了。"

我不明白这话什么意思，我只知道我这一生也许再也无法真的开心起来了。因为我成不了母亲跟姐姐要我做的人，我从来不是一个复杂的人，我只想简单地生活。

过了几日三哥忽然来找我，看着我神色恢恢地半靠着软榻，开口说道："曾家的婚事没成，母亲请了钦天监的人合了八字，你们八字不合。"

我猛地抬起头来，但是很快又垂了下去。我不傻，不是真的什么都不懂，所谓的合八字不过是不想结这门婚事罢了。如果两家真的对这门婚事满意，是不会有八字不合这样的事情的，之所以有这个说法，不过是希望在不伤颜面的情况下推拒了婚事。

我不知道为什么母亲又不同意曾家的婚事了，是曾家的公子不好么？

"哦。"我轻轻地应了一声，没有再说话。

三哥看着我情绪不高，忍不住开口问道："你不开心？"

看来三哥会以为我听到这个消息会很开心的，我抬起头来看着我三哥，一字一字地说道："母亲说了，婚姻大事父母之命媒妁之言，不管是母亲说什么，我只管听着就是了。"

三哥被我一句话噎了回去，瞪大眼睛看着我，想要说什么又咽了回去。我也不想听到他又要教训我的话，便又加了一句，"你不用担心我，便是母亲明儿个让我嫁个乞丐，我也会毫不犹豫地去嫁的，你们不用担心我闹别扭了。"

我不说还好，我这么一说三哥看我的眼神更加的奇怪了，我不乐意在亲近的人面前让大家看到我软弱的一面，就低声说道，"三哥，你回去吧，我会好好地待在这里，不会给你们添麻烦的。"

我纵然做不到为家里锦上添花，但是我也会努力不拖你们后腿。我知道自己不是有大智慧的人，但是至少我知道我尽量不给别人添麻烦。

"你还在怪母亲？"三哥没走，反而从窗口跳了进来，坐在我对面将我的侍女撵出去，这才开口说道。

我耐着性子对他说道:"我没生气,我真的没生气,我只是觉得人生就是缘分一场,我跟他没缘分罢了,没有什么好生气的。"

其实气过的,但是气过之后,这些日子以来我也渐渐地想明白了。爹爹跟娘亲都不是那种不讲道理的人,这门亲事他们这么反对,这里面肯定有他们的道理,我既然不知道为什么,也无人告知我,我只要顺从就好了。

"韫欢……"三哥看着我欲言又止。

我没搭理他,我知道在他们心中我还是那个小孩子。

三哥给我讲了一个故事,是关于姑姑的故事。这个故事足足讲了三个时辰,我听着入了迷,一直到三哥说完还不能自拔。

"三哥,之所以夜家跟司徒家不能结亲,是因为玉公子还未娶亲,而我又跟姑姑肖似的缘故?"我觉得这个笑话一点都不好笑。

玉公子至今未娶是因为心仪姑姑,这个天大的消息让我无法消化。偏生我长得跟姑姑肖似,若是嫁给了玉公子的义子,夜家的人怕皇上多想?

呸!皇上跟姑姑鹣鲽情深,怎么会因为这个生气?这般地揣测帝心所以我就是那个无辜的炮灰了?

三哥看着我,一字一字地说道:"你不懂,皇上也许不在意,但是架不住悠悠众口,铄口成金。日积月累之下,也就变成一件祸事了。"

我愕然,许久未语。

三哥看着我的样子没有深说,坐了一会儿就走了。我独自凝神看着窗外,直到天色渐暗,这才慢慢地回过神来,除一声叹息,我竟不知道自己还能说什么。

曾家的婚事不成,母亲许久没有为我相看婚事,许是也想淡一淡,让我能想得更明白。可是越是这样,我反而经常想起上元灯节他救我的那一幕,而且他毫不留恋转身的背影也越来越清晰。

是不是他也知道也明白这些,所以才会这般的冷漠?

皇后姑姑不晓得怎么知道了这件事情,很快地将我传进了宫。我看着皇后姑姑没有隐瞒我的心思,只是说道:"不过是当时年纪小,现在倒不觉得如何了,累得姑姑姑为我操心,是韫欢的过错了。"

我觉得我这样说很是懂事,不会给家里带来什么麻烦,可是我瞧着姑姑并不怎么开心,心里也开始忐忑起来。

"你真的这般想的?"姑姑好一会儿才开口问道。

听到姑姑的问话,我骤然觉得心中一轻,但是回答的时候我还是犹豫了一下,这才点点头。

"一个一个的都是这样,其实有的时候是你们把事情想得太复杂了。"姑姑把我送出宫的时候说了这么一句。

我不明白，回家后我把话说给了母亲听，母亲好长时间没说话，我也跟着沉默。直到父亲回来了，母亲才把我打发出来，我却仍不知道母亲跟父亲到底是怎么打算的。

又过了一个多月，天越发地热了起来，我是个不耐热的，一入伏便病倒了。往年的时候苦夏，我也被养得娇娇气气的。但是因为今年我的婚事，我不想再跟家里添麻烦，便没让丫头告诉母亲，想着过几日也就好了。

却不想我这病竟是病来如山倒，昏昏沉沉地躺了大半个月，才渐渐地好转。

看着母亲消瘦的脸庞，我很是内疚："母亲，我没事了，倒是你憔悴了很多，都是女儿不孝，让您跟着操心了。"

母亲看着我欣慰地笑了笑，握着我的手说道："你是我身上掉下来的肉，我怎么不心疼。只是有的时候啊，哪里有随心所欲的。"

我明白母亲的意思："女儿知道。"知道是知道，终究意难平啊。

我的病渐渐地好了起来，家里又恢复了以往的安宁。就在这个时候，夜家忽然接到了一道旨意，竟将我赐婚给司徒恒！

我惊呆了，这是怎么回事？

我去找母亲，母亲看着我笑了笑："快来坐下，有没有很开心？"

我没觉得开心，只觉得惊吓："母亲，这是怎么回事？"

母亲握着我的手："是皇后娘娘跟皇上求来的旨意，皇上就下了这道赐婚的圣旨。"

三个月后我就要嫁入司徒家，竟然是皇后姑姑的意思，我回到自己院子里不知道该不该欢喜。这段时间发生的事情，早已经让我觉得像是过了漫长的一生。

我的婚礼办得很是热闹，风风光光地抬进了司徒府。

拜了天地送进洞房，掀了红盖头，喝了合卺酒，大红的喜烛下，听着周围的轻笑声我不由得红了脸，竟不敢去看司徒恒了。

想起之前司徒恒对我的冷漠，我心里又开始担心起来，他其实不喜欢我的，对这门婚事会不会不满意？

司徒恒出去给宾客敬酒了，我这才松了口气，在丫头的服侍下换了家常的衣裳，卸了头上的凤冠，这才觉得轻松些。

一个人靠在床边怔怔的，竟不知道此时此刻应该有个什么样的心情。新嫁女原是应该娇羞忐忑等待着夫君归来，可她心中最多的却是茫然。

司徒恒站在榻前看着还在走神的韫欢，黝黝的眸子浅浅地带了丝丝的笑容。忽然想起那日他陪着义父去夜家，没想到正赶上她的及笄礼，那双清亮夹着好奇的目

番外篇　我若盛开，清风自来

光,此时想来还清清楚楚。

"在想什么?"

我先是一惊,然后猛地抬起头来,就撞进司徒恒似笑非笑的双瞳中,不由得有些慌张:"没……没想什么,回来怎么也没动静,丫头们都去偷懒了么?"

我慌乱地说着话,想要尽力地让自己变得自然些,但是越说越有些不安,渐渐地声音低了下去,竟不愿意去看司徒恒的面容,只觉得尴尬得很,于他来说自己这个妻子是皇上硬塞过来的吧。

司徒恒曾经听韫欢的三哥说过她,他知道她素来是个欢快的性子,瞧着她现在难为情的样子,真的很难想象平日是怎么欢快的。似是想到了什么,他垂着头望着她,就在她身边的榻上坐了下来。

我不安地往旁边挪了挪,心里扑通扑通地直跳,紧抿着唇不愿意再让自己手足无措地说错话,这个时候少说少错吧,我也只能这样安慰自己了。

"你害怕我?"

我听到他的声音传来,下意识地点点头,瞬间又觉得不对立刻又摇摇头,这样慌乱的举止真是让我分外的难看,眼眶不由得都红了。

我听到旁边的他轻叹一声:"新婚之夜要是把新娘子气哭了,回头你三哥可不会饶了我。"

没想到他居然还会说这样的轻松话,我的紧张顿时消散去大半,不由得说了一句,"我三哥怎么会知道?"

"也是,你不说我不说,这就是咱们两个的秘密,他自然不知道的。"

司徒恒又笑了,今晚上他已经笑了好几次,原本十分紧张的我慢慢地放松下来,听着他说我们的秘密,心头尖上染上丝丝的甜意,脸也慢慢地羞红了,也许其实他并不讨厌我的。

后来我才知道新婚之夜他特意逗着我笑,不让我紧张难过,竟是被公爹给威胁了。原来公爹告诉他,若是他让我伤心了,便要狠狠地揍他一顿。

我一开始自然是不知道的,只是以为兴许他并不讨厌我,我们结为夫妻这日子还是能和和美美地过下去的。

果然我们的日子过得很是和美,公爹是个很和善的人,我进门一月后,他就四处游玩去了,一两年未必回来一回。司徒府里就只剩下我们两个当家做主的,而且司徒府有个家规,男子四十无子方可纳妾,于是我的生活过得很是顺心。

公爹虽然不在家,四处云游,好在还有个姑母时常会回来看看。要说起嫁到容家的姑母当真是令人羡慕,当年姑母出嫁的时候,姑父是京都人人知道的病秧子,那个时候谁能知道一个病秧子如今居然会成为世家风云之首呢。

258

姑母很和善，每次看着我都是笑眯眯的。夫君也是个好脾气的，在这样的环境中，倒是我被养得越来越娇气了，竟是一丁点的委屈都受不得。每次我回娘家或者哥哥姐姐来看我，瞧着我的小日子过得甜甜蜜蜜的，都会忍不住地说两句酸话。

前两日回娘家，母亲拉着我的手，长吁短叹地说道："没想到现在过得最舒心的反而是你了，我还怕你这桩婚事不美满呢，时时刻刻替你忧心。"

"母亲不用担心，夫君是个体贴的，就是有点书呆子，整日捧着书不离手。公爹常年不在家，没人约束我，上面没有婆母压着，下面夫君又体贴，我这日子当真是神仙一般。"我很是满足，能嫁给自己喜欢的人，就这样过着平淡而又温馨的生活，似水流年地一步步往前走，心中一片安定温馨。

我从来不是有大志向的人，这样的生活我很是喜欢。

进门五年生了两个儿子，有儿子傍身的我越发的底气十足，一辈子都不用担心夫君会纳妾。其实我知道，也许就算是没有儿子，夫君大概也不会纳妾的。

曾有一日，我问他："那年上元灯会，你怎么会那么巧地救了我？"

我单纯的只是好奇，并没有多想，没想到他居然会回答道："其实我一直跟着你，只是并未上前说话。"

我一阵默然，然后眼眶就红了："其实，你对我也是有点点好感的吧？"

夫君难得红了脸，我顿时开心起来，扯着他的袖子说道："我对你一见钟情，你就算是没有一眼就看中我，但是上元灯节那日你救了我，再加上方才那句话，我也就满足了。"

你看，我要的其实很少，我并不是一个贪心的人。

夫君将我拥入怀中，大手摸着我的头顶，缓缓地说道："这门婚事是义父进宫求来的。"

我浑身一僵，难道不是皇后姑姑求的皇上么？

这话我没有说，想起三哥说的皇后姑姑跟公爹之间的事情，我一阵沉默。

"义父一辈子不想成亲，这才收养了我。收养了我之后就曾对我说，若有一日我成亲，希望我娶的是我自己心仪的姑娘。于是，有一日我陪着义父喝酒，不小心就把你说了出来。"

我心里说不出是什么滋味，惊喜、意外掺杂在心头，仰头看着他："所以新婚夜的时候，你瞧着我紧张，才会故意对我说那些话？"

"我并没有骗你，义父的确说过我若对你不好，他便会好好地教训我。义父一生很是坎坷，情之一字更是崎岖，以后你跟我要好好地孝敬他老人家。"

我重重地点点头，眼眶一阵湿润。

又过了好多年，孩子们也渐渐长大，我们都慢慢地老去。公爹终于不再四处奔波，在家安度晚年，许是因为这么多年四处游走的缘故，公爹的身体很不好，到了后来竟是卧床不起。

我跟夫君精心照料，却还是没能让他老人家多活两年。公爹临终之前，对着夫君说，让他把书房里百宝阁下抽屉里的东西陪着他葬在棺椁里，夫君含泪答应了。

公爹此时容颜已经没有年轻时那么秀美，肌肤也布满皱纹，往昔清亮的眸子此时一片浑浊，看着我们两人说道："你们两情相悦能结成夫妻便是天大的缘分，要好好珍惜，好好地过日子。我一生求而不得，如今也算是解脱了……"

公爹过世，夫君悲痛不已，将公爹下葬的时候，从书房中找到了公爹说的东西，却是最普通不过的孔明灯。只是这孔明灯瞧着很是有些年头了，白纸都已经暗黄，而且边角上都已发毛，可见是经常抚摸的。我不知道公爹为什么会对这么一盏孔明灯念念不忘，就连下葬都要放在棺椁中陪着。

公爹的葬礼很是隆重，皇上让两位皇子扶灵送葬，当真是天大的颜面。皇后姑姑后来将我召入宫中，问我，"他临终前可曾有什么遗言？"

我想了想，然后才说道："公爹一生没什么名利之心，临终前也不过嘱咐我们夫妻要和和美美地过日子。"说到这里我想起那盏孔明灯，就跟皇后姑姑说了。

不知道是不是我的错觉，我瞧着皇后姑姑的眼眶红了。我没敢多说，后来出了宫夫君在宫门口等我，接我上了车，我就把在宫中的情形说了说。

"不知道是不是我眼花了，说到那盏陪葬的孔明灯时，姑姑的眼眶像是有些红了。"我的声音中不知道为什么多了几分惆怅，许是提及了过世的公爹，抑或者因为姑姑红了的眼眶。

夫君一阵沉默，良久才说道："当年公爹曾经为皇后娘娘放飞过一盏孔明灯，希望娘娘一生顺遂，无忧无虑。其实那是一对孔明灯，皇后娘娘的那一盏放飞了，义父自己的这一盏一直留着，从未放飞过。"

淡淡的几句话，我却好像看到了那一生为爱执着的公爹，想着公爹数十年如一日温煦的笑容，我顿时泪如雨落："皇后姑姑跟皇上鹣鲽情深，从未变心过。"

"我知，义父也知，所以那盏灯笼一直未曾见光。"

我头枕在夫君的肩膀上，我们的婚事是公爹亲自求来的，我想公爹是不想夫君重蹈他的覆辙。

"我们要好好地过日子。"我鼻音重重低声说道。

"嗯，我们要好好的！"夫君声音微颤。

我知道我们俩心中都不平静，也许公爹自己一生不曾得到自己想要的生活，所以才会希望我们幸福。

想起陪葬的那盏孔明灯，我握着夫君的手，我们一生一世都要好好的，幸福着！

260